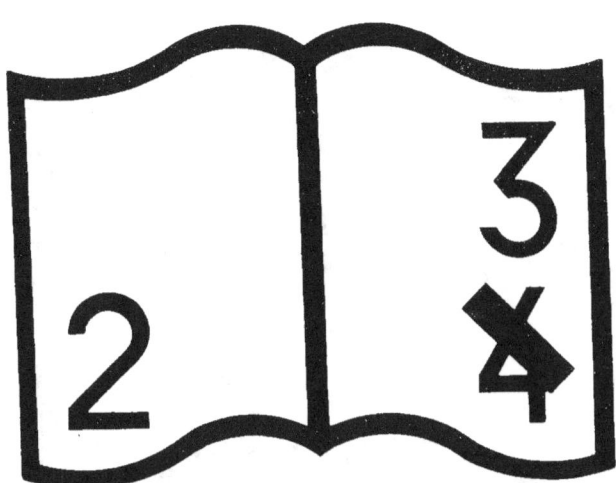

Pagination incorrecte — date incorrecte

NF Z 43-120-12

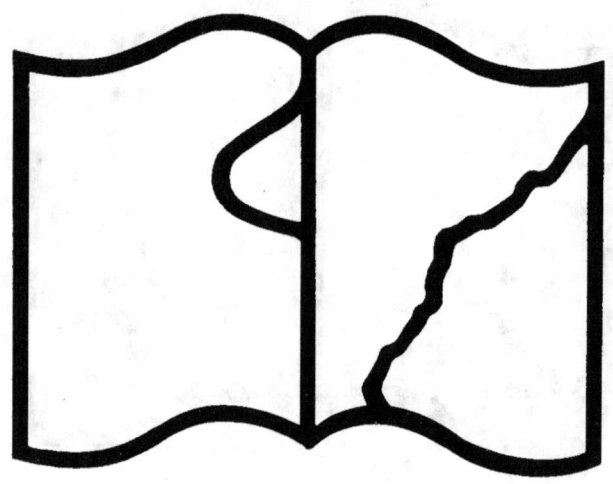

Texte détérioré — reliure défectueuse

NF Z 43-120-11

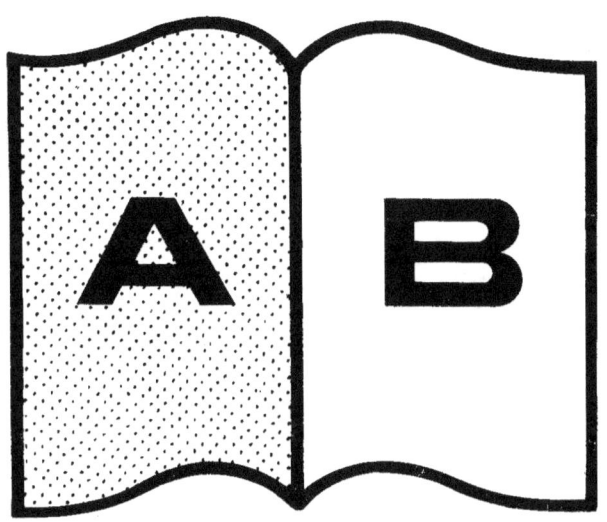

Contraste insuffisant

NF Z 43-120-14

Reliure serrée

VICTOR BENOIST ET Cie. — ÉDITION ILLUSTRÉE. — RUE GIT-LE-COEUR, 10, PARIS.

L'ÉPÉE DE SUZANNE

Par Emmanuel GONZALÈS

Dans l'*Hôtesse du Connétable*, nous avons essayé de raconter les singulières péripéties qui signalèrent la fuite de Charles de Bourbon, lorsque la haine de la reine mère, Louise de Savoie, le força à s'exiler de son pays.

Les persécutions aveugles et tenaces qui avaient aigri le caractère de ce grand capitaine, la spoliation inique de son patrimoine, la perte de ses charges, expliquent l'ambition coupable qui lui fit prendre les armes contre François Ier, son rival de gloire et son roi.

Ce nouveau Coriolan devait cependant trouver dans l'amour désintéressé d'une pauvre fille du peuple une consolation touchante pour son âme ulcérée et agitée d'un ardent désir de vengeance.

Les chroniques contemporaines ont attesté l'influence de Suzanne Lallier sur le cœur et l'esprit du connétable de Bourbon. Elle fut réellement renfermée dans une cage de fer par l'ordre de madame Louise de Savoie, dont l'orgueil et la jalousie s'offensaient de la tendresse que la douce fille avait inspirée au prince illustre qui, malgré la gloire de François Ier, fixait sur lui l'attention de toute l'Europe.

Nos lecteurs se souviennent peut-être de l'épisode de la recluse dans l'*Hôtesse du Connétable*. Lorsque Charles de Bourbon dut fuir du château de madame Diane de Montchenu, où il avait trouvé asile, lui et son compagnon fidèle, M. de Pompérant, il fut contraint d'abandonner Suzanne Lallier presque mourante, inanimée, dans sa cage de fer; il ne dut son salut qu'au dévouement du jeune neveu de la comtesse, Didier de Montchenu, et de ses nains favoris, qui jouèrent un rôle si important dans la légende de son évasion.

L'histoire de Suzanne, cet ange gardien du connétable, ne s'arrêtait pas là; sa mission n'était pas remplie, et nous avons retrouvé dans les manuscrits du temps les traces de cette vie de dévouement et de martyre. Nous avons cru devoir céder au vœu des lecteurs sympathiques qui ont favorablement accueilli le récit de la fuite du connétable de Bourbon et leur faire connaître les nouvelles épreuves qui étaient destinées à la pauvre recluse, symbole de l'amour pur et désintéressé.

I

LA VIPÈRE

Depuis la mort du comte de Montchenu, le château où se sont passées les premières scènes de notre récit est devenu de plus en plus triste. On dirait du manoir d'un gentilhomme huguenot. Ses larges tours noircies et dégradées par le temps semblent campées sur la colline comme de sinistres chevaliers veillant immobiles sous leur froide et impénétrable armure. De leur manteau de sombre verdure s'envolent le matin ou viennent s'engouffrer le soir des nuées de corbeaux dont les cris discordants et confus pénètrent l'âme d'une secrète terreur.

Mais ce qui manque surtout au manoir, c'est le cliquetis des armes, c'est l'agitation des écuyers, des pages et des varlets, c'est le réjouissant parfum des cuisines où rôtissent des moutons entiers, c'est le bruit des disputes et des éclats de rire, c'est le choc des gobelets, c'est la cavalcade touchant le pont noir avec ses belles dames, ses brillants cavaliers, ses meutes effarées, ses gerfauts enchaînés au poing des fauconniers, enfin, c'est l'âme de la vie.

Les hommes d'armes sont partis pour rejoindre l'armée du roi François Ier, qui marche sur la Lombardie, et il ne reste plus au château que de vieux et débiles serviteurs qui parcourent tristement ces préaux naguère si animés.

Le soir, une femme vêtue de deuil erre lentement dans les jardins. Sa démarche est languissante; ses traits charmants ont perdu l'éclat de la santé; un feu sombre brille dans ses grands yeux bleus, où se devine l'ardeur maladive de la fièvre. Fièvre de l'âme, qui consume rapidement les sources de la vie!

Cette femme, c'est la belle comtesse Diane, la veuve du comte de Montchenu.

Quelle est la source secrète du mal qui la dévore comme un poison subtil et infaillible? Est-ce la mort violente de son mari? Est-ce le regret de voir sa beauté condamnée à s'éteindre dans le remords et l'abandon comme ces fleurs splendides qui grandissent et s'épanouissent dans quelque île perdue et meurent sous l'œil de Dieu seul, sans que nul être humain ait admiré l'éclat de leurs couleurs ou savouré la suavité de leurs parfums?

Non; ce qui ronge cette âme ardente, c'est une passion profonde et implacable qui s'est attachée à son cœur comme la flamme à l'huile, et qui ne s'éteindra que le jour où elle ne sera plus alimentée, c'est-à-dire, quand son cœur cessera de battre.

Son château lui semble un désert, non parce que son peuple de gens d'armes, de pages et de varlets l'a quitté, mais parce que Didier ne l'habite plus. Didier était le soleil de ce logis féodal; sa présence le remplissait tout entier. Depuis son départ, l'âme de madame Diane flotte éperdue dans les limbes d'un morne désespoir, semblable à ces vaisseaux égarés au milieu des banquises de la mer Glaciale. Elle est sans cesse agitée des sensations les plus diverses. Tantôt ses serviteurs l'admirent comme une sainte, car elle est miséricordieuse et charitable aux pauvres gens qui viennent implorer son aumône; tantôt ils s'étonnent de la voir se montrer cruelle et sans pitié pour les plus navrantes infortunes.

Un jour, vers deux heures, quoique la chaleur forçât les paysans eux-mêmes à déserter les champs, la comtesse fait seller son cheval favori, et, malgré les prières de ses femmes, elle s'éloigne seule du château; elle veut parcourir cette campagne brûlante dont tous les sentiers lui rappellent l'image de Didier. Ici jaillit d'un rocher une source, à laquelle ils ont bu tous deux ; là gît le tronc d'un chêne sur lequel ils se sont assis. Plus loin, à l'ombre de cette haie, elle l'a surpris dormant de fatigue au retour de la chasse. Derrière ces peupliers bruit un ruisseau qu'il lui a fait franchir, par un soir d'ouragan, en l'emportant dans ses bras. Ah ! qu'il était beau et courageux, ce martyr du comte Aurélien ! et comme elle était heureuse, lorsqu'elle espérait être aimée de lui ! Mais le rêve a été court. C'est une autre femme qui a dompté ce cœur si fier. A cette pensée, Diane croit voir surgir Clotilde devant elle, son fouet de chasse se lève machinalement pour frapper cette heureuse rivale, et elle lance son cheval au galop, car elle éprouve un irrésistible besoin d'action. Elle veut fendre l'espace comme une flèche qui cherche l'oiseau dans l'air. Il lui faut tromper par la fatigue du corps cette horrible inquiétude de l'esprit et du cœur qui la fait sortir d'elle-même pour s'attacher à des fantômes.

Au bout d'un quart d'heure de course effrénée, Diane pénétrait dans un bois de chênes dont l'épais feuillage l'enveloppa tout à coup d'ombre et de fraîcheur. Elle tressaillit, et deux grosses larmes roulèrent sur ses joues pâles. Sans doute elle était saisie d'un souvenir plus doux et plus vif que les précédents, car elle s'arrêta court, jeta un long regard autour d'elle et murmura :

— Oui, c'est bien ici qu'un jour... Oh ! Didier ! Didier ! pourquoi ai-je cru que ce baiser de frère était un baiser d'amour ?

Elle mit pied à terre, attacha son cheval à une grosse branche d'arbre, et, apercevant à quelques pas de là un tas de menus rameaux amoncelés dans une sorte de petite clairière que l'ombre des grands chênes garantissait du soleil, elle alla s'y asseoir.

Là, pendant quelque temps, Diane parut s'absorber dans ces songes du passé qui l'enchantaient et la torturaient à la fois ; puis, brisée par la chaleur et la lassitude de ses nuits d'insomnie, elle laissa peu à peu sa tête se pencher en arrière, ses yeux se fermer et elle finit par s'endormir.

Presque au même instant, deux personnages, bien différents d'âge et d'aspect, se dirigeaient vers la clairière.

Le premier était un vieillard dont la barbe et les cheveux blancs comme la neige encadraient avec une certaine majesté des traits profondément creusés par le chagrin ; un rayon de bonhomie narquoise avait dû égayer autrefois ce visage rustique aux grands yeux bleus limpides, au nez court, aux lèvres épaisses comme celles des francs buveurs ; mais à cette heure, la peau rude de l'homme était ravinée par les larmes et gercée comme la toile d'un vieux tableau ; son regard était fixe, effaré, comme si son esprit s'absorbait dans quelque contemplation intérieure. Il y avait l'empreinte visible d'un grand malheur, l'un de ces terribles ébranlements de l'âme sous lesquels la raison s'affaisse et s'obscurcit sans s'éteindre tout à fait.

Le compagnon de ce vieillard n'était autre que le fou du connétable, ce subtil et malicieux Moucheron qui n'avait pas encore quitté la province. Pour ne pas attirer l'attention sur lui, il avait adopté le sayon des paysans.

— Arriverons-nous bientôt ? demanda le vieillard en s'arrêtant tout à coup et s'appuyant contre le tronc d'un hêtre.

— Oui, répondit le nain ; quoique j'aie l'habitude de voyager toujours à l'aventure, en me fiant à mon instinct comme un chien de chasse, je ne m'égare jamais. Dans une heure nous serons au château de Montchenu, mon brave Jean.

Le bonhomme se redressa péniblement.

— Allons ! j'ai déjà marché pendant bien des heures pour la retrouver, et je ne sentais ni le soleil, ni la pluie, ni le vent, car l'image de la pauvre créature me semblait toujours marcher devant moi. Dans une heure, as-tu dit, nous serons à Montchenu. Oh ! quel courage je me sens au cœur ! Quand mes pieds devraient s'y porter sur un sentier de braises rouges, marchons, marchons, mon ami !

Moucheron le regarda d'un air de pitié.

— Mais vous êtes brisé de lassitude, Jean. Vos jambes tremblent comme celles d'un homme ivre, votre front est couvert de sueur et vous pouvez à peine respirer. Reposez-vous donc un peu à l'ombre de ces grands arbres.

Jean tressaillit.

— Me reposer ! et quand je le voudrais, le pourrais-je tant que je n'aurai pas retrouvé l'enfant, tant que je la croirai morte, froide et immobile dans un trou de terre, elle qui courait gaie et mutine dans nos champs, quand elle était une simple petite paysanne !

— Vous le voulez ? dit le nain. Soit ! en avant !

Moucheron se fraya adroitement un chemin à travers les broussailles qu'il écartait pour faciliter la marche de son compagnon, mais il ne tarda pas à s'arrêter en poussant une exclamation de surprise.

Jean le regarda.

— C'est étrange ! dit le nain en lui montrant madame Diane endormie au milieu de la clairière.

— Quelle est cette dame ? la connais-tu, Moucheron ? Elle est belle comme une fée, murmura le vieillard.

— Hélas ! pourvu que ce ne soit pas une méchante fée, Jean, car c'est à elle-même que vous venez demander...

Il se tut brusquement, et un léger frisson parcourut ses membres.

Jean allait l'interroger sur la cause de son silence, mais en suivant la direction des regards de son compagnon, il comprit sa terreur soudaine.

Une vipère, glissant avec une nonchalante lenteur entre les branches sèches dont la chaleur l'avait attirée, s'allongeait sur la poitrine de la comtesse, puis, arrêtant à six pouces de son visage sa tête plate et triangulaire, fixait sur la charmante dormeuse deux petits yeux gris étincelants de colère.

— Malheureuse femme ! s'écria le vieillard d'une voix rauque, elle est perdue.

— Perdue ! répéta le nain.

— Oui, cette vipère est de la plus dangereuse espèce ; son venin est mortel et tue en moins de deux heures.

Moucheron ne parut pas fort touché du danger que courait madame Diane.

— C'est une punition de Dieu, reprit-il ; cette femme a mauvais cœur ; laissons faire la Providence, qui s'est chargée de son châtiment.

— Tu blasphèmes, mon fils, dit Jean en le regardant avec indignation ; n'est-ce pas la Providence qui nous fait passer par ce chemin ? Si cette noble dame a commis quelque méchante action, raison de plus pour la sauver.

— Je ne vous comprends vraiment pas, bonhomme Jean, interrompit le nain avec dépit.

Le vieillard continua d'une voix sévère :

— La religion nous ordonne de rendre le bien pour le mal. Il faut que cette femme ait le temps de se repentir et de réparer ses fautes.

— Ce sont là de belles maximes, répliqua le nain avec un sourire dédaigneux, mais qui diable a jamais songé à les pratiquer à la cour? D'ailleurs, comment empêcher cette jolie bête de mordre la comtesse, quand nous le voudrions ?

— C'est un secret que tu n'as pas appris non plus à la cour, maître Moucheron.

— Êtes-vous sorcier ou faiseur de miracles au village, bonhomme ? Si nous approchons pour essayer de chasser ou de tuer la vipère, nous l'irriterons davantage, et voilà tout.

— Je te dis, incrédule, que je puis sauver cette dame, reprit le vieillard.

— Je suis curieux d'assister à cette jonglerie, murmura Moucheron.

Jean haussa les épaules, puis il reprit :

— Je suis vieux et courbé par l'âge, mon fils ; alourdi par le chagrin, je ne pourrais marcher sans bruit à travers les broussailles. Toi, tu es jeune, léger, agile ; prends cette gourde qui pend à mon cou ; elle est pleine de lait. Va la déposer doucement près de cette pauvre dame ; ensuite tu t'éloigneras à pas sourds et tu siffleras doucement.

Le nain regarda son compagnon avec une sorte d'admiration railleuse.

— Voilà donc, murmura-t-il, tout le mystère contenu dans votre grimoire, ami Jean. Je croyais que vous saviez charmer les vipères ou que vous aviez reconnu l'innocence de celle-ci ; mais si vous croyez qu'elle va lâcher sa proie pour courir à votre gourde, j'ai bien peur que la comtesse Diane n'ai pas gagné grand chose à notre rencontre.

— Obéis et hâte-toi ! dit impérieusement le vieillard. Ne vois-tu pas à l'éclat de plus en plus ardent qui jaillit des yeux de la vipère qu'elle va mordre la dame ? Hâte-toi !

Moucheron, quoique ému qu'il ne voulait le paraître, se mit à ramper dans les broussailles, déposa la gourde ouverte le plus près possible de la dormeuse et ne fit pas plus de bruit que le reptile lui-même.

Puis, se reculant de quelques pas, il commença à siffler doucement sur un rhythme lent et monotone.

Il était temps, car la vipère, se ramassant sur elle-même, allait s'élancer et piquer la comtesse au visage ; mais la mélodie bizarre et somnolente du nain produisit sur elle une impression singulière ; elle resta un instant immobile, comme fascinée par les vibrations des sons ; ses anneaux se détendirent mollement, sa petite tête se tourna du côté d'où partait le sifflement qui la charmait, puis ses petits yeux enflammés se fixèrent sur la gourde tentatrice, vers laquelle Moucheron la vit bientôt ramper.

Un vague sourire dilata alors les traits rigides et contractés du vieux Jean ; il surveilla avec une attention inquiète, mais dès qu'il la vit flairer et aspirer pour ainsi dire les émanations qui s'échappaient de la gourde, il s'approcha lentement de Moucheron et lui remit une baguette courte et flexible qu'il venait de couper.

Tous deux retenaient leur haleine.

Après avoir tourné plusieurs fois autour de la gourde, et s'être coquettement enroulée au goulot avec des ondulations et des frétillements qui attestaient sa joie, la vipère se décida enfin à y glisser sa tête, et on entendit le bruit qu'elle faisait en buvant.

— La bête est prise au piège et la dame est sauvée, dit Jean avec un soupir de satisfaction. Achève l'œuvre, mon fils. Avance-toi sans crainte, et d'un coup de baguette coupe en deux la maudite.

Moucheron n'hésita pas ; il s'élança d'un bond jusqu'au reptile ; la baguette siffla dans l'air et la vipère se roula convulsivement sur elle-même, sans pouvoir prendre son élan ni ramper pour fuir.

Jean s'approcha, posa son lourd talon sur cette tête plate et hideuse et l'écrasa, tandis que le nain battait des mains en criant :

— Victoire ! victoire ! Honneur à vous, bonhomme Jean. Voilà un stratagème dont je ne me serais pas avisé.

— Parce que tu es un homme de cour, mon fils, et que tu ne savais pas, comme nous autres paysans, coureurs de bois, que les vipères sont plus friandes de lait que de sang.

Mais à tout ce bruit la comtesse s'était éveillée en sursaut, et elle regardait avec étonnement cette scène singulière, ne sachant pas encore si c'était un rêve ou une réalité. Trop courageuse pour ressentir un frisson de terreur, elle devinait que les nouveaux venus n'étaient pas des ennemis et qu'elle leur devait sans doute son salut, car le reptile étendu sanglant sur le sol à quelques pas d'elle était un témoignage éloquent en leur faveur.

Et comme ils restaient silencieux, elle s'adressa d'une voix brève au vieillard :

— Tends ton chapeau, bonhomme, et quoique tu m'aies rendu peut-être un fort mauvais service, comme tu as cru bien agir, reçois ton salaire.

En même temps elle se leva et porta la main à son aumônière ; mais Jean ne bougea pas.

— Vous êtes généreuse, madame, dit-il avec un douloureux sourire, mais je n'accepte pas de récompense pour avoir fait mon devoir de chrétien. C'est Dieu qui a permis au vieillard infirme, dont les mains et les pieds sont presque perclus, de se traîner jusqu'ici pour vous sauver d'une horrible mort.

La comtesse fixa sur lui un œil plus doux.

— Pauvre homme ! reprit-elle, toi aussi tu es un souffreteux, mais c'est ton corps qui est torturé, et non ton âme... Tu es encore heureux.

— Mon âme, dit Jean avec un soupir, elle est plus déchirée que celles qui pleurent dans le purgatoire, madame... et, si mes pieds alourdis cheminent si péniblement par monts et par vaux, c'est qu'un grand chagrin les guide et les entraîne.

— Quel est donc ce chagrin ? demanda Diane. A-t-on volé tes vaches ou tes moutons ? A-t-on incendié ta cabane ? La grêle a-t-elle ravagé ton champ ? Car voilà vos malheurs, à vous autres paysans.

— Je vous ai parlé de mon âme, madame, répliqua Jean d'un ton de reproche. Il s'agit d'un malheur qui donne de la force aux plus faibles, de l'intelligence aux plus simples, du courage aux plus lâches, qui dompte même l'âge et les infirmités.

La comtesse, surprise de cette réponse, murmura avec une sorte d'embarras :

— Confie-moi donc ta peine, bonhomme, et, si je puis te venir en aide, je tâcherai de m'acquitter envers toi.

— Madame, dit Jean d'une voix basse et tremblante, je cherche ma fille !

Diane tressaillit.

— Qui donc l'a enlevée ? Où est-elle ?... As-tu des preuves, des indices ?... Parle !... Oh ! je veux te servir comme je l'ai promis. Voler à un pauvre homme son seul amour, sa seule richesse, sa seule joie, oh ! c'est indigne !... J'attends le nom du ravisseur, mon ami.

Le vieillard la regarda d'un air consterné. Moucheron alors s'avança brusquement.

— Pardon, madame la comtesse. Vous me connaissez guère et vous ne m'aimez guère ; mais ne me rudoyez pas et permettez-moi de vous aider à tenir votre parole. Je serai la voix de ce vieillard ; car, ajouta-t-il très bas, la douleur a un peu égaré sa raison. Une idée fixe brûle son cerveau : chercher sa fille. Mais comment ? mais où ? il n'en sait rien. Il va droit devant lui, au hasard, en aveugle. S'il ne m'avait pas rencontré, jamais il n'aurait su à qui demander sa fille. Vainement les nobles et les puissants se soraient émus de son malheur ; il lui fallait pour soutien et pour guide ce vermisseau de terre qui vous implore, madame.

— Tu es toujours possédé du démon de l'orgueil, avorton de cour, dit la comtesse avec un froid dédain. Comment es-tu devenu l'ami de ce malheureux ?

— Jean cheminait en pleine campagne sous l'orage, madame. Le tonnerre éclatait en zigzags de feu, déchirant les nuages noirs. Les arbres se lamentaient et entre-choquaient leurs branches. Je m'étais réfugié sous un gros noyer à quelques pas de la route que suivait le vieillard, absorbé dans sa pensée. Tout à coup il m'aperçut, se dé-

tourna pour venir à moi, et, sans mot dire, m'arracha brusquement de mon abri, malgré ma résistance. Nous n'avions pas fait cinquante pas que la foudre tombait sur le noyer et le fracassait. Je crois vraiment que Jean est sorcier ou doué de la seconde vue.

Diane sourit.

— Sorcier, il n'aurait pas besoin de toi, Moucheron, pour retrouver sa fille. Tu es plus fin que lui, puisque tu espères pouvoir la lui rendre.

— Dieu seul pourrait faire à Jean une telle promesse, madame, car j'ignore si la pauvre créature est morte ou vivante.

Quoique le nain eût baissé la voix pour n'être entendu que de la comtesse, les oreilles attentives du vieillard avaient perçu les terribles paroles, et il poussa un cri déchirant :

— Morte ou vivante, ma fille !

Il trembla sur ses jambes comme une feuille secouée par le vent, et de grosses larmes ruisselèrent le long de ses joues ridées.

Diane se sentit émue d'une profonde pitié et interrogea vivement Moucheron :

— Où donc est sa fille ?

— Au château de Montchenu, madame, répondit le nain.

— Es-tu fou, drôle, et oses-tu te moquer de moi ? Es-tu fou ?

— Pas à cette heure, madame ; il y a temps pour tout.

— Et comment se nomme mon sauveur ?

— Jean Lallier, dit gravement le vieillard.

— Ce nom m'est inconnu.

— Je le sais, madame, reprit le nain, et pourtant le fils de cet homme subit une agonie horrible ; elle est morte peut-être des tortures qu'on lui inflige dans les caveaux de Montchenu.

— C'est impossible ! s'écria Diane, nul n'oserait chez moi exercer, à mon insu, le droit de basse et haute justice.

— Je dis pourtant la vérité, madame. L'iniquité se consomme et se poursuit sans que vous y preniez part. Le comte Aurélien avait jugé prudent de vous cacher le sort de cette malheureuse Suzanne, dont, par ambition, il avait consenti à devenir le geôlier et peut-être le bourreau.

Il y eut un moment de silence.

Puis Diane, pressant son front de ses mains, reprit :

— Elle se nomme Suzanne ? Ah ! je comprends tout, maintenant ; il s'agit de la recluse.

— La recluse ! répéta Jean Lallier en levant sur la comtesse un regard plein d'angoisse.

— Il faut que vous sachiez tout, madame, dit le nain de sa voix grêle, car on a laissé croire que cette femme était une coupable vulgaire, justement punie pour quelque méfait monstrueux. Laissez-moi d'abord vous raconter son supplice abominable devant ce père que la douleur rend presque fou. Cette jeune fille, car elle est toute jeune d'années, quoique vieillie par les souffrances, a été enterrée vivante dans un caveau noir comme l'enfer et dont le seul bruit est la goutte d'eau qui tombe de la voûte ; sa chambre, c'est une cage de fer trop étroite pour qu'elle puisse s'y étendre ou s'y tenir debout; son vêtement, c'est un haillon dévoré par l'humidité.

— Assez! assez! interrompit Jean Lallier avec un éclat de voix désespéré; qu'ai-je fait aux hommes pour être ainsi puni dans mon enfant? Ah! j'ai beau chercher dans ma vie, je ne trouve aucun crime, aucune faute. Et elle, la chère innocente, quelle voix oserait s'élever contre elle et l'accuser? Mais non, c'est impossible. Suzanne n'a pas subi ce martyre infâme; ses doux yeux auraient désarmé les bourreaux; sa voix suppliante eût tiré des larmes de leurs yeux. La bonté rayonnait sur son visage comme sur ceux des anges. Dieu ne donne pas aux pères de telles filles pour en faire le jouet des tortureurs et la risée des geôliers. Oh! dis-moi que tu m'as trompé, Moucheron, dis-moi que tu as rêvé tout cela et que ma Suzanne ne souffre pas, qu'elle vit et que, grâce à toi, je l'embrasserai bientôt.

Puis s'exaltant à force de douleur:

— N'oublie pas que tu m'as promis de me la rendre. Je la veux, entends-tu? je la veux. Tu n'as pas le droit de me cacher ma fille. Tu sais où elle est. Rends-la-moi! rends-la-moi! Tout vieux et brisé que je suis, oh! je saurai bien te forcer à me la rendre!

Ainsi parlait ce désespéré dont la poitrine était haletante de sanglots et dont les traits contractés étaient effrayants. Puis ce paroxysme cessa et fit place à une extrême prostration. La cage de fer hideuse reparut devant ses yeux, emprisonnant ce fantôme qui avait été sa petite Suzanne à la tête blonde et souriante; il se laissa tomber aux pieds de la comtesse, et saisissant le bas de sa robe avec des mains tremblantes:

— Madame, murmura-t-il avec autant de ferveur que s'il se fût adressé à Dieu, si Moucheron a dit vrai, si mon saint patron a permis cette épreuve, je n'espère plus qu'en vous. Vous êtes belle et vous devez être miséricordieuse aux souffrants. Vous devez avoir horreur de ceux qui font le mal. Vous me rendrez ma fille.

Le visage de la comtesse était redevenu soucieux.

— Pauvre père, répondit-elle, ta douleur me fait mal, mais je ne puis rien te promettre.

Jean Lallier la regarda avec stupeur et la voix s'éteignit dans son gosier; mais le nain ne perdit pas courage.

— Madame, dit-il humblement, vous ne m'avez sans doute pas compris, Suzanne Lallier n'est coupable d'aucun crime; vous en aurez la preuve.

Diane baissa les yeux, n'osant braver le désespoir du père.

— La recluse est coupable d'avoir été aimée d'un grand prince, mes amis, répliqua-t-elle très bas, comme si elle eût eu honte de ses paroles. Je me souviens à cette heure d'une confidence que me fit le comte de Montchenu au sujet de cette pauvre fille, dont j'ignorais le nom. Certes, son arrêt est inique et odieux; il m'inspire une horreur profonde, mais il ne m'appartient pas de le révoquer. Un pouvoir supérieur au mien a frappé

ta fille, Jean Lallier, et ce n'est pas la veuve d'un courtisan disgracié qui peut braver ce pouvoir.

— Mais, si vous me repoussez, madame, gémit le vieillard éperdu, de qui donc pourrai-je implorer la délivrance de mon enfant?

— De Dieu seul, Jean. Prie celui qui tient dans sa main les puissances de la terre!

— De Dieu seul! répéta-t-il avec accablement.

— Oui, car le juge de ta fille est une femme, et elle a été poussée à ce raffinement de cruauté par un sentiment qui ne connaît pas la pitié. Une femme jalouse et offensée dans son amour ne pardonne jamais. Tu ne peux comprendre cette haine, toi, vieillard débile, dont le cœur est tout entier attaché à ton enfant; mais les femmes qui ont passé par les humiliations de l'amour méprisé, qui ont vu la raillerie répondre à leurs aveux, qui ont dû garder leurs larmes dans leurs yeux souriants, celles-là comprendront l'ennemie de ta fille.

Le nain avait pâli en entendant ces impitoyables paroles; son masque d'indifférence et de raillerie tombait pour faire place à une expression indignée, lorsque tout à coup son front se contracta comme s'il se fût livré à quelque effort de pensée, et une sorte de sourire farouche anima ses traits bizarres.

Il s'avança vers la comtesse et lui dit:

— Une reine a condamné Suzanne Lallier, madame, à une prison perpétuelle, mais, puisque vous m'y forcez, je vous apprendrai que, malgré la reine et sans votre aide, la recluse est délivrée.

— Qui donc a osé?... s'écria Diane.

— Celui qui peut tout oser, noble dame; celui devant qui les rois et les reines ne sont que poussière.

— Dieu! murmura-t-elle.

— Le corps de la pauvre créature est seul resté dans la cage de fer, mais l'âme s'est envolée, l'âme que n'emprisonnent ni les barreaux ni les murs.

Les yeux ternes du vieillard s'enflammèrent à ces mots:

— Tu mens! misérable! tu mens! s'écria-t-il avec violence. Ma fille n'est pas morte. Tu peux tromper les autres... dans quel but, je l'ignore; mais tu ne saurais tromper un père. Je sens qu'elle est vivante. Mon cœur se serait brisé en même temps que celui de Suzanne. A travers l'espace, j'aurais entendu son dernier souffle. Si j'espère toujours, si je regarde le ciel, si j'ai la force de prier, c'est que ma fille n'est pas morte.

Le nain n'osait interrompre ce flot de paroles imprudentes, mais il laissa échapper un geste d'impatience qui heureusement ne fut pas aperçu de la comtesse.

Elle regarda fixement Moucheron:

— Que faut-il croire de ta parole, fourbe insigne, ou des pressentiments de cet homme?

Le nain ne baissa pas les yeux et répliqua avec calme:

— Il est permis à un père de se nourrir d'illusions, madame, mais moi j'ai vu.

La comtesse, toujours défiante, insista:

Mais comment as-tu pu pénétrer dans ce caveau où nul n'a droit de pénétrer, si ce n'est Bernard, le majordome !

— J'ai suivi monsieur le connétable, qui y fut conduit par votre neveu Didier.

— Didier ! répéta Diane d'une voix sourde, et ses yeux étincelèrent. Si tu tiens à la vie, Moucheron, ne prononce pas ce nom devant moi.

— Soit, dit humblement le nain, mais permettez-moi d'ajouter que la visite de monsieur de Bourbon fut mortelle pour la recluse. Elle aimait son ancien maître d'un de ces amours sincères et dévoués que la souffrance purifie et exalte. Le revoir tout à coup dans cette ombre, dans cette misère, dans ce froid de la tombe, ce fut un trop grand bonheur, et ce bonheur la tua.

— Mais pourquoi disais-tu il y quelques instants, que tu ignorais si Suzanne était morte ou vivante ?

Moucheron montra du geste Jean Lallier :

— J'avais pitié de ce malheureux, madame !

— Si tu me trompes, tu joues gros jeu, maître fou ! dit sévèrement la comtesse.

Le nain haussa les épaules avec cette irrévérence qu'autorisait son office.

— Il m'est facile de vous convaincre, noble châtelaine. Vous savez si monsieur de Bourbon est un généreux et vaillant prince, vous savez s'il aimait Suzanne; eh bien ! l'eût-il abandonnée vivante dans cet horrible sépulcre ?

Le nain avait bien calculé la portée de cette réflexion; la comtesse sentit toute sa défiance se dissiper, et le vieillard sembla terrifié. Il resta abîmé dans sa douleur, sans voix, le regard fixe, les membres rigides, semblable à une statue.

— Que demandes-tu donc, dit la noble dame.

— Une grâce bien facile, madame, une grâce qu'il serait inique de refuser à ce père dont je viens de briser le cœur. Rendez-lui le corps de son enfant. Permettez-lui de l'emporter dans son misérable logis et de le faire déposer dans le cimetière où sa mère est enterrée...

— Et où je la rejoindrai bientôt, murmura le vieux tout tremblant, qui croisa ses mains comme s'il voulait prier. O ma pauvre petite Suzanne ! Nous ne serons pas longtemps séparés, je vous le jure ! ma bonne dame.

Le comtesse se sentait troublée.

Moucheron reprit :

— N'hésitez pas, madame, à exaucer notre requête. Demain peut-être il serait trop tard. Jean Lallier ne résistera pas à sa peine. Voyez ! il ne peut pleurer, et ses larmes contenues l'étouffent. Pourquoi cette irrésolution ? Que voulait la grande dame qui avait fait sceller Suzanne dans cette cage de bête fauve ? Son absence, sa disparition, sa mort. Les mauvais anges l'ont entendue. La jeune fille est morte. Que lui importe maintenant, à madame la reine mère, que Suzanne, cette enfant de paysans, soit couverte de quelques pelletées de terre là ou ailleurs !

Jean Lallier tomba à genoux et baisa le bas de la robe de la comtesse.

— Je vous supplie, madame, au nom de Notre Seigneur Jésus-Christ et de ses saints apôtres, de me rendre le corps de Suzanne. Si vous saviez comme je l'aimais, si vous saviez comme je serais heureux de la revoir, même avec les marques terribles de la mort !

Diane posa une main frémissante sur la tête du vieillard.

— Vous l'emporterez, dit-elle; les morts ne sont pas des prisonniers, et madame Louise de Savoie n'a plus aucun compte à me demander. Je vais retourner au château avec vous, je visiterai la cage de fer avec vous.

Un nuage passa sur le front du nain, mais presque aussitôt un éclair brilla dans ses yeux et il dit :

— Hâtons-nous alors, parce que je dois rejoindre ensuite votre beau neveu Didier, madame la comtesse.

Diane tressaillit.

— Que veux-tu dire, bouffon ? Didier est parti pour l'Italie ; il a quitté la province pour toujours sans doute.

Moucheron eut l'air embarrassé.

— J'ai eu tort de laisser échapper le secret de mon maître, madame...

Elle l'interrompit.

— Pourquoi jouer au mystère avec moi ? Je ne suis plus son ennemie; la douleur a changé mon âme, et il n'a rien à craindre de moi. Parle, Moucheron.

— Eh bien ! madame, monsieur Didier a voulu revoir ce pays où son enfance a souri, où sa jeunesse a souffert, où il a appris à être un homme de courage et de volonté.

Diane le regardait fixement. Elle appuya la main sur sa poitrine :

— Ce n'était donc pas folie et chimères que les palpitations de mon cœur, s'écria-t-elle. Et où t'attend-il, mon terrible neveu, Moucheron ?

Chez le garde des forêts du Val Bessières, répondit le nain avec un faux air de franchise; lui aussi il a besoin de prier avant de quitter la France.

La comtesse, dont les yeux étincelaient comme ceux d'une morte ressuscitée par la baguette d'un magicien, dit vivement :

— Je le verrai avant toi, Moucheron; je ne retourne pas au château.

— Mais votre promesse à ce pauvre Jean Lallier ? hasarda le nain d'un air humble.

Elle tira vivement ses tablettes de son aumônière, déchira un feuillet, après y avoir griffonné quelques mots, et répliqua :

— Vous remettrez cet ordre au majordome Bernard ; si la recluse est réellement morte, son corps vous sera rendu.

Le nain réprima la joie qui faisait gonfler sa poitrine et feignit d'hésiter.

— Mais Bernard obéira-t-il à ce morceau de papier aussi bien qu'à la voix de madame la comtesse ?

Diane fit un geste d'impatience.

— On ne désobéit pas à madame de Montchenu, répliqua-t-elle avec hauteur. Allez, bonnes gens !

Quelques instants après, elle avait remonté à

cheval et s'élançait sur la route du Val Bessières, tandis que le vieux Lallier et son compagnon se dirigeaient en toute hâte vers le château.

Le nain se frottait les mains et gambadait de joie, tandis que Jean le regardait avec stupeur. Puis il lui disait, les larmes aux yeux :

— Mais riez donc, bonhomme ! riez donc. Ah ! j'ai bien joué mon rôle. La fière comtesse a donné dans le panneau, et vous aussi, mon cher compagnon. Mais il fallait vous tromper tout le premier pour tromper cette fine mouche. Ah ! je vais faire sonner les grelots de la marotte, compère. Ici-bas chacun a sa marotte.

Nous sommes tous un peu fous, fous d'argent, fous d'amour, fous d'ambitions, fous de méchanceté, fous de science ! Les fous sont peut-être les sages. La belle comtesse est une folle d'amour. Mais pourquoi me regardez-vous avec ces grands yeux ahuris ? Ah ! pauvre Jean, vous ne comprenez pas encore ? Et moi qui ne vous dit rien. Vous me croyez une créature extravagante et sans cœur. Eh bien ! ajouta-t-il en promenant avec inquiétude ses yeux autour de lui, sachez la vérité, et que la joie carillonne à vos oreilles. Jean Lallier, nous allons retrouver ta fille, mais ta fille vivante !

Le vieillard poussa un cri.

Moucheron sautait et cabriolait autour de lui, dans un accès d'hilarité nerveuse et bizarre, faisant claquer ses longs doigts comme des castagnettes, secouant ses cheveux et tirant la langue comme pour narguer la comtesse qui galopait dans le lointain.

— Mais pourquoi ces mensonges ? bégaya Jean étourdi et encore incrédule.

— Ah ! ah ! ah ! reprit Moucheron, elle a avalé mon conte doux comme miel, la belle dame, parce qu'au bout dansait une jolie étincelle, un nom magique, le nom de Didier. Avec ce talisman, je l'aurais conduite au bout du monde comme avec un fil.

— Mais, gentil nain, interrompit le vieillard avec inquiétude ; ce n'est pas tout d'avoir éloigné la comtesse, le majordome va découvrir la fourberie et ne vous rendra pas Suzanne.

— Le majordome ! répéta Moucheron en éclatant de rire. Crois-tu, bonhomme, que je ne viendrai pas à bout de maître Bernard, quand j'ai joué un si bon tour à sa dame. Le grand roi François Ier lui-même a été dupe de mes jongleries, et si le bon connétable m'eût écouté... Mais ne parlons pas de si grands personnages... il en coûte trop cher. Je prépare au majordome un bon plat de mon métier.

II

LA RECLUSE

Chose assez étrange ! le majordome accueillit d'une façon débonnaire Moucheron et Jean Lallier ; il lut respectueusement l'ordre de la comtesse, n'eut pas l'air de s'en étonner le moins du monde, et, sans faire aucune réflexion, il leur dit :

— Bonnes gens, je vais vous conduire au cachot de la recluse.

Le nain fut surpris de cette condescendance inattendue ; mais il n'entrait pas dans ses vues d'en témoigner la moindre crainte, et il suivit bravement son conducteur.

Quant à Jean Lallier, il jetait des regards éperdus sur les sinistres souterrains dans lesquels ils venaient de pénétrer.

— Et c'est là, murmura-t-il d'une voix basse et tremblante à l'oreille de Moucheron, que ma fille a été ensevelie toute rayonnante de vie et de jeunesse !

— Ainsi l'a voulu madame Louise de Savoie, répondit le nain plus bas encore, et la volonté des grands est sacrée.

Le vieillard trébucha sur une marche, et, s'appuyant de la main à la muraille humide, il soupira :

— Oh ! je ne me révolte pas contre ces juges tout-puissants, mais je me demande quel mal Suzanne a pu faire pour être condamnée à cet horrible supplice !

Moucheron, voyant que le majordome les devançait de quelques pas, crut pouvoir répondre :

— Je comprends votre douleur, mon ami ; mais, croyez-moi, refoulez une plainte désormais inutile et hâtons-nous d'enlever le corps de votre fille, de peur de quelque obstacle imprévu.

Ils descendirent deux étages, traversèrent de longs corridors, et maître Bernard dut ouvrir plusieurs portes avant d'arriver au cachot de la recluse.

Pendant ce long et lugubre trajet, Moucheron paraissait sous l'empire d'une violente préoccupation ; son regard se portait fréquemment sur le gros majordome, et à mesure qu'on avançait, ses traits exprimaient une anxiété de plus en plus vive.

Tout à coup un éclair brilla dans ses petits yeux, un sourire malicieux effleura ses lèvres, et, s'adressant à son guide avec une expression de bonhomie parfaitement jouée :

— Savez-vous, maître Bernard, dit-il, que je vous considère vraiment comme le roi et même l'empereur des maîtres-queux ?

— Il n'est pas impossible que vous ayez raison, répondit le majordome en se rengorgeant avec une orgueilleuse modestie ; mais comment avez-vous pu juger de mes talents, n'ayant jamais goûté de ma cuisine ?

— Par comparaison, maître Bernard, par comparaison !

— Vous plaisantez, mon petit ami.

— Nullement, et vous allez me comprendre. J'ai connu plusieurs maîtres-queux fort habiles dans leur métier. Eh bien ! dès qu'ils avaient cinq ou six personnes à traiter, ils mettaient en l'air tous leurs marmitons et toute leur batterie de cuisine au moins douze heures à l'avance.

— C'étaient des gens zélés et soigneux, et je ne saurais les blâmer.

— Oui, mais vous, vous, maître Bernard, vous nous accompagnez d'un pas aussi tranquille, d'un

Le Nain dit à Jean Lallier : viens, nous allons retrouver ta fille, mais ta fille vivante ! — Page 8.

air aussi calme que si vous n'aviez à surveiller que le déjeuner de quelques valets...

— Hélas ! interrompit le majordome, il faut avouer que, dans ce triste château, nous faisons maintenant assez maigre...

Moucheron feignit de ne pas l'avoir entendu et poursuivit :

— Certes, nul ne se douterait que vous avez à peine trois heures pour faire préparer le splendide repas auquel ont droit de si hauts personnages.

Le majordome le regarda avec une profonde stupéfaction.

— Hein ! quoi ! Que voulez-vous dire, mon petit compagnon ? s'écria-t-il. De quels personnages parlez-vous ?

— Des dix ou douze seigneurs que madame la comtesse de Montchenu a rencontrés chassant dans la forêt et qu'elle a courtoisement invités à dîner au château.

— Douze seigneurs invités à dîner ! répéta Bernard de plus en plus ébahi ; et sans me prévenir,

dans ce château désert, où manquent les provisions...

— Comment ! sans vous prévenir, dit le nain ; mais madame Diane m'a bien recommandé de vous annoncer cette bonne nouvelle en arrivant.

Le majordome s'arrêta tout à coup, comme si la foudre fût tombée à ses pieds ; il était devenu écarlate.

— Mais, misérable avorton, s'écria-t-il d'une voix étranglée par la colère, tu ne m'en as pas dit un mot.

— Ai-je bien pu oublier la recommandation si expresse de madame la comtesse, fit Moucheron d'un air désespéré.

— Eh ! sans doute, petit misérable, tu n'as pas plus de mémoire que de cervelle !

— Ah ! je mérite tous vos reproches, maître Bernard : injuriez-moi, battez-moi ; vous ne me châtierez jamais assez.

Le majordome leva les bras au ciel.

— Quand je te tuerais de coups, oison du diable, ça n'avancerait pas mon grand dîner ! Et trois heures seulement, trois heures pour faire honneur au renom culinaire des Montchenu !

— Vous êtes un si habile homme ! maître Bernard, hasarda obséquieusement Moucheron.

— Tais-toi, misérable ! tes éloges m'exaspèrent. Ah ! je suis un majordome perdu de réputation, fit l'infortuné avec accablement. Mais comment madame Diane, qui était si triste, a-t-elle eu l'idée ?...

— La femme est capricieuse, murmura le nain.

— Te tairas-tu, serpent ? cria Bernard.

Puis, se retournant brusquement :

— Et je reste là, comme un sot, quand mon devoir m'appelle aux cuisines, quand chaque minute est si précieuse...

Il fit un mouvement pour remonter l'escalier.

— Et la clef du caveau ? lui demanda le nain en l'arrêtant par le bras.

— C'est juste, la voici, dit le majordome. Puisses-tu aller tenir compagnie à la recluse dans une cage ou en enfer !

Il remit sa torche à Moucheron, après en avoir allumé une autre dont il s'était muni par précaution, et se hâta de remonter aux cuisines, sans remarquer la satisfaction sournoise qui s'épanouissait sur les traits bizarres du nain.

Moucheron entraîna vivement son compagnon jusqu'à la porte du cachot de la recluse.

— Maintenant, Jean Lallier, dit le nain, j'ai un grand pardon à vous demander.

— Un pardon ! je ne te comprends pas.

— Je vous ai trompé comme j'ai trompé la comtesse ; c'était nécessaire. Maintenant, je vais vous dire la vérité, mais je crains votre joie.

— Ma joie ! tu parles par énigme, mon ami, car je ne puis croire que tu veuilles t'amuser des angoisses d'un vieillard. Quelle joie Dieu lui-même saurait-il envoyer à un père qui a perdu sa fille ?

— Dieu peut la lui rendre, bonhomme !

— Hélas ! les miracles ne sont plus de ce temps. Le monde est devenu mauvais, et le ciel est impuissant à réparer tant de crimes.

— Ne blasphème pas, Jean, car tu vas revoir Suzanne. Celui qui t'a annoncé sa mort a menti, mais il a menti pour sauver l'enfant.

Le père tressaillit de tous ses membres, s'appuya sur un pilier, et, regardant Moucheron d'un air égaré :

— Oh ! c'est maintenant que tu me trompes, c'est maintenant ! Pourquoi m'aurais-tu donné un coup de couteau en plein cœur, à moi qui t'aimais ?

— Pourquoi ? répéta le nain en haussant les épaules, parce que madame Diane n'eût jamais consenti à te rendre Suzanne vivante.

Le vieillard se redressa, l'œil rayonnant, et serra Moucheron dans ses bras débiles :

— Oh ! le noble et généreux mensonge ! Oui, tu es mon ami. Dans ce corps difforme palpite un cœur plus loyal que sous tous les pourpoints dorés des chevaliers et des rois. Dieu te récompensera de ton dévouement pour les misérables.

— Dieu, c'est possible ; mais si je tombe jamais dans les mains de madame Louise de Savoie, je sais de quel salaire elle payera mes peines.

— Oui, pour nous, de qui tu n'as rien à attendre, tu n'as pas craint de risquer ta vie.

— Bah ! si on ne la risquait pas de temps à autre, elle serait trop monotone.

Et en disant ces mots, Moucheron ouvrit la porte de l'horrible cachot. Une fraîcheur sépulcrale s'en exhala aussitôt.

Jean Lallier chancelait et répétait comme un halluciné :

— Elle est là, dans cette tombe, ma pauvre Suzanne ! Vivante, c'est impossible : on ne peut vivre dans cet air fétide, entre ces murs qui suintent, dans cette nuit glaciale.

Ils entrèrent.

— Hâtons-nous ! dit le nain. Le majordome peut changer d'avis ; il doit se défier de nous.

En voyant la cage de fer, le vieillard poussa un cri d'horreur.

— Ma fille agoniser dans cette prison de folle ou de bête fauve dont on a peur ! Oh ! les monstres qui l'ont traitée ainsi ne méritent pas de pitié !

— Suzanne, dit doucement la voix.

A cet appel, la misérable créature resta muette ; son corps avait tant souffert que son esprit était devenu inerte ; la pensée n'habitait plus ce cerveau endolori ; ses lèvres avaient désappris la plainte, ses membres se mouvaient à peine, avec une raideur mécanique. Ce n'était plus que l'ombre d'une femme. Un choc terrible pouvait seul réveiller l'âme endormie.

— Suzanne, répéta Moucheron, me reconnaissez-vous ?

La recluse poussa un éclat de rire déchirant.

— Taisez-vous ! taisez-vous ! ne dites pas que je m'appelle Suzanne ! Les bourreaux viendraient me torturer. Les geôliers me diminueraient ma ration de pain. Allez-vous-en ; je ne vous connais pas. Cela me fatigue de parler ; j'ai tout oublié : oubliez-moi.

Le nain se rapprocha de sa cage en agitant sa torche.

— Suzanne, ne voudriez-vous pas être libre ?

— Je ne m'appelle pas Suzanne, taisez-vous ! répondit-elle avec un geste de terreur en se réfugiant au fond de la cage. Éteignez cette torche : la lumière me fait mal. Je suis habituée à la nuit. Allez-vous-en, je veux dormir ; j'ai besoin de dormir. Je dors toujours.

— Pauvre fille ! murmura le nain, vous avez tort de vous défier de moi ; je suis votre ami : je suis un serviteur du connétable.

La recluse joignit les mains.

— Le connétable ? je ne le connais pas, je ne l'ai jamais vu. Ne me faites pas parler contre lui. On me croit morte, et par instants je me demande si mon cœur bat toujours. Si je n'avais si froid, moi aussi, je me croirais morte.

— Ainsi vous ne voudriez pas revoir la clarté du ciel ?

Suzanne ne répondit pas.

— Vous ne voudriez pas revoir Charles de Bourbon ?

Même silence.

— Vous ne voudriez pas revoir votre père,

Jean Lallier, qui vous cherche avec tant de larmes et d'angoisses ?

— Pourquoi me torturer ainsi ? demanda Suzanne avec une sorte d'irritation. Mon père m'a oubliée comme les autres.

— Vous vous trompez ! dit le nain d'une voix forte. Venez, pauvre homme, et dites à votre fille que c'est vous qui lui ordonnez de vivre et qui voulez la faire libre !

Il prit Jean Lallier par le bras et le poussa vers la cage de fer. Les yeux du malheureux étaient obscurcis par les larmes; aucun son ne pouvait s'exhaler de son gosier.

Suzanne s'avança sur les genoux et le regarda avec une inquiète curiosité :

— C'est son fantôme. murmura-t-elle; oh ! comme le chagrin l'a brisé et vieilli ! Mon bon père, il m'aimait tant ! Il a dû bien souffrir de ne plus voir sa petite Suzanne, mon Dieu ! je vous remercie de m'avoir amené cette ombre dans mon cachot. C'est une vision céleste qui me rappelle toute mon enfance insouciante, toute ma jeunesse radieuse. Ne t'éloigne pas, cher fantôme, laisse-moi en te regardant regarder ma vie passée. Laisse-moi me souvenir.

Sa voix s'animait; ses yeux semblaient moins hagards ; une vague chaleur s'insinuait dans ses veines.

— Ne parlez pas, dit le nain à Jean Lallier, laissez-la rêver. C'est par la mémoire des jours d'autrefois que la lumière va peut-être pénétrer dans son esprit fatigué.

— Souris-moi, fantôme de mon père, reprit la recluse, car je n'ai cessé de t'aimer et de te respecter. Étions-nous heureux dans nos champs inondés de lumière ! Et cette lumière était si vive, si pure, si transparente, que nous voyions les bois, les plaines et les montagnes se dérouler au loin comme s'ils n'étaient qu'à deux pas, comme si de la main on eût presque pu les toucher. Te souviens-tu de notre vieille église dont le clocher d'ardoise était tapissé d'une mousse jaunâtre, et du moulin avec sa grande roue d'où jaillissait une cascade d'eau qui s'éparpillait au soleil? Au bas du moulin, vois-tu, cher fantôme, couler la petite rivière si claire, que nous regardions blanchir au fond ses cailloux et flotter ses longues herbes ! Au delà verdoyait une prairie toute pleine de fleurs et d'oiseaux...

— Regarde dans ton souvenir, pauvre recluse, interrompit le nain, et dis-moi si cette prairie te paraît déserte ?

— Non. J'y vois courir une enfant au grand soleil, qui la colore comme un fruit. . Elle joue avec une chèvre attachée à son piquet, elle poursuit les papillons, elle couronne ses cheveux d'une guirlande de fleurs, elle baigne ses pieds dans l'eau transparente...

— Et puis ?

— Et puis, un beau jour, elle devient sérieuse sans savoir pourquoi; elle ne s'agite plus follement dans son paradis champêtre, elle vient rêver de longues heures au bord du ruisseau, qui semble charrier des visions célestes !

— Et le moulin est- il désert ?

— Non, sur le seuil, j'aperçois un homme et une femme dont les regards attendris suivent sans cesse l'enfant ! répondit la recluse d'une voix émue.

— Ils l'aiment donc beaucoup !

— S'ils l'aiment, grand Dieu ! mais ils ne vivent que de son souffle !

— Oh ! elle n'a rien oublié ! murmura Lallier, en s'avançant jusqu'à ce que sa main touchât les froids barreaux de la cage.

— Eh bien ! dois-je te nommer cette enfant si heureuse et si aimée ? s'écria le bonhomme avec un accent déchirant.

— Oh ! oui, son nom, son.nom, répéta la jeune fille en attachant sur lui un regard fixe et avide.

— Elle s'appelait Suzanne, dit le vieillard, Suzanne Lallier.

La recluse porta la main à son front, devenu brûlant tout à coup; elle frissonna en ramenant sur ses membres presque nus quelques haillons sordides; puis elle tendit ses mains amaigries vers celui qu'elle avait pris pour un fantôme, et la conscience de la réalité lui revint.

— Oh ! mon père ! mon père ? est-ce bien toi, s'écria-t-elle, qui viens chercher ton enfant ? Tu n'es donc pas une ombre impalpable, une vision que Dieu m'envoyait comme la consolation de ma dernière heure? Tu vis toujours, soutenu par l'espoir de revoir ta fille. Tu as pu pénétrer dans ce cachot, inventé par les démons. Tu as su que j'y souffrais, que j'y allais mourir. Ah ! mais tu ne retrouveras plus l'enfant de la prairie. Suzanne n'existe plus : il n'y a ici que la condamnée, la martyre, la recluse. Oh ! si je pouvais t'embrasser, mon père ! Et puis tu partiras, tu fuiras bien vite ; car on ne sort pas aisément de ces prisons de grands seigneurs. Ne rêve pas l'impossible. Je t'ai revu, je mourrai consolée.

— Parlez-lui ! parlez toujours ! Ne la laissez pas retomber dans sa stupeur et son abattement, dit le nain à Jean Lallier

— Rassure-toi, ma Suzanne bien-aimée, reprit le pauvre homme avec des sanglots. Tu n'es pas perdue et abandonnée comme tu le crois. Tu seras libre, tu reverras le moulin, la rivière et la prairie.

— Non ! non ! s'écria-t-elle avec une force extraordinaire pour ce corps débile ; le moulin, la rivière et la prairie ne me reconnaîtraient plus. Tu ne m'as pas regardée, mon bon père. Ta fille te ferait honte, ta fille te ferait peur. Elle est devenue laide, hideuse, impuissante même à aimer. Moi, je te reconnais bien. Ton visage a pu vieillir et tes cheveux blanchir, mais ta bonté sourit toujours dans ton regard, et tes bras pourraient me porter comme lorsque j'étais enfant.

— Tu seras libre, ma Suzanne ; tu redeviendras belle dans la liberté et le repos ; tu oublieras ces murs noirs, ces barreaux, ces tortures sous mes caresses et mes baisers .. Dieu, qui t'a infligé une si rude épreuve, te permettra le bonheur.

La recluse étreignit de nouveau son front de ses mains comme pour rappeler un souvenir qui fuyait.

— C'est étrange, murmura-t-elle, je voudrais vous croire, mon père, et quelque chose en moi me défend d'espérer. Quel crime ai-je donc commis? Quels ennemis puissants ai-je donc provoqués? Pourquoi de cette vie calme et insouciante de l'enfant suis-je tombée si bas que j'ai pu mériter le plus horrible des supplices?

Le visage de Jean Lallier devint sévère, et, à la lueur de la torche agitée par le nain, Suzanne s'aperçut de ce changement soudain.

— Oh! mon père, fit-elle en joignant les mains, je vois briller la colère dans vos yeux! Vous ne me souriez plus, vous ne m'aimez plus, vous m'accusez!

— T'accuser, moi! s'écria Jean, non, jamais! Mais je ne puis comprimer mon indignation, quand je songe à l'artisan de ta perte, au méchant homme qui s'est emparé de ton âme par je ne sais quelle magie?

— De qui donc voulez-vous parler? demanda-t-elle avec angoisse.

— Nomme-le toi-même, pauvre fille aveugle, car ce nom déchire mes lèvres.

Suzanne tressaillit, son regard s'anima d'une expression de tendresse indicible, et elle murmura :

— Charles de Bourbon!

— Oui, voilà le nom de ce puissant gentilhomme qui a voué au malheur ma fille innocente; il ne s'est pas contenté d'être le rival de son roi, l'ennemi de son pays, le courtisan des princesses, mais il a rencontré sur sa route une paysanne qui mendiait un de ses regards. Il lui a fait l'aumône de ce regard, et elle l'a payé de sa liberté. Eh bien! as-tu assez souffert pour lui, Suzanne? l'as-tu assez maudit dans ton cachot, ce vaillant prince, dévoré d'ambition, qui ne se souvient pas seulement que tu aies jamais existé?

La recluse se cramponna aux barreaux de la cage de fer, et dit d'une voix plaintive :

— Je ne l'ai pas maudit, je ne le maudirai jamais, mon père. Il n'est pas coupable de l'amour que j'ai ressenti pour lui. Est-ce sa faute si j'ai été folle et aveugle? Est-ce sa faute si je me suis dévouée à ses intérêts par un instinct plus fort que mon respect filial pour votre volonté?

— Mais c'est à lui, malheureuse, que tu dois ta honte et la nôtre! C'est à lui que tu dois cette horrible prison et la haine de madame de Savoie!

— Pourquoi donc le rendre responsable de la méchanceté d'autrui? Il ne m'a pas trompée, il ne m'a pas séduite par de mensongères paroles. C'est une âme loyale, vous dis-je. Je ne me repens pas de l'avoir aimé. Je ne me repens pas d'avoir voulu le sauver.

Le vieillard resta stupéfait devant cette persistance opiniâtre de l'amour dans le cœur de la recluse. Ainsi rien ne survivait chez elle un moment auparavant, ni le souvenir, ni même le sentiment de la souffrance, et à peine avait-elle repris conscience d'elle-même, que l'amour pénétrait de nouveau tout son être, aussi pur, aussi ardent, aussi désintéressé qu'avant son martyre. Aussi Jean Lallier, qui ne pouvait comprendre la puissance de cette affection souveraine, s'écria-t-il, comme frappé de vertige :

— Ah! je le disais bien, la malheureuse enfant est dominée par un esprit de sortilège! un démon parle par sa bouche.

La recluse sourit.

— Doux était le sortilège, douce était la magie, mon père. Oui, cet amour m'a fait connaître un monde enchanté qui me faisait haïr la réalité. J'aimais mieux voir l'image de Charles de Bourbon dans mon cœur que d'assister aux fêtes de la cour. Je haïssais ses ennemis. J'aimais ses amis, j'aimais sa gloire, j'aimais son ambition. Elle seyait si bien à ce grand gagneur de batailles! Pourquoi donc aurait-il baissé la tête devant ces courtisans qui ne le valaient pas, devant cette reine qui le calomniait, devant ce roi qui ne lui cachait pas sa jalousie? Ah! mon père, savez-vous que j'ai aimé jusqu'à ma prison, parce que mon dévouement à Charles de Bourbon était la cause de mes souffrances. Et vous voulez que je le maudisse!

Jean Lallier soupira.

— Ah! je comprends que je lutte contre l'impossible, dit-il; la raison de ma fille est affaissée par tant de secousses! Cependant, ma Suzanne chérie, il faut écouter ton père, si tu veux recommencer une nouvelle vie et demander encore à Dieu du bonheur. Que le passé s'évanouisse pour toi comme un songe malfaisant. Chasse de ton cœur l'image de ce prince, ou tout au moins exile son nom de tes lèvres.

— L'oublier, c'est impossible, mais je renoncerai à lui, je ne le reverrai pas, puisqu'il n'a pas besoin de mon dévouement. Qu'il poursuive sa brillante carrière de gloire et de puissance, que l'admiration du monde s'attache à ses actions tandis que la misérable Suzanne se contentera de prier Dieu de le préserver de tout malheur.

— Est-ce bien du duc de Bourbon que tu parles ainsi, ma fille? interrompit Lallier avec un étonnement mêlé de fureur. Oh! tu n'as donc rien su, rien appris, pendant que la nuit et le silence de ce cachot pesaient sur ta pensée? Il est bien question de gloire quand il s'agit du connétable rebelle et fugitif, de puissance, quand il s'agit d'un transfuge, d'admiration quand il s'agit d'un traître!

Suzanne poussa un cri d'horreur.

— Ne blasphémez pas, mon père! N'insultez pas le plus loyal des gentilshommes!

— Lui! lui! lui! repartit d'une voix terrible et avec un éclat de rire amer le vieux Lallier; mais sache donc, fille insensée, que celui qui n'a pas craint de déshonorer notre famille ne devait pas craindre de déshonorer son épée, son nom, sa famille presque royale. Il a vendu sa gloire à Charles-Quint en échange d'une promesse de province. Il va demain combattre les soldats qui servaient hier sous ses ordres; il a déchiré son drapeau comme il a forfait à ses serments.

— Il est donc hors de France? demanda Suzanne.

— Oui, car il ne trouverait pas dans sa patrie, dans les provinces même qui faisaient partie de son apanage, un asile où cacher sa tête proscrite.

La trahison appelle la trahison. Mieux vaut à cette heure être le dernier des mendiants que le connétable de Bourbon.

Il se fit un moment de silence, pendant lequel une transformation complète s'opéra graduellement sur les traits de Suzanne.

— Mon père dit-elle enfin avec un singulier mélange de fermeté et de résignation, vous rêviez pour moi la liberté et le bonheur? Abandonnez une ingrate. Après ce que vous venez de m'apprendre, il ne s'agit plus pour moi de paix ni de bonheur

— Que veux-tu dire?

— Charles de Bourbon est devenu traître à son roi et à son pays; j'en crois votre témoignage. Mais si quelque horrible injustice, quelque humiliation suprême l'a poussé à cet acte de désespoir, je ne connais pas d'homme plus infortuné, plus véritablement digne de pitié et de commisération que ce grand capitaine.

— Il n'est digne que de haine et de mépris! s'écria le vieillard courroucé.

— Ah! vous ne le connaissez pas, reprit doucement Suzanne; c'est un grand cœur, noble et généreux, mais on l'a brisé, on a voulu l'avilir, on a voulu l'acheter. Madame de Savoie a cru que, par orgueil et par cupidité, il se laisserait imposer son alliance; il s'est amusé, l'imprudent, des coquetteries surannées de cette reine, et il a été forcé de laisser son honneur et son patrimoine au piège. Cela devait être. Pauvre Charles! Vous m'aviez demandé de renoncer à lui et j'y consentais parce que je le croyais toujours environné de l'auréole de la grandeur et de la renommée. Je renonçais au glorieux prince, je n'abandonnerai pas le transfuge. Je m'attacherai à son malheur comme le lierre au mur qui croule. Je relèverai son âme abattue, je serai la voix mystérieuse de son honneur et je ne le quitterai que quand la France l'aura reconquis.

— Insensée! insensée! C'est une tâche impossible.

— Non, dit tranquillement la recluse, elle est à la hauteur de mon amour.

— C'est une vie de périls et de tortures que tu te prépares, au lieu de cet avenir de repos que je te promettais.

Une flamme soudaine étincela dans les yeux de Suzanne, et ce fut d'une voix inspirée qu'elle répondit :

— Ma destinée le veut ainsi, mon père, ma destinée unie par un lien mystérieux et indissoluble à celle de Charles de Bourbon. A d'autres le bonheur dans le calme du foyer! à d'autres les douces émotions d'un amour partagé. Ma vie de famille est brisée. Je dois suivre une voie sanglante et semée d'épines, celle du sacrifice, et j'y suis résolue.

Suzanne, dit froidement Jean Lallier, je ne t'abandonnerai pas malgré ta folie. Tu vas ressusciter à la vie du jour et peut-être recouvreras-tu ta raison.

Moucheron avait gardé le silence pendant le débat qui s'était élevé entre le père et la fille, non sans réprimer quelques mouvements d'impatience; mais quand il vit le vieillard résolu à agir, il se hâta de tirer de sa poche la clef qui ouvrait la porte de la cage de fer.

— Nous avons perdu bien du temps, dit-il avec vivacité ; si maître Bernard retrouve Suzanne dans ce sépulcre, elle n'en sortira que morte, et Charles de Bourbon ne reverra jamais son ange gardien.

— Ah! vous parlez de moi, mes amis, s'écria une voix qui retentit comme la foudre au-dessus de leurs têtes. Je vous en remercie sincèrement.

— Malheur! murmura le nain, tout est perdu !

Il se retourna brusquement et aperçut le majordome qui descendait l'escalier d'un pas calme et majestueux. Jean Lallier joignit les mains par un geste désespéré et ne put prononcer une seule parole; il lui sembla que sa vue s'éteignait, que tous ses membres fléchissaient inertes, et que son cœur était arraché de sa poitrine... On lui reprenait sa fille.

— Ah! ah! continua le majordome d'une voix triomphante, vous avez cru qu'on pouvait me berner comme un sot. Vous avez oublié, gentil Moucheron, que, grâce au soupirail par où nous descendons les aliments de la recluse, on entend parfaitement tout ce qui se dit dans ce cachot. Je n'ai pas perdu un mot de la touchante conversation du bonhomme Lallier avec sa fille, et je me réjouis de raconter à madame Louise de Savoie les projets héroïques de ma prisonnière à l'endroit de monsieur le connétable.

— Maître Bernard, interrompit le nain, vous n'êtes pas un méchant homme, et vous ne mettrez pas cette menace à exécution.

Le majordome se gratta le front et répliqua d'un air important :

— Certes, je ne suis pas un méchant homme, et on m'a toujours vu faire le bien quand il ne m'en coûtait rien; mais, aujourd'hui, vous avez voulu me tromper, et je dois vous punir de ce mauvais tour; de plus, je suis forcé de remplir honnêtement ma charge de geôlier, et puis j'espère que la très haute et puissante reine me payera royalement cette confidence.

— C'est vrai, dit le nain, j'oubliais que le métier d'espion est encore plus lucratif que celui de majordome.

— Insolent! s'écria maître Bernard, qui devint pourpre de colère. Taisez-vous et rendez-moi cette clef que vous tenez à la main comme pour me braver.

Moucheron fit un bond en arrière et fouilla à sa ceinture par un mouvement instinctif, mais il s'aperçut qu'il n'avait pas d'armes ; il prit aussitôt son parti, s'approcha humblement du majordome et lui remit la clef.

— Ainsi, lui dit-il d'un air résigné, je vous avais mal jugé, maître Bernard ; les larmes de ce pauvre père, les tortures de cette enfant, rien ne vous a touché. Vous allez prolonger son martyre, vous allez la vouer à la mort, pour l'appât d'un sac de pièces d'or que vous jettera madame Louise de Savoie.

Les yeux du majordome pétillèrent de cupidité.

— C'est une occasion d'arrondir mon héritage que je ne laisserai pas échapper.

— Eh bien ! reprit doucement Moucheron, je n'implorerai de vous qu'une seule grâce. Si réellement vous n'avez pas un cœur de glace, vous ne refuserez point à ce père la joie d'embrasser sa fille, au moment où vous allez les séparer à jamais.

Le majordome se gratta de nouveau le front et répondit :

— Je n'y vois aucun inconvénient, d'autant plus que je tiens à prouver que je n'ai pas un cœur de glace.

— Ouvrez donc la cage de fer, dit le nain, aidez la recluse à en sortir pour recevoir les baisers de son père, car la pauvre créature est à moitié paralysée et peut à peine se traîner.

Le majordome se gratta pour la troisième fois le front, puis il murmura :

— Bah ! j'ai dans ma poche les pièces d'or de ces braves gens. Puisque je les garde, il faut bien contenter un peu leur fantaisie.

Il mit la clef dans la serrure et ouvrit la porte.

— Entendons-nous bien, dit-il avant d'entrer. Je ne vous accorde pas plus de cinq minutes pour vos adieux.

Il entra dans la cage de fer, prit Suzanne entre ses bras et la traîna vers la porte :

— Attendez, dit le nain, nous allons l'enlever et la déposer doucement à terre.

En effet, aidé de Jean Lallier, il attira lentement la recluse hors de son réduit, puis il se releva avec la rapidité de l'éclair ; et tandis que maître Bernard, sans défiance, se disposait à sortir tranquillement de la cage, il le repoussa brusquement, rejeta sur lui la porte de fer, tourna deux fois la clef dans la serrure, et dit vivement au vieillard :

— Maintenant, bonhomme, emportez votre fille. Notre ami le majordome ne s'y oppose plus.

Jean regardait Moucheron d'un air stupéfait, mais celui-ci lui cria : — Partez donc ! les minutes sont des siècles ! C'est la vie de Suzanne que je viens de vous gagner ! Partez donc ! partez !

Le père comprit enfin ; il sentit une force inconnue gonfler ses muscles, le sang coula plus impétueux dans ses veines ; il enleva sa fille comme une plume et la serra sur son cœur.

— Misérable nain ! hurla maître Bernard en secouant avec fureur les barreaux de fer, tu crois m'avoir joué, mais tu te trompes. Tu vas payer de ta vie cette trahison.

En même temps il tira de sa poche un petit sifflet.

— Deux coups de cet instrument de musique, ajouta-t-il, vont m'amener dix défenseurs.

— Oui-dà ! fit Moucheron ; eh bien ! mon cher ami, portez-le seulement à votre bouche, et avant qu'un de vos valets ait mis le pied sur cet escalier, vous serez grillé dans votre cage comme un marron dans une poêle.

Il approcha aussitôt sa torche de la paille qui couvrait le plancher, et mit le feu à quelques brins qui dépassaient les barreaux !

— Grâce ! grâce ! s'écria le majordome, dont le visage vermeil devint aussitôt livide.

— Soit, j'y consens, dit le nain en éteignant sous ses pieds la flamme qui gagnait déjà la jonchée de paille, mais soyons sage et muet, sinon...

Puis s'adressant à Jean Lallier :

— Enveloppez la tête de Suzanne dans votre manteau, car elle ne pourrait supporter le grand jour ; d'ailleurs tout le monde doit la croire morte. Si on vous interroge, montrez l'ordre de madame la comtesse. Prenez un cheval à l'écurie, au nom de maître Bernard, et partez au galop. Je reste ici jusqu'à ce que vous ayez gagné le nid de vipères, et je saurai bien vous rejoindre. Ne vous inquiétez pas de moi.

Jean Lallier serra silencieusement la main de son compagnon, tandis que de grosses larmes coulaient sur ses joues, et, emportant son cher fardeau, franchit la porte du cachot.

III

LA CLOCHE

Quelques jours après l'évasion de la recluse, trois compagnons étaient assis à l'ombre, sur la lisière d'une verte forêt du Dauphiné.

Deux d'entre eux se distinguaient par l'exiguïté de leur taille, et, comme ils le disaient eux-mêmes avec orgueil, le myope le plus endurci n'eût pu confondre avec toute autre créature humaine les illustres nains Moucheron et Chevrette.

Le troisième voyageur était un jeune cavalier dont la figure douce et pâle faisait ressortir les grands yeux cernés ; ses membres délicats semblaient alanguis par une extrême faiblesse, et ses petits pieds mignons ne devaient pas lui permettre de faire de longues marches.

— Hélas ! disait Chevrette, en étalant avec une disgracieuse coquetterie sur l'herbe les plis de sa robe écarlate, comme tout change ici-bas en peu de temps ! Combien les hommes ont dégénéré depuis que la cour des Moulins est dispersée comme une gerbe de blé qu'emporte le vent !

— Bah ! répondit le philosophe Moucheron, la vie n'est que flux et reflux. Après la pluie, le beau temps !

— C'est possible, repartit aigrement la naine, mais je trouve que les jours de pluie sont trop nombreux, surtout pour ceux qui n'ont ni toits ni manteaux.

— Regrettes-tu à ce point les fourneaux des cuisines du château de Montchenu, ma mignonne !

— Fi ! monsieur mon frère, quels sentiments bas et vulgaires me supposez-vous donc ? Ce que je regrette, c'est la décadence de la chevalerie. Où sont aujourd'hui ces nobles paladins qui parcouraient le monde en combattant pour la beauté de leur dame, et qui revenaient au bout de vingt ans ?

— Un peu blanchis, un peu chauves, un peu mutilés, un peu défigurés, tu me l'accorderas, Chevrette...

— Et qu'importe, mauvais plaisant ? Quoi de plus beau aux yeux d'une dame !...

— Qu'un chevalier borgne, manchot, bancal, ou boiteux, interrompit Moucheron avec un éclat de rire.

Chevrette lui lança un regard chargé d'indignation et de mépris :

— Fi, monsieur. Vous ne comprendrez jamais les délicatesses du cœur des femmes. Sachez qu'ils osaient à peine, après cette chevauchée de vingt ans, exprimer modestement leur amour, et cet aveu était aussitôt puni d'un nouvel exil...

— Comme trop prématuré, dit le nain. Diable ! ces bonnes dames avaient du temps à perdre, ma sœur ! Mais les chevaliers revenaient-ils une seconde fois ?

— En doutez-vous, homme déloyal ! s'écria la naine exaspérée. Oui, c'était là le beau temps. Mais, aujourd'hui, ces héros errants ont disparu. Nous voici deux dames, cette pauvre Suzanne et moi, qui sommes obligées de courir les champs comme des aventurières, n'ayant que vous pour protecteur. Nous n'osons marcher qu'aux heures où les routes sont désertes : la nuit, parce que tout le monde dort ; au milieu du jour, parce que l'ardeur du soleil retient chacun chez soi.

Moucheron soupira, puis il répliqua froidement :

— Trêve de jérémiades, ma sœur. Cette précaution est absolument nécessaire pour nous garantir des mésaventures. Vous savez que les soudards infestent la province, surtout aux abords de la frontière. Or, ces héros-là songeraient plutôt à vous dépouiller de votre belle robe écarlate qu'à réclamer la grâce de porter vos douleurs.

— Oh ! les brigands, les scélérats, balbutia Chevrette, effrayée et fondant en larmes, oseraient-ils faire ainsi violence à une jeune dame sans défense, au risque d'attirer sur eux la foudre du ciel ?

— Ce ne serait pas la première fois que cet accident vous arriverait, ma mignonne, dit le nain avec douceur. Ainsi donc, suivez mon conseil.

Le jeune cavalier, qui les avait écoutés en silence et qui n'était autre que Suzanne Lallier, se leva non sans une sorte d'effort, et tournant vers la route son visage, dont les traits altérés dénotaient à la fois une profonde mélancolie et un singulier affaissement physique, elle dit d'une voix lente :

— Heureusement, mes bons compagnons de misère, nous touchons à la fin de cette vie d'angoisses et de fatigues. Ce soir peut-être nous aurons franchi la frontière ; ce soir nous serons sous la protection de monsieur le duc de Bourbon.

Le nain la regardait d'un air de pitié.

— Vous n'êtes pas assez robuste pour affronter ce soleil de plomb, mon gentil cavalier, lui répondit-il. Vous sortez de l'ombre et de l'humidité, où vos pauvres membres ont perdu force et souplesse. Le courage ne suffit pas pour braver les fatigues d'une longue marche. Reposez-vous encore.

— L'ombre ! dit Suzanne en chancelant et s'appuyant au tronc d'un hêtre, l'ombre ! oh ! l'horrible chose ! et que j'y ai souffert ! Mais si mon corps grelottait sans cesse, un rayon de soleil réchauffait incessamment mon âme. C'était le souvenir de Charles de Bourbon. Il ne saura jamais, votre maître, combien j'étais surtout malheureuse de penser qu'il se trouvait peut-être exposé à des dangers mystérieux, cachés, obscurs, et que moi, je ne pouvais plus veiller sur lui. Qui sait ! si je n'avais été ainsi engagée comme une bête malfaisante, je l'aurais sans doute empêché de tomber dans l'abîme et de perdre l'amitié du roi. Mais Dieu n'est-il pas offensé de ce que j'aime si follement un si grand prince ? Ah ! mes mignons, vous avez vu le déchirement de mon cœur quand j'ai dû me séparer de mon père et partir, sinon avec sa malédiction, du moins avec son ressentiment.

— Pauvre jeune femme, dit Chevrette en s'éventant avec un rameau chargé de feuilles, il est midi et le chemin poudroie au soleil. Elle tombera de lassitude au bout d'un quart d'heure. En tous cas, nous arriverons à la frontière le teint brûlé comme des Africaines.

— Il est certain, Chevrette, reprit Moucheron avec un grand sérieux, que tu as déjà perdu de ta fraîcheur.

— J'en étais sûre ! s'écria la naine consternée ; les officiers du roi ne me reconnaîtront plus.

— Tu auras changé de beauté, voilà tout, sœur. Les teintes brunes sont très recherchées depuis les guerres d'Italie, et une couleur un peu plus bronzée se mariera parfaitement avec l'éclat de tes yeux semblables à des diamants noirs.

Chevrette, consolée par ce compliment, sourit avec une agréable modestie, se leva lestement, secoua les plis de sa robe et tira Suzanne par le bras.

La jeune fille parut sortir d'un rêve, et, puisant des forces dans son courage, dit résolûment :

— Mettons-nous en marche.

Les trois compagnons quittèrent ainsi l'oasis de la forêt pour s'engager dans un chemin rocailleux, raviné, blanc de poussière, et incendié par le soleil comme par une pluie de feu.

Ils marchaient depuis une heure à peine, lorsque le nain s'aperçut que Suzanne ralentissait le pas et que la sueur inondait son visage.

— Vos forces sont à bout ? lui dit le nain.

— Ne vous occupez pas de moi, répliqua la jeune femme. Allons toujours, et si je tombe en chemin, vous m'abandonnerez.

— C'est impossible ! s'écria Moucheron. Si nous étions assez lâches pour trahir la plus fidèle amie de monsieur le connétable, il nous ferait fouetter jusqu'au sang. Vous voyez qu'il est de notre intérêt de rester avec vous, ajouta-t-il en riant.

— D'ailleurs, dit Chevrette d'un air joyeux, je crois que saint Julien, patron des voyageurs, a eu pitié de nous. Regardez là-bas, sur la gauche, ce bouquet d'arbres et cette maison, qu'un pli du terrain nous a empêchés d'apercevoir jusqu'à ce moment.

Le nain sauta de joie.

— Tu es un vrai lynx, ma sœur, un vrai lynx.

— Un lynx ! reprit Chevrette offensée dans son amour-propre. Comment pouvez-vous, monsieur mon frère, me comparer à ce disgracieux animal ?

— Ne te fâche pas, bonne sœur. Le lynx est
très estimé pour son coup d'œil ; mais si tu pré-
fères que je te compare à l'aigle, qui regarde fixement le soleil, va pour un aigle.

La naine daigna sourire, et les trois compagnons
se trouvèrent subitement ranimés par la perspective d'un abri où ils allaient trouver trois choses
précieuses : de l'ombre, de l'eau et du repos.

Au bout de dix minutes ils atteignirent l'habi-
tation signalée, et ils furent agréablement frappés
du tableau qui s'offrait à leurs yeux, tableau d'une
grâce imprévue, agreste et réjouissante.

La maison était tout simplement un moulin
dont une jolie petite rivière aux paillettes d'or
faisait marcher la grande roue ; son toit de tuiles
rouges, blanchi par la farine comme par une
giboulée de neige, était émaillé de gros pigeons qui
se rengorgeaient en piétinant, et dont le plumage
miroitait au soleil.

Un escadron de canards voguait sur l'eau, sans
s'écarter de la maison, où les ramenait toujours
cet esprit de prudence et de gourmandise qui est
l'instinct conservateur des animaux domestiques.

Enfin le moulin était accru et embelli d'un vaste
jardin tout odorant du parfum des fleurs, tout ver-
doyant, tout panaché de fruits. Et sous une tonnelle aussi large que longue, salle à manger abritée
par l'épais feuillage de la vigne, une table était
dressée.

Non une grossière table de paysan, mais une
table de riche bourgeois, d'échevin, de prévôt des
marchands ; — une table de chanoine ou d'évêque,
ou d'abbé bénéficiaire ; — une table de courtisan
en faveur ou de surintendant des finances.

En effet, elle était couverte de linge damassé,
étincelante d'argenterie et de cristaux, chargée de
venaison, de pâtés, de pyramide de fruits, jonchée
de fleurs, et à terre d'innombrables bouteilles
rafraîchissaient dans de grands seaux d'eau.

Quelle fête pour les sens de nos voyageurs épuisés, altérés, affamés ! Les nains ouvrirent de grands
yeux et firent claquer leurs langues comme le
Tantale de la mythologie.

Belle Suzanne, dit enfin Moucheron avec amertume, est-ce là une dérision barbare du destin ou
une attention délicate de la Providence ? Qu'en
pensez-vous ?

— Il est difficile de croire, répondit-elle en
essayant de sourire, que ces préparatifs succulents
aient été faits pour nous, et nous serions sans
doute fort mal venus à réclamer notre part de ce
royal festin.

— En vérité, s'écria Chevrette. Permettez-moi,
chère compagne, de donner un avis tout contraire.
De simples juifs n'ont-ils pas vu tomber la manne
du ciel quand ils erraient dans le désert ! Or,
quoique nous voyagions à pied et que nos vêtements soient un peu fripés, il me semble que nous
avons l'air assez noble pour être accueillis avec
empressement par les maîtres hospitaliers de ce
logis.

— Sainte hospitalité ! murmura le nain, jamais
tu ne fus invoquée si à propos, et le prudent Ulysse
sortant des flots ne fut pas plus charmé en rencon-
trant la princesse Nausicaa, cette blanchisseuse
primitive et sans pareille, que je ne le suis de contempler cette table de tentation, quand la faim et
la soif déchirent mes entrailles.

Mais Suzanne, quoique plus exténuée que ses
compagnons, n'oubliait pas les dangers qui menaçaient leur fuite et ne songeait qu'à rejoindre au
plus tôt Charles de Bourbon. Elle saisit vivement
la main de Moucheron et lui dit avec fermeté :

— Repoussez le conseil de votre sœur, mon
ami. Nous ne saurions être admis à ce repas, qui
attend à coup sûr de hauts personnages. Ce serait
folie de l'espérer ; ce serait folie d'attirer l'attention sur nous par une imprudence condamnable ;
ce serait folie de courir le risque de tomber entre
les mains de nos ennemis quand il suffit d'un dernier effort pour nous mettre hors de leur atteinte.

— Vous avez raison, mon joli prêcheur,
répliqua le nain, ramené aussitôt à sa prudence
habituelle. Je ne veux pas avoir à me reprocher
de m'être laissé prendre au piège comme un loup
vorace. C'est bien bon de manger, mais c'est bien
gênant d'être étranglé ou pendu.

Puis s'adressant à sa sœur désappointée :

— Allons, Chevrette, en route. Tu n'en auras
que meilleur appétit ce soir.

Comme ils se retournaient pour continuer leur
voyage, ils s'arrêtèrent tous trois saisis de surprise
et de terreur à l'aspect de deux archers
debout à quelques pas d'eux, et dont les regards
fauves se fixaient ardemment sur cette même table,
objet de leur convoitise.

— Par les pieds fourchus de Lucifer ! s'écria
l'un des deux soudards, est-ce que la meunière
marie tous ses enfants, ou lui as-tu envoyé un
ambassadeur, Faucheux, pour annoncer notre
passage ?

— Vaillant Goulard, dit l'autre archer, dois-je
donc sans cesse te rappeler qu'il est imprudent
d'évoquer le diable cent fois par jour ? A force de
se voir traité avec cette familiarité, l'esprit malin
pourrait bien se lier avec toi un peu plus qu'il ne
convient pour le salut de ton âme.

— Ne t'inquiète pas de mon âme, honnête Faucheux. Est-ce que je prends souci de la tienne ? et
pourtant je ne la crois pas des plus blanches,
malgré tes patenôtres. Donc, par le diable ou par
la messe, je te jure que cette table possède un
charme, une magie, un sortilège auxquels je ne
puis résister. Je veux faire l'épreuve de ces pâtés,
de ce gibier et de ces flacons avant l'arrivée des
convives.

Goulard prit un air de componction hypocrite :

— Tu obéis en ce moment à un instinct des
plus impétueux et des plus naturels, mon cher ami.
Mais quoique le proverbe dise : « Qui quitte sa
place la perd, » je ne crois pas séant de nous asseoir
à cette table veuve de convives sans en avoir
demandé la permission.

— La permission, répéta Faucheux avec une
expression d'accablement ; mais si on nous la
refuse ?

— Alors, répliqua Goulard impassible, nous
aurons le droit de nous en passer, si les meuniers

Le nain tourna deux fois la clef dans la serrure. — Page 14.

de cette province ont quelque respect pour des armes bien trempées, des bras robustes et des cœurs de héros.

— Ah! je reconnais là mon fidèle compagnon, murmura Faucheux attendri.

Moucheron ne put s'empêcher de laisser échapper un petit éclat de rire.

— Tiens qu'est-ce que ces oiseaux-là? s'écria Goulard, dont l'attention se dirigea aussitôt sur nos trois voyageurs, qui cherchaient à s'esquiver.

— D'abord, voici deux oiseaux-mouches de notre connaissance, dit Faucheux en étendant une de ses longues mains vers les deux fous du connétable, qui s'arrêtèrent tout tremblants et comme fascinés par ce geste menaçant.

Chevrette fondit en larmes et poussa des glapissements épouvantables:

— Ils nous ont reconnus, Moucheron.... Ah! nous sommes abandonnés de Dieu! Ces maraudeurs sont ivres de vin et de méchanceté; ils vont nous couper en morceaux!

— Non, gentille dame, interrompit Goulard.

Les morceaux seraient trop petits. Mais rassurez-vous; nous nous contenterons d'user nos lanières sur votre dos, afin de vous laisser un souvenir ineffaçable des deux plus vigoureux archers du roi.

— Grâce! grâce! cria la naine en se prosternant à leurs pieds dans la poussière, sans prendre souci de sa belle robe écarlate.

— Allons! pas tant de simagrées, jeune coquette, dit Faucheux en ricanant; nous avons un vieux compte à régler, et vous savez cet autre proverbe: « Les bons comptes font les bons amis! »

— Or, ajouta gracieusement Goulard, nous tenons beaucoup à conserver votre amitié!

La pauvre naine était en proie au paroxysme de la peur, les traits bouleversés, l'œil hagard et les mains crispées.

Suzanne, dont l'âme intrépide eût bravé sans fléchir la torture et la prison, redevenait femme devant la brutalité de ces soldats ivres, et tremblait de tous ses membres sans songer que son costume masculin lui imposait un tout autre rôle.

Moucheron comprenait bien la gravité du péril,

2

sachant qu'il ne pouvait lutter avec avantage contre Goulard et Faucheux ; néanmoins son sang-froid ne l'avait pas abandonné, et il cherchait dans son esprit inventif le moyen de sortir d'embarras.

Tout à coup son front s'éclaircit, un éclair de malice brilla dans ses yeux, et s'élançant d'un bond jusqu'à un poteau grossièrement équarri au bout duquel pendait une cloche :

— Un instant ! s'écria-t-il en saisissant la corde destinée à mettre la cloche en branle, je demande à dire deux mots.

— Tu es bien bavard, repartit Faucheux en le regardant de travers.

— Je voudrais vous voir à ma place, vaillant archer.

— Bah ! à la guerre comme à la guerre, lâche avorton. J'ai été plus d'une fois sur le point d'être pendu, et je ne criais pas comme un chat écorché. Allons ! il faut en finir.

— Eh bien ! vous voyez cette cloche ? dit le nain.

— Certes, je ne suis pas aveugle.

— Vous la voyez, mais à quoi sert-elle ? Vous n'en savez rien.

— Eh ! que nous importe !

— Il vous importe beaucoup, vaillant archer. Cette cloche est chargée d'annoncer à tous les gens du pays les inondations et les incendies, les fléaux du ciel et les fléaux de l'homme.

— Eh bien ! à cette heure, elle manque de besogne, dit en riant Faucheux, car pas un brin de paille ne brûle à l'horizon, pas un brin d'herbe n'est mouillé d'une goutte de rosée.

Moucheron caressa la corde de sa main grêle.

— Et cependant, si je l'agitais fortement, cher pendeur de femmes, vous verriez aussitôt accourir ici toute une armée de paysans et de maraudeurs.

— Qu'ils viennent, si c'est leur bon plaisir.

— Or, ils ne verront ni inondation, ni incendie à combattre, poursuivit le nain avec calme ; ils verront cette table bien servie, les fourneaux du moulin joyeusement allumés, et certes ils ne se feront pas faute, pour se dédommager de leur peine, de vider les flacons et de nettoyer les plats ; s'ils sont complaisants, ils vous laisseront peut-être les os à ronger, à vous et à votre camarade.

— Tripes du diable ! s'écria Faucheux, il y aurait bataille.

— Voyons ! reprit le nain, ne serait-il pas plus agréable de vous asseoir tous deux à cette table, sans tapage et sans colère, et d'y faire un repas de moines en trinquant gaiement jusqu'au coucher du soleil ?

— Tu parles mieux qu'un prédicateur, rusé petit homme, dit Goulard, dont les yeux ne quittaient pas les bouteilles.

— Ainsi vous ne désirez pas que je tire cette cloche du salut, messeigneurs ? demanda Moucheron d'un air naïf.

— Garde-t'en bien, si tu ne veux pas que je te pourfende de la tête aux pieds, répliqua Faucheux.

Le nain agitait doucement la corde.

— Allons, j'y consens, dit-il avec une sorte d'hésitation, mais il faut que vous me juriez tous

deux sur votre part de paradis, que vous oublierez votre rancune et que vous aurez pour nous trois les plus grands égards...

— Oses-tu te moquer de nous, infernal singe ? s'écria Faucheux en faisant une enjambée vers lui.

Moucheron tira la corde, qui fit osciller la cloche. L'archer, épouvanté, s'arrêta.

— J'ai fait mes conditions, dit gravement le nain ; c'est à vous d'accepter ou de refuser, c'est-à-dire de dîner ou de rester à jeun.

— J'ai bien soif ! murmura Goulard.

— J'ai bien faim ! ajouta Faucheux.

Moucheron agita de nouveau la corde, et les archers entendirent avec stupeur quelques tintements légers, précurseurs d'un carillon désastreux.

— Hâtez-vous de vous montrer des ennemis généreux, ou toute la contrée va se lever comme un seul homme. Bouteilles et pâtés, tout disparaîtra comme un rêve.

— Assez, mon ami, assez ! s'écria Faucheux ; ton éloquence nous a vaincus. Ventre affamé n'a pas plus de rancune que d'oreilles. Je pardonne de tout cœur à ces petits monstres. Goulard, imite-moi et prenons place à table.

— Je serai miséricordieux, dit Goulard, mais à une condition.

— Laquelle ? demanda le nain.

— C'est que toi, la sœur et votre compagnon, vous nous tiendrez tête.

— Oh ! c'est vraiment trop de gracieuseté !

— Plus je te vois de fous, plus on mange, dit l'archer. Et puis, tu as dans ta cervelle un sac de ruses et de malices qui me met fort en défiance. Je désire boire à mon aise, sans crainte de trahison. Je serai plus tranquille si tu nous aides à vider les flacons.

Suzanne jeta un regard suppliant à Moucheron et répondit :

— C'est impossible, nous ne pouvons nous arrêter ici plus longtemps.

Goulard fronça les sourcils.

— Les voyageurs qui n'ont pas le temps de s'arrêter devant les escadrons de bouteilles et les bataillons de pâtés ne doivent avoir que de mauvais desseins. La frontière est bien voisine, et je commence à vous soupçonner d'avoir l'intention de passer à l'ennemi. Diable ! un renfort si important pourrait assurer la victoire au traître Bourbon, et je ne sais qui me retient d'aller vous dénoncer à notre général.

Moucheron feignit de se mettre en colère contre Suzanne pour détourner les soupçons de l'archer.

— Taisez-vous, jouvenceau malavisé, dit-il impérieusement, et n'oubliez pas que vous me devez obéissance. Vous êtes un bon serviteur du roi, ajouta-t-il en s'adressant à Goulard, et j'accepte votre courtoise proposition, mon gentilhomme, non par crainte, mais par appétit.

Les archers, apaisés par cette concession, entrèrent dans le jardin avec les fugitifs, gagnèrent la tonnelle et prirent place autour de la table mystérieuse.

Comme nul ne paraissait aux portes ni aux fenêtres du moulin, Faucheux se mit à crier à tuetète, appelant le meunier, la meunière, les garçons et les servantes, et jurant, par les plus épouvantables blasphèmes, de tout exterminer si on ne s'empressait d'accourir à ses ordres.

Ce procédé vocal obtint un plein succès; il achevait à peine son invocation que les convives virent sortir du moulin une jeune femme qui s'avança vivement vers eux en poussant les hauts cris.

C'était la meunière, une superbe paysanne au teint brun et coloré, dont l'encolure robuste, les yeux brillants et hardis, les lèvres rouges et le galbe sévère accusaient une nature énergique.

— Ah çà! s'écria-t-elle en se croisant les bras à l'aspect de ces convives de hasard, d'où sortez-vous, meute de loups affamés?

Faucheux étendit vers elle sa longue main osseuse :

— Nous sortons, ma mie, d'une fournaise et nous avons le gosier incendié de charbons ardents. Nous allons donc vider ces bouteilles à votre santé, en attendant que vous vouliez bien nous en quérir d'autres.

— Ainsi, dit la meunière stupéfaite, vous croyez que je vais vous laisser tranquillement festoyer à cette table?

— Nous daignons l'espérer, répliqua Goulard d'une voix doucereuse; nous sommes charmés d'être servis par vos belles mains un peu hâlées, mais si vous tardez cinq minutes, il est à craindre que l'appétit nous rende un peu trop impatients...

— Et alors?

— Et alors nous pourrions, pour nous distraire, briser en mille morceaux les cristaux et la vaisselle qui couvrent la nappe.

La meunière leva les bras au ciel et fit mine de se tordre légèrement en signe de désespoir.

— Mais, malheureux, dit-elle avec un gros soupir, sachez donc que rien de tout cela ne m'appartient. Ce beau linge, cette argenterie, ces coupes ciselées ont été envoyés par de très hauts seigneurs, qui ne vous permettront pas de vous régaler impunément à leurs dépens.

— Quel est son nom, la belle? demanda Goulard avec une courtoisie affectée.

— Léonarde, pour ne pas vous servir, mon compère.

— Eh bien! chère demoiselle, sachez à votre tour qu'en ce moment les soldats qui vont se battre pour notre gracieux roi François Ier sont les plus hauts seigneurs du monde. N'ayez donc nul remords de nous voir en liesse. Nous ne permettrons à personne de vous faire verser une larme à notre sujet.

Léonarde ne bougeait pas et ses yeux sombres menaçaient les deux insolents archers comme si elle eût eu envie d'engager avec eux une lutte trop inégale.

— Hâtez-vous, ma fille, reprit Faucheux, ou nous brisons tout sans rémission!

— Oh! murmura la jeune meunière, si Lupon était ici, vous ne seriez pas si fanfarons, mes maîtres!

— Lupon! dit Goulard d'un air narquois, en feignant de chercher dans ses souvenirs, je ne connais pas ce chevalier de la table ronde.

— Lupon n'est pas un chevalier, repartit d'une voix sombre Léonarde, mais d'un revers de main il vous coucherait à terre vous et votre camarade. Avec un fléau, une fourche, une faulx, il briserait vos armes comme du verre.

— Oui-dà! quel Roland! Mais Lupon est absent, ma mie. C'est fâcheux pour votre vaisselle qui est abandonnée à notre discrétion.

Léonarde les regarda avec mépris.

— Il est vrai, je suis seule, et puisque vous n'avez pas pitié de mon embarras ni de mes prières, il faut céder. Je serai votre servante, vaillants archers, mais j'ai l'espoir qu'avant la fin du repas vous serez récompensés suivant vos mérites par les illustres seigneurs que j'attends.

Bien convaincue qu'elle ne gagnerait rien à discuter davantage, la belle meunière parut se résigner de bonne grâce; elle jeta même, en s'éloignant, un coup d'œil assez direct à Suzanne, dont la figure mélancolique et l'air embarrassé avaient produit sur elle une impression des plus favorables.

Les deux archers s'en étaient aperçus.

— Mon jeune compagnon, dit Faucheux, votre mine de damoiseau a touché, je crois, le cœur de la Léonarde. Il s'agit de faire tourner cette heureuse disposition à l'avantage général, en galantisant bravement avec elle.

— Moi! s'écria Suzanne, qui se troubla et devint toute rouge.

— Ventre-Mahom! la meunière vous fait-elle peur à ce point, mon jouvenceau? C'est cependant un beau brin de femme, et si j'étais à votre place, je voudrais forcer ce visage farouche à sourire et cette bouche revêche à chanter.

— Je crois que vous vous trompez, dit timidement le faux cavalier.

— Elle revient; nous allons en juger tout de suite. Je parie que vous serez servi le premier, ou je ne connais pas le cœur des femmes.

— Allons! vous voulez vous moquer de moi, monsieur l'archer.

Faucheux toisa Suzanne avec un regard de défiance.

— Vraiment! dit-il, vous êtes bien modeste, bien doux, bien sage, bien discret pour un damoiseau de votre âge, qui court les sentiers des frontières, au milieu des armées en marche!

Effrayée à la pensée de voir son travestissement découvert, Suzanne se leva résolûment sans répondre, courut à Léonarde, qui déposait sur la table un magnifique quartier de chevreuil, et l'embrassa bruyamment sur les deux joues.

— Voyez-vous ce petit téméraire! dit la belle meunière en répondant à cette agression par un sourire qui n'avait rien de décourageant.

— Ah! si Lupon était là! s'écria Goulard.

— Heureusement Lupon est absent, dit Faucheux avec componction, car il prendrait le gentil cavalier sous son bras, et sans fléau, ni fourche, ni faulx, il pourrait bien lui faire prendre un bain dans le ruisseau du moulin.

Léonarde fit la moue, mais elle répondit :

— Bah! on ne peut pas se fâcher! C'est un enfant.

— Un enfant! Cornes du diable! comme j'irais à la rescousse sur un mot pareil, dit Goulard.

Mais Suzanne, toute confuse de son audace, retourna s'asseoir, rouge comme une cerise.

Faucheux hocha la tête en murmurant :

— Ce n'est pas naturel.

— Non, ce n'est pas naturel, répéta Goulard en dépeçant le cuissot de chevreuil.

— Remarque bien ce cou de cygne...

— Ces mains blanches et effilées...

— Ce regard timide et voilé...

— Qu'en penses-tu, Faucheux?

— Et toi, Goulard?

— C'est une femme. Le maudit nain s'est joué de nous.

— C'est une femme, et elle doit bien rire de notre crédulité.

— Il ne sera pas dit que deux archers du roi auront été sa dupe.

— Il faut tirer la chose à clair.

Goulard continua à dépecer le chevreuil, mais Faucheux se leva de table et, s'approchant de Suzanne, lui frappa brusquement sur l'épaule.

— Compagnon, lui dit-il d'un air jovial, la meunière vous plaît beaucoup, n'est-ce pas?

— Beaucoup! répondit-elle du ton le plus dégagé possible.

— Eh bien! nous sommes tout à fait d'accord, je le vois avec plaisir.

— Certes, nous n'aurons pas maille à partir à ce sujet. Vous trouvez Léonarde superbe, moi je la trouve magnifique. Je l'ai embrassée, embrassez-la.

Faucheux s'inclina cérémonieusement devant le jouvenceau.

— Je crains, mon bel ami, que nous ne nous soyons pas compris. Si nous aimons tous deux la meunière, nous sommes rivaux.

— Rivaux! répéta Suzanne stupéfaite.

— Parfaitement, mon mignon, et, en conséquence, je n'ai pas besoin de vous dire ce qu'il nous reste à faire...

— Je vous assure que je désire tout simplement vous laisser la place libre.

— Vous voulez rire, damoiseau, vous voulez rire, s'écria Faucheux en tirant son épée; mais un archer du roi ne se paye pas de sornettes. Nous allons nous battre sans retard, et le cœur de la meunière appartiendra au vainqueur.

Il s'éloigna de la table et ajouta avec un geste héroïque :

— Flamberge au vent, mon camarade!

Suzanne devint affreusement pâle, et cédant à l'instinct naturel de son sexe, elle fut sur le point de fuir devant cette lame étincelante, maniée par une main robuste et exercée; mais son amour pour le connétable la soutint encore dans ce moment critique. Comprenant qu'elle ne pouvait refuser le combat sans se trahir et sans s'exposer à être reconnue, elle aima mieux exposer sa vie que sa liberté.

— Soit, dit-elle en essayant de sourire, Léonarde est assez belle pour être disputée les armes à la main.

Sans se préoccuper des lamentations des nains épouvantés, elle alla se poser en face du terrible soudart, que la meunière accablait vainement de menaces, puis elle tira cavalièrement son épée, grâce aux leçons qu'elle avait prises autrefois à la cour pour jouer ses rôles de page.

Le combat s'engagea aussitôt, mais il ne fut pas long; à la troisième passe, l'arme de Faucheux, qui s'était fendu comme un compas, avait effleuré le mignon poignet de Suzanne. Quand elle vit couler son sang, elle perdit courage, jeta un cri, lâcha son épée et se laissa tomber sur un escabeau.

Léonarde, qui l'avait soutenue, était aussi tremblante qu'elle.

— Je sais ce que je voulais savoir, dit le vainqueur en rengaînant sa lame.

— Eh bien! que savez-vous, monsieur le bravache? dit aigrement la meunière.

— Que votre damoiseau est une femme, ricana Faucheux.

— Une femme! murmura Léonarde avec un soupir de surprise et de désappointement.

— Ventre du pape! reprit Goulard en fronçant les sourcils, une femme déguisée en cavalier, si près de la frontière, c'est fort ténébreux; il y a là un mystère qui flaire la trahison, et notre devoir est de nous assurer du personnage. A moi, Faucheux!

Il se dirigea vers Suzanne d'un pas ferme. Celle-ci s'enfuit vers le moulin, tandis que la meunière et les nains tentaient d'arrêter les deux archers, l'une en faisant appel à leur humanité, les autres en poussant des cris perçants.

— Commençons par mettre l'ennemi à sac, dit Faucheux; et en un clin d'œil il eut débarrassé la belle Léonarde de la superbe chaîne d'or qui s'enroulait trois fois autour de son cou, arraché les grelots d'argent qui ornaient le bonnet de Moucheron, et dépouillé Chevrette des bagues qui brillaient imprudemment à ses doigts.

Goulard l'avait rejoint et ils partageaient leur butin en honnêtes frères d'armes, lorsqu'ils virent déboucher par la route une petite troupe de cavaliers parfaitement armés et équipés; ils servaient d'escorte à une dame montée sur une mule richement harnachée; sa mante de voyage, entr'ouverte, laissait voir une robe de soie verte agrafée de boutons de diamants, et ce costume élégant faisait ressortir sa figure fière et hautaine, belle de lignes sévères, mais déjà flétrie aux coins des paupières et des lèvres par des rides nombreuses. Elle paraissait âgée de cinquante ans, et la préoccupation obstinée qui rendait son regard fixe ne contribuait pas à la rajeunir.

Elle arrêta sa mule, et s'adressant à un des seigneurs qui l'accompagnaient :

— Quel est ce fou? demanda-t-elle d'une voix brève en montrant Faucheux, qui, paré des dépouilles de la meunière et des nains, offrait un aspect des plus burlesques.

— Ce fou! répéta l'archer avec impudence, est-ce bien à un archer du roi que vous osez lancer une pareille insulte, madame? Seriez-vous de la religion, par hasard, et croyez-vous que votre escadron de parpaillots nous ferait peur ?

— D'une volée de cloche, ajouta Goulard, nous pouvons rassembler ici une armée de bons serviteurs du pape et du roi.

Mais aussitôt un des cavaliers s'avança et frappa l'épaule du maraudeur avec sa houssine.

— Tais-toi, misérable, tu en as déjà assez dit pour être pendu à cette cloche.

Goulard, à son tour un peu troublé, regarda fixement le cavalier, et reconnut le capitaine Jonas dans ce donneur de conseils impérieux.

En ce moment Suzanne sortit du moulin, où elle avait cherché un refuge, et vint se jeter en suppliante à la bride de la mule de la grande dame.

— Prenez-moi sous votre protection, madame, s'écria-t-elle, et gardez-moi, ainsi que mes compagnons, de la brutalité de ces maraudeurs. Nous ne demandons qu'à continuer tranquillement notre route.

— Notre présence vous met à l'abri de toute violence, répliqua courtoisement la dame.

Mais le timbre de cette voix parut frapper Suzanne comme un coup de foudre. Elle frissonna en regardant avec angoisse sa protectrice, et se recula machinalement.

— Grand Dieu ! murmura-t-elle, je ne me trompe pas ! c'est madame Louise de Savoie.

La dame, à son tour, attacha ses yeux durs et perçants sur le jeune cavalier qui venait de l'implorer, et, après un instant d'indécision, elle répliqua avec un sourire d'une ironie cruelle :

— Si Suzanne Lallier est morte, vous êtes son fantôme ; si elle est vivante, vous êtes son frère, si ce déguisement cache une femme, vous êtes ma prisonnière.

IV

DE L'ÉTRANGE MOINE QUI OSA TENIR TÊTE A LA REINE-MÈRE

La surprise de madame Louise de Savoie, en reconnaissant Suzanne Lallier, offrit les mêmes symptômes qu'une violente frayeur. On eût dit qu'elle voyait une ressuscitée sortant de son tombeau pour la menacer des vengeances célestes. Elle resta d'abord immobile et comme pétrifiée en face de cette jeune fille, dont la vue ravivait en son âme, comme un tison ardent, les plaies mal cicatrisées de la jalousie.

Madame Louise de Savoie, hautaine, impérieuse, dure et avide, était jalouse ainsi que tous les orgueilleux, qui croient que les cœurs leur appartiennent comme les biens et les honneurs de la terre. Soustraire son âme, sa conscience, son honneur même à leur domination, c'est un crime capital à leurs yeux. Elle avait aimé le connétable, et ce prince, qui avait dédaigné l'amour d'une reine, s'était abaissé jusqu'à lui donner une rivale sortie du peuple ! La chose lui semblait monstrueuse et incroyable ; pourtant elle n'avait

pu se nier à elle-même la vérité : cette fille, qui n'était rien, l'avait emporté sur la mère du roi, qui était tout !

Une pâleur de marbre couvrait ses traits sévères, quoique beaux encore, qui tressaillaient et se contractaient sous la fièvre des violentes passions qui agitaient son cœur. Son trouble était si profond qu'elle agita plusieurs fois les lèvres sans pouvoir proférer une parole.

— Suzanne Lallier ici ! murmura-t-elle enfin avec un effort.

La jeune fille courba la tête sans répondre.

— Comment se fait-il que vous soyez libre ? demanda la reine-mère, tandis que j'avais donné des ordres...

— Pour que je ne sortisse pas vivante de ma cage de fer, acheva Suzanne avec amertume.

— Oui, reprit Louise de Savoie d'une voix dure. Oserez-vous dire, fille effrontée, que ma justice avait tort ? Ne devais-je pas vous punir de votre coupable intrigue avec un homme dont la Providence s'est chargée d'abaisser l'orgueil ?

— Certes, madame, dit Suzanne, dont les joues s'empourprèrent de honte, vous êtes placée si haut par votre rang, par votre beauté, par votre vertu, qu'il ne m'appartient pas à moi, chétive créature d'en bas, de me plaindre. Je ne puis que m'humilier devant vous et vous demander grâce. Je suis le ver de terre que le pied du passant écrase distraitement. Cependant, est-ce ma faute si le respect était le seul sentiment que monsieur le connétable osât éprouver pour la mère de son roi, tandis qu'il daignait jeter un regard sympathique sur moi, obscure, sans nom ?...

— Assez, fille sans pudeur ! s'écria, pâle de colère, madame Louise, qui comprit l'ironie cachée sous cette douceur, — et répondez à ma demande au lieu de vous vanter si témérairement de votre honte. Comment êtes-vous parvenue à vous évader du château de Montchenu ?

Ce nom rappela aussitôt Suzanne Lallier au sentiment de sa position ; elle comprit le danger d'irriter davantage sa puissante ennemie, et ce fut du ton le plus humble qu'elle répliqua :

— Dans ma misère, madame, j'ai conservé des amis qui se sont dévoués à mon salut. Longtemps j'ai cru que j'étais oubliée et que mon souvenir ne vivait plus dans aucun cœur. J'avais dit adieu au monde des vivants, dont j'étais retranchée à jamais. Je me croyais morte pour tous, mais je me trompais : des âmes fidèles pensaient toujours à la recluse.

— Comment ces rusés coquins ont-ils pu tromper la vigilance de la comtesse Diane ? demanda sèchement madame de Savoie.

— Ils ont usé de stratagème, madame, et la veuve du comte Aurélien a cru rendre à mon vieux père le corps de sa fille.

La reine-mère tressaillit.

— Voilà donc comme nous sommes servis ! reprit-elle avec une sourde rage. La comtesse de Montchenu est coupable d'avoir abusé de ma confiance en sa bonne garde et aura à me rendre un compte rigoureux de cette faute. Quant à vous, gente et douce Suzanne, je vous tiens heureusement de nouveau en mon pouvoir, et il dépend de moi de vous replonger dans cette nuit terrible de la prison ; mais tel n'est pas mon dessein.

La jeune fille fixa sur la hautaine duchesse d'Angoulême un regard étonné ; elle n'osait pas encore se réjouir de cette bonne parole ; elle n'osait pas en remercier sa rivale. Celle-ci ajouta après un instant de réflexion.

— Suzanne, je ne veux plus me montrer sévère envers vous, mais je mets une condition à ma clémence.

— Je vous écoute, madame.

Madame Louise darda sur elle un regard perçant, comme si elle eût voulu lire jusqu'au fond de son âme :

— Si je puis juger des autres par moi-même, ma belle enfant, il me semble qu'aussitôt libre, vous auriez dû penser à rejoindre vos parents, à les consoler de leur affliction et à vivre en paix auprès d'eux.

Suzanne resta interdite, car elle devina facilement le motif de cette réflexion ; mais elle ne tarda pas à se remettre et répondit :

— C'est aussi le premier désir que j'ai éprouvé, madame.

— Et pourquoi n'avez-vous pas suivi cette inspiration honnête de votre cœur ? dit la duchesse d'une voix insinuante.

— Hélas ! madame, avez-vous donc oublié que cet amour involontaire, dont je n'ai pu me repentir et qui m'a rendue criminelle à vos yeux, avait fait de moi un objet de scandale et d'opprobre dans le pays où je suis née ? Si j'avais osé y reparaître, chaque parole de nos anciens amis eût été une injure, chaque geste une menace, chaque regard une humiliation.

— Bien, Suzanne, je veux vous croire ; mais pourquoi vous êtes-vous dirigée sur la frontière italienne ?

La jeune fille hésita à répondre, jetant autour d'elle des regards inquiets et irrésolus.

— J'attends, dit la duchesse.

— Eh bien ! madame, balbutia Suzanne d'une voix tremblante, j'ai suivi mes compagnons... j'étais si faible... j'avais la tête si lourde !...

— Que vous n'avez pas pensé à demander à vos guides, interrompit ironiquement madame Louise, s'ils vous conduisaient au camp français ou au camp des impériaux...

— Non, madame.

— Ainsi vous ignoriez que vous vous rapprochiez de l'armée que commande Charles de Bourbon ?

Malgré les signes de Moucheron, la jeune fille ne se sentit pas le courage de mentir ; elle baissa les yeux et des larmes ruisselèrent sur ses joues. Cet interrogatoire devenait pour elle un odieux supplice.

Tout à coup la reine-mère changea de physionomie avec une facilité qui prouvait l'énergie et la résolution puissante de son caractère :

— Messieurs, dit-elle aux cavaliers qui l'entouraient, laissez-moi un instant seule avec cette enfant.

Ils se retirèrent aussitôt à une distance qui ne leur permettait plus d'entendre la conversation des deux femmes.

Aidée d'un jeune page, madame Louise descendit de cheval et alla s'asseoir sur l'herbe, à l'ombre épaisse d'un grand hêtre.

— Venez ici, jouvencelle, dit la fine dame à Suzanne, avec une expression de douceur à laquelle le caractère impérieux et dur de ses traits se prêtait difficilement, prenez place auprès de moi, ce beau gazon plus doux et surtout plus exempt de soucis que le plus beau trône de la terre.

Ce ton de bonté et ce détachement apparent des grandeurs de ce monde trompèrent un instant Suzanne, qui crut à une de ces étranges métamorphoses que produisent parfois les grandes passions.

Elle obéit à l'ordre de la reine-mère ; celle-ci constata d'un coup d'œil l'effet de ses paroles doucereuses et se disposa à tirer parti de la confiance qu'elle cherchait à inspirer à la douce Suzanne.

Jamais peut-être l'inexorable persistance d'un amour que tant de dédains eussent dû décourager ne s'était si éloquemment manifestée. La fière dame allait s'astreindre à un rôle de mensonge et de perfidie vis-à-vis de cette humble et courageuse fille qui avait bravé sa haine.

— Voyons, dit-elle en continuant sa comédie et en caressant les mains de Suzanne dans les siennes, avouez-moi franchement que vous vouliez passer la frontière pour rejoindre notre ennemi, monsieur le connétable.

— Madame, murmura la jeune fille, hésitant encore à se livrer, quoique à moitié vaincue par cet air de mélancolie qui adoucissait le visage sévère de la duchesse, que puis-je vous dire sans vous offenser ?

Madame Louise se mordit les lèvres ; mais elle essaya de sourire bénignement et reprit :

— Eh ! ne voyez-vous pas, ma belle enfant, que ce n'est plus une rivale d'amour qui vous parle ? Ai-je pour vous les yeux et la voix d'une ennemie ? Si je vous haïssais comme autrefois, aurais-je besoin de me montrer douce et affectueuse à votre endroit ? N'ai-je pas toujours des serviteurs fidèles, si ce n'est parmi les vôtres, pour obéir à mes ordres, fussent-ils injustes et insensés ?

Oui, Suzanne, j'ai été violente et mauvaise quand j'aimais comme vous notre cousin de Bourbon. Que voulez-vous, il me semblait que vous me voliez mon bien, que votre amour me détournait du mien, qu'il était injuste de voir un si grand prince dédaigner la main d'une reine quand il acceptait le dévouement servile d'un cœur obscur. J'ai cru que, vous disparue, je serais aimée. Ah ! je me suis cruellement trompée. J'ai servi de jouet à monsieur le connétable. Par ambition peut-être, dans l'espoir de commander nos armées, il m'avait jusqu'alors traitée avec courtoisie. J'avais pu me faire illusion, me composer un trésor mensonger de ses sourires et de ses flatteries, me nourrir de chimères, enfin. Ô vanité éternelle de la femme ! un jour je me suis crue aimée ; j'aurais voulu conquérir un trône pour Charles de Bourbon ; oui, par le Dieu vivant ! je rêvais de le voir assis à côté de mon fils, le glorieux François. Ah ! Dieu m'a châtiée de mon aveuglement. Quand je vous eus fait disparaître du cœur de Charles, il devint triste, rêveur, morose.

Suzanne tressaillit ; la duchesse, qui s'en aperçut, comprima avec peine la colère qui pouvait altérer sa voix, et poursuivit non sans effort :

— Oui, à partir de cette heure, monsieur le connétable entra en lutte ouverte contre moi. Ses compliments furent des insultes déguisées. L'ambition l'envahit tout entier ; il écouta d'une oreille facile les promesses de Charles-Quint, et, à force de s'attaquer à moi, il s'attaqua à mon fils.

— Oh ! qu'il a dû souffrir et lutter, interrompit Suzanne, avant de prendre ce parti désespéré.

Les yeux de la reine-mère devinrent plus doux encore et sa voix plus caressante.

Hélas ! ma pauvre enfant, reprit-elle avec douceur, je ne l'accuse plus aujourd'hui ; je ne condamne que moi, car c'est mon aveugle amour qui l'a poussé dans ce fangeux abîme. Je reconnais aujourd'hui la folie de cette passion ridicule et surannée ; je n'en ai conservé que le repentir du mal qu'elle a causé et le désir de le réparer. J'aime encore le connétable ; je ne veux pas qu'il me doive sa ruine suprême et qu'il continue à me maudire. Pour le sauver, je vaincrai mon orgueil. Vous qui l'aimez, vous devez me comprendre. Parlez-moi donc, Suzanne, sans détour et sans feinte, comme à une amie qui poursuit le même but que vous.

Suzanne leva sur la reine-mère ses beaux yeux attendris, aux cils desquels tremblaient des larmes pures comme des diamants.

— Eh bien ! oui, dit-elle, convaincue enfin de la bonne foi de madame d'Angoulême, oui, je désirais revoir monsieur le duc de Bourbon. Ce fut ma première pensée au sortir de ma prison ; je ne me sentis pas heureuse du soleil qui éblouissait mes yeux, de l'air pur qu'aspirait ma poitrine, de ces voix, de ces bruits qui chantaient une si douce musique à mes oreilles ; non, je fus heureuse de pouvoir marcher en me disant : Je ne suis plus liée, brisée, emprisonnée, je puis aller vers Charles de Bourbon.

Cet amour si profond, si naïf, si ingénu, étonnait la reine-mère, dont la passion égoïste et vindicative comprenait l'exigence et non le sacrifice. Elle répliqua cependant après un instant de silence :

— Écoutez-moi, Suzanne, ma chère fille, je sais que vous aimez Charles de Bourbon au point d'immoler toujours votre bonheur à sa gloire ; vous n'avez jamais cru qu'il fût permis au duc de vous élever jusqu'à lui, et vous ne voudriez pas être un obstacle à sa fortune.

— Non madame, non, dit vivement la jeune fille, aucune ambition n'a affolé mon cœur ; je veux veiller sur la vie de monsieur le connétable comme une servante fidèle, deviner et guetter ses ennemis. Voilà tout.

La duchesse eût bien voulu qu'une larme

mouillât sa paupière aride ; elle soupira pour simuler l'émotion et reprit :

S'il en est ainsi, Suzanne, et je ne doute pas de votre générosité, nous pourrons nous entendre et réunir nos efforts pour rendre monsieur de Bourbon à son roi et à son pays.

— Dictez-moi mon devoir, madame, et dût mon cœur saigner jusqu'à la mort, j'obéirai.

Madame Louise de Savoie sentit une joie méchante envahir son âme, et, se penchant vers la jeune fille, elle trouva le courage de la baiser au front.

— Bien, mon enfant, ajouta-t-elle ; vous allez franchir librement la frontière et gagner le camp des impériaux. Quand vous aurez rejoint monsieur le connétable, vous userez de votre influence sur son esprit pour le ramener au bercail. Vous ne lui peindrez pas la profondeur de sa chute. Il sait aussi bien que nous l'estime que fait l'Europe entière de sa trahison et la flétrissure dont il a souillé son nom. Cela, c'est son enfer, ce sont ses ténèbres. Vous devez, Suzanne, lui apparaître comme un ange de lumière et lui faire entrevoir le moyen de revenir sur ses pas, de s'arrêter sur la pente où il glisse, de remonter vers son ciel d'honneur et de loyauté. Tendez-lui la main, entraînez-le hors du camp ennemi, poussez-le aux pieds du roi mon fils, qui ne demande qu'à lui pardonner, et vous aurez accompli, ma chère amie, la plus noble mission que peut rêver une femme.

— Oui, s'écria la jeune fille avec exaltation, vous avez dit vrai, madame la duchesse d'Angoulême ; là seulement est le salut pour lui. Cette action héroïque peut lui reconquérir la renommée brillante et pure qui le rendait le modèle des gentilshommes et des illustres capitaines.

Ses regards brillaient d'enthousiasme et son cœur battait violemment dans sa poitrine ; mais elle aperçut tout à coup un sourire singulier crisper les lèvres minces de madame Louise ; un doute la troubla, et, dégageant sa main, elle dit soudainement :

— Madame, si le roi, au lieu de pardonner, conservait son ressentiment contre monsieur le duc de Bourbon ?

La duchesse d'Angoulême ne put s'empêcher de rougir un peu, mais elle répliqua sèchement :

— Je connais mon fils, Suzanne, et je réponds de ses nobles sentiments à l'endroit de son cousin. D'ailleurs, ajouta-t-elle avec une sorte de colère, ne serai-je pas là pour plaider la cause du prince, et ne savez-vous pas que je n'ai rien perdu de mon empire sur l'esprit du roi ?

Suzanne baissa les yeux sans répondre.

— Vous semblez mettre mes paroles en doute, mademoiselle, reprit la terrible dame en s'animant. Chacun sait que je puis faire absoudre ou condamner qui bon me semble. Mon autorité domine la justice même, et ma volonté est la loi.

— Vous me l'avez prouvé, madame, murmura doucement la jeune fille.

Il y eut un instant d'embarras et de silence entre les deux ennemies.

La reine-mère comprit qu'elle s'était oubliée, qu'elle avait laissé tomber involontairement le masque qui devait donner la grâce d'un sourire à sa physionomie sévère, et qu'il fallait redoubler d'hypocrisie pour ne pas perdre tout son avantage.

Mais Suzanne, qui l'observait, s'était sentie pénétrée d'un trait de lumière, et il lui avait suffi d'un accent, d'un regard, d'un pli du front pour descendre jusqu'au fond de cette âme qui avait essayé de se voiler pour elle.

Sous l'empire de la pensée qui l'absorbait tout entière, la duchesse ne remarqua pas le changement qui s'opérait dans l'attitude de sa rivale et reprit avec une ardeur qui acheva de la trahir :

— Maintenant, vous comprendrez, n'est-ce pas, ma chère fille, que j'exige toutes les garanties possibles dans l'intérêt même de celui que nous voulons sauver.

— De quelles garanties voulez-vous parler, madame ? dit Suzanne, qui se tenait désormais sur ses gardes.

La reine-mère la regarda fixement :

— Je vous demanderai deux serments avant de vous laisser partir.

— J'écoute, madame.

— Vous me jurerez sur l'Évangile ou sur la croix de mon chapelet d'engager de toute votre influence monsieur le duc de Bourbon à venir se jeter aux pieds du roi. Vous lui promettrez de ma part, de ma part entendez-vous, ma mie, sa rentrée en grâce et le commandement d'une armée.

— Continuez, madame, dit la jeune fille impassible.

La duchesse hésita, puis d'une voix mielleuse elle ajouta :

— Vous vous engagerez de même, ma pauvre enfant, à épouser l'un de mes officiers. Vous choisirez vous-même votre mari. Il sera noble, il sera riche, il sera assuré de notre protection. Vous garderez votre amour à Charles de Bourbon dans le secret de votre cœur, mais vous serez la chaste et loyale gardienne de l'honneur de votre maison. Ne m'en veuillez pas, Suzanne, si j'exige de vous ce cruel serment. Il faut détruire chez monsieur le duc tous les souvenirs d'autrefois ; il faut briser vous-même ce chaînon du passé qui pourrait être une entrave à sa fortune.

Suzane garda le silence.

— Ainsi, vous consentez, n'est-ce pas ? dit la duchesse déjà inquiète.

— Non, madame, répondit la jeune fille d'un ton calme et ferme à la fois, je ne jurerai pas cela.

Louise de Savoie tressaillit.

— Pourquoi donc, ma chère belle ?

Suzanne parut se recueillir un instant, et reprit.

— Autrefois, madame, je ne croyais ni au mensonge ni à la perfidie. Je ne soupçonnais pas la haine de se cacher sous un sourire comme le poison dans le parfum d'une fleur. Mais on vieillit vite dans une prison, sans un rayon de lumière pour distraire la pensée. L'esprit, sans cesse replié sur lui-même, fouille sans cesse le passé, son seul point lumineux ; il fait une lente et minutieuse revue de toutes les physionomies et de tous les faits qui l'ont frappé ; il apprend à lire dans chaque pli du visage la pensée secrète ou la passion cachée. J'ai acquis bien douloureusement cette science, madame, mais j'y ai confiance, et je dois vous avouer que le son de votre voix et l'expression de vos yeux démentaient les bonnes promesses que vous vouliez m'envoyer porter à monsieur le connétable.

La duchesse était stupéfaite de se voir ainsi devinée par cette jeune fille ingénue qu'avertissait la voix du cœur comme un talisman magique ; elle fit un effort pour ne pas éclater et essaya de lutter encore.

— Suzanne, dit-elle avec un élan de fausse franchise, vous obéissez à des hallucinations malsaines. Votre pauvre tête est encore affaiblie par les souffrances de la prison, et vous devriez chasser ces visions sinistres qui assiègent votre âme.

— Ce ne sont pas des visions, madame, répliqua la fille de Jean Lallier, indignée de cette comédie obstinée ; je ne suis pas une dame habituée aux intrigues de cour, mais je lis votre pensée sur votre visage comme dans un livre ouvert.

— Lisez tout haut ! dit la duchesse pourpre de fureur, mais avec un sourire de dédain.

Suzanne se leva, et la regarda d'un œil doux et fier :

— Je crois, madame, qu'après avoir injustement dépouillé monsieur le connétable de tous ses biens ; après l'avoir réduit, à force de persécutions, à trahir son roi, après avoir voulu avilir le sujet, je crois que vous voudriez avilir et vaincre le rebelle. Oui, ce prince proscrit vous fait peur, osez l'avouer. Vous voudriez le tenir à votre merci pour le contraindre à choisir entre votre amour ou une mort ignominieuse, entre un mariage odieux ou la hache. Vous, madame, habile aux ruses de la politique, vous avez imaginé, pour atteindre votre but, de vous servir de mon amour comme d'un marche-pied. Vous me haïssez, et vous m'avez caressée de la parole et du geste. C'est là ce qui m'a avertie du danger.

— Pauvre fille ! elle déraisonne, bégaya la reine-mère, dont la colère montait comme une marée furieuse.

Suzanne Lallier restait calme. Elle poursuivait de sa voix douce :

— Cessez une comédie indigne de vous, madame. Ma résolution est bien prise. Si j'ai le bonheur de revoir monsieur le duc de Bourbon...

La duchesse d'Angoulême eut un sourire cruel mais ne l'interrompit pas.

— Ce sera pour l'engager, non à déserter ses nouveaux soldats et son nouveau drapeau pour venir faire sa soumission au roi, mais bien à ne jamais reparaître à la cour, où vous êtes toute-puissante, car il trouvera toujours en vous une ennemie irréconciliable. Vous serez toujours acharnée à sa ruine, et il ne saurait épuiser votre haine qu'en faisant violence à son cœur. Voilà tout ce que vous avez à attendre de moi, madame, car je n'ai pas, comme vous, la force de commander à mes sentiments, et si je vous combats, je ne cherche pas du moins à vous tromper.

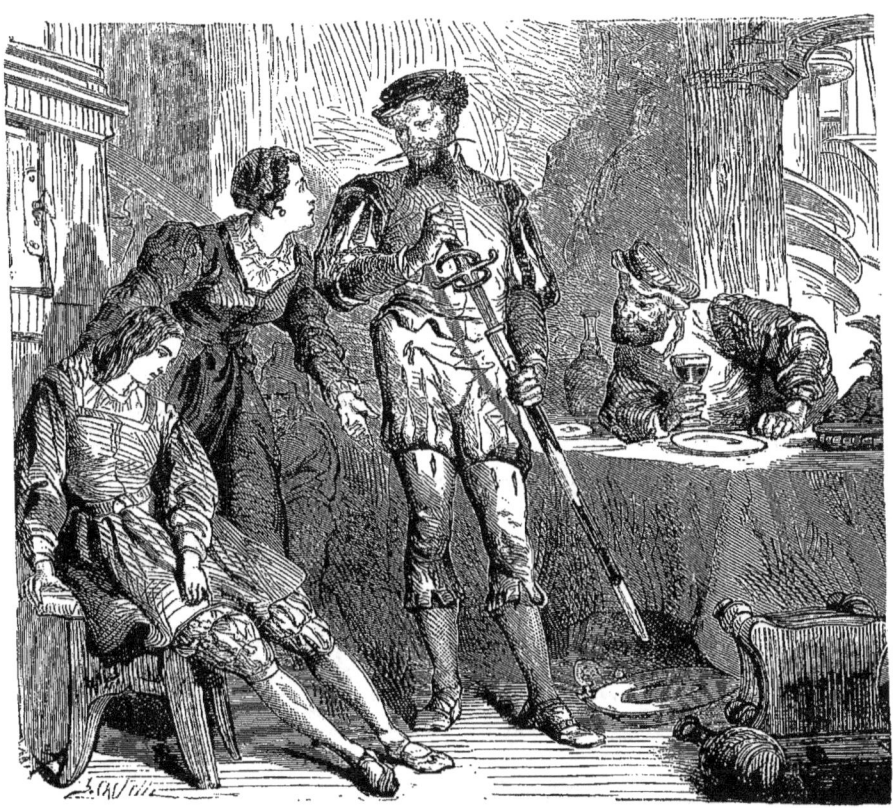

Ventre du pape ! reprit Goulard. — Page 20.

La reine-mère se leva à son tour, les yeux étincelants, le front creusé d'une ride menaçante, la bouche contractée par une expression d'ironie altière. On eût dit que ses cheveux allaient se tordre comme des vipères et les paroles siffler comme des flèches entre ses dents. Symbole de la force tyrannique, qui exige la soumission aveugle, elle étendait sa main vers Suzanne Lallier avec le geste du maître qui menace son chien d'un coup de fouet.

— Misérable ! s'écria-t-elle enfin ; il faut que tu sois plus folle que ces nains, tes compagnons, pour m'avoir bravée avec cette insolence. Les bontés de Bourbon t'ont tourné la tête. Tu te crois peut-être mon égale. La chose est vraiment bouffonne ! Tu es bien fière parce que tu t'es évadée de ta cage de fer, mais je connais un cachot plus sûr et d'où l'on ne revient jamais.

— Vous voyez bien, madame, dit simplement Suzanne, que je vous avais devinée.

Ces derniers mots portèrent au paroxysme la fureur de madame Louise de Savoie. Elle se tourna

brusquement vers les assistants, et dit d'une voix dure :

— Une corde ! qu'on prépare une corde ! Cette malheureuse fille a hâte de mourir.

Puis, désignant du doigt Goulard et Faucheux, qui se tenaient immobiles et tremblants à côté l'un de l'autre :

— Voici des bourreaux de bonne volonté, ajouta-t-elle ; allons, mes drôles, vous allez pendre cette fille perdue ! Telle est la condition de mon pardon.

— Mais, madame, balbutia Faucheux d'un air tout contrit, nous n'avons pas de cordes.

— Fais ton métier, répliqua la reine-mère ; je ne me mêle pas des détails. J'ordonne.

— En voici une ! dit tout à coup une voix stridente.

C'était celle de maître Moucheron. Il s'éloigna vivement du capitaine Jonas, avec lequel il devisait depuis quelques minutes, et s'élança d'un bond sur la corde de la cloche, dont il avait tiré un si heureux parti.

Tous les assistants le regardaient, curieux de savoir ce qu'il projetait ; il mit la cloche en branle, et en tira cinq coups distincts, à intervalles égaux.

— Eh bien ! que fais-tu avorton ? demanda la reine-mère avec impatience.

— Je m'empresse de satisfaire à vos désirs, madame, répondit le nain avec un respect narquois ; j'essaye de détacher cette corde.

Au même instant, le capitaine Jonas s'approcha de l'irascible princesse, et s'inclinant humblement devant elle :

— Madame, dit-il, je connais trop bien le sentiment de stricte justice qui dirige toutes vos actions pour solliciter la grâce de cette fille. Si vous l'avez condamnée, c'est qu'elle est coupable Mais ce que je réclame, comme chrétien, c'est le salut de son âme que vous perdez, si elle meurt sans confession.

— Nous n'avons pas de confesseur sous la main, répondit-elle impérieusement, et je ne veux pas attendre.

— Il faudrait au moins tenter d'en faire quérir un au plus prochain village, madame ; il serait d'un mauvais exemple de laisser mourir cette enfant comme une païenne ou une hérétique.

Le léger murmure qui s'éleva dans les groupes prouva à la reine-mère que le capitaine gascon ne faisait qu'exprimer le vœu général et qu'il serait imprudent à elle de s'y refuser.

— Eh bien ! soit, j'y consens, dit-elle en frappant du pied le sol ; qu'on lui cherche un confesseur, mais qu'on ne perde pas de temps.

Jonas fit un signe à Moucheron ; le nain disparut aussitôt dans un ravin profond qui contournait le moulin.

Pendant son absence, madame Louise de Savoie ordonna à Faucheux et à Goulard d'enlever les rênes de sa monture et de les attacher à la branche du hêtre où devait être pendue son ennemie ; puis elle se fit servir une collation, s'assit à table et mangea de fort bon appétit sans quitter des yeux Suzanne Lallier, comme si elle eût craint de la voir s'évanouir en fumée.

Une demi-heure s'était à peine écoulée, lorsqu'à la stupéfaction générale, Moucheron apparut accompagné d'un moine grand et robuste qui le suivait d'un pas rapide, mais dont on voyait à peine la longue barbe sous l'ample capuchon qui enveloppait sa tête.

Après avoir toisé d'un œil irrité ce malencontreux confesseur, dont l'arrivée allait retarder de quelques instants sa vengeance, madame d'Angoulême lui dit vivement :

— Vous voyez cette femme, mon révérend père, elle a mérité la mort ! Confessez-là, mais faites vite, car nous avons hâte d'en finir et de continuer notre voyage.

Le moine redressa sa haute taille et ses larges épaules, puis il reprit d'une voix calme :

— En venant réclamer mon saint ministère, madame, et je n'ai mérité votre nom. Lorsque j'ai su que j'allais me trouver en face d'une si grande et si noble princesse, je suis accouru, non

pour confesser cette jeune fille, mais je pour vous demander sa grâce, avec l'espoir, je dirai même avec la certitude de l'obtenir.

Le moine parlait avec une sorte d'autorité qui irrita la reine-mère, et elle répliqua avec emportement :

— Vous vous êtes trompé, mon père, je n'ai besoin ni de vos sermons ni de vos exhortations. Ma conscience est tranquille. La sentence de la coupable est prononcée, et nul pouvoir humain ne saurait en empêcher l'exécution. Faites votre devoir et ne me fatiguez plus de prières inutiles.

Il y eut un moment de silence solennel ; le moine tenait les yeux baissés vers la terre, et semblait prier Dieu de lui inspirer des paroles capables de toucher le cœur de la puissante dame.

— Eh bien ! m'as-tu entendue, moine ? s'écriat-elle aigrement.

Le moine reprit d'une voix triste et douce, sans lever les yeux :

— Vous êtes bien inexorable, madame. Ne craignez-vous pas d'abuser de l'autorité que Dieu vous a départie sur le pauvre peuple ? Ne songez-vous donc pas au jour où une sentence bien terrible sera prononcée contre vous, où un juge bien plus redoutable vous demandera compte de votre vie ? Lorsqu'il passera en revue toutes vos actions, ne frémirez-vous pas en élevant vers lui des mains teintes de sang, un cœur taché d'iniquités, une conscience lourde comme une montagne ?

Les pages de madame d'Angoulême, stupéfaits de l'audace du moine, firent mine de se précipiter sur lui ; elle les retint du geste en souriant, mais de quel sourire !

Le moine continua sans s'émouvoir :

— Le plus beau droit d'une reine, c'est de faire grâce ; la plus belle qualité d'une femme, c'est d'être indulgente et charitable ; le plus grand mérite d'une chrétienne, c'est d'imiter notre doux Sauveur, de savoir souffrir et de ne pas faire souffrir. Pardonnez, a dit Jésus, à ceux qui vous ont offensés. Si cette jeune fille est innocente, c'est un crime de la condamner ; si elle est coupable, il faut l'exhorter au repentir et faciliter l'expiation. La justice extrême est de l'injustice et le sang appelle le sang. Au nom du Dieu tout-puissant, je vous conjure, madame, de pardonner, et s'il faut me mettre à genoux devant vous, je le ferai, moi qui n'ai jamais su fléchir devant personne.

La voix mélancolique du moine touchait les assistants et inondait le cœur de Suzanne d'un ravissement profond ; mais elle troublait et exaspérait la duchesse d'Angoulême.

Quand il eut tout dit sans être interrompu, elle s'approcha lentement de lui :

— Mon révérend père, ai-je été assez patiente ? demanda-t-elle, et me permettras-tu de te répondre ? Tu as oublié que tu parlais à la mère de ton roi. Tu as oublié que je n'avais pas fait quérir un confesseur pour moi mais pour cette misérable fille. Tu m'as prêchée et sermonnée comme si j'étais ta pénitente. Tu as fait ton métier, à moi de faire le mien. Messieurs, ajouta-t-elle d'une voix éclatante, ce moine insolent ira tenir compagnie à Suzanne Lallier, au bout d'une branche de ce hêtre !

Tous les assistants frissonnèrent. Le moine resta impassible comme s'il eût été de pierre.

— En vérité, reprit madame d'Angoulême, je suis curieuse de voir la grimace que tu fais à cette heure. Je veux m'assurer que tu es aussi courageux à affronter le martyre qu'à insulter les reines.

En même temps, elle saisit d'un geste brusque le capuchon du moine et le rabattit sur ses épaules.

Alors la longue barbe du prétendu confesseur se détacha de son visage, et ce fut la hautaine dame qui poussa un cri d'épouvante et se recula horriblement pâle, comme si un fantôme vengeur se fût dressé devant elle. L'effroi dilata ses yeux, ses membres furent agités d'un tremblement convulsif, et elle étendit ses mains inertes vers le moine pour le repousser, quoiqu'il ne bougeât pas ; mais dans sa terreur, elle croyait le voir grandir démesurément et s'avancer vers elle.

Suzanne avait jeté un cri de joie, et les deux nains riaient aux larmes.

Le moine n'était autre que Charles de Bourbon, dont le regard fulgurant d'éclairs écrasait madame d'Angoulême.

— Le connétable ! le connétable ! murmurat-elle éperdue.

Cependant son énergique nature reprit bientôt le dessus. Elle se tourna vivement vers le capitaine Jonas et les cavaliers de son escorte.

— Saisissez le traître ! s'écria-t-elle. Dix mille écus d'or à celui qui le premier mettra la main sur lui !

Mais gentilshommes et soldats semblaient frappés de stupeur.

M. le duc de Bourbon sourit et s'inclina railleusement :

— Pardon, noble dame, pardon ! ne changeons pas de rôle. Vous avez tort de vous croire au château des Tournelles. C'est moi qui m'empare du capitaine Jonas, dont le cœur et l'épée m'appartiennent. C'est moi qui pourrais lui commander de s'emparer de votre personne, si je ne dédaignais même de vous punir de vos persécutions et de vous garder en ôtage. Je viens de lever en Allemagne douze mille lansquenets qui donneront du fil à retordre aux favoris et aux courtisans de mon bon cousin François Iᵉʳ, et, si je me suis détourné de ma route, si je suis rentré en France, c'est pour fortifier mon armée de quelques bons gentilshommes d'aventure comme ce brave Gascon.

La duchesse d'Angoulême, en se voyant au pouvoir de l'homme dont elle avait consommé la ruine, jugea de lui par elle-même et ne put s'empêcher de ressentir une crainte mortelle. Les paroles du connétable ne la rassuraient pas, quoiqu'elle le sût incapable d'exercer aucune violence contre une femme ; mais elle maudit Jonas et se promit de lui faire payer cher sa perfidie.

Cependant M. de Bourbon se plut à railler encore son ennemie terrible.

— Voyez, madame, la bizarrerie du cœur humain : vous m'aimiez, et pour me prouver votre amour, vous m'avez dépouillé de mon héritage, vous m'avez enlevé mes charges et commandements, vous m'avez chassé de mes provinces et forcé à m'exiler de mon pays ; moi, je vous hais, et je ne touche pas à un cheveu de votre tête, je ne vous demande pas de rançon, je vous laisse libre comme l'air.

— Ah ! l'on sait que vous êtes un généreux gentilhomme, monsieur le connétable, dit la reinemère avec une sourde colère.

— Il m'est doux, reprit-il en riant, d'entendre cet éloge sortir de votre bouche, quoiqu'elle me donne un titre que je n'ai plus le droit de porter, grâce à vous ; mais je quoique je ne veuille en rien vous offenser, madame, permettez-moi de changer quelque chose aux projets que vous aviez sur le sort de mademoiselle Suzanne Lallier. Je trouve que ce hêtre serait pour elle un triste logis, et je préfère l'enlever en Lombardie. Je tâcherai de lui faire oublier le séjour disgracieux que vous lui aviez procuré au château de Montchenu.

En ce moment on vit déboucher du jardin une trentaine de cavaliers bien armés que commandait M. de Pompérant, le fidèle compagnon de fuite du connétable.

— Allons, messieurs, dit aussitôt ce dernier à ses partisans et au capitaine Jonas, donnez le plus beau cheval de mon escorte à ce gentil cavalier, et en route !

Du geste il désignait Suzanne, tandis que les nains grimpaient en croupe de deux cavaliers, non sans que Chevrette fit quelques minauderies, auxquelles nul ne prêta attention.

Mais madame d'Angoulême ne put contenir plus longtemps son exaspération, et, s'approchant de Suzanne, elle lui dit à voix basse :

— Fille sans honneur, je saurai t'atteindre jusque dans les bras du traître !

Puis, s'adressant au connétable :

— Quant à vous, prince félon, nous saurons bien vous vaincre, malgré vos grands talents d'homme de guerre. Cet orgueil si indomptable et si superbe, nous le courberons jusqu'à terre, et un jour viendra où vous réclamerez la pitié de madame Louise de Savoie.

— Vous croyez, sans doute, menacer un pauvre chef de bande qui tient la campagne à la tête d'un ramassis de condottieri et non un général des armées de l'empereur Charles-Quint, répliqua froidement M. de Bourbon.

— Vous êtes aveugle, monsieur, dit la reinemère, puisque vous ne devinez pas votre destinée misérable. Vous devez fatalement rouler sur un lit d'épines. Vous serez certes vaincu et humilié ; mais fussiez-vous vainqueur de mon fils et de ses grands capitaines, du maréchal de Chabannes, de Jacques de la Palice, de M. de la Trémouille, du sieur de Bonnivet, que vous n'en deviendriez que plus à plaindre. Vous trouverez dans l'empereur Charles-Quint un maître sévère, ombrageux, ingrat, qui brisera l'instrument après s'en être servi, qui se défiera du traître après avoir profité de sa trahison.

Et comme il vous aura à sa merci, il ne vous

épargnera pas les humiliations, et si vous vous révoltez contre ses duretés et ses caprices, il vous dira : « Je ne vous retiens pas, retournez auprès de votre bon cousin François Ier. » Il vous tiendra à l'attache comme un chien hargneux, et vous mordrez en vain votre collier. L'ingratitude et le mépris, voilà quelle récompense vous attend. Voilà ma prédiction ! Elle s'insinuera dans votre cœur comme un poison mortel, et je vois aux plis de votre front que vous me donnez raison, en dépit de vos efforts pour rester calme et railleur. Allez ! vous pouvez partir maintenant. Je suis vengée !

En effet, la sinistre prophétie de madame Louise de Savoie avait subitement assombri le visage de M. le duc de Bourbon, car elle n'était que l'écho des craintes vagues qui s'étaient plus d'une fois élevées dans son esprit.

Mais il ne voulut pas donner à madame la duchesse d'Angoulême la joie de croire qu'elle l'avait troublé, et lui répondit d'une voix forte qui sonnait comme une fanfare ;

— Madame, j'ai donné rendez-vous à votre fils sous les murs de Pavie.

Louise de Savoie tressaillit involontairement. Le connétable, sans jeter sur elle un dernier regard, jeta à terre sa robe de moine, s'élança sur un cheval que lui amenait son écuyer, et s'éloigna au galop, suivi de Suzanne Lallier, du Gascon Jonas et des deux cavaliers qui avaient mis les nains en croupe.

L'escorte commandée par monsieur de Pompérant servait son arrière-garde, et tous disparurent bientôt dans un nuage de poussière, tandis que la duchesse restait absorbée dans son rêve sinistre, répétant comme un écho :

— Sous les murs de Pavie, a dit le traître. Oh ! il me semble que ce nom doit nous porter malheur.

V

COMMENT LE FAVORI FUT VAINCU PAR UNE
JOLIE MESSAGÈRE

François Ier assiégeait Pavie, défendue par don Antonio de Leyva ; mais les munitions manquaient à la fois dans la ville et dans le camp du roi.

On tirait fort peu de part et d'autre ; l'attaque et la défense languissaient. Pavie menaçait de devenir une seconde Ilion. La furie française tournait en découragement. Les armures semblaient lourdes à tous ces gentilshommes chercheurs de périls, amoureux des grands coups d'épée, qui se voyaient condamnés à l'inaction. Ils se souvenaient de Marignan et maudissaient les remparts qui empêchaient de livrer bataille aux Impériaux.

Un soir, vers huit heures, le roi chevalier dormait dans sa tente, couché sur une peau de lion. Il avait vainement essayé du jeu, de la musique, de la poésie et des sornettes de ses fous. Les dés lui avaient été contraires, la musique lui avait paru aigre et discordante, les vers étaient restés boiteux et veufs de rimes, les fous avaient manqué

d'esprit, sinon d'insolence. Il avait renvoyé tout le monde, sauf Bonnivet, et tous deux s'étaient mis à maugréer contre l'absence des honnêtes et galantes dames de la cour. Ils regrettaient les bals, les carrousels, les chasses, les galas, qui faisaient ordinairement de leur vie une fête sans trêve. Ce camp maussade, dans lequel ils se trouvaient emprisonnés, ce camp sans femmes, ressemblait à un ciel sans étoiles.

En vain la tente royale était-elle encombrée, comme celle d'un satrape de Perse, de mille objets précieux : les aiguières d'argent ciselé, les coupes, les miroirs de Venise, les émaux, les étoffes de brocart, les coffrets de bijoux, les arquebuses et les bagues ornées de pierreries ; rien de tout cela n'attirait plus les yeux distraits et ennuyés de François. Il négligeait même les médaillons renfermant les portraits ou les cheveux des beautés qu'il avait adorées tour à tour. En somme, il s'était endormi et l'amiral Bonnivet veillait à son côté comme un lévrier fidèle.

Tout à coup, la portière de la tente se souleva et trois hommes entrèrent silencieusement comme les gens familiers du logis royal.

Bonnivet ne put retenir un geste d'impatience qui n'échappa pas aux regards défiants des nouveaux venus ; cependant il s'inclina devant eux d'assez bonne grâce et leur dit à voix basse :

— Messieurs, ne réveillez pas le roi, qui est brisé de fatigue... à moins pourtant que vous n'apportiez de bonnes nouvelles.

Le plus vieux des trois, hercule trapu, à la face ridée et balafrée, terrible et vénérable, car ses cheveux et ses sourcils argentés couronnaient ses traits d'une auréole auguste, le plus vieux salua gravement l'amiral et répondit :

— Nous ne voyons pas les affaires d'un œil aussi complaisant que vous, monsieur ; mais il est du devoir d'un bon serviteur d'avertir son maître quand celui-ci veut naviguer contre vent et marée, sans souci du grain qui menace à l'horizon.

Bonnivet sourit.

— Diable ! quoique amiral, je n'ai pas le langage si marin que vous, monsieur le maréchal de Chabannes ; mais votre grand âge ne vous trouble pas un peu les yeux, je ne sais vraiment où vous voyez ce grain formidable qui doit nous engloutir.

— Ce grain, c'est Pavie, s'écria vivement le plus jeune des trois avec un regard ardent et un haussement d'épaules qui semblaient une insulte.

L'amiral le regarda fixement et fit un pas vers lui, sans colère, sans ironie, mais avec l'arrogance calme et superbe d'un favori ; il affecta de parler plus bas encore :

— Pavie ! la pauvre ville ! mais elle sera à nous avant huit jours, monsieur le maréchal de Foix. Croyez-vous, parce que tous deux nous avons eu mauvaise chance dans le Milanais, croyez-vous que le roi de France ne se tirera pas mieux d'affaire que ses capitaines ? Votre frère Lautrec s'est trouvé dans l'embarras faute d'argent. Eh bien ! le roi, qui ne veut pas être réduit à une si déplorable extrémité, vient de vendre au duc de Ferrare sa protection, moyennant soixante-dix mille ducats. N'est-ce pas là une jolie somme, suffisante pour acheter les munitions qui nous manquent ?

— Et comment ces munitions seront-elles transportées dans notre camp ? demanda le troisième des visiteurs.

— Rien de plus simple, monsieur de la Trémouille. Le pape a eu peur de vos armes quand il a vu les troupes du duc d'Albanie passer par les terres de l'Eglise pour marcher sur Naples. Il a enfin consenti à un traité et nous a fourni des charriots pour le transport des munitions par le Parmesan et le Plaisantin. Êtes-vous satisfaits, messieurs ?

Le maréchal de Foix hocha la tête.

— Mais nos deux nouveaux alliés, répliqua-t-il, sont des ennemis irréconciliables. Si nous protégeons l'un, l'autre n'aura-t-il pas droit de se plaindre de notre déloyauté ?

Bonnivet parut embarrassé, mais ce ne fut qu'un éclair. Il repartit sèchement :

— Pas de grands mots, monsieur. A la guerre comme à la guerre. Ces discordes s'éteindront à la voix de notre maître. Il fallait d'ailleurs pourvoir au plus pressé et assurer la victoire. Quand Pavie sera à nous, le duc de Ferrare baisera la main du saint-père. Qu'en dites-vous, monsieur de Chabannes, vous qui comptez vos années par vos cicatrices.

Le vieux maréchal paraissait toujours soucieux. Il répondit avec gravité :

— Décidément, monsieur l'amiral, vous êtes un messager de bonnes nouvelles, et si vous ne vous faites pas étrangement illusion....

— Les dépêches sont là sur cette table, interrompit Bonnivet avec sa légèreté ordinaire, et vous pouvez lire le traité. De plus, je sais de source certaine que les Impériaux sont aux abois. A peine pourront-ils tenir huit jours dans Pavie. Je suis vraiment surpris que vous ne fassiez pas plus joyeux visage à mon rapport.

— Le roi ne voit que par vos yeux et n'entend que par vos oreilles, monsieur l'amiral, répliqua le vieillard. Hélas ! je voudrais partager votre belle confiance. Malheureusement les nouvelles de nos espions sont loin d'être aussi rassurantes que les vôtres. Aussi venions-nous...

— Pour Dieu ! ne réveillez pas le roi, dit Bonnivet en regardant François avec une nuance d'inquiétude. Il a besoin de repos. Il se sait en sûreté au milieu de son armée et sa noblesse, qui est un rempart vivant et armé. La France tout entière est ici, cœurs et épées, messieurs. Notre sire est habitué à vaincre, et les sornettes de quelques misérables espions ne doivent pas désarmer son âme vaillante.

— Notre devoir, dit le maréchal de Foix avec aigreur, est de faire connaître la vérité au roi sur la situation de l'ennemi et non de le tromper.

Bonnivet pâlit :

— De le tromper, avez-vous dit, monsieur ? s'écria-t-il oubliant toute prudence. Et qui donc ici est capable de tromper le roi ? Suis-je un traître comme votre ancien ami le connétable ? Ai-je reçu une pension de l'empereur Charles-Quint ? Ai-je trouvé dans ma famille un marchepied pour gagner la faveur de mon maître ? Lui ai-je jamais donné un conseil de parjure ou de lâcheté ? Ah ! monsieur de Foix, vous rétracterez cette odieuse parole, ou je vous la ferai rentrer dans la gorge.

Le frère de la comtesse de Châteaubriand avait vivement ressenti l'allusion outrageante que lui avait infligée son rival. Il rougit de confusion et de honte, surtout en voyant les deux vieux capitaines, ses compagnons, baisser les yeux. Tous ses membres frissonnaient et la voix se séchait dans son gosier, tandis que ses lèvres tremblaient convulsivement.

— La tente royale est sacrée, murmura-t-il enfin, mais vous allez me suivre monsieur. Vous pouviez m'insulter sans insulter tous les miens, vous deviez respecter votre roi. Mais non, votre haine et votre colère n'ont épargné personne. Il m'appartient de venger ceux qui ne peuvent se défendre.

Bonnivet allait le suivre, lorsque Chabannes et la Trémouille l'arrêtèrent en lui disant sévèrement :

— Ne réveillez pas le roi, monsieur.

L'amiral cherchait à se dégager de cette étreinte, lorsque tout à coup François se souleva sur sa peau de lion, et fixant les yeux irrités sur les deux adversaires :

— Gardez votre sang pour une meilleure occasion, messieurs, leur dit-il durement. Ne donnez pas à l'ennemi cette joie de voir mes plus chers compagnons se provoquer et s'injurier. Si tous deux vous m'aimez, je vous ordonne de tout oublier, de vous réconcilier de cœur et de vous donner la main.

Les deux courtisans hésitaient et leurs regards se croisaient comme des épées ; mais le roi fronça le sourcil en Jupiter olympien, et dit :

— J'attends, messieurs.

Bonnivet et M. de Foix se touchèrent légèrement le bout des doigts, mais ils gardèrent une contenance sombre et embarrassée, dont le roi feignit de ne pas s'apercevoir.

François 1er, s'adressant alors à ses capitaines :

— Messieurs, dit-il, l'amiral vous a transmis le contenu des dépêches que je voulais vous communiquer ; mais je dois savoir les mauvaises nouvelles comme les bonnes. Parlez, monsieur le maréchal de Chabannes. Que vous ont appris vos espions ?

— Sire, le défenseur de Pavie, Antoine de Lève, manquait d'argent, il est vrai ; ses lansquenets, dix fois plus nombreux que les Espagnols, murmuraient et menaçaient de nous livrer la place. Il avait épuisé les contributions de guerre, le crédit, les promesses, mais quand le danger est devenu si pressant, il s'est entendu avec le vice-roi, monsieur de Lannoi, qui lui a envoyé un convoi.

Bonnivet sourit d'un air incrédule.

— Vous oubliez, monsieur de Chabannes, que nous bloquons la ville. Ce convoi n'aurait donc pu s'introduire qu'à travers notre camp.

— C'est ce qui a eu lieu. Deux hommes déterminés se sont chargés de cette mission périlleuse.

Ils ont traversé notre camp, déguisés en vivandiers. Chacun d'eux conduisait un cheval chargé de deux barils de vin. Pour le mieux vendre, ils s'approchèrent le plus possible de la ville. Antoine de Lève, prévenu, a fait alors cette sortie furieuse et inattendue qui vous a fort surpris dimanche, monsieur de Bonnivet. Vous avez cru que c'était un acte de folie. Ses soldats, au courant du secret, ont couru aux barils, les ont défoncés et ont trouvé, au lieu de vin, trois mille ducats. Les Espagnols voulaient tout donner aux lansquenets, mais ceux-ci se sont piqués de générosité et ont partagé.

— Vieille histoire, mon bon maréchal, dit François Ier ; les ducats n'ont pas duré vingt-quatre heures. De Lève a fait empoisonner le capitaine général des lansquenets, monsieur d'Azarnes, qui avait déjà noué des intelligences avec nous, et les plaintes de ces mercenaires ont recommencé de plus belle.

— Sire, reprit Jacques de Chabannes, on ne vous a pas montré le revers de la médaille. On ne vous a pas dit que le défenseur de Pavie a imité l'exemple de Maria de Pacheco, à Tolède.

— Expliquez-vous !

— Eh bien ! il a fait fondre, lui dévot Espagnol, l'or et l'argent des vases sacrés et des reliquaires. Il a donné ces lingots à ces damnés luthériens. Mais pour avoir l'âme en repos, il a fait le vœu solennel de dédommager avantageusement, en des temps plus heureux, les églises dépouillées.

— Si ce sont là toutes vos nouvelles, messieurs, dit le roi en riant, je ne suis pas fort inquiet. Ce vol des églises portera malheur au général de Charles-Quint.

— Sire, il en est une plus terrible ! répliqua le vieux maréchal d'une voix sourde.

— Voyons, tenez à m'effrayer, moi, votre élève. Est-ce une leçon ? Est-ce une épreuve ? Est-ce une gageure ? L'empereur a-t-il envahi mon royaume à la tête d'une armée composée de vingt nations diverses ?

— Sire, Bourbon est de retour.

Cette réponse tomba sur le roi comme un coup de foudre. Cependant il essaya de sourire et continua en plaisantant :

— Ah ! ce traître ose encore nous braver ? Je croyais qu'il était allé mendier des secours en Allemagne, l'orgueilleux Pescaire et l'hypocrite Lannoi ayant lassé sa patience.

— Oui, dit tristement Chabannes, sa haine contre Votre Majesté l'a ramené en Italie, elle a obtenu ce qu'il désirait.

— Une aumône, peut-être, pour faire dérouiller son armure et ferrer à neuf son cheval de bataille, dit François d'un ton de mépris.

— Pas une aumône, Sire, mais une armée.

— Impossible, Chabannes. On vous a trompé. C'est impossible. Tous les princes amis ou alliés de Charles-Quint ont l'escarcelle vide.

— Sire, Béatrix de Portugal a gagné son mari, le duc de Savoie, à la cause de l'empereur.

— Le duc de Savoie, notre allié ! s'écria François avec étonnement.

— Allié douteux et dangereux, Sire, continua

Jacques de Chabannes. Il ne s'est pas déclaré hautement, mais il a prêté en secret au duc de Bourbon des pierreries et de l'argent. L'archiduc Ferdinand l'a aussi aidé de son crédit, et le traître a pu lever douze mille lansquenets, tous vieux soldats très aguerris et très disciplinés. Ils sont commandés par Georges Fronsberg.

— Je le connais, dit la Trémouille ; c'est un capitaine d'une taille gigantesque, d'une force extraordinaire, d'une valeur féroce, et luthérien enragé. Il est capable de tout pour servir sa religion et nuire au pape.

— Le portrait est exact, reprit le vieux maréchal. L'ambition de cet énergumène est de porter sur le Saint-Père ses mains sacrilèges. Il a même fait faire une chaîne d'or pour l'étrangler de sa propre main, parce que, dit-il, à tous seigneurs tous honneurs.

Pendant ce temps, la colère de François Ier avait sourdement couvé, comme ces tempêtes que précède un sinistre silence ; elle éclata tout à coup avec une violence à laquelle ses courtisans et ses capitaines n'étaient pas habitués.

Il saisit le bras de M. de Chabannes.

— Ah ! ce Georges Fronsberg veut étrangler le pape. Bourbon s'est choisi là un digne frère d'armes. Sans doute il compte lui emprunter sa chaîne d'or pour m'étrangler à mon tour ! Ah ! le rebelle veut jouer au César et au victorieux, et vous autres, mes capitaines, vous croyez qu'à son nom seul je vais prendre l'alarme ! Peut-être me conseillerez-vous de fuir devant ce traître vassal, qui est à la solde de Charles-Quint ! Eh bien ! je ne suis pas de votre avis, mes nobles seigneurs, Bonnivet seul a raison et a confiance en son maître ; il se souvient de Marignan, il ne me prend pas pour un roi fainéant qui se cache dans son palais pendant qu'il envoie aux batailles ses gentilshommes et ses soldats. Bourbon est venu s'offrir au châtiment, j'en remercie Dieu. Il a dû reculer devant les gens de Marseille, il reculera devant moi, il s'agenouillera devant moi, il me demandera merci, et je lui ferai grâce.

— C'est parler en roi de France et en chevalier, dit le grand maréchal électrisé par l'enthousiasme de François Ier. Ah ! si j'avais seulement quelques milliers de Suisses à opposer à Georges Fronsberg...

— Et nos six mille Grisons, interrompit le roi, les oubliez-vous, Chabannes ?

— Comment ? s'écria le vieillard, monsieur l'amiral ne vous a donc pas annoncé ?...

François Ier resta calme, mais il interrogea Bonnivet d'un regard impérieux :

— Sire, dit le favori avec embarras, j'avais espéré jusqu'au dernier moment détourner les Grisons de leur fatale résolution ; ils sont rappelés dans leur pays, sous les menaces les plus terribles, pour le défendre contre les attaques de Médequin, de Milan ; le maréchal de Foix leur a prodigué les reproches de parjure et de couardise ; c'est en vain que je les ai suppliés, en leur promettant le pillage de Pavie, de rester jusqu'à l'assaut de la bataille. Ils partent dans deux heures.

— Que Dieu leur soit en aide, à ces ribauds sans honneur ni vergogne, dit François en redressant sa haute taille. Ma noblesse armera ses valets et on ne s'apercevra pas du départ de ces manants.

En ce moment un page du roi, Raoul de Navery, rentra dans la tente, s'inclina respectueusement, et attendit que son maître lui adressât la parole.

— Que veux-tu? demanda François.

— Sire, un messager d'étrange allure demande instamment la faveur de parler à Votre Majesté.

— Quelque espion qui veut se faire payer au poids de l'or de fausses nouvelles! répliqua le roi avec humeur.

— Sire, ce messager est une femme, enveloppée dans une mante plus épaisse qu'une robe de moine.

— Est-elle jolie? dit François, dont le visage rayonna aussitôt.

— Sire, son visage est masqué d'un loup de velours.

Bonnivet sourit; les capitaines, raides et sérieux, grommelèrent quelques mots fâcheux entre leurs dents.

— Serait-ce une belle dame de la cour qui aurait eu le courage de nous faire visite, pour nous distraire de nos soucis? dit le roi. Foi de gentilhomme, elle serait la bien venue et me ferait oublier le départ des Grisons.

— C'est peut-être une transfuge de Pavie, hasarda Louis de la Trémouille.

— Les Italiennes aiment les rois de France, ajouta Bonnivet. Le bon roi Louis XII n'a pas eu à se plaindre de Thomassine Spinola.

Jacques de Chabannes gardait un air rébarbatif.

— Il est bien l'heure de rire et de voir les femmes rôder autour de nos tentes, quand nous sommes peut-être à la veille de la bataille!... murmura-t-il.

— En vérité, cette ribaude est trop hardie, s'écria le maréchal de Foix. Il faut la renvoyer...

— Ou la faire parler à coup de verges, dit M. de Chabannes.

— Ah! vous n'êtes pas galant, mon compère, répliqua François mis en belle humeur par cette visite mystérieuse; votre grand âge a refroidi le sang de votre cœur, je le comprends. Mais, je vous l'avoue, cette bizarre messagère pique ma curiosité. Bohème ou princesse, je veux qu'elle entre.

Le page sortit et les trois capitaines se regardèrent avec stupéfaction, en maudissant cette légèreté chevaleresque qui faisait oublier à François Ier les lois de la plus vulgaire prudence.

Raoul de Navery introduisit la messagère. Ses yeux brillaient sous le masque avec l'éclat limpide de la jeunesse, et, sous la lourde mante qui l'enveloppait comme une femme d'Orient, on devinait une pureté et une élasticité de forme qui ne pouvaient appartenir à une créature vulgaire ou dégradée. Les plis de la mante se drapaient avec souplesse et trahissaient une taille élancée. Les pieds mignons et les petites mains gantées essayaient en vain de se dérober au regard. Le coin d'une oreille fine et rose comme un coquillage précieux repoussait le bord du capuchon.

Bonnivet et le roi échangèrent un rapide coup d'œil. Tous deux avaient compris qu'une femme jeune et belle venait demander une grâce, et qu'il ne s'agissait pas des plaintes et des réclamations d'une bourgeoise insultée par des archers ivres ou d'une paysanne dépouillée par les lansquenets.

— Parlez, ma belle enfant, dit l'amiral en essayant de lui prendre la main. Le roi vous écoute.

La messagère resta immobile.

— Vous n'êtes pas le roi, monsieur, mais Guillaume Gouffier, sieur de Bonnivet.

François éclata de rire.

— Ah! mon ami, quoique vous ayez la prétention de nous ressembler de visage comme de costume, il paraît que les dames ne s'y trompent pas toujours. Je vois que cette honnête messagère connaît la cour de France. Vous en serez pour votre courte honte, Bonnivet. Cependant je tiendrai votre parole. Le roi vous écoute, madame.

— Et soyez brève, dit brusquement M. de Chabannes. Les moments de Sa Majesté sont comptés.

La messagère porta sa main au loup qui couvrait son visage:

— Sire, dit-elle d'une voix vibrante qui fit tressaillir François, je vous supplie de me permettre de garder mon masque.

— Ah! vous me faites là, ma mie, une bien dure condition, dit le roi. J'ai horreur de la nuit et j'aime le soleil. Je ne saurais refuser une grâce à un joli visage qui me supplie par les larmes de ses yeux, par les doux accents de ses lèvres, mais s'il se cache sous un rempart de velours, je ne puis m'empêcher de le soupçonner de trahison et de félonie.

— Je suis venue à vous, Sire, avec confiance, dit la dame masquée, dont la voix argentine s'altéra légèrement, et je ne puis croire que vous vouilliez m'en faire repentir.

— Non, certes, s'écria impérieusement François, et je vous jure par les saints apôtres que nul ne touchera à votre loup.

— Maintenant que j'ai votre serment, reprit-elle, je vais vous adresser une demande que vous trouverez bien téméraire. Sire, je désirerais pouvoir vous parler sans témoins.

Les spectateurs de cette scène furent saisis d'une sorte de terreur superstitieuse en entendant cette audacieuse requête. En effet, la vie de François Ier résumait alors à leurs yeux la vie et l'honneur de la France. Le royaume s'était incarné dans ce brillant batailleur qui l'épuisait d'hommes, d'argent, de crédit, mais qui lui prodiguait la gloire de l'épée, des arts et des lettres. Dans l'esprit de tous, François seul pouvait balancer la fortune de Bourbon et des Impériaux. Comme on redoutait son imprudence héroïque, son insouci présomptueux du danger, tous ses gentilshommes veillaient sur lui comme les brahmes indous sur l'idole de leur pagode.

Bonnivet lui-même fut touché d'une crainte involontaire et ne laissa pas au roi le temps de répondre:

— Ma belle fille, nous nous défions des Judith de carrefour comme des espionnes, dit-il d'un ton ironique. Non-seulement vous ne resterez pas seule avec notre Sire, mais vous ne sortirez pas du camp où vous avez eu l'imprudence d'entrer.

La jeune dame tressaillit.

— Ah! monsieur de Bonnivet, vous n'avez pas l'âme d'un roi, ni la courtoisie d'un chevalier. Je suis venue dans cette tente avec confiance, je suis bien sûre de pouvoir me retirer en toute sûreté. Votre maître ne laissera jamais maltraiter une femme qui s'est placée sous la sauvegarde de son honneur de gentilhomme.

François Ier souriait sans répondre, car ce mystère et ce travestissement irritaient sa curiosité galante. Bonnivet, qui s'en aperçut, insista :

— Vous consentirez du moins à ôter ce loup de velours qui nous inquiète. Il faut que nous sachions à qui nous avons affaire. Si vous êtes jeune et belle, vous obtiendrez facilement un sauf-conduit; mais si vous n'êtes qu'une vieille pécheresse qui avez voulu vous jouer de la crédulité du roi de France, je vous confierai moi-même à la garde du prévôt de l'armée.

— J'ai le serment du roi, répliqua-t-elle froidement, et vous n'avez pas le droit, monsieur, d'être plus tyrannique que lui. Non, je ne suis pas une Judith aux mains sanglantes, une espionne au cœur cupide et lâche. Je suis une humble sujette du roi.

— Et vous avez suivi votre amoureux jusqu'en Milanais, interrompit l'amiral ? Tudieu! quelle héroïne !

La messagère le regarda fixement et répliqua d'une voix vibrante :

— Je ne me suis jamais abaissée jusqu'à la ruse et au mensonge. Celui que j'aime est sous le drapeau de Bourbon.

À ce nom détesté, qu'il crut lancé comme une bravade, François Ier ne put retenir un cri d'indignation : les trois capitaines s'avancèrent involontairement comme pour le défendre d'une agression soudaine, et l'amiral, emporté par son impétuosité, étendit la main pour arracher le masque de la jeune femme en s'écriant :

— Audacieuse créature, quand on ose parler en rebelle, on doit oser montrer son visage.

La messagère se recula un peu et dit simplement :

— Sire, vous avez juré; maintenant monsieur de Bonnivet avilit la parole de son maître et déshonore sa chevalerie.

— Pas un geste de plus, pas un mot, monsieur l'amiral, reprit le roi. Écoutons la défense de cette femme.

— Vous êtes vraiment un noble et loyal prince, Sire, et sans basse flatterie on peut vous dire que nul de vos courtisans ne vaudrait mieux que vous ni sous la tente ni sur le champ de bataille, ni sur le trône. Aussi, pour rien au monde ne voudrais-je vous tromper! Je ne suis pas du parti de Bourbon, moi. Je ne crois pas qu'aucune injustice, qu'aucun outrage, qu'aucune ambition puissent délier un sujet de son serment de fidélité; qu'il n'aime plus son roi, soit, mais qu'il lui obéisse. La révolte est chose impie. L'homme que j'aimais a eu tort de s'at-

tacher à la fortune d'un prince, d'un proscrit, d'un rebelle, au lieu de garder sa foi, son cœur et son épée à son pays. Ma conscience s'est séparée de la sienne. Bourbon est un dieu pour lui; pour moi, c'est l'archange déchu. Cette parole est un gage de ma sincérité; vous suffira-t-il quand je viens supplier le roi d'avoir créance en moi ?

— Mais enfin, que voulez-vous, ma mie ? demanda François avec un peu d'impatience.

— Je demande à Votre Majesté, dit-elle avec calme, de me suivre au village de Laghetto pour visiter une dame qui ne pouvait, sans péril pour sa vie, pénétrer jusqu'à votre tente royale.

— Le roi sortir du camp! s'écria Bonnivet en éclatant de rire.

— Cette harangueuse est folle ! grommela le vieux maréchal.

François, fort intrigué, cherchait à reconnaître la voix douce de la messagère et ne songeait plus à s'indigner de ses propositions.

— Elle est vaillante et sincère, dit-il à l'amiral.

Celui-ci haussa légèrement les épaules.

— Ah ! la magicienne connaît votre faiblesse de cœur, Sire.

Elle est payée par l'astucieux vice-roi, ajouta Louis de la Trémouille.

— L'intrigue est trop grossière pour que le roi s'y laisse prendre, dit le vieux maréchal.

François ne quittait pas du regard la mystérieuse envoyée.

— Mais, ma mie, reprit-il, avouez vous-même qu'il m'est bien difficile, sans être taxé de folie, d'abandonner mon camp sans autre explication pour donner audience à quelque aventurière.

— Vous avez raison, Sire, répondit-elle d'une voix hésitante. Ma requête est déraisonnable, et je ne saurais vous blâmer de la rejeter. Je n'ai pu vous donner aucune garantie sérieuse de ma sincérité. Pour vous je suis une messagère de hasard, un sphinx douteux et méprisable, la servante peut-être de vos ennemis. Je n'insisterai pas davantage, car je comprends votre crainte.

— Ma crainte ! interrompit le roi avec un geste de fierté.

— J'ai dû obéir à la dame qui m'envoie, poursuivit-elle d'un ton suppliant, parce qu'elle est venue jusqu'à Pavie pour vous demander une grâce. Sa vie est en danger, et elle ne pouvait s'exposer, sans un péril suprême, à traverser le camp français. Il était de mon devoir de me dévouer pour elle; mais je savais aussi qu'elle voulait vous rendre un grand service, sans conditions, en vous donnant d'utiles renseignements sur la situation des Impériaux.

L'amiral avait écouté attentivement la réponse de la messagère, étudiant jusqu'à ses gestes et aux moindres inflexions de sa voix. Il répliqua aussitôt :

— Mais pourquoi est-il nécessaire d'exposer la personne sacrée du roi ? Un de ses serviteurs les plus fidèles ne peut-il le remplacer ? Je suis prêt, moi, Bonnivet, à vous accompagner.

— Non, non, dit la femme masquée, le roi seul a le droit de signer la grâce de cette noble dame; seul il peut la mettre à l'abri de la colère redou-

Le prétendu moine était Charles de Bourbon, le connétable ! — Page 27.

table qu'elle a encourue. Il est grand et généreux ; s'il la voit, s'il l'entend, il la sauvera.

M. de la Trémouille se rapprocha de François et lui dit à voix basse :

— Sire, permettez-moi de faire subir une épreuve à cette femme. Nous verrons si tout ce mystère ne cache pas un piège.

— Faites, mon compère.

Le vieux gentilhomme se tourna du côté de la messagère et lui dit d'un ton presque insouciant.

— Mon enfant, êtes-vous d'avis que le roi doive lever le siège ou livrer bataille ?

Elle parut surprise, car sa tête se pencha sur sa poitrine dans l'attitude du découragement ; mais elle la releva bientôt, ses yeux brillèrent à travers les trous de son masque de velours, et ce fut d'un ton ferme, sonore, presque viril, qu'elle répondit :

— Sire, d'assiégeant vous êtes devenu peu à peu l'assiégé. Votre armée est bloquée d'un côté par les remparts de Pavie, que défend don Antonio de Leyva, de l'autre par les Espagnols de Don Ferdinand d'Avalos, marquis de Pescaire, et les lansquenets de Bourbon. Vous êtes serré entre deux tenailles. Eh bien ! si j'ose donner un conseil à Votre Majesté, au héros de Marignan, c'est de vous défier de votre courage. Les impériaux comptent aiguillonner le lion et le faire sortir de son refuge. Tenez bon, Sire, laissez-les s'épuiser en escarmouches. Que votre vaillante épée dorme au fourreau. Ayez la force d'être prudent. Sachez vaincre comme un Fabius aujourd'hui, et non comme un Alexandre. La patience des lansquenets est à bout. Ni Lannoy, ni Pescaire, ni Bourbon lui-même ne sauraient les retenir longtemps dans le devoir. Faites le mort, Sire, faites le mort. Le roi Jean était un héros, et sa vaillance lui a valu la dure captivité de Londres. Songez à Crécy ! songez à Azincourt !

Le front de François Ier s'était rembruni, et une teinte pourpre couvrait son visage, tandis que les trois capitaines regardaient la messagère avec une sorte d'admiration :

— Vous êtes hardie dans vos conseils, la belle ! A vous en croire, je serais un bon condottière, un

3

chevalier pourfendeur, mais un triste général.
Jusqu'à ce jour, cependant, je me suis efforcé de
prouver le contraire, et je croyais tout au moins
que les dames me savaient gré de ne pas imiter la
sagesse de mon frère Charles-Quint, qui ne se
risque pas au fort des mêlées.

— Je rends toute justice à Votre Majesté, répliqua-t-elle, mais j'ai peur d'une bataille où se
jouera la destinée du roi et du royaume.

— Prophétesse de mauvais augure ! s'écria
l'amiral, es-tu venue ici pour ensorceler notre
sire François avec tes maléfices et troubler son
repos ? On n'épouvante pas avec les vieux fantômes
du passé un chevalier armé par Bayard.

La messagère frissonna de tout son corps, et, se
laissant glisser sur les genoux, tendit les bras vers
le monarque soucieux.

— O mon roi ! dit-elle d'une voix éplorée,
écoutez-moi ! écoutez-moi ! C'est une amie sincère
de votre honneur qui vous parle. Ne laissez pas
la vanité de la gloire, et la soif du sang, et la vision
des épées obscurcir votre esprit. N'ouvrez pas
facilement l'oreille aux propos des flatteurs et des
mauvais conseillers. Croyez plutôt à ceux qui
combattent votre désir, comme la digue retient
le torrent.

— Au diable la prêcheuse ! interrompit Bonnivet. Elle sent le bûcher d'une lieue.

— En tout cas, elle prêche bien, dit Jacques de
Chabannes.

— L'ange gardien du roi ne dirait pas mieux !
ajouta Louis de la Trémouille.

— Il faut l'écouter, dit François Ier ; elle a un
son de voix charmant et qu'il me semble avoir
déjà entendu.

Mais elle, toujours insensible aux éloges comme
aux sarcasmes, continua :

— Messieurs, je vous en supplie, n'exposez pas
le roi et la France au hasard d'une bataille générale. Quoi de plus chanceux que les armes ! Un
tourbillon de vent, une pluie soudaine, le soleil
au visage de vos soldats, il n'en faut pas davantage
pour vaincre votre courage. Levez le siège et
retirez-vous à Ginasco. N'usez pas vos troupes,
lasses, affaiblies, abattues, contre les lansquenets
de Georges de Fronsberg, qui sortent de leurs
cantons. Les impériaux sont réduits à demander
bataille, car, faute d'argent, leurs bandes mercenaires vont se dissiper. Vous, au contraire, vous
recevrez bientôt des renforts de France, et dans
deux mois, Sire, vous serez maître du Milanais.

— Bien, ma mie, dit Chabannes avec transport ;
vous avez parlé comme un vieux général.

— Oui ! répliqua impétueusement Bonnivet,
comme un général à qui il ne reste plus une goutte
de sang dans les veines. Ce sont là des conseils que
ne donnerait pas au roi son plus mortel ennemi.
J'y reconnais le langage des partisans du traître
Bourbon. Cette femme voudrait déshonorer François Ier. Puisqu'on le dit dans le monde entier
brave, entreprenant, incapable de reculer, elle a
pensé qu'il serait curieux de donner un démenti
au monde en inspirant au roi chevalier la prudence

couarde dont tire vanité son rival, l'empereur
Charles-Quint.

— Monsieur l'amiral, vous allez trop loin, dit
la Trémouille.

— Vous oubliez donc, messieurs, poursuivit
l'amiral avec une animation croissante, que le roi
a déclaré publiquement qu'il avait écrit en
France : « Je prendrai Pavie ou je périrai sous
ses murs ! » Et vous voulez que, sur la foi de cette
aventurière, sortie de je ne sais quel antre ténébreux, il manque à sa parole et à sa renommée ?
Vous voulez le tenir caché sous sa tente, honteux
et craintif, sous l'éclair menaçant de l'épée de
Bourbon, lui, mon roi magnanime ? Les lauriers
de Marignan sècheront sur son front courbé ; de
Lève se vantera d'avoir vu son maître fuir devant
lui !

François Ier tressaillit et regarda son favori avec
une sorte de tendresse.

— Ah ! malheureux ! s'écria la jeune messagère,
qui s'aperçut de l'impression produite sur l'esprit
chevaleresque du monarque par ce discours, vous
fermez les yeux du roi à la lumière. Aussi traître
que Bourbon est celui qui pousse notre seigneur
vers l'abîme. Voyez, arrogant amiral, si ces vieux
capitaines, qui lui sont aussi dévoués que vous,
partagent votre opinion.

Bonnivet haussa les épaules :

— Ils le partageraient s'ils avaient mon âge. Taisez-
vous, ma mie. Il n'est pas séant aux femmes de
jouer au général d'armée. Jeanne d'Arc donnait
d'autres conseils à son roi, et elle prêchait
d'exemple. Vous comptez les périls, moi je compte
les ressources. Là où brille l'épée de François, là
est la victoire.

La messagère inclina douloureusement la tête, et
des larmes coulèrent au bas de son masque de
velours.

— Messieurs, dit le roi avec calme, j'approuve
monsieur de Bonnivet. J'entends comme lui le soin
de ma gloire. Si je me trompe, Dieu me jugera.
Allez !

Les capitaines se retirèrent la mort dans l'âme.
François Ier fit signe à l'amiral de s'écarter un instant ; puis, s'adressant à la jeune femme :

— Maintenant, ma mie, vous pouvez parler librement, dit-il. Quel est le nom de la dame qui
nous écrit ?

— Madame la comtesse Diane de Montchenu,
Sire ; voici sa lettre.

Le roi parut troublé et prit la missive de la main
tremblante de la messagère.

Il la lut avec une profonde émotion. Madame
Diane le suppliait de venir la visiter à son logis de
Laghetto, sous un costume qui n'attirât pas l'attention. Elle était forcée de faire appel à sa justice ou tout au moins à sa clémence. Elle lui con-
seillait de se faire accompagner, sa maison étant
située entre le parc de Mirabel, occupé par l'arrière-garde française, et le camp de Pescaire. Elle
n'avait pas osé se hasarder dans le camp du roi,
craignant d'être surveillée ; mais, par un concours
de circonstances singulières, elle se trouvait à
même de lui faire d'importantes

révélations sur les projets des généraux de l'empereur.

Le roi sembla fort indécis après la lecture de cet étrange billet et le tendit à Bonnivet.

— Voyons ! j'ai confiance en vous, belle mystérieuse, dit-il. Que me conseillez-vous ?

— A votre place, je n'hésiterais pas, Sire, dit vivement la messagère.

— Ton avis, Bonnivet ?

— Sire, vous ne devez pas quitter votre armée ! dit brusquement l'amiral.

François 1er sourit.

— Ah ! vous avez changé de rôle tous les deux. Minerve devient téméraire et le bouillant Ajax prudent comme Ulysse ou Nestor. Mais que dirais-tu, mon féal, d'un chevalier qui n'oserait se rendre à l'appel d'une dame en péril, crainte de rencontrer quelques géants, — je me trompe, — quelques lansquenets ivres ?

Bonnivet soupira ; ce courtisan frivole et léger avait un réel attachement pour son maître et prenait souci de la vie du roi quand l'honneur n'y était pas intéressé ; aussi lui répondit-il avec effusion :

— Si ce chevalier était un simple gentilhomme, je traiterais sa prudence de faiblesse...

— Ah ! vraiment ! fit le roi surpris.

— Mais s'il portait couronne en tête comme Votre Majesté, alors j'admirerais sa sagesse et je le louerais fort de ne pas risquer une vie aussi précieuse que la sienne pour le plaisir de chercher aventure en écuyer errant.

Bien ! monsieur l'amiral, dit la femme masquée touchée du sentiment vrai qui animait Bonnivet, vous aimez réellement votre maître. Vous avez raison de vous défier de moi et de lui conseiller de ne pas suivre une inconnue hors de son camp. Mais, soyez tranquille, ajouta-t-elle en détachant un bracelet d'émeraudes auquel pendait une petite chaîne d'or, vous allez attacher ceci à votre poignet, de façon que nous soyons liés l'un à l'autre. Je sais que si le roi consent à écouter madame Diane, vous l'accompagnerez, fût-ce malgré lui. Eh bien ! je marcherai comme une prisonnière à vos côtés, et si une de mes paroles, un de mes gestes, un de mes regards vous met en défiance, plantez-moi votre dague en plein cœur, monsieur de Bonnivet !

L'amiral, ému, essaya de sourire pour cacher l'émotion qui le gagnait.

— Mais si vos amis me désarment par surprise, mon héroïne ?

Elle entr'ouvrit sa mante :

— Regardez à ma ceinture, monsieur. Moi aussi, je porte une dague pour ma défense. Vous la prendrez et vous m'en frapperez.

— Vous êtes vraiment une noble créature, dit Bonnivet en feignant encore de railler, et s'il ne s'agissait du salut du roi, je comprendrais qu'on vous suivît jusqu'en enfer... ou en paradis.

— Foi de gentilhomme ! nous vous suivrons là... ou ailleurs ! s'écria François 1er.

— Sire, vous avez dit *nous* en me regardant, hasarda l'amiral. Donc, je suis de la partie.

— Et si elle est périlleuse, la gloire en sera plus grande. Donne des ordres pour que nul n'entre dans ma tente pendant mon absence.

Un quart d'heure plus tard, François Ier et son favori sortaient silencieusement du logis royal, précédés de la jeune messagère.

On croirait difficilement à cet excès de folie et de légèreté chez un grand roi, s'il n'était attesté par plusieurs chroniqueurs italiens contemporains.

VI

LA SENTINELLE PERDUE

La messagère de madame Diane et ses nobles compagnons n'étaient plus qu'à cinquante pas de la lisière du camp français, lorsque leurs oreilles furent frappées d'un déluge de jurons et de malédictions qui les força à s'arrêter.

François s'aperçut que l'imprudent personnage qui apostrophait ainsi Dieu et les saints était précisément l'archer placé en sentinelle perdue hors du parc de Mirabel. Il fallait passer près de lui pour se diriger vers le village de Lagettho.

— Voilà un gaillard qui fait grand tapage, dit le roi à voix basse, et qui nous garde assez mal. Les éclaireurs de Pescaire peuvent d'autant mieux l'espionner et le surprendre, qu'il ne s'occupe guère de les guetter.

— Je parie, répondit l'amiral, que notre gente compagnonne tournera l'angle du parc à sa barbe sans qu'il lui demande seulement le mot de passe.

— Avez-vous envie d'essayer, ma mie ? demanda François.

— Je suis prête à obéir aux ordres de Votre Majesté, dit-elle doucement.

— Allez !

Elle s'avança lentement, profitant avec précaution de tous les accidents de terrain pour dissimuler sa marche et tressaillant comme un lièvre en campagne chaque fois qu'un nouveau juron résonnait à ses oreilles.

— Mille diables d'enfer ! criait le soldat, qu'à ce juron favori Faucheux eût reconnu pour son camarade Goulard, — que la chape du ciel écrase celui qui m'oublie à ce poste maudit ! Je devrais l'avoir quitté depuis deux heures.

Et il frappait le sol du talon de sa botte avec une fureur toujours croissante.

En ce moment la dame masquée apparut devant lui comme une ombre et essaya de se glisser légèrement sur la droite.

— Halte-là ! fit l'archer.

La messagère s'arrêta, et s'approchant avec docilité de la sentinelle, lui dit du ton le plus amical :

— Vous paraissez vivement contrarié, seigneur cavalier.

— Si contrarié, répliqua Goulard en la regardant de travers, que, pour me distraire, j'ai bien envie de passer sur vous ma colère.

— Est-ce qu'une pinte d'excellent vin de Montoflascone ne vous distrairait pas davantage, terrible archer ?

— Une pinte de vin... grommela le soldat dont les yeux s'allumèrent. Ah ! çà, vous devez avoir de mauvaises intentions, puisque vous quittez le camp sans me donner le mot de passe.

— Je vous assure, mon camarade, que ce monteflascone est délicieux ; une pinte suffira à vous réchauffer le sang et à vous rendre de meilleure humeur.

— Et où le cachez-vous, ce vin délicieux ? demanda l'archer d'une voix hésitante.

— J'allais justement en chercher quelques flacons au logis de mon cousin Marforio, répondit la messagère en lui montrant du geste les premières maisons de Laghetto. Et si vous aviez daigné me faire l'honneur de trinquer avec moi... Mais je réfléchis que j'ai oublié le mot de passe, et il faut que je rentre au camp.

— C'est inutile, grommela Goulard. Allez plutôt chez votre cousin, et, en vidant la première fiole de monteflascone, la mémoire vous reviendra, j'en suis sûr.

— Merci, mon brave et vigilant archer, je profite de la permission, et dans dix minutes je serai de retour.

Elle partit comme une flèche, mais une fois hors de la portée de Goulard, elle lui cria d'une voix railleuse :

— Si tu veux boire du monteflascone, camarade, attends la récolte de l'automne prochain. La cave de mon cousin a été vidée par les lansquenets impériaux.

— Mille diables d'enfer ! hurla derechef l'archer, le nez rouge comme la crête d'un coq en furie, si jamais cette coureuse de nuit tombe entre mes mains, je jure d'en faire un hachis.

Puis il continua à maugréer, vouant à toutes les chaudières de Satan les officiers qui le laissaient depuis quatre heures en sentinelle.

Cependant la nuit revêtait peu à peu les environs de ces formes vagues et étranges qui peuplent les ténèbres de fantômes monstrueux. La voix de l'archer commença à baisser de ton, et il jeta tout à coup autour de lui des regards inquiets, croyant distinguer des pas, des souffles, des murmures furtifs.

Il se rappelait, en effet, une prédiction inquiétante de son ami Faucheux, le zélé catholique. Ce dernier ne lui avait-il pas souvent annoncé qu'il avait tort de prendre tant de liberté avec le diable et qu'un jour, las d'être si intimement évoqué, ce seigneur au pied fourchu pourrait bien lui apparaître soudainement et venir l'emporter sans plus de cérémonie ?

A force de regarder, Goulard, l'esprit halluciné et les yeux troublés par la peur, vit peu à peu fourmiller, ramper et se mouvoir autour de lui tous les objets jusqu'alors immobiles et inertes, troncs d'arbres, quartiers de roche, joncs et roseaux. Il lui sembla même apercevoir à vingt pas un énorme reptile, qui tenait à la fois de l'homme et du serpent, se traîner avec une lenteur sinistre sur le sol, puis s'arrêter, rester quelque temps en repos, et recommencer sa menaçante ascension.

Il se demandait déjà en tremblant si Astaroth n'avait pas adopté cette forme pour le surprendre, quand une voix retentissante le fit bondir soudainement.

— Holà ! cria-t-elle, voilà une sentinelle bien distraite ou bien endormie.

L'archer se retourna tout d'une pièce comme s'il eût été mu par un ressort, et il se trouva face à face avec deux gentilshommes dont il ne pouvait reconnaître les traits, mais dont les armures et les casques de toile d'argent brillaient sous leurs manteaux noirs entr'ouverts.

— Qui va là ? demanda-t-il en chevrotant. Le mot de passe, ou vous n'irez pas plus loin.

— Le mot de passe, drôle ! tu ne t'en souciais guère tout à l'heure. Tu mérites d'être pendu haut et court pour avoir ainsi déserté ton devoir, ajouta la voix bien connue de François Ier ; mais tu ne perdras rien pour attendre, et dès que je serai de retour, je m'occuperai de toi.

— Grâce ! s'écria Goulard en laissant tomber ses armes et se prosternant devant le roi ; on m'a oublié à ce maudit poste, Sire, et la fatigue seule m'a détourné un instant de ma vigilance habituelle.

— La fatigue un peu, la peur beaucoup, et l'ivrognerie tout à fait, méchant archer ! Heureusement pour toi, je suis pressé. Si tu veux être pardonné, ne dis à personne que le roi et l'amiral sont sortis du camp. Pour toute l'armée, je dors dans ma tente.

— Que le diable d'enfer m'emporte, Sire, si le grand prévôt lui-même me tire un mot à votre endroit, dût-il me faire appliquer à la question extraordinaire !

— Assez ! dit François Ier, ne parle pas si haut et songe qu'en veillant au salut de tes compagnons tu veilles au tien.

En même temps, le roi et Bonnivet hâtèrent le pas pour rejoindre leur conductrice.

Dès que Goulard se retrouva seul, enveloppé des ténèbres qui s'obscurcissaient de plus en plus, il se mit à frissonner en pensant au danger qu'il avait couru. Il se releva fort perplexe, en se demandant s'il ne serait pas prudent de se replier vers le camp français ; mais il n'osait faire un pas ; il attachait ses yeux terrifiés sur le sol, à l'endroit où il avait cru voir ramper un reptile difforme, et il lui semblait entendre un bruissement léger derrière lui. Il se remémorait les dernières paroles du roi, et il répétait machinalement :

— Il m'a conseillé de veiller à mon salut. Il comprend donc que je cours ici un grand danger. Si je n'avais affaire qu'à des vivants, croit-il que je saurais pas me défendre ? Il m'accusait de poltronnerie. Soit. S'il s'agit de combattre le pied fourchu, la chance n'est pas égale. Je voudrais bien le voir, avec sa grande épée, ce rude joûteur, aux prises avec messire Satan.

Il fut interrompu dans ses réflexions de la façon la plus terrible et la plus inattendue. Deux bras robustes, passant sous les siens, l'enlevèrent de terre comme une plume, et il se sentit emporté avec armes et bagages aussi facilement qu'un enfant par sa nourrice.

L'archer était vigoureux, mais, paralysé par la frayeur, il ne tenta pas même de résister ; il était convaincu qu'il avait affaire à un être surnaturel contre qui tous les efforts d'une créature humaine étaient impuissants.

Tout contribuait à le maintenir dans cette triste et énervante pensée ; en cherchant à se rendre compte de la forme de son ravisseur, il se convainquit que c'était un géant par la taille, un lion par l'élasticité, un singe par la souplesse et l'agilité ; or, qui donc pouvait résumer ces trois natures en une seule, si ce n'est cet effroyable Satan, qu'il avait si souvent évoqué ?

Il était donc vrai ; la prédiction de son ami Faucheux s'accomplissait enfin ; le grand diable d'enfer l'emportait. Ses cheveux se hérissaient sur son front, et il eût poussé des cris lamentables si sa voix ne se fût pas séchée dans son gosier.

Le monstre descendit une pente rapide. Alors l'infortuné Goulard, les yeux obstinément fermés, le cœur palpitant et l'esprit surexcité, se persuada qu'il glissait dans les entrailles de la terre et qu'il ne s'arrêterait qu'au seuil du royaume infernal. Il croyait déjà sentir le fer rouge des fourches diaboliques piquer ses épaules et ses reins, il se voyait suspendu au-dessus des chaudières ardentes, il entendait le grincement de dents des démons dansant des rondes frénétiques autour de leur nouvelle victime.

Cette course furieuse dura plus d'une demi-heure sans que l'étrange monture de l'archer se ralentît jamais ou donnât le moindre signe de lassitude. Phénomène qui n'était pas de nature à dissiper les terreurs du misérable, car un pareil tour de force exigeait évidemment une vigueur plus qu'humaine.

Enfin des voix se firent entendre, des lumières frappèrent les yeux de Goulard à travers ses paupières fermées, des chants, des cris, des rires éclatèrent de tous côtés, puis une violente secousse apprit à l'archer que l'esprit malin l'avait jeté sur le sol sans autre précaution.

Alors il ouvrit un œil, mais il le referma aussitôt, en se voyant entouré d'une bande de mécréants qui hurlaient et grimaçaient avec des contorsions effroyables, à la lueur des torches que secouaient cinq ou six Maures basanés.

— Allons ! Picaro, lui dit une voix impérieuse, regarde-moi et réponds à mes questions.

Goulard se hâta d'obéir, et il vit en face de lui un seigneur de petite taille, dont le teint était olivâtre, les yeux noirs comme des charbons, le nez recourbé comme un bec d'aigle, et les cheveux un peu roux, mais dont la physionomie fine et spirituelle n'avait rien de satanique.

— Je suis votre esclave, monsieur, balbutia-t-il, commençant à soupçonner qu'il était encore sur terre et parmi ses semblables. Puis-je seulement connaître quel est mon juge ?

— Je suis don Ferdinand d'Avalos, marquis de Pescaire, mon drôle, et tu dois savoir que je n'aime pas à perdre mon temps.

— Comment ! je serais assez heureux pour être à même de rendre service au plus grand général de l'empereur ! dit l'archer en se traînant aux pieds du marquis.

— Trêve de bassesses, l'ami, et si tu veux me plaire, soit franc et net dans tes réponses. Je t'ordonne de révéler tout ce que tu sais sur la position de l'armée française.

— Hélas ! monseigneur, vous interrogez l'homme le moins curieux du monde, et mes renseignements se borneront à vous apprendre ce que vous savez mieux que moi.

— Vraiment ! dit ironiquement le marquis de Pescaire. Quelle singulière différence entre nous, mon brave ! Je suis, moi, excessivement curieux, et je ne serais pas fâché de savoir combien il faudra de coups de verge pour te faire parler.

— Mais, monseigneur, s'écria Goulard alarmé, est-ce ma faute si nos généraux n'ont pas jugé à propos de me confier ?...

— Et ton intelligence, misérable, qu'as-tu fait de ton intelligence ? Tu as donc des yeux pour ne pas voir, des oreilles pour ne pas écouter ? Tu voudrais contrefaire le niais et l'imbécile, mais ton visage te trahit. Je suis certain que tu es un des soldats les plus délurés de l'armée ennemie...

— Merci de la bonne opinion que vous avez de moi, monseigneur, mais...

— Donc, si tu restes muet, c'est pure mauvaise volonté, poursuivit don Ferdinand, et mon devoir m'oblige à employer les voies de rigueur pour te délier la langue.

— Mais je vous jure par les saints apôtres, miséricordieux seigneur, que pour vous être agréable je vous livrerais tous mes camarades, sans excepter mon ami Faucheux.

— Moins de paroles et plus d'actions, drôle, si tu tiens à ne pas laisser gâter ta peau. Regarde ces Maures qui attendent mes ordres pour te saisir, et qui ne comprennent pas un mot de ton jargon français.

— Mille diables d'enfer ! murmura Goulard en se frottant les reins, si vous aviez daigné me prévenir seulement du service que vous attendiez de moi, je me serais mis en quatre pour connaître les dispositions militaires de nos généraux..... mais je ne sais rien, rien, rien, misérable que je suis, ajouta-t-il en essayant de s'arracher quelques poignées de cheveux.

Le marquis de Pescaire restait impassible devant les démonstrations de l'archer.

— Ah ! mon gaillard, dit-il avec son accent railleur, tu crois qu'on se donnera la peine d'arriver jusqu'à toi, de te surprendre, au risque de la vie, de t'emporter comme une jeune fille délicate, pour t'épargner la peine de la marche, et qu'il te suffira de répondre, quand je t'interroge : « Je ne sais rien, rien. » Allons, Abdallah, empare-toi de cet entêté.

Un des Maures, long et maigre personnage dont les bras nerveux étaient nus jusqu'au coude, s'approcha de Goulard, qui poussa des cris de désespoir auxquels répondirent les huées de la foule.

— Agis à la mode orientale, continua le marquis, cinquante coups de bâton sur la plante des pieds et autant sur le dos de ce drôle. S'il en réchappe, je te le donne pour valet.

Abdallah remercia le général par un sourire qui fendit sa bouche comme une horrible grimace et laissa voir deux rangées de dents blanches et pointues.

Puis il mit sa large main osseuse sur l'épaule de Goulard, qui frissonna de tous ses membres.

— Ah ! Dieu m'abandonne pour la punition de mes péchés, s'écria le soldat. Il devait m'arriver malheur cette nuit. Si j'étais resté à mon poste, le roi François me livrait au grand prévôt, et maintenant que je suis à l'abri de sa colère, je tombe dans les griffes de ce damné Sarrasin.

Abdallah l'entraînait déjà, malgré sa résistance, lorsque le marquis lui demanda vivement :

— Que dis-tu du roi, drôle ?

Tout à coup un éclair illumina l'esprit troublé de l'archer.

— Attendez ! attendez ! s'écria-t-il en repoussant avec force le Maure ; vous ne me tenez pas encore. Ah ! monseigneur, un peu de patience, je vous supplie. Je crois que nous allons nous entendre. Oui, oui, je suis sauvé... Tout à l'heure vous me remercierez, au lieu de me faire bâtonner par ces chiens d'infidèles.

— Parle donc ! dit don Ferdinand en souriant. Je savais bien qu'Abdallah te rendrait la mémoire.

— Faites éloigner un peu cette troupe d'enragés, mon général.

Le marquis fit un signe aux Espagnols, qui s'écartèrent ; mais les Maures ne bougèrent pas.

Le visage de l'archer rayonnait.

— Monseigneur, je vais vous livrer un secret que vous devriez me payer au poids de l'or.

— Nos poches sont veuves de ducats, mon brave ; contente-toi, comme salaire, d'être exempt du bâton d'Abdallah.

Goulard soupira et reprit mélancoliquement, en regardant le Maure de travers :

— Sachez donc, noble marquis, que le roi François est sorti de son camp il y a moins d'une heure.

M. de Pescaire tressaillit.

— C'est impossible. Prends garde ! Ne te joue pas de moi en inventant une si sotte imposture.

— Je vous jure que c'est la vraie vérité, dit piteusement Goulard, fort inquiet de voir le général espagnol accueillir son renseignement avec une si parfaite incrédulité.

— Certes, reprit Pescaire, François Ier est un prince bien aventureux ; mais quitter son camp comme un simple soldat en maraude, la chose est incroyable et fabuleuse. Voyons, coquin, de qui tiens-tu cette nouvelle ?

— De moi-même, monseigneur. J'étais en sentinelle. Le roi m'a trouvé à mon poste et m'a adressé quelques paroles courtoises...

— Il serait donc vrai ! s'écria le marquis pouvant à peine contenir sa joie. Ce grand prince aurait poussé l'imprudence à ce point ! Et tu as attendu ce temps pour nous donner une nouvelle si importante. Ah ! tu mériterais bien qu'Abdallah...

Le Maure, en entendant son nom, se rapprocha de l'archer. Don Ferdinand l'arrêta d'un regard et reprit d'une voix brève :

— Ne perdons pas une minute, et réponds-moi sans tergiverser. Si tu as menti, tu seras pendu. Si tu as dit vrai, ta fortune est faite.

— Oh ! vous me comblez, monseigneur, interrompit Goulard ému jusqu'aux larmes.

— De combien de gentilshommes le roi était accompagné ?

— D'un seul.

— D'un seul. Ah ! je reconnais là ce chevalier pour qui le danger n'existe pas.

Il ajouta :

— Et de quel côté s'est-il dirigé ?

— Ah ! voilà ce que j'ignore absolument, répondit l'archer.

Don Ferdinand, surpris, le regarda fixement.

— Que signifie cette mauvaise plaisanterie ? Tu l'as vu, tu lui as parlé, et tu ne sais pas quel chemin il a suivi...

— Pardonnez-moi, mon bon seigneur, mais je dois avouer qu'il m'est impossible de distinguer ma droite de ma gauche quand je suis dans les ténèbres...

Le marquis frappa la terre du pied avec impatience, et, se tournant vers un soldat qui se tenait debout à quelques pas de lui, à côté des porteurs de torches, il dit :

— Ah çà ! Lupon, quel idiot nous as-tu apporté là ?

— Je ne l'ai pas choisi, répéta l'homme avec un gros rire.

Goulard fixa un regard curieux sur l'Espagnol qui avait eu l'audace de venir l'enlever à la lisière du camp et qui l'avait emporté tout armé aussi facilement qu'un cheval eût fait d'un enfant de deux ans.

C'était une sorte de géant, dont la vaste poitrine, les larges épaules et le cou de taureau annonçaient une force herculéenne ; sa face énorme, colorée et barbue, son nez un peu écrasé, ses petits yeux clignotants et ses lèvres épaisses exprimaient à la fois l'audace narquoise, l'insouciance du danger et la bonne humeur.

— Que faire ? dit le marquis. Le diable soit de cet imbécile !

— On peut en aller chercher un autre répliqua Lupon. J'aurai peut-être la main plus heureuse cette fois.

— Non ! non ! s'écria don Ferdinand. On a dû s'apercevoir de la disparition de ce drôle, et une nouvelle équipée de ce genre pourrait te coûter la vie.

— A la guerre comme à la guerre, dit philosophiquement Lupon. Je dois ma vie à qui me paye...

— Oui, mais j'ai trop peu de soldats intrépides comme toi pour les exposer inutilement. Je te défends de recommencer cette bravade. Quant à ton prisonnier, tâche d'en tirer pied ou aile ; je te donne droit de vie et de mort sur lui.

Et le marquis de Pescaire, furieux, s'éloigna suivi de ses Maures porteurs de torches et de la plupart des soldats espagnols qui avaient assisté à cette scène.

Il voulait envoyer sans retard ses espions à la découverte.

Goulard resta seul avec Lupon et deux ou trois de ses camarades.

Eh bien ! lui dit le géant d'un air plus railleur que cruel, voyons, que vais-je faire de toi, archer maladroit, sentinelle sans yeux et sans oreilles.

— Si vous me demandez mon avis, je vous conseillerai de me reporter où vous m'avez pris.

— Ce qui signifie que tu te déplais en notre compagnie, s'écria Lupon ; eh bien ! chose étrange, je me sens, moi, transporté d'une vive tendresse pour ton honnête personne, et rien ne pourra me résoudre à m'en séparer.

— Mille diables d'enfer ! jura Goulard.

Puis étouffant un soupir, il reprit avec componction :

— S'il en ainsi, mon maître, je reste et je m'enrôle dans l'armée de l'empereur.

— Tout beau ! répliqua Lupon ; il te manque, pour obtenir cet honneur, bien des qualités. D'abord tu jures beaucoup trop pour un bon catholique, et tu scandaliserais singulièrement tes nouveaux camarades.

— Je me corrigerais de cette mauvaise habitude en votre sainte compagnie.

— Je ne sais même pas si tu ferais volontiers maigre et jeûne, suivant les commandements de l'Église.

— Me prenez-vous donc pour un luthérien ? s'écria Goulard en exagérant l'indignation.

— Puis, tu veilles assez mal aux postes que l'on te confie, et tu laisserais surprendre tes compagnons, qui seraient égorgés sans avoir le temps de dire leur prière.

— Une fois n'est pas coutume.

— Enfin, j'ai compris à tes exclamations que tu me prenais tout à l'heure pour le diable, moi ! un chrétien de vieille souche ! c'est là une confusion impardonnable, aussi injurieuse pour mon honneur, qu'humiliante pour ton amour-propre.

— Satan est un gentilhomme d'importance, maître, et bien des gens huppés lui font des courbettes.

— A ces diverses causes, je te déclare indigne de faire partie de l'armée de don Ferdinand d'Avalos, marquis de Pescaire.

— Que vais-je donc devenir ? demanda Goulard fort intrigué.

— Je vais t'élever à une position que tu n'aurais jamais osé rêver dans tes aspirations ambitieuses, mais dont j'ose espérer que tu te rendras digne.

— Oh ! vous pouvez être sûr...

Et l'archer grimaça un aimable sourire.

— A partir de cette heure, ajouta gravement Lupon, je te prends à mon service.

Goulard poussa un cri d'indignation.

— Moi, votre valet ! moi, un archer du roi de France, et de quel roi ! de François Ier.

J'avoue que c'est là ce qui me flatte, reprit familièrement l'hercule. Mon Dieu, tu n'auras pas grande besogne. Tu porteras seulement mes vivres, mon bagage, le butin que je pourrai faire sur les champs de bataille. Quant aux armes, je consens à m'en charger.

— Mais je succomberai sous le faix, murmura tristement Goulard.

— Il est temps, tu le comprends, mon brave, que je jouisse un peu de la vie de guerre, dont je n'ai connu jusqu'à ce jour que les désagréments. Je ne voudrais pas te flatter, t'inspirer un orgueil immodéré, mais tu me parais réunir toutes les qualités qui font un bon valet de soldat.

— Mais je vous assure que vous vous trompez ! s'écria l'archer exaspéré.

— Non ! non ! je sais juger les hommes, insista Lupon. Tu dois être goinfre, voleur, poltron, menteur, impudent ; si tu emploies tous ces défauts au service de ton maître, nous serons bons amis.

— Mais je suis très maladroit et vous vous repentirez de m'avoir supposé une vocation...

— Affaire de quelques jours d'apprentissage. Un peu de bastonnade fera merveille, le matin à jeun et le soir avant de se coucher.

— Je suis perdu ! murmura Goulard consterné.

Cependant Lupon le toisait des pieds à la tête d'un œil étonné.

— C'est inouï, s'écria-t-il ; je crois, Dieu me pardonne, que tu te permets d'être mieux vêtu que ton maître. Comment ! tu es reluisant et propre comme un empereur au-baise-main, et tu n'as pas encore songé à me proposer d'échanger ton pourpoint, ta casaque, tes hauts-de-chausses tout neufs contre les miens, qui bâillent par trente-six trous et qui ont plus de taches que le soleil.

— Échanger nos habits ! balbutia péniblement l'archer.

— Vraiment, mon garçon, tu n'as guère d'amour-propre pour la tenue de ton maître répliqua Lupon avec une majestueuse sévérité.

— Mais ces habits sont à moi, à moi, à moi, Goulard, entendez-vous, et je ne consentirai jamais...

— Encore une vertu qui te manque, interrompit l'hercule, le détachement des biens périssables de ce monde. Songe donc que ta peau même, ta propre peau, n'est qu'une misérable guenille dont il ne faut faire aucun cas. Ne serai-je pas obligé de te le prouver quand tu apporteras quelque négligence dans ton service.

Puis, faisant un signe aux camarades qui l'entouraient :

— Allons, dit-il, déshabillez cet honnête serviteur, tandis que je vais me dépouiller pour lui.

Cinq minutes après, en dépit du désespoir et des protestations de l'infortuné Goulard, l'échange était opéré ; les robustes membres de Lupon faisaient éclater en cinq ou six endroits les vêtements de son valet, tandis que celui-ci flottait dans ceux de son maître comme une noix sèche dans sa coquille.

VII

QU'UN VILAIN CAPITAINE ENDORMI PEUT ÊTRE UTILE
À QUELQUE CHOSE.

Après un quart d'heure de marche, Clotilde s'arrêtait à l'entrée du village de Laghetto, en face d'une petite maison isolée de toutes les autres par un vaste jardin entouré de murs.

— C'est ici, dit-elle au roi et à Bonnivet, qui s'étaient arrêtés en même temps qu'elle.

La messagère frappa doucement deux coups au heurtoir.

En attendant que la porte s'ouvrît, François 1er examinait curieusement l'extérieur de cette maison, dont la façade, couverte du haut en bas en bois de chêne tout bruni et tout fendillé par le soleil, offrait dans sa vétusté je ne sais quoi d'étrange et de mystérieux qui saisissait l'imagination.

Une fumée bleue, mais d'un bleu si pur qu'il se confondait avec l'azur du ciel, s'échappait de la cheminée, ce qui contribuait encore à l'impression que causait l'aspect de cette bizarre demeure.

— Sire, dit Bonnivet frappé de cette singularité, avez-vous jamais vu pareille fumée sortir de la cuisine d'un chrétien ? Ne dirait-on pas le firmament s'échappant par colonnes du laboratoire de Satan ?

François 1er allait répondre quand la porte s'ouvrit, tournant silencieusement sur ses gonds.

Clotilde entra, le roi et l'amiral la suivirent, et la porte se referma derrière eux, seule et sans faire entendre le moindre bruit.

Ils se trouvaient dans un vestibule faiblement éclairé par une lampe d'albâtre posée sur une colonne de marbre noir.

— Sire, dit la jeune fille à François 1er, permettez-moi d'aller prévenir madame de Montchenu.

Quoique ces paroles eussent été prononcées à voix basse, elles se répétèrent confuses et indistinctes comme un chuchotement dans tous les angles du vestibule, qu'on eût crus habités par d'invisibles esprits.

— Sire, dit Bonnivet au roi dès que Clotilde eut disparu, toute cette maison a je ne sais quel air de mystère qui m'inquiète ; on y respire comme une odeur de guet-apens : c'est pourquoi je suis résolu à veiller ici l'épée au poing, tandis que vous irez trouver la noble dame qui vous a attiré dans cet équivoque logis, et qui, en tous cas, n'a pas besoin d'un tiers entre elle et vous.

— Pardieu ! mon brave amiral, voilà bien des défiances et des précautions, et tout cela à cause de l'aspect plus ou moins avenant d'une masure, qui n'a d'autre tort, après tout, que d'être vieille et silencieuse.

— Pardon, Sire, elle en a un autre, et celui-là est fort grave.

— Lequel !

— Celui d'être enfermée dans les lignes des impériaux, que le hasard ou la trahison pourrait bien

instruire de votre présence. Vous le voyez donc, il n'est pas hors de propos que j'aie l'œil au guet et l'épée à la main, tandis que vous serez occupé à deviser avec la belle dame qui vous attend, car voici sa gracieuse messagère.

Celle-ci, en effet, s'était arrêtée sur les dernières marches de l'escalier, où sa taille élégante et finement cambrée se dessinait dans la pénombre avec une netteté sculpturale.

Sa pose et son geste indiquaient qu'elle attendait le roi ; cependant celui-ci, au lieu d'aller à elle, s'arrêta à la contempler, frappé de la grâce charmeresse de sa personne, et il se demandait pourquoi cette femme masquée venait de porter le trouble dans son cœur.

— Sire, lui dit enfin la jeune fille, madame la comtesse attend Votre Majesté.

Elle se mit aussitôt à gravir l'escalier d'un pas rapide et léger, et le roi alors s'élança sur sa trace.

Comme ils traversaient une vaste salle, François 1er s'arrêta brusquement et saisit la main de sa mystérieuse conductrice :

— Un mot, je vous en conjure, avant d'aller plus loin, dit-il d'une voix étouffée.

— A moi ? dit la jeune fille d'un air stupéfait.

— A vous-même... Et d'abord, à quoi bon garder ce loup, maintenant que vous n'êtes plus au milieu du camp, maintenant que vous n'avez plus rien à redouter, puisque vous êtes chez vous, sous la protection d'un roi qui comprend tout ce que son titre de chevalier lui impose de respect pour les dames ?

— Sire, ces derniers mots me décident, dit la jeune fille avec une certaine gravité.

Elle détacha le loup qui couvrait ses traits et se tourna vers le roi.

— Je ne m'étais pas trompé ! s'écria celui-ci, dont les traits exprimaient le ravissement ; mon cœur vous avait deviné sous ce masque.

Puis, se penchant vers elle, il reprit avec un mélange de tendresse et de galanterie :

— Clotilde, vous vous êtes donc enfin convertie à la bonne cause ?

— Je ne vous comprends pas, Sire, répliqua la jeune fille.

— Pourquoi cette froideur dans votre ton et dans vos paroles ? reprit François 1er, quand vous venez de me donner une si grande preuve de dévouement ?... Craignez-vous de m'avouer le changement qui s'est opéré dans vos sentiments ? Mettez-vous votre orgueil à me laisser deviner ?

— Sire, interrompit Clotilde en retirant doucement sa main de celle du roi, je ne veux pas laisser se prolonger une méprise aussi pénible pour tous deux. Je vous ai dit un jour que j'aimais Didier de Montchenu, et mon cœur est de ceux qui se referment sur un amour pour ne se rouvrir à aucun autre.

Le roi recula d'un pas à ces mots, ses traits se rembrunirent tout à coup, et ce fut avec une colère mal contenue qu'il murmura :

— Toujours ce Didier !

— Toujours ! répondit la jeune fille avec un accent à la fois ferme et respectueux

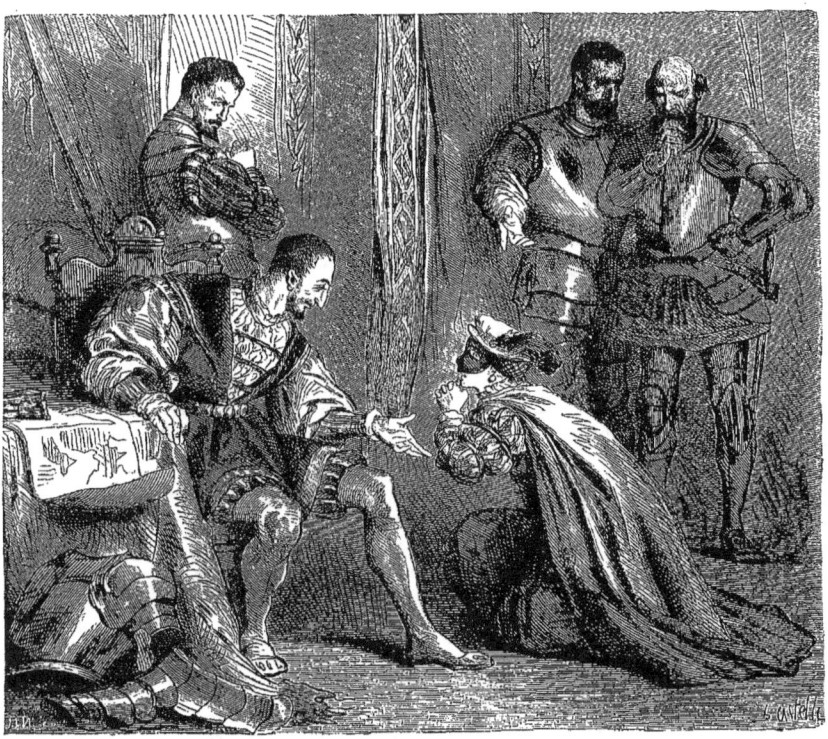

Je vous jure que nul ne touchera à votre masque, dit le roi ! — Page 31.

— Alors, dit le roi, priez Dieu qu'il meure les armes à la main.

— Pourquoi ferais-je un vœu aussi cruel ?

— Vous allez le savoir, répondit François Ier, dont la jalousie avait contracté tous les traits.

Il reprit, après un moment de réflexion :

— Je voudrais écrire un ordre qui doit être expédié sans retard en France.

Clotilde s'empressa de poser sur une table des plumes, du papier et une magnifique écritoire en argent ciselé.

Le roi s'assit et se mit à écrire d'une main rapide, faisant crier le papier sous la plume, dont Clotilde suivait les brusques évolutions avec la plus grande anxiété.

Quand il eut fini, François Ier signa de son nom les lignes qu'il venait de tracer ; puis, se levant et se rapprochant de Clotilde, qui le contemplait avec un vague et indicible effroi.

— Écoutez ! lui dit-il d'une voix brève.

Et il lut.

C'était un ordre au parlement d'avoir à juger Didier de Montchenu, convaincu de trahison envers le roi et son pays, comme complice du connétable de Bourbon, aux côtés de qui il allait combattre dans les rangs de l'armée espagnole.

— Grâce à ce jugement, le nom de Didier sera flétri à jamais, son corps appartient de droit au bourreau ; il subira publiquement un supplice infâme, si on parvient à s'emparer de sa personne, et je promettrai une telle récompense, qu'il ne tardera pas à tomber entre mes mains, je vous le jure.

— Ainsi, Didier sera poursuivi sans miséricorde ? dit Clotilde avec une douloureuse surprise, parce que je l'aime, parce que je refuse d'effacer de mon cœur son image proscrite pour la remplacer par celle d'un roi tout-puissant ; car voilà son crime, son vrai, son seul crime, Sire. Aux yeux de la France, aux yeux de l'Europe entière, Didier sera un traître que vous livrez à la justice ; mais pour vous, Sire, c'est un rival, un rival heureux dont vous vous vengez.

Un moment déconcerté, le roi reprit aussitôt :

— Consultez votre conscience et osez dire que Didier n'a pas mérité la sentence qui doit le flétrir ?

— A mon tour, Sire, répliqua vivement Clotilde, permettez-moi de vous dire : Consultez votre cœur et osez déclarer que le sentiment auquel vous obéissez à cette heure n'est pas la jalousie ?

— Eh ! qu'importe ! après tout, s'écria le roi, si ma vengeance est d'accord avec la justice, et si je frappe à la fois un rival et un traître !

Il y eut un moment de silence, puis la jeune fille reprit avec une tristesse grave et presque solennelle :

— Sire, vous êtes né sur le trône, et moi dans la foule obscure ; vous êtes un grand roi, et je ne suis qu'une jeune fille simple de cœur et d'esprit ; cependant, si vous oubliez ce titre de chevalier, auquel vous faisiez allusion tout à l'heure, je comprends autrement que vous les devoirs et les obligations qu'il impose. Excusez ma hardiesse en considération de la cause que je défends, Sire ; permettez-moi de vous dire que, dans ma pensée du moins, le roi très chrétien, le roi chevalier doit mettre sa gloire, non seulement à combattre bravement sur le champ de bataille, mais surtout à vaincre en noblesse et en générosité tous les gentilshommes qui l'entourent, et dont la plupart l'égalent en courage. Il me semble que la véritable grandeur consiste à dompter en roi les passions mauvaises auxquelles cèdent les natures vulgaires, comme l'a fait Bayard, ce modèle des chevaliers, et je crois...

— Oh ! interrompit vivement le roi, ce sont là de fort belles maximes, ma mie, mais plus faciles à exprimer qu'à mettre en pratique.

— Et si je prouvais à Votre Majesté que je puis les pratiquer au besoin.

Un sourire ironique effleura les lèvres du roi.

— Si je vous donnais cette preuve à l'instant même ! reprit Clotilde.

Puis, tirant un papier de son sein :

— Vous venez de me lire un écrit bien grave, Sire ; écoutez la lecture de celui-ci.

Clotilde lut lentement ces mots :

« A l'amie de Didier,

» Trouvez un moyen d'attirer le roi dans la petite maison que vous habitez avec madame de Montchenu, et Didier sera fait duc de Spolète, mis immédiatement en possession du territoire et des biens attribués à ce duché, qui sera à la fois son domaine et le vôtre, car votre mariage sera célébré le jour marqué par vous-même.

» Le vice-roi.

» DE LANNOI. »

— L'infâme ! s'écria François Ier en pâlissant ; mais alors je suis trahi, car vous avez parfaitement réussi dans la mission qui vous était confiée. Je me suis jeté comme un fou dans le piège.

Clotilde regardait le roi, immobile et muette.

— C'est donc vrai, reprit-il en jetant autour de lui des regards étincelants ; ah ! mais je vendrai chèrement ma vie, et cette épée fera plus d'un cadavre avant qu'on ne l'arrache de mes mains.

— Sire, dit Clotilde d'un ton qui contrastait singulièrement avec l'agitation du roi, je suis seule ici avec vous, vous pouvez donc laisser sans crainte votre épée au fourreau.

Elle reprit après un silence :

— Sire, Votre Majesté persiste-t-elle dans ses projets de vengeance contre Didier ?

— Je vous comprends, mademoiselle, ma réponse dictera celle que vous allez faire aux espions de monsieur de Lannoi, postés sans doute autour de ce logis et prêts à fondre sur moi au premier signal.

— Il y a quelque chose de vrai dans ces suppositions, dit Clotilde.

Puis, désignant du doigt l'écrit par lequel François Ier déférait Didier à la justice du parlement :

— Sire, dit-elle, quelle est votre intention au sujet de cette ordonnance ?

— Mon intention est de l'expédier au parlement de Paris aussitôt rentré dans mon camp.

— Vous exposez bien votre vie, Sire.

— Céder serait une lâcheté.

— Songez au royaume de France, dont votre mort entraînerait la perte, Sire.

— La France renierait un roi couard.

— Songez à vos amis, à vos parents.

— Ils me pleureront mort, ils me mépriseraient déshonoré ; je veux mériter leurs larmes.

— Vous avez une mère, une mère à laquelle vous allez briser le cœur.

Cette fois les traits de François Ier exprimèrent l'hésitation.

— Pas même ma mère, dit-il enfin d'une voix émue. Non ! non ! Nul sentiment, nulle considération au monde ne fléchira le courage de François Ier. Ainsi ma mie, ajouta-t-il, donnez votre réponse, faites entendre votre signal, j'attends mes ennemis.

— Ma réponse est faite, Sire, répondit Clotilde.

— Déjà ?

— Elle est même entre les mains du messager de monsieur de Lannoi.

— Et ce messager ?...

— Est ici.

— Dans cette maison ?

— Derrière cette porte.

— Là ! fit le roi en portant brusquement la main au pommeau de son épée.

— Voulez-vous savoir son nom ?

— Dites.

— Georges Fronsberg.

— Georges Fronsberg ! s'écria François Ier, Quoi ! ce païen maudit qui a juré d'étrangler le pape de ses propres mains, ce terrible guerrier dont la vigueur égale la férocité, et que nul n'a pu vaincre jusqu'à ce jour ?

— Lui-même, Sire.

— Ah ! s'écria le roi dans un transport chevaleresque, s'il osait se mesurer avec moi dans un combat singulier, en face des deux armées réunies, ce redoutable Fronsberg !

Clotilde avait ouvert la porte qu'elle venait de désigner au roi.

— Tenez, le voici ! dit-elle ; regardez !

Le roi s'avança et vit un homme étendu à terre. C'était le capitaine de lansquenets allemands, ce fameux Fronsberg, dont la vigueur herculéenne, la bravoure indomptable et la cruauté inouïe avaient fait un objet de terreur, même à cette époque de sang, de fureurs et de violences.

Il dormait ; ses membres robustes effrayaient le regard ; sa poitrine puissante était soulevée par une bruyante respiration ; sa chevelure rouge, touffue et inculte, retombait éparse sur son front bas et contracté, sa barbe, d'un blond ardent, envahissait presque toute sa face ; la férocité bestiale qui formait le trait dominant et caractéristique de cette tête, dont chaque ligne trahissait toute une vie de meurtres et d'audaces, tout dans cet homme rappelait vaguement les titans et les cyclopes des âges mythologiques.

— En effet, murmura François Iᵉʳ en admirant le colosse, ce doit être un rude et terrible athlète, et si je le rencontre dans la mêlée, je veux lutter avec lui.

— Vous oubliez, Sire, que vous êtes à cette heure entre ses mains.

— Il est vrai ! j'oubliais... mais il est seul, endormi...

— Vous vous trompez, Sire, il n'est pas seul, voyez plutôt.

Elle s'approcha d'une fenêtre, l'entr'ouvrit et fit signe au roi de regarder.

François Iᵉʳ jeta le coup d'œil d'un soldat sur le point que lui désignait le doigt de la jeune fille, et au bout du jardin il aperçut une vingtaine de lansquenets étendus ou assis sous un massif d'arbres.

— Un coup de sifflet, et ces loups de Fronsberg seront ici, dit Clotilde. Or, le sifflet, le voici.

Elle montra au roi un petit sifflet d'ivoire qu'elle tenait à la main.

— Maintenant, Sire, reprit-elle, voulez-vous connaître la réponse que j'envoie à monsieur de Lannoi ?

— A quoi bon ? Est-il bien nécessaire de deviner que vous avez accepté son offre ?

— Tenez, voici ma lettre, reprit Clotilde.

Elle se pencha vers le terrible Fronsberg et tira immédiatement de son pourpoint un petit billet plié en quatre.

— Lisez, dit-elle en remettant l'écrit au roi.

François lut le billet ; il était ainsi conçu :

« Monsieur,

» Si vous aviez consulté monsieur Didier de Montchenu avant de m'écrire, il vous eût dit que je n'étais pas femme à accepter un pareil marché ; je n'hésite pas moi-même à vous déclarer qu'il repousserait avec mépris le titre que vous voulez lui vendre au prix de son honneur. Le roi ne viendra donc pas, et loin de chercher à l'attirer dans cette maison, je m'empresserais de l'en détourner s'il en avait la pensée.

»¹ CLOTILDE. »

François Iᵉʳ, après la lecture de cette lettre, leva sur la jeune fille un regard où se lisait un mélange de surprise et d'attendrissement.

— Maintenant, lui dit-il, vous connaissez mes intentions au sujet de Didier ; qu'allez-vous faire de cette lettre ?

— La remettre au messager de monsieur de Lannoi, sans y changer un mot.

En effet, elle se pencha vers Georges Fronsberg et glissa la lettre dans son pourpoint.

— Vous voyez, Sire, reprit-elle alors, que je puis comme je vous l'ai dit, pratiquer les maximes de la chevalerie aussi bien que je les exprime. Ah ! c'est qu'avant tout vous êtes le roi de France, c'est que vous représentez à mes yeux tout ce qu'il y a de plus grand, de plus pur et de sacré, c'est-à-dire la patrie, l'honneur, le foyer, et eussiez-vous dicté l'arrêt de mort de Didier, je vous ferais encore un rempart de mon corps.

— Ah ! ma mie, s'écria François Iᵉʳ avec un enjouement dans lequel perçait l'admiration, qui m'eût dit que ce serait d'une jeune fille et d'une huguenote, que j'apprendrais un jour mes devoirs de chevalier ! Mais je ne veux pas vous laisser la gloire d'avoir vaincu le roi de France en générosité.

Et saisissant l'écrit qui menaçait à la fois Didier dans sa vie et dans son honneur, il le déchira.

— Bien ! s'écria Clotilde avec transport, je reconnais à cette action le roi dont toute l'Europe admire le cœur magnanime. Et maintenant, Sire, songez à madame de Montchenu qui attend Votre Majesté.

François Iᵉʳ jeta un regard significatif sur Georges Fronsberg.

— Oh ! dit Clotilde, il ne troublera pas votre entretien, c'est moi qui l'ai endormi ; je connais la puissance du narcotique, et je vous garantis qu'il ne s'éveillera pas avant deux heures.

— Eh bien ! puisque pour la première fois nous nous sommes enfin entendus, et que nous sommes d'accord en tout point, dit gaiement le roi, allons trouver la comtesse Diane qui doit s'impatienter de mon retard.

VIII

COMMENT LE ROI ENTRA EN RELATIONS AVEC UN MÉDECIN TROP ZÉLÉ

Lorsqu'elle eut introduit le royal visiteur dans la chambre de la comtesse, Clotilde se retira discrètement. François Iᵉʳ, incapable de dissimuler longtemps ses impressions, n'eut pas plutôt baisé galamment la main de madame Diane qu'il lui dit avec sa légèreté habituelle :

— Je viens encore de recevoir une sévère leçon de votre jolie compagne de voyage, madame : elle est batailleuse en diable.

— Nous sommes en temps de guerre, Sire, répondit madame de Montchenu en s'inclinant d'un air railleur.

— Je souhaite de ne pas rencontrer de si rudes adversaires dans l'armée espagnole, madame ; mais, franchement, je n'ai jamais vu de beauté si farouche.

La comtesse sourit d'un air mélancolique.

— Je ne puis que l'approuver, Sire, et je regrette qu'elle ne puisse suivre mon exemple.

— Que voulez-vous dire ? demanda vivement le roi.

— Mon intention est de me retirer dans un couvent, et la faveur que j'ai à demander à Votre Majesté, c'est un sauf-conduit pour rentrer en France.

— Au couvent, belle comtesse ! à Dieu ne plaise ! mais vous n'y songez pas. Ce serait un véritable meurtre que d'ensevelir sous les plis jaloux d'un voile les merveilleuses perfections dont le ciel vous a douée. Le couvent d'une jeune et jolie veuve de votre rang, c'est la cour. Les fêtes, les bals, les carrousels, les sonnets et les madrigaux, les brillantes parures, voilà votre lot.

— Ah ! Sire, vous vous croyez toujours au palais des Tournelles.

— Pourquoi le deuil vous sied-il si bien, madame ? Pourquoi le ciel italien n'a-t-il pas hâlé votre teint ? Jetez un coup d'œil sur votre miroir, et dites-moi quel est le gentilhomme qui ne s'empressera de vouloir partager avec vous sa fortune et son nom ?

Diane sourit involontairement, mais elle répondit d'un ton presque plaintif :

— Hélas ! Sire, ce téméraire me trouverait peu disposée à les accepter. D'ailleurs, Votre Majesté ignore sans doute que je suis exilée de la cour.

— Bah ! dit légèrement François... c'est une bagatelle. Il s'agit de cet oiseau en cage à qui vous avez donné la volée. Ma mère vous en a gardé rancune. Elle a tort, et je me charge de vous raccommoder avec Sa très haute et très puissante Sévérité madame de Savoie.

La comtesse soupira.

— Croyez-vous donc, Sire, que la reine-mère soit si facile à fléchir ? Ne sait-on pas que son fils est trop respectueux pour vouloir contraindre sa volonté. Ne refuserais-je pas moi-même de reparaître à la cour sans son consentement ?

— Madame Louise de Savoie n'aura rien à refuser à son fils vainqueur, répliqua gaiement François, et si, comme je l'espère, je gagne la bataille contre Pescaire et ses nouveaux amis, votre cause sera gagnée du même coup, je vous le jure, foi de gentilhomme !

— Ah ! Sire, que ne puis-je vous assurer la victoire par mes prières et mes vœux !

— Merci, comtesse, mais tenez pour certain que Dieu vous exaucera. Certes, je donnerais un doigt de ma main, je donnerais deux années de mon épargne royale pour triompher de cet insolent Bourbon ! Oh ! je veux rentrer dans Paris avec ce rebelle garrotté à la queue de mon cheval.

A peine venait-il d'exprimer ce vœu avec une sorte de transport qu'un rire grêle, sec et chevrotant résonna comme une clochette fêlée à ses oreilles.

Le roi tressaillit, et s'adressant vivement à madame de Montchenu :

— D'où vient ce rire malséant ? s'écria-t-il ; serions-nous espionnés, madame ? Qui donc aurait l'audace d'écouter des paroles que je croyais entendues de vous seule ?

— Oh ! ne vous inquiétez pas, Sire, de ce bruit singulier, répondit la comtesse en jetant un coup d'œil vers la lourde tapisserie qui masquait la troisième porte de la chambre. Nous n'avons rien à redouter du pauvre homme qui vient de nous interrompre. Je ne lui crois pas la tête très saine, et il ne songe guère à nous écouter.

— N'importe, madame, je veux savoir le nom de cet incommode voisin.

— Son nom ! repartit Diane avec enjouement, le docteur Marforio Veneno. C'est un vieillard qui est le maître de ce logis mal meublé, et qui nous accorde l'hospitalité à beaux deniers comptant. Sa profession le sauvegarde des misères de la guerre. Il est bien connu des généraux et des soldats. Du reste, son esprit est entièrement absorbé par l'étude de l'alchimie. Il ne vit qu'au milieu de ses cornues, de ses récipients et de ses alambics. Je crois même qu'il doit uniquement se nourrir de vapeurs qui s'en exhalent tant il est maigre, chétif et diaphane.

Le roi paraissait toujours préoccupé.

— Mais il nous écoutait, madame. Ce rire n'était pas naturel.

— Je n'en crois rien, Sire. Une fois cloîtré dans son laboratoire, je gage qu'il n'entendrait pas tonner la foudre.

Après un moment de silence, François s'avança vers la comtesse et dit :

— Pardonnez-moi ma curiosité, madame ; mais vous me donnez envie de connaître cet étrange personnage.

— Venez donc, Sire.

Diane, sans témoigner le moindre embarras, alla soulever la tapisserie, tira un verre, poussa une porte et dit au roi :

— Entrons !

Ils pénétrèrent dans une grande salle, haute et sombre, dont les vitraux coloriés, enchâssés dans de lourds cadres de plomb, représentaient des sujets et des créatures bizarres. C'étaient des scènes où les lois de la nature semblaient renversées : les arbres, les fleurs, les minéraux s'y animaient d'une vie singulière et affectaient vaguement des formes humaines. Les hommes et les animaux, au contraire, se pétrifiaient dans les plis rigides de la mort et paraissaient tatoués de teintes violacées et criardes. De là un effet qui saisissait vivement l'esprit en échappant à toute explication.

Dans l'ombre des angles brillaient mystérieusement des fioles de toutes formes et de toutes couleurs d'où jaillissaient des lueurs bleues, rougeâtres, qui étincelaient et s'éteignaient comme des regards humains.

Dans un coin, un vaste fourneau flamboyait, et, à sa sinistre clarté, le roi vit se dessiner les silhouettes de cornues des dimensions les plus variées, les unes ramassées et trapues comme des crapauds immondes, les autres allongées, contournées, vingt fois repliées sur elles-mêmes comme des couvées de serpents. Elles étaient toutes remplies de liquides qui passaient d'un vase dans l'autre avec un susurrement sourd et monotone, d'un prestige sinistre dans cette vaste pièce où planait un profond silence.

Sur le plancher on voyait ramper et se tordre des reptiles noirs, jaunes ou verdâtres qui laissaient échapper des sifflements presque imperceptibles.

Mais l'objet le plus curieux, l'être le plus bizarre de ce laboratoire extraordinaire, c'était le docteur Marforio Veneno lui-même.

Debout en face d'un alambic, sur lequel il attachait deux petits yeux ronds, cuivrés et fixes comme ceux de l'orfraie, dont son nez rappelait le bec court et recourbé, il attisait le feu d'une main ; de l'autre, il caressait la tête plate d'une sorte de boa, dont la peau était tachetée de brun et d'orange.

C'était un vieillard de petite taille, si maigre, si grêle et si cassé, qu'on eût dit un squelette couvert de vêtements ; son teint jaune avait des tons d'un vert livide, et on croyait voir briller des paillettes de métal dans ses rides creuses et parcheminées. Les poisons au milieu desquels il vivait semblaient s'exhaler par tous ses pores. Comme le grand Mithridate, il s'était familiarisé avec le venin des plantes, des animaux et des minéraux ; il en avait imprégné sa chair et son sang. Dans sa chétiveté, il inspirait une secrète horreur comme tous les êtres immondes. On eût dit le poison vivant et fait homme.

Le roi ne put se défendre d'une impression pénible à l'aspect de cet étrange docteur et de son étrange entourage.

— Vous êtes le maître de ce logis ? lui demanda-t-il brusquement.

— Au service de Votre Majesté, répondit le vieillard, les yeux toujours fixés sur son alambic.

— Ainsi vous me connaissez ?

— Oui, Sire, dit Marforio de sa voix grêle, dont l'intonation constamment railleuse avait quelque chose d'irritant.

François fronça le sourcil.

— Et vous avez entendu ce que je viens de dire à madame de Montchenu ?

— J'ai tout entendu, répliqua Marforio avec un calme inaltérable, et toujours absorbé par le travail qui s'opérait dans son alambic.

— Ainsi, vous vous êtes approché de cette porte comme... un curieux ?

— Je n'ai pas bougé d'un pas, Sire. Mon opération aurait pu manquer, et je ne la sacrifierais pas quand il s'agirait de la vie de mon fils... si j'en avais un.

— Allons donc ! mauvais plaisant, il est impossible d'entendre de si loin ce qui se dit dans la chambre voisine.

— Impossible pour vous et pour tout autre, Sire, mais pour moi rien de plus facile.

— Vous raillez encore ? mon docteur.

— Je n'oserais pas manquer au respect que je vous dois, Sire. Entendez-vous le sifflement que module comme une musique le serpent dont je caresse la tête en ce moment ?

— Non, répliqua le roi après avoir écouté un instant.

— Eh bien ! ce son léger qui échappe à vos oreilles frappe distinctement les miennes, reprit Marforio.

Il ajouta en se penchant vers l'alambic, dont son regard ne pouvait se détourner :

— Savez-vous à quoi tient la perfection de mes organes ? car ma vue est aussi perçante que mon ouïe est fine et mon tact est infaillible. Tout simplement aux émanations des substances délétères et mortelles qui bouillonnent nuit et jour dans mon laboratoire.

— Mortelles ! répéta François.

— Sans doute, dit le docteur avec son rire de crécelle, mais ne savez-vous pas que tout ce qui est mortel devient salutaire suivant l'usage qu'on en fait et la qualité qu'on emploie ?

— A la bonne heure ! Mais dites-moi, savant praticien, ne pensez-vous pas que j'aie lieu d'être surpris de votre réception ?

— Pourquoi donc, Sire ?

— Parce que, sachant que le roi de France vous faisait l'honneur de visiter votre laboratoire, vous n'avez pas détaché une minute les yeux de vos diaboliques fourneaux, et n'avez pas daigné me saluer.

Le vieillard grimaça un sourire plein d'une froide ironie et répliqua :

— C'est parce que je vous connaissais, Majesté, que je n'ai pas tourné mes regards vers vous.

— Que signifie cette nouvelle bouffonnerie, monsieur le sorcier ? demanda François avec humeur.

— Vous allez me comprendre, Sire.

Le docteur reprit, en montrant du doigt l'alambic qui absorbait toujours son attention.

— Vous voyez ce vase ? Eh bien ! telle est la puissance du liquide qu'il contient, que s'il restait sur le feu une demi-minute, que dis-je ? sept à huit secondes de trop, il éclaterait tout à coup.

Ce serait un vase de perdu, et je suis assez riche pour vous le payer, mon alchimiste.

— Non, vous n'en auriez pas le temps, Sire, car nous serions foudroyés tous les trois.

François Ier frissonna légèrement, et une pâleur mortelle se répandit sur le visage de la comtesse, qui se dirigea vers la porte.

— N'ouvrez pas, madame, n'ouvrez pas, dit vivement Marforio, qui avait entendu le bruit de ses pas. Le courant d'air doublerait l'action du feu et nous exposerait à une mort presque certaine. Nous n'avons plus qu'une minute...

— Vous m'effrayez, docteur, balbutia Diane. Que dois-je faire ?

— Tenez-vous près de la porte, la main sur la clef, répondit le vieillard de sa voix suraiguë. Peut-être auriez-vous le temps d'ouvrir, en cas d'explosion, et une bouffée d'air vous sauverait. Les femmes ne sont pas tenues d'être courageuses comme un roi chevalier et comme un vieil alchimiste pour l'amour de la science.

Diane se hâta de suivre le conseil de Marforio ; elle s'approcha de la porte, où elle se tint pâle et haletante.

— Restez près de madame de Montchenu, Sire, la prudence l'exige, ajouta le docteur.

— Moi, repartit François en riant et se rapprochant du fourneau, fuir un danger que vous osez affronter ?

— C'est que l'épée ne peut rien faire ici, Majesté.

— On n'est brave qu'à condition d'avoir toutes les sortes de courage, dit le roi avec un grand calme.

Marforio ne répondit pas. Il se pencha tout à fait sur l'alambic, attendit une seconde encore, les traits contractés par une angoisse profonde, puis d'un geste rapide il enleva le vase du feu.

Se retournant alors vers François 1ᵉʳ :

— Nous sommes sauvés, dit-il en respirant bruyamment. Vous le voyez, Sire, moi aussi j'ai mon champ de bataille ; j'y lutte chaque jour et à toute heure avec un ennemi qui peut me tuer raide si je cesse un instant d'avoir l'œil sur lui.

— Pardon, Sire, dit la comtesse en s'adressant à son royal visiteur, mais je vous demanderai la permission de quitter ce laboratoire, dont les vapeurs malsaines m'oppressent...

— N'êtes-vous pas ici chez vous, madame? répliqua François en s'inclinant.

Diane s'empressa de sortir, car elle sentait le vertige s'emparer de son cerveau, et Marforio se rapprochant alors du roi, lui dit avec une feinte obséquiosité :

— Maintenant, Sire, qu'ordonnez-vous à votre très soumis serviteur?

— Peu de chose, en vérité, mon aimable sorcier. Pure curiosité ! Je voudrais savoir pourquoi vous avez éclaté de rire quand je disais à madame de Montchenu que je payerais volontiers d'une année de mon épargne royale le gain de la bataille que je veux livrer à Pescaire et à Bourbon.

— Ah ! dit le docteur, c'est que ce bel accès de générosité m'a rappelé les mirifiques promesses que m'ont faites des centaines de malades.

— Pendant leur maladie, n'est-ce pas?

— Et qu'ils ont tous invariablement oubliées...

— Après leur guérison, Marforio.

— Hélas ! oui, Sire, après leur guérison.

— Je comprendrais votre scepticisme, docteur, dit François, s'il ne s'agissait pas ici de la parole d'un roi de France.

— La victoire est femme, Sire, et la femme dont on achèterait volontiers l'amour un million perd singulièrement de son prix dès qu'on a obtenu ses bonnes grâces...

— Vous êtes le premier homme assez hardi pour suspecter ma bonne foi, reprit François en jetant un regard de mépris sur le docteur.

Le vieillard ne se déconcerta pas et poursuivit :

— Ce n'est pas impunément, Sire, qu'on est parvenu à mon âge et qu'on a appris à lire dans le cœur des hommes comme dans un livre. On doute de tout, on ne sait plus croire au bien. Cependant, comme vous êtes non-seulement le roi de France, mais le plus loyal chevalier de la chrétienté, je me sens porté à me départir pour vous de ma défiance habituelle.

— C'est une faveur dont je dois me glorifier, mons Marforio, dit François d'un ton ironique.

— Pourquoi pas ? répliqua le docteur. L'estime d'un vieux savant qui méprise l'espèce humaine est chose aussi précieuse que celle des fiers gentilshommes.

— Trêve de sornettes, bonhomme, et venez aux faits.

— Eh bien ! Sire, dit froidement Marforio, je connais un homme qui peut réaliser votre vœu, si vous êtes résolu à le récompenser aussi généreusement que vous l'avez dit.

— Allons donc, dit François en haussant les épaules, me prenez-vous pour un paysan ignare et crédule? On ne gagne pas de batailles avec des sortilèges.

— Ma science est infaillible, murmura le docteur, dont les yeux verdâtres lancèrent un éclair.

— Vous êtes fou, bonhomme, et je suis encore plus fou de vous écouter.

Cependant une certaine curiosité se peignait sur les traits du roi.

— Ne croyez pas, reprit Marforio de sa voix aiguë, que je vous parle d'un astrologue dont tout le talent consistera à vous prédire la victoire en feignant de lire dans les astres. Non ! non ! il s'agit d'un homme qui ne s'amuse pas à tromper des esprits faibles et timides. Il vous prouvera clairement qu'il tient votre sort dans sa main. Vous serez contraint, Sire, de reconnaître qu'il dit vrai et qu'il est bien réellement l'arbitre de la grande bataille où la France et l'Empire vont se heurter.

— Tu as raison, Marforio, cet homme est plus qu'un devin, qu'un astrologue, qu'un sorcier, dit François en essayant de dissimuler la surprise que lui causaient l'insistance et la conviction du docteur. Envoie-moi ce faiseur de miracles, et je partagerai avec lui les joyaux de ma couronne.

— Sire, ne plaisantez pas, dit gravement l'alchimiste. J'ai lu dans un auteur grec que la reine Cléopâtre avait magnifiquement payé un asp apporté par un paysan dans un panier de figues et dont la morsure devait la soustraire aux humiliations de la servitude. Quel salaire méritera donc celui qui, par une seule victoire, vous donnera le Milanais d'abord, puis l'Italie tout entière, enfin l'empire du monde!

François 1ᵉʳ tressaillit à ces paroles, qui évoquaient une pensée si souvent caressée par lui.

— Tu as raison, docteur, murmura-t-il ; oui, telles seraient les conséquences de la victoire que je remporterais sur les impériaux.

— Ce coup de dés, ajouta Marforio, changera la face de l'Europe. Si vous avez confiance en moi, Sire, dans quelques mois, c'est vous qui pourrez dire, comme aujourd'hui votre puissant rival, que le soleil se lève et se couche dans vos États.

— Charles-Quint vaincu ! Bourbon à ma merci ! s'écria le roi. Oh ! l'homme à qui je devrai ce triomphe pourra aspirer à tous les honneurs dont dispose le roi de France.

Marforio poussa un profond soupir.

— Sire, c'est un sage modeste, ami de l'obscurité, indifférent aux charges et aux dignités, et dont l'âme simple n'attache de prix qu'à un seul des biens périssables de la terre.

— Et ce bien périssable ?

— C'est l'argent, Majesté, l'argent avec lequel tout le reste s'achète.

François fit un geste de dédain et répondit :

— Sera-t-il satisfait si je lui donne les douze cent mille écus que me coûtaient les lansquenets et les Suisses.

— Douze cent mille écus ! répéta le docteur en écarquillant ses petits yeux d'émouchet ; c'est une somme fort honorable et dont il s'accordera parfaitement, pourvu qu'il ne le reçoive pas en monnaie de promesses, comme ce pauvre Lautrec.

— Misérable ! s'écria le roi en faisant un pas vers le docteur d'un air de menace. Mais se contenant tout à coup :

— Allons ! dit-il, finissons-en avec ce mystère. Dis-moi quel est cet homme et quels sont ses moyens d'exécution.

Marforio redressa sa grêle et chétive carcasse.

— L'homme, c'est moi.

— Toi, pauvre hère ! s'écria François en reculant de surprise.

— Moi-même, répliqua le docteur sans se déconcerter.

— Ah ! çà, m'amènerais-tu par hasard vingt mille lansquenets allemands ?

— Pas un seul, Sire.

— Ou bien cent chevaliers aussi braves que le capitaine Bayard ?

— Pas un seul, Sire.

— Que proposes-tu donc ?

— Ce qui vaut mieux que vingt mille lansquenets et cent chevaliers héroïques.

— L'alliance de l'Anglais, de la Seigneurie de Venise et du pape peut-être ? ajouta le roi en raillant.

— Mieux encore !

— Est-ce le retour du traître Bourbon à mon hommage ?

— Non, Sire. Tous ces avantages, si réels qu'ils soient, augmenteraient vos chances, mais ne vous garantiraient pas le gain de la bataille. La victoire est aux mains de Dieu, qui ne s'en mêle guère, et du hasard, dont les faveurs appartiennent à qui sait les conquérir.

— Et ce secret, tu le possèdes ?

— Oui, Sire.

— Fais-le donc enfin connaître, s'écria le roi au comble de l'impatience.

— J'obéis, Sire.

Il baissa la voix, regarda autour de lui avec inquiétude, et fixant sur son noble interlocuteur un regard étrange, il ajouta :

— Je suis le médecin de don Ferdinand d'Avalos, marquis de Pescaire.

— Eh bien ? fit le roi avec une naïveté qui prouva à Marforio combien peu il avait été compris.

— Je possède aussi toute la confiance de votre ennemi mortel, le duc Charles de Bourbon. Tous deux acceptent sans hésiter un breuvage présenté par moi

Le roi frappa le plancher du pied.

— Cela prouve, bonhomme Marforio, que tu es habile médecin et que tu mérites sans doute de soigner de si illustres clients ; mais tu t'écartes de la question. Revenons à ton secret.

Le docteur regarda François avec une stupéfaction profonde ; puis, étendant sur ses fioles des mains blanches et osseuses comme celles d'un squelette, il reprit :

— Tenez, Sire, voyez-vous ce petit flacon dont l'eau est si limpide qu'on la dirait puisée à l'instant dans le creux d'un rocher ? Une goutte de cette eau pure et transparente, versée dans une potion, dans un verre de vin, sur un fruit, donne la mort aussi rapidement que la foudre.

— Admirable, en vérité, Marforio. Mais j'aime à croire qu'elle procure aussi la santé et que tu ne l'emploies pas à un autre usage.

Le vieillard répondit par ce rire sec et cassant que produirait le bruit d'un parchemin froissé.

— Cette eau d'un si beau bleu saphir, reprit-il en continuant la revue de sa riche collection, cette eau plus sournoise, mais plus terrible encore dans ses effets, décompose lentement, peu à peu, toute la substance du corps humain ; elle brûle le sang dans les veines, dessèche la moelle dans les os, atrophie le cœur et le cerveau, si bien qu'en moins d'une année elle fait d'un homme robuste, intelligent, hardi, une créature idiote, difforme et lâche. C'est la fameuse aqua-tofana dont la composition suffirait à la gloire des Borgia, si ce nom ne se recommandait à la postérité par des titres plus éclatants encore.

François Ier interrompit Marforio avec un geste de dégoût.

— As-tu juré, mécréant, de t'amuser aux dépens du roi de France ? Quel rapport puis-je trouver entre l'éloge de tes liqueurs diaboliques et le secret que tu m'as promis de me révéler ?

Les yeux du vieillard brillèrent de dépit :

— Ainsi, vous exigez, Sire, que je vous parle plus clairement. Rappelez-vous donc que vous combattez en Italie, sur la terre des charmes, des magies et des maléfices. Rappelez-vous que l'atmosphère de ma chère patrie est, pour ainsi dire, saturée de poisons. Le poison dissout les royaumes et les duchés ; vous le trouvez partout et sous toutes les formes ; on le respire dans l'air, dans le pli d'une robe, dans un bouquet, dans un gant de senteur, et jusque dans l'hostie sainte. Sachez donc que la main débile qui vous montre ces fioles fera plus pour vous en une heure que les Bayard, les Chabannes, les Lautrec et les Bonnivet en dix ans. D'autres possèdent ces poisons, il est vrai, mais quel est celui qui, comme moi, pourra les verser et les présenter à vos ennemis sans qu'ils éprouvent la moindre défiance, sans qu'ils hésitent un instant à les boire ?

— Oui, oui, je comprends enfin, dit le roi avec calme, quoiqu'une sueur froide perlât son front. En vérité, Marforio, vous êtes un merveilleux médecin.

Puis, attachant sur lui un regard dont il parvint à rendre l'expression froide et indifférente, quoique son cœur battît violemment, il ajouta :

— Ainsi, pour parler franchement et sans détour, vous me proposez d'empoisonner les deux généraux de l'armée ennemie, le marquis de Pescaire et Charles de Bourbon ? Certes, la chose est tentante et mérite qu'on y réfléchisse sérieusement.

Le docteur se frotta les mains l'une contre l'autre avec un mouvement de joie.

— Ce que je propose avant tout, Sire, reprit-il vivement, c'est que nous débattions les conditions du marché.

— C'est juste, il s'agit d'un marché.

— Oui, puisque je vous vends une victoire assurée, car vous ne pouvez nier, Sire, l'efficacité de mon moyen d'action. Voyez-vous d'ici la panique des impériaux en apprenant la mort des deux grands capitaines qui devaient les conduire au combat ? Voyez-vous cette armée éperdue, sans chefs, sans ordres, sans discipline, exposée à la furie irrésistible des Français ? Ces Espagnols rudes et gourmés, ces lourds Allemands, ces Italiens changeants et mobiles, se défiant les uns des autres, s'accusant et se chargeant ? Quelle déroute ! quel carnage ! quelle tuerie !

Marforio semblait se délecter à l'évocation de cet horrible tableau. La poésie du crime l'enivrait et le rendait éloquent. Prenant la réserve du roi pour une admiration silencieuse de son génie malfaisant, il termina ainsi :

— Ce ne sont plus des soldats que vous trouvez devant votre épée, mais un troupeau de moutons qui tendent la gorge au boucher et se laissent immoler sans même tenter de se défendre.

— La gloire du boucher sera médiocre, murmura François Ier. Puis il garda quelques instants le silence.

Marforio commençait à devenir inquiet de cette froideur, lorsque le roi reprit avec un sourire équivoque :

— Sais-tu, savant docteur, quelle est la réflexion qui me traverse l'esprit ?

— Je ne suis pas devin, Sire.

— Eh bien ! voici ma pensée. Comment ne crains-tu pas qu'après avoir employé ton énergique remède de guerre, je ne me débarrasse du médecin pour enterrer un secret qui serait pour mon nom une éternelle flétrissure.

Marforio parut d'abord interdit ; mais encouragé par l'air doux et placide de François, il répondit :

— J'ai confiance en vous, Sire. Le monde entier ne sait-il pas que vous êtes un prince loyal et magnanime entre tous ?

Le roi continua à sourire.

— Mais tu manques de logique, mon bon Marforio. Cette loyauté si vantée, j'y renonce si je suis ton conseil, en acceptant ce marché, je fais acte de lâcheté, je deviens vil et criminel.

— Non pas, Sire, non pas, répliqua hardiment le vieillard ; vous vous montrez politique habile et supérieur même à votre rival l'empereur Charles-Quint.

— C'est-à-dire que, selon toi, mon frère Charles lui-même hésiterait...

— Si ce grand homme était à Pavie, Sire, et s'il connaissait le docteur Marforio, il serait venu lui demander ses bons offices... Voilà mon opinion sur son compte.

Puis, saisissant avec une sorte de transport le flacon d'aqua-tofana :

— Voilà la victoire, Majesté, reprit-il énergiquement, n'hésitez pas à vous en emparer. Méprisez les clameurs vulgaires. La force est le seul dieu devant lequel s'inclinent tous les hommes sans distinction. Octave le triumvir est devenu auguste et a été divinisé. Les peuples n'admirent que les héros qui les écrasent sous les roues de leur char de triomphe, comme le cheval aime le hardi cavalier qui le dompte et ensanglante ses flancs. On raille les débonnaires, et si parfois on en fait des saints, ce n'est qu'après les avoir traînés vivants à travers les fanges.

— Ce pauvre marquis de Pescaire ! dit François ; il m'en coûte, je l'avoue, de toucher à la vie d'un brave gentilhomme qui fait son devoir en me combattant.

— Par les cornes du diable, Sire ! reprit Marforio, je ne me pique pas de tant de générosité. Ce brave gentilhomme n'a-t-il pas fait sans remords des milliers de veuves et d'orphelins !

Le roi fronça le sourcil.

— La guerre est la guerre, digne Marforio ; mais combattre au péril de sa vie ou empoisonner traîtreusement ses adversaires, cela ne se pèse pas dans la même balance.

— Songez, Sire, à combien d'innocents vous sauvez la vie en sacrifiant Pescaire et Bourbon. Voyons, consentez-vous ? ajouta-t-il, en s'approchant du roi, dont il toucha le bras.

— Arrière, serpent tentateur ! s'écria d'une voix terrible François Ier, qui ne put contenir davantage son indignation ; — et, posant la main sur la garde de son épée : Ah ! tu as osé proposer ce crime au roi de France, au chevalier de Marignan ! Ah ! tu as cru que je descendais à ton niveau et que j'écoutais avec complaisance ta proposition infâme ! Ah ! tu as voulu faire de moi ton complice ! Pour t'être abusé ainsi, misérable, tu vas mourir !

Le vieillard avait bondi en arrière, comme si un gouffre se fût ouvert sous ses pieds. Ses yeux, dilatés par la frayeur, se remplirent de sang, et il se mit à trembler de tous ses membres sous le regard fulgurant du roi.

Cet effroi inspira un tel dégoût à François Ier, qu'il repoussa dans le fourreau son épée à moitié tirée et reprit :

— Un lâche comme toi, Marforio, ne doit pas mourir de la mort d'un loyal chevalier !

Et comme le petit vieillard le regardait toujours avec stupeur :

— Tu vas boire cette fiole de poison, poursuivit-il en lui montrant le flacon d'aqua-tofana qu'il tenait à la main. Tu auras ainsi une mort digne de toi, la mort de ces hideux reptiles qui se tuent, dit-on, par leur propre venin.

Le docteur éprouva un frisson si convulsif, que la fiole échappa de ses mains et se brisa en tombant à terre.

Et où le cachez-vous, ce vin délicieux, demanda la sentinelle ? — Page 36.

— Grâce ! grâce ! s'écria-t-il en tombant aux pieds du roi. Un si généreux prince tuer un pauvre vieillard sans défense, c'est impossible ! Ce serait pour votre nom une tache ineffaçable.

— Détrompe-toi, Marforio ! tu es vraiment trop soigneux de ma réputation ! D'ailleurs, quel est l'homme qui se croirait déshonoré pour avoir écrasé un insecte sous son talon, surtout si cet insecte est malfaisant ?

— Grâce ! râla le vieillard en rampant, de sorte que son menton pointu frôlait la botte du roi.

Ce dernier se tut quelques instants. Ce fut un siècle de torture morale pour Marforio.

— Soit ! dit enfin François Ier. Je t'accorde ta grâce ; mais c'est le dégoût et non la pitié qui me l'arrache. Relève-toi !

Marforio obéit avec empressement ; ses dents claquaient comme des castagnettes.

— Je te donne la vie, mais à une condition.

— Quelle qu'elle soit, je l'accepte, Sire.

— Tu vas écrire à l'instant même la confession de ton infâme projet et la signer.

— Signer un tel aveu ! s'écria le docteur en joignant les mains.

— Sinon, je te renvoie au marquis de Pescaire avec une corde au cou et un écriteau sur la poitrine, lequel portera ce seul mot : Empoisonneur !

Marforio comprit qu'il fallait se résigner. Il s'approcha d'une table et prit une plume.

— Je dicte, continua François Ier. Écris.

« Étant en toute santé de corps et d'esprit, je reconnais avoir proposé au roi de France de le délivrer par le poison de ses deux ennemis, le marquis de Pescaire et le duc de Bourbon. Et ce, sans être guidé par aucune idée de haine ou de vengeance, mais bien par avarice et cupidité.

» Signé : MARFORIO VENENO.

» Médecin favori de ces deux illustres généraux. »

— Êtes-vous content de moi, Sire ? osa dire en soupirant le docteur après avoir terminé cette rude corvée.

Le roi lut attentivement l'écrit, le plia en quatre et le glissa dans son pourpoint.

4

Puis, écrasant le misérable d'un regard de dédain :

— Maintenant, scorpion, retire-toi !

Marforio se dirigea vers la porte.

— Non. Pas de ce côté, dit François, car je ne t'honore pas de la moindre confiance. Tu ne sortiras de cette maison que lorsque je l'aurai quittée moi-même.

Il lui montra du doigt une petite porte entre-bâillée au fond du laboratoire.

— Est-ce là ta chambre à coucher ?

— Oui, Sire.

— Elle n'a pas d'autre issue ?

— Non, Sire.

Marforio y entra le premier sur un geste du roi qui le suivit et qui, après s'être soigneusement assuré que le docteur ne l'avait pas trompé, l'enferma à double tour, et s'empressa de quitter le laboratoire.

— Pauvre Sire ! grommela aussitôt l'odieux personnage en se frottant les mains, tu apprendras à tes dépens qu'il est dangereux d'épargner un ennemi ; or, il n'est pas d'ennemi plus redoutable que celui dont les seules armes sont la faiblesse et la ruse. Pauvre Sire ! Et cette étroite cervelle a la prétention de gouverner le monde !

En même temps, il appuyait sur un ressort caché dans la muraille et il ébranlait bientôt un panneau qui lui ouvrit un large passage.

IX

OU L'ON VOIT LES IMPÉRIAUX MONTER A L'ASSAUT DE FRANÇOIS Ier

Le médecin zélé du marquis de Pescaire ne tarda pas à se rendre chez son illustre client.

Au moment où il pénétra dans sa tente, don Ferdinand était languissamment couché sur un lit de repos, comme une petite maîtresse ; des moines, des Maures et des pages jeunes et alertes l'entouraient et s'empressaient à faire des simagrées assez inutiles.

Les moines posaient sur son front brûlant des chapelets, des médailles et des reliques ; les Maures jouaient de temps en temps du tambour de basque en poussant quelques sons guturaux fort discordants et mélancoliques ; les pages frottaient les tempes du marquis avec des essences et ravivaient ses joues pâles avec du fard.

Le grand capitaine, malgré ces soins aussi fatigants que multipliés, grelottait et claquait des dents ; il regardait avec des yeux brillants comme des escarboucles le portrait de sa femme, la belle marquise de Pescaire, peint sur émail, entouré de diamants, et rattaché d'un cordon de cheveux. Il portait sur une épaule la croix rouge de Saint-Jacques, en forme d'épée brodée, et sur l'autre la croix verte d'Alcantara. Parfois il jouait d'une main distraite avec un grand singe familier et poussait de profonds soupirs.

Lorsqu'il aperçut le docteur, son visage rayonna.

— Marforio, murmura-t-il, c'est mon saint patron qui vous envoie. J'allais vous faire quérir.

— Que voulez-vous me demander ? dit brusquement le vieillard en promenant un regard railleur autour de lui, tandis que les moines fronçaient le sourcil, que les pages lui faisaient la grimace et que les Maures le contemplaient avec une sorte d'admiration craintive.

— Eh ! mon Dieu ! dit d'une voix plaintive le vaillant général, ce qu'on demande ordinairement à son médecin, la santé.

— Quelle est votre maladie ? don Ferdinand.

— Une maudite fièvre qui m'abat mes forces et me rend débile comme une vieille des Maremmes.

— Une fièvre ! ajouta le docteur d'un air alarmé ; cela provient des émanations des rizières ; je vous en avais prévenu, monseigneur.

— Bah ! il faut bien faire son métier, Marforio. Là où la chèvre est attachée, il faut qu'elle broute. Or, nous devons bloquer le camp de ces maudits Français.

— La fièvre les décimera encore plus vite que nos Italiens et vos Espagnols, don Ferdinand. Si cette réflexion peut vous consoler...

— Trêve de plaisanteries, Marforio ; je souffre trop. Voyons, tu dois connaître quelque plante salutaire propre à me guérir.

— Peut-être vous guérirai-je seulement avec quelques mots, car il y a beaucoup d'ennui, de préoccupation et d'inquiétude dans votre maladie.

— Tu es donc décidément sorcier ? s'écria don Ferdinand d'Avalos d'un air émerveillé.

— Vous verrez, monseigneur, repartit le vieillard. Mais d'abord, par tous les diables, débarrassez votre tente de cette troupe de fainéants qui vous fatiguent l'esprit, les oreilles et l'âme avec leurs momeries et leur tapage infernal !

Les moines se signèrent indignés en entendant ce blasphème, les Maures se reculèrent au fond de la tente, les pages montrèrent les dents et les poings au docteur ; mais le marquis de Pescaire pardonnait tout à Marforio Veneno, car il avait une foi absolue et superstitieuse en sa science.

Le malade fit donc un signe auquel tout le monde dut obéir en grommelant ; le docteur poussa même deux pages par les épaules et chassa les Maures effrayés à l'aide d'un tambour de basque que l'un d'eux avait laissé tomber.

Il revint auprès du marquis de Pescaire, caressa le grand singe avec qui il semblait entretenir des relations intimes, et dit à voix basse :

— Je vais, don Ferdinand, vous donner une preuve de ma sorcellerie.

— J'écoute, Marforio.

— Monseigneur, quel est le vœu le plus extraordinaire, le rêve le plus éblouissant, le plus insensé qui puisse tourmenter votre esprit à cette heure ?

Le marquis de Pescaire porta ses mains à son front comme s'il eût voulu se creuser la tête pour trouver une réponse.

— Quel que soit ce vœu, ajouta le docteur, je me charge de le réaliser...

— Serais-tu devenu fou, Marforio ?

— Votre caprice fût-il, monseigneur, de vouloir

que François Ier fût amené pieds et poings liés
dans votre tente, avant que deux heures se soient
écoulées.

— Le roi de France dans ma tente, sans bataille,
sur mon simple désir! s'écria don Ferdinand.
J'avais raison, Marforio, la science t'a détraqué la
cervelle.

Le vieillard haussa les épaules.

— Je serais fou en effet s'il s'agissait d'aller
chercher le roi de France au milieu de son armée;
mais savez-vous où cet aventureux chevalier se
trouve en ce moment, monseigneur?

— Non, certes, dit en souriant le marquis; il
ne m'a jamais pris pour confident de ses faits et
gestes.

— Eh bien! reprit gravement Marforio, il rou-
coule tout seul aux pieds d'une belle dame, comme
Hercule près d'Omphale, dans une maison de
Laghetto.

Don Ferdinand se dressa vivement sur ses pieds,
oubliant sa fièvre, sa langueur, ses défaillances, et
il laissa tomber à terre le portrait de la belle marquise sans songer à le ramasser. Le grand singe
voulut sauter après lui; il le repoussa brusquement.

— Le miracle a eu lieu! vous êtes guéri, monseigneur, dit Marforio.

Le marquis se rappelait tout à coup ce que Goulard lui avait appris; le roi était, en effet, sorti de
son camp avec un seul compagnon.

Il redevint aussitôt général d'armée et interrogea
nettement le docteur:

— Et c'est bien dans une maison de Laghetto?

— Je l'y ai vu entrer, je lui ai montré mon
laboratoire, je lui ai parlé.

Le marquis devint rayonnant.

— Cela suffit, Marforio, reprit-il avec transport; je vais faire cerner ta maison, et François y
sera pris comme le sanglier forcé dans sa bauge.

— Mais le docteur restait calme et impassible.

— Pardon, monseigneur, mais je sais seul dans
quelle maison vous pourrez trouver le roi de
France. Seul je saurai y conduire les braves gens
que vous allez charger de cette expédition, qui
vaudra mieux pour l'empereur et pour vous, don
Ferdinand, que les plus brillantes victoires. Or,
je ne ressemble pas à ces pâtres grossiers d'Uri et
d'Unterwald qui ramassèrent, au massacre de
Granson, les plus gros diamants de Charles le Téméraire et les vendirent à des juifs comme des morceaux de verre. Je sais le prix d'un roi, et je tiens
à connaître d'avance ma part.

— N'as-tu pas confiance en moi, Marforio? dit
le marquis de Pescaire avec impatience. Le temps
presse. Allons-nous marchander ta révélation
comme des banquiers lombards? La prise est
royale, royale sera la récompense.

— Je voudrais être médecin de Sa Majesté l'empereur Charles-Quint, dit le vieillard. Vous serez
vice-roi des Flandres, monseigneur!

— Mon maître ne te refusera pas cette faveur.

— Je voudrais obtenir tous les biens des Visconti, qui viennent de prendre assez maladroite-
ment parti pour les Français. Vous aurez, don

Ferdinand, des duchés dans le royaume de Naples,
des comtés en Sicile, une grandesse en Espagne.

— Tu auras les biens des Visconti, gourmand.
Mais dépêchons! Si nous tardons, nous trouverons
l'oiseau de proie envolé, et nos domaines s'en iront
en fumée.

Marforio ne bougeait pas.

— Je voudrais que l'empereur m'obtînt une
indulgence plénière pour tous mes péchés connus
ou secrets, dit-il encore de sa voix métallique.

— Je te la promets en son nom. Es-tu enfin satisfait?

Le marquis de Pescaire était furieux; il se mor-
dait les lèvres jusqu'au sang. Il agaçait son grand
singe pour résister à la tentation de serrer la gorge
à son chef docteur de façon à étrangler ses paroles
au passage.

— Oh! il ne me reste plus qu'une petite condition à poser, dit-il en baissant les yeux avec une
hypocrite modestie. Je voudrais que vous me fis-
siez payer cent mille écus comptant. Rien de plus
sûr que ce que l'on tient, tandis que les promesses
s'envolent. Nous savons cela, nous autres pauvres
médecins.

— Que Satan te torde le cou! s'écria don Ferdinand exaspéré. Cent mille écus! et où diable veux-
tu que je les trouve à cette heure? Si mon sang
contenait de l'or, je te dirais: « Tire-moi mon
sang! » Mais je suis bien bon de t'écouter. Tu me
dois obéissance, Marforio, marche, ou sinon...

— Ou sinon? répliqua le docteur en raillant et
sans faire un pas.

— Ou sinon, par mon saint patron, dit d'une
voix terrible le marquis de Pescaire, je te fais
étrangler par mon grand singe Bambinello..

Le singe, en entendant son nom, poussa un cri
de plaisir, roula de grands yeux, grinça des dents
et se mit à gambader comme un fou. Le docteur
riait, le singe grinçait, ils se valaient l'un et l'autre.

— Bambinello est mon ami intime, reprit Marforio en étendant la main pour caresser la bête.

Mais son ami intime se mit à gronder.

— Bambinello est mon serviteur, dit le marquis.

Et il étendit sa main avec un air de menace vers
le docteur.

Le singe bondit aussitôt sur Marforio et l'enlaça
dans ses grands bras velus. Le misérable sentit
l'haleine de Bambinello sur son visage, vit ses yeux
farouches se fixer sur les siens, eut peur et poussa
un grand cri.

— Lâche-le, Bambinello, dit don Ferdinand.

Le singe laissa tomber le petit vieillard par
terre et vint caresser son maître avec une docilité
surprenante.

— Marforio, es-tu prêt à obéir! demanda le
marquis.

Le docteur se releva péniblement et répliqua
d'une voix sombre:

— Je tiens à toucher les cent mille écus, monseigneur; mais si vous voulez abuser de la confiance d'un pauvre vieillard, faites, monseigneur.
Je suis prêt à conduire moi-même votre troupe
d'éclaireurs à la maison de Laghetto où se trouve
le roi de France.

— A la bonne heure ! fit don Ferdinand. Tu n'auras pas, du reste, à te repentir de ta confiance forcée en ma parole.

Il ramassa le portrait de la marquise et ajouta:

— Tiens, voici mon gage. Tu sais si j'aime ma belle Herminia et j'aurai hâte de retirer de tes mains ce précieux dépôt. Merci de ton dévouement.

Dans cette circonstance, comme toujours, l'aimable docteur n'était dévoué qu'à ses propres intérêts. Il avait réfléchi que les officiers qui s'empareraient de François Ier trouveraient sur lui l'écrit fatal qu'il avait dû signer ; son seul but, en se mettant à la tête de l'expédition, ce qui souriait assez peu à ses habitudes pacifiques, était de profiter de la confusion de la lutte pour tâcher d'arracher au roi, surpris à l'improviste, cette preuve de sa trahison.

Pendant qu'il combinait ainsi son plan, le marquis de Pescaire avait envoyé ses pages quérir trois capitaines, qui arrivèrent successivement dans sa tente. C'étaient l'intrépide don Inigo Velasquez, chef d'un terce espagnol, le gigantesque Suisse Hermann Werner, et le compagnon fidèle du connétable, M. de Pompérant ; il leur apprit le coup de fortune que leur réservait la Providence, représentée par Marforio Veneno, et leur ordonna de prendre avec eux trois cents chevaux, en ayant soin d'armer de haches leurs Flamands et leurs Castillans, de hallebardes et de pertuisanes leurs Suisses, et d'épées, dagues et pistolets les gentilshommes italiens ou français.

Puis il leur recommanda la plus grande célérité, et leur donna pour guide son excellent médecin. Le remède de ce dernier avait en effet parfaitement réussi. L'émotion avait chassé la fièvre. Don Ferdinand d'Avalos n'était plus agité que d'une impatience nerveuse, et il regrettait de ne pouvoir quitter son camp pour aller courir lui-même cette grande aventure.

Pour l'intelligence de ce qui va suivre, nous ne pouvons nous dispenser de revenir sur nos pas.

Après avoir quitté le laboratoire du diabolique docteur, madame de Montchenu était descendue dans un vestibule étroit et sombre qui donnait sur le jardin attenant à la maison.

Le ciel était sombre, pas une étoile ne piquait de son étincelle ce vaste manteau noir de nuées ; l'air trop lourd et suffocant oppressait la poitrine de Diane, qui se sentait agitée d'une inquiétude involontaire ; elle attendait la sortie du roi, mais ses pensées vagues ne pouvaient se fixer, et le nom de Didier errait sur ses lèvres crispées, comme si un pressentiment singulier l'eût avertie d'une joie ou d'un malheur prochains. Il lui montait au cœur en même temps des bouffées de haine contre cette Clotilde, qu'elle surveillait avec un soin si jaloux pour qu'elle ne pût se rapprocher de Didier. Elle essayait de sourire de son inquiétude, mais elle ne pouvait réussir à la calmer. Le silence même du jardin, dont les arbres étaient immobiles comme des spectres, lui faisait peur. Cette femme courageuse redevenait enfant. Lorsqu'elle entendait au loin les hurlements plaintifs et lugubres des chiens

qui suivaient l'armée, elle tressaillait malgré elle. Enfin, voulant secouer ce malaise singulier, elle pénétra dans le jardin, mais sans bruits, à pas lents, comme un maraudeur ou un amoureux qui redoute le craquement d'une branche sèche. Sans savoir pourquoi, elle plongeait ses regards dans les massifs, sur les pelouses, sur les statues de marbre qui se dressaient çà et là sur leurs socles. Tout à coup elle entendit un soupir.

Bizarrerie du cœur ! ce soupir l'effraya bien plus qu'un coup d'arquebuse. Elle s'arrêta, plus morte que vive, et aperçut à quelques pas d'elle, assise sur un banc, près d'une statue noire de Bacchus indien qu'ombrageaient de grands lauriers-roses, une forme blanche qui se détachait dans la nuit. Elle devina Clotilde, Clotilde qui souffrait comme elle, mais elle n'en eut pas pitié. Elle éprouva alors comme un saisissement de joie. Ah ! Clotilde aussi, quoique aimée, souffrait et pleurait, car elle était séparée de Didier.

A ce moment, Diane, qui regardait sa compagne avec une curiosité avide et jalouse, et dont les yeux commençaient à s'habituer aux ténèbres, s'aperçut d'une chose étrange. Il lui sembla que les touffes de lauriers-roses s'agitaient doucement et que la statue devenait mobile ; le bronze s'animait, les bras de Bacchus s'étendaient, ses pieds se détachaient du socle. C'était une hallucination sans doute. Diane souriait presque de sa crédulité, et cependant elle s'intéressait à ce mirage d'une vision troublée. Cependant le Bacchus continuait sa magie ; il descendait de son socle comme un dieu qui en a l'habitude, il se glissa doucement derrière le banc sur lequel rêvait Clotilde, et, penchant sa tête, il parut effleurer de ses lèvres la chevelure de la jeune fille.

Clotilde se leva épouvantée, mais elle n'eut pas le temps de pousser un cri d'alarme. Déjà la main du magicien s'était posée sur sa bouche, et alors madame de Montchenu put entendre comme la huguenote :

— Pas un mot, ma bien-aimée, pas un mot, si vous m'aimez toujours.

Ciel et terre ! ce n'était pas un rêve, ce n'était pas une vision. Madame Diane le comprit alors, et un torrent de feu alluma la fièvre dans ses veines. Elle avait reconnu cette voix, elle avait vu ce baiser, elle avait éprouvé à la fois deux sensations contraires, l'une de joie, l'autre de rage. Le Bacchus n'était autre que Didier, celui qu'elle avait cru séparer de Clotilde comme si elle eût été un mur vivant, et qui avait su la retrouver, la rejoindre et lui parler d'amour, en sa présence, de cette voix qui avait le don d'ébranler tout son être.

Déjà les mains de Didier et de Clotilde s'étaient étreintes et un silence expressif avait suivi les premières paroles du jeune homme. Le premier mouvement de la comtesse fut de courir vers eux et de les séparer de nouveau, de ne pas leur donner le temps de se regarder, de se dire ce qu'ils avaient souffert, de se promettre la constance de l'attente ; mais la curiosité de la jalousie l'emporta, elle ne bougea pas, et, comme une espionne, elle préta l'oreille, voulant savourer ces souvenirs, ces aveux, ces tendresses qui tombaient sur son cœur à elle comme autant de gouttes de fiel.

Didier s'était rapproché de Clotilde, il la regardait avec extase et ne trouvait pas une parole, car il avait trop de choses à lui dire.

Ce fut Clotilde qui rompit la première ce silence qui l'embarrassait.

— Qui donc, demanda-t-elle bien bas, a pu vous faire connaître notre retraite ?

— Qui serait-ce, sinon Moucheron, notre petite Providence ! répliqua Didier en essayant de donner à sa voix émue une expression de gaieté.

— Vous savez, mon ami, dit Clotilde, que je suis bien heureuse de vous revoir, mais que j'ai promis d'obéir aux volontés de madame de Montchenu. Si elle savait que vous avez bravé sa défense, que vous vous êtes introduit dans notre demeure, elle ne croirait pas que je suis étrangère à votre folie...

— A ma folie ? interrompit douloureusement Didier.

— Oh ! mon ami, ne me faites pas de reproches, murmura Clotilde d'une voix altérée. Croyez-vous donc que je vous aie oublié, que vous n'occupiez pas mon cœur tout entier, que je ne suive pas de la pensée dans vos dangers et dans vos douleurs ? Mais je dois être fidèle à mes promesses comme je suis fidèle à mon amour. Aucun soupçon ne doit ternir l'honneur de celle que vous aimez. Est-ce donc à vous, Didier, à l'oublier ! Si madame Diane nous surprenait, que dirait-elle de cette entrevue secrète, et comment pourriez-vous l'expliquer sans me nuire ?

— Ah ! dit douloureusement Didier, je vois bien que votre cœur s'est refroidi pendant notre séparation. Comment ! vous me renvoyez soudainement après cette intolérable absence, et le monde ne disparaît pas à vos yeux comme aux miens ! Vous ne vous dites pas que toute la vie est dans cette minute où deux âmes se reconnaissent et se retrouvent, où elles oublient les envieux et les méchants, où elles s'élèvent vers Dieu pour le remercier comme s'il leur ouvrait une porte du paradis !

— Vous m'aimez trop, murmura Clotilde dont les yeux se remplissaient de larmes. Ah ! je suis bien malheureuse si ma réserve vous offense, si vous voulez me voir ressembler aux belles dames de la cour ou à ces Italiennes hardies dont les regards et les sourires me font monter le rouge au front.

— Non, ma bien-aimée, reprit Didier, je ne vous compare pas aux autres femmes. Votre vertu fait mon orgueil et ma joie. Ne craignez pas que je sois venu ici seulement pour satisfaire le désir immodéré que j'éprouvais de vous revoir, ne fût-ce qu'un instant, car votre présence me manque comme l'air au prisonnier muré. J'aurais eu la force de me sevrer de cette joie pour vous complaire. Mais aujourd'hui je devais tout braver, je devais venir à vous, car il s'agissait de vous soustraire à un péril imminent.

— Parlez ! Didier, parlez ! Oh ! je suis sûre que vous ne me trompez pas.

Le jeune homme reprit avec chaleur :

— Une grande bataille va bientôt être livrée sous les murs de Pavie ; ce village est situé sur la lisière des deux armées ; les femmes y seront donc exposées à des dangers inévitables. Vous ne pouvez y rester jusqu'au moment où les lansquenets et les gens des bandes noires défonceront les portes et les toits, où ils pilleront meubles et hardes, où ils tueront les hommes et outrageront les femmes.

Clotilde se leva.

— Vous m'effrayez, mon ami, et je vous remercie d'être venu. Conseillez-moi, je suivrai votre conseil.

— Quand même madame Diane le désapprouverait ? dit-il amèrement.

— Vous me rappelez mon devoir, Didier, j'ai juré à la comtesse de ne pas me soustraire à sa tutelle.

— Madame Diane doit éprouver les mêmes craintes que vous, Clotilde, à elle comme à vous j'offrirai un asile dans les murs de Pavie.

— Et elle comme moi refusera, dit froidement la jeune fille.

— Pourquoi donc ? demanda Didier fort surpris.

— Parce que nous ne saurions nous résoudre à aller demander aide et protection aux ennemis de notre patrie.

Le gentilhomme baissa la tête avec accablement.

— Ah ! voilà mon cruel châtiment, dit-il enfin ; oui, je sens que j'ai fait une faute en suivant monsieur le connétable ; je n'ai pas l'excuse de sa gloire avilie, de ses services méconnus, de sa naissance qui en fait l'égal des rois. Je ne suis qu'une épée d'aventure et je devais mes services à mon pays. Ah ! si un homme me disait ce que me dit ma conscience, comme je serais heureux de lui faire rentrer son insulte dans la gorge ! Mais je ne puis étouffer les voix qui me parlent en moi-même, mais je ne puis lutter contre cette réprobation que vous m'infligez. C'est de vous, Clotilde, que je devais recevoir l'humiliation ; c'est quand je viens vous supplier de vous laisser sauver que vous me répondez : « Mieux vaut l'outrage et la mort que le salut qui serait le prix d'une trahison ! » Vous refusez même l'hospitalité des Espagnols, et nous, nous les servons de notre épée. Vous avez raison de me mépriser, Clotilde.

— Pauvre Didier, murmura la jeune huguenote émue de voir l'honnête gentilhomme se débattre dans sa loyauté naturelle et l'entraînement irréfléchi qui lui avait fait suivre la fortune du duc de Bourbon. Vous êtes injuste envers vous et envers moi ; si je vous méprisais, vous aimerais-je ?

Didier, ravi et touché de cette tendre parole, saisit Clotilde dans ses bras par un transport passionné. Diane, qui avait pu se contenir jusqu'à ce moment, sentit tous les serpents de la jalousie mordre son sein en voyant Clotilde céder à cette étreinte ; elle s'avança aussitôt vers eux, et, d'une voix frémissante de colère, s'écria :

— Qui vous a donné le droit, monsieur, de pénétrer dans ce jardin ?

Les deux jeunes gens restèrent foudroyés à cette

apparition inattendue. Ils se sentaient coupables devant la comtesse irritée.

— Vous ne répondez pas, monsieur ? reprit-elle.

— Il m'est facile de vous prouver, madame, qu'un motif légitime m'a entraîné à entrer dans ce logis sans avoir sollicité votre agrément, répliqua Didier d'une voix ferme et respectueuse.

Mais Diane, qui sentait en l'écoutant toute sa passion se réveiller comme un charbon que le vent rallume, voulant lutter contre elle-même, voulant se fermer tout retour de faiblesse, résolut d'abaisser et d'humilier le malheureux jeune homme aux yeux de sa bien-aimée. Plus son cœur allait vers Didier, plus son aspect, sa voix, sa noblesse d'âme la charmaient, et plus elle éprouva un sauvage plaisir à blesser et à flétrir son idole. Elle releva donc superbement la tête, et, avec une indicible expression de dédain, elle lui dit :

— Vous ne me tromperez pas, monsieur, comme cette enfant qui croit en vous et que votre conduite même ne peut désabuser. Aussi n'oseriez-vous lui avouer la vérité.

— La vérité ? reprit Didier stupéfait.

— Oui, monsieur ; si vous avez eu l'audace de pénétrer dans cette maison, que vous deviez respecter, c'est pour y commettre une horrible trahison.

— Une trahison ! répéta le gentilhomme éperdu.

— Oui, monsieur. Vous avez appris que le roi de France était venu me visiter seul, sans escorte, et vous vous êtes dit : « Maintenant que j'ai le cœur et l'épée d'un Espagnol, il serait beau et honorable pour moi de me signaler par un coup d'éclat, de mettre la main sur François Iᵉʳ et de le livrer aux valets de l'empereur. »

— Moi ! moi ! moi ! s'écria Didier désespéré.

— Osez-donc me démentir, monsieur.

— Mais, sur mon honneur de gentilhomme, madame, j'ignorais que le roi de France eût été assez imprudent... Mais ce n'est pas possible, vous voulez m'éprouver... François Iᵉʳ, à cette heure, dans la maison de Marforio Veneno, le médecin favori de Pescaire ! ... Oh ! si vous dites vrai, s'il était surpris par les Espagnols, notre pauvre pays serait envahi par les maudits étrangers.

Bouleversé, saisi de surprise et d'effroi, Didier de Montchenu laissait parler son cœur avec une naïveté pleine de confusion, de trouble et de désespoir. Il voyait apparaître devant lui l'image navrante de sa patrie déchirée et morcelée par les Espagnols, qu'il haïssait tout en les servant ; lui qui avait pris les armes contre son pays sentait les larmes monter à ses yeux en songeant aux conséquences de la captivité de François Iᵉʳ. Ces contradictions bizarres sont bien de la nature humaine et se sont souvent reproduites chez tous les ambitieux, les exilés ou les rebelles qui ont mordu le sein de la patrie, comme l'enfant malade celui de sa nourrice.

Clotilde regardait avec une surprise inquiète Didier et madame Diane, cherchant à discerner la vérité, mais troublée jusqu'au fond de l'âme, car l'obstination de Didier à suivre le connétable avait déjà ébranlé sa confiance.

La comtesse voulut profiter de l'émotion du jeune homme pour l'accabler sans merci et le flétrir aux yeux de sa rivale ; elle avait été touchée du cri d'indignation et de douleur de son neveu, elle avait admiré ce transport honnête et loyal ; mais comprimant sa véritable pensée, elle poussa un éclat de rire insultant et dit :

— Ah ! vous jouez bien votre comédie, monsieur. Mais la vérité vaut mieux que le mensonge le plus habile. Si mon accusation vous révoltait, si vous étiez innocent de votre trahison, il fallait me démentir, il fallait vous indigner contre moi et m'écraser de votre colère. Mais non, dans votre embarras, vous n'avez pas osé me répondre avec cette noble franchise ; vous préférez feindre un étonnement auquel je ne crois pas.

— Mais vous, Clotilde, s'écria Didier en tournant vers la huguenote un regard éperdu, vous ne partagez pas les odieux soupçons de madame de Montchenu, n'est-ce pas ? Dites-moi que vous m'estimez assez...

La jeune fille répondit avec effort :

— Les apparences sont contre vous, mon ami ; mais jamais je ne vous croirai capable d'une action lâche et indigne avant de l'avoir vue de mes propres yeux...

— Je voudrais être aussi indulgente que mademoiselle, reprit la comtesse ; mais je crois plus à votre ambition qu'à votre honneur, monsieur mon neveu. Mon Dieu ! je comprends votre entraînement, ajouta-t-elle avec perfidie ; vous êtes jeune, inconnu, perdu dans la foule des aventuriers qui entourent le duc de Bourbon ; vous aimez beaucoup monsieur le connétable, vous espérez que votre fortune grandira avec la sienne et vous vous êtes dit : Si je puis me distinguer par quelque beau fait d'armes, je sortirai de cette foule et je deviendrai un grand seigneur. Seulement, mon cher neveu, je vous ferai observer que surprendre le roi dans mon logis, ce n'est pas là une action de guerre, mais un exploit d'espionnage et de félonie. Il est vrai que la récompense sera telle. Les bonnes grâces de l'empereur vous seront acquises.

Didier, furieux, s'avança rapidement vers la comtesse et lui saisit les mains.

— Dites, madame, que vous ne croyez pas un mot de cette calomnie, ou j'oublierai le respect que je vous dois.

— Il est trop tard pour vous indigner à froid, monsieur, répliqua la comtesse avec une ironie sèche et hautaine.

— Oh ! que ne puis-je trouver devant moi un homme au lieu d'une femme car vous abusez de votre faiblesse, madame !

— Un homme ! fit Diane ; mais je vais vous conduire auprès du roi, monsieur mon neveu ; il a son épée, et nous verrons lequel des deux baissera les yeux devant l'autre. Je lui dénoncerai le Judas qui a promis de le livrer.

En même temps, elle se dirigea sous le vestibule, laissant Didier muet, immobile, consterné sous ce soupçon persistant contre lequel il ne trouvait plus de défense ; mais Clotilde s'élança au-devant de madame de Montchenu, et l'arrêtant d'un geste hardi :

— Je vous en supplie, madame, ne cédez pas à votre colère ; vous vous en repentiriez bientôt. Didier a toujours été honnête et loyal...

— Comme son grand ami le connétable, interrompit durement la comtesse.

Clotilde resta un instant interdite, mais elle reprit :

— Attendez les preuves, madame. Moi, je crois à sa parole, à son regard, à son indignation ; il est sincère et il sait bien qu'il serait à mes yeux le plus méprisable des hommes s'il s'opposait au départ du roi.

— Il ne s'y opposera pas, ma mie, dit madame Diane ; il ne se démentira pas devant nous, je le sais ; mais le roi trouvera sur sa route les obstacles que votre noble Didier lui a préparés. Vous ne le connaissez pas, puisque vous l'aimez. Moi je le connais, ajouta-t-elle avec effort, parce que je le hais.

Et la comtesse, exaspérée de l'intervention de Clotilde, continuait sa marche, lorsqu'un nouveau personnage s'élança entre les deux femmes avec la légèreté d'un sylphe, dont il avait les formes exiguës, mais non la grâce.

C'était Moucheron, pâle et effaré, qui venait de pénétrer dans le jardin par la brèche du mur pratiquée derrière la statue du Bacchus indien renversée de son socle.

— Mesdames, s'écria-t-il d'une voix étouffée, cachez-vous, sauvez-vous ! Dieu soit loué si j'ai pu arriver à temps !

— Que se passe-t-il donc ? demanda la comtesse étonnée.

Didier avait déjà pris le bras de Clotilde et tiré son épée du fourreau au premier cri d'alarme.

— Madame, dit le nain, le village est cerné par une troupe d'Espagnols et d'Allemands ; j'ignore quelles sont leurs intentions, mais comme ces honnêtes gens ont une manière d'entendre la galanterie qui n'a rien de chevaleresque et que monsieur Didier est seul ici pour vous défendre...

Madame de Montchenu crut véritablement alors avoir été inspirée par un pressentiment et avoir deviné juste.

Elle regarda le jeune homme d'un air de triomphe.

— Soutiendrez-vous encore, monsieur, que je vous calomniais ? Prétendrez-vous que le hasard seul pousse cette troupe d'impériaux en même temps que vous, et à l'heure où le roi de France se trouve dans cette maison ? Levez donc haut le front, mon beau neveu, remplissez votre mission, mais n'en rougissez pas ?

Clotilde s'éloigna doucement du gentilhomme et une involontaire impression de mépris traversa pour la première fois son esprit ; ce fut un voile sur son amour ; elle n'osait plus douter en face de ce fait brutal.

Didier tressaillit, car il comprit avec une douleur sans nom que la foi sainte de la jeune fille en sa loyauté était altérée, et il ne savait s'il pourrait lui pardonner ce doute outrageant.

— Oh ! murmura-t-il, toutes les apparences m'accusent, mais je me laverai de votre accusation, madame la comtesse, dussé-je sauver le roi au péril de ma vie.

Cependant le roi, autour duquel s'agitaient tant de passions contraires, n'avait pas respiré impunément les miasmes délétères du laboratoire de Marforio Veneno. A peine en fut-il sorti, qu'il sentit ses yeux s'appesantir, ses jambes vaciller, son esprit s'alourdir ; il se laissa tomber sur un siège de chêne, à haut dossier, dans la chambre de la comtesse, et s'y endormit profondément.

Tout concourait à favoriser le plan du docteur.

Bonnivet s'impatientait dans la cour et trouvait que son maître s'attardait d'une façon inexplicable. Il regardait le ciel, il regardait les murs, il regardait la maison. Rien ! Partout le silence, mais un silence morne et lugubre qui le faisait frissonner. Parfois, il croyait entendre un bruit vague, quoique régulier, dont il ne pouvait se rendre compte. Était-ce une nombreuse troupe de cavaliers ? Mais non, le galop des chevaux eût été plus sonore. Ce bruit sourd et mystérieux se rapprochait de plus en plus. L'amiral avait bien envie d'aller à la recherche du roi, mais il n'osait quitter son poste.

Tout à coup, en regardant les murailles, il lui sembla que leur crête se hérissait d'ombres silencieuses ; son instinct de soldat lui révéla le danger sans doute des ennemis envahissaient cette maison, et s'ils arrivaient sans bruit, c'est qu'ils avaient enveloppé de linge les pieds de leurs chevaux. Malgré tout son courage, il eut peur pour le roi ; le péril redouté arrivait avec la rapidité de la foudre ; il fallait prévenir son maître à l'instant ; mais s'il quittait la porte du vestibule à laquelle il venait de s'adosser, le roi ainsi que lui seraient enveloppés et surpris sans pouvoir opposer la moindre résistance.

A ce moment, il vit remuer entre ses jambes une sorte de créature informe, qui releva doucement la tête et lui dit d'une voix presque indistincte :

— Monsieur l'amiral, tenez bon à cette porte. Ne laissez pas forcer le passage, il est étroit, et vous pouvez le défendre pendant que je vais avertir le roi.

Bonnivet regarda avec défiance cet être singulier, dans lequel il crut reconnaître le nain du connétable, et, lui posant la pointe de son épée sur la poitrine :

— Tu es un ennemi ? lui dit-il.

— Non, répliqua Moucheron, je ne veux pas que les impériaux fassent prisonnier notre grand roi dans un guet-apens.

Il glissa comme une anguille sous l'épée de l'amiral, bondit légèrement dans le vestibule et franchit les marches de l'escalier en ajoutant :

— Ne bougez pas, monsieur l'amiral et visez aux yeux.

Pendant que le nain réveillait non sans peine le roi endormi et lui annonçait le danger qui le menaçait, les Italiens et les Espagnols avaient sauté du mur dans la cour et se groupaient tumultueusement devant la porte du vestibule.

— Arrière ! s'écria Bonnivet en brandissant son épée.

— Faites-nous place, monsieur ! riposta don Inigo Velasquez ; il est inutile d'essayer de nous résister. Vous êtes seul, et nous sommes trois cents.

— Oui, dit l'intrépide amiral ; mais vous ne pouvez m'attaquer tous à la fois. Tant que je n'aurai en face de moi que deux hommes, et que mon épée ne sera pas brisée, je résisterai !

Les impériaux parurent se consulter, mais tout à coup le roi apparut sur les marches de l'escalier et s'écria :

— Bon courage, Bonnivet, je te viens en aide !

Et il accourut se placer aux côtés de l'amiral, sans écouter le nain, qui de sa voix glapissante lui répétait :

— Sire, il faut fuir et gagner votre camp au plus vite, pendant que votre compagnon tient tête à toute cette bande !

François Iᵉʳ se mit à rire, insoucieux du danger.

— Entends-tu ce fou, mon ami, ce fou qui me donne le conseil de fuir ?

Don Inigo Velasquez avait fait allumer des torches, et en reconnaissant le roi de France, les impériaux poussèrent de grands cris de joie comme les chasseurs qui dépistent le gibier.

— Vous ne me tenez pas encore, ribauds, dit François.

— Sire, reprit vivement l'amiral, vous oubliez que votre armée vous attend et que vous n'êtes pas un paladin de la table ronde. Si je défends cette porte, c'est pour vous donner le temps de suivre le conseil de ce nain, qui, malgré sa folie, ne manque pas de prudence.

Sire, le chemin est encore libre du côté du jardin, dit Moucheron, et vous pourrez gagner votre camp en traversant les rizières.

— Non, je ne fuirai pas devant cette ribaudaille s'écria résolûment le roi en s'élançant hors du vestibule.

— Rendez-vous, Sire, rendez-vous, monsieur de Bonnivet, dit don Inigo Velasquez en menaçant de sa hache son noble adversaire. L'arme terrible tournoya un instant au-dessus de la tête de François Iᵉʳ, s'abattit et brisa son épée. Une clameur retentissante s'éleva des rangs pressés des impériaux et le roi dut rompre à pas lents, malgré son audace, et se retirer derrière l'amiral en cherchant des yeux une épée.

En ce moment Didier de Montchenu accourut pâle, haletant, la sueur au front et criant :

— Le jardin est cerné, Moucheron. Tout est perdu !

En apercevant le roi, il se sentit saisi d'une indicible émotion, fléchit le genou et dit d'une voix suppliante :

Sire, je vous demande la grâce de vous défendre.

François le regarda avec dédain :

— Je n'ai jamais besoin du secours d'un sujet rebelle, monsieur.

— Permettez-moi, Sire, de mourir à vos côtés.

— Je réserve cet honneur à mes fidèles gentilshommes, monsieur.

Humilié, désespéré, Didier tendit son épée au roi, et lui dit :

— Sire, vous n'avez plus d'armes ; acceptez du moins mon épée.

— L'épée d'un félon trahirait ma main, monsieur.

Une larme brilla aux cils du jeune gentilhomme.

— Vous pleurez sur moi ; pleurez sur moi, monsieur. Quant à une arme, je saurai m'en procurer.

Et François, voyant Bonnivet qui luttait avec peine contre une foule d'assaillants dont les coups terribles faisaient voler en éclats les pierres de la façade et de l'entrée du vestibule, se jeta sur don Inigo Velasquez, qui venait d'abaisser sa hache, lui saisit le poignet avec une vigueur inouïe, lui arracha cette lourde masse, et s'en servant comme d'un jouet d'enfant, il fit une trouée sanglante dans les rangs des impériaux.

Don Inigo, Castillan de petite taille, maigre, brun, agile, furieux de s'être laissé surprendre, s'enroula alors comme un serpent autour du corps du vaillant prince ; il cherchait à le faire chanceler et à s'accrocher à ses bras de tout son corps ; mais le robuste François l'emportait sans souci dans la mêlée et continuait à abattre Espagnols et Italiens, comme un géant déchaîné contre une armée de pygmées. Exaspéré de voir les siens reculer peu à peu devant ce redoutable adversaire, don Inigo résolut d'en finir ; il porta sa main gauche à sa ceinture, en tira une dague fine comme une aiguille et voulut frapper le roi en pleine poitrine ; mais ce dernier avait aperçu son geste de traître, et le secouant subitement à terre comme un fruit gâté, il lui brisa la tête avec sa propre hache.

Il n'avait pas eu le temps de relever son arme, qu'un grand et gros Suisse appuyait dessus son pied énorme et criait à son tour au roi :

— Sire, rendez-vous, ou je serai forcé de venger mon ami don Inigo Velasquez.

C'était le capitaine Hermann Werner, qui menaçait déjà de la pointe de sa pertuisane le visage de François Iᵉʳ ; mais ce lourd adversaire ne pouvait lutter avantageusement avec un chevalier aussi souple que le roi. Celui-ci empoigna le manche de la pertuisane, donna au Suisse un furieux croc-en-jambes qui la lui fit lâcher, le força à reculer, ainsi qu'un homme ivre, jusqu'à la muraille et l'y cloua, pour ainsi dire, d'un coup de pointe en disant :

— Il n'appartient pas à un buveur de bière de faire prisonnier un roi de France.

Aucun des Suisses d'Hermann n'avait osé frapper par derrière ce héros, qui leur inspirait une admiration superstitieuse ; ils formèrent la haie son passage, la pertuisane sur l'épaule, et il pu rejoindre la porte, que gardait toujours Bonnivet sans avoir besoin de se défendre. Quant aux Espagnols, leur rage était extrême, et ils accablèren les Suisses de malédictions.

— Lâches ! lâches ! criaient-ils, laissez-nous venger don Inigo ! Ne laissez pas échapper le roi !

— Vous ne le tuerez pas ! répondaient les Suisses

Nous sommes sauvés, dit l'alchimiste en se tournant vers le roi. — Page 46.

c'est le plus vaillant des gentilshommes; mais nous le ferons prisonnier, car c'est le plus riche des rois.

Et leurs gros yeux se fixaient avec un intérêt cupide sur ce grand prince, qui représentait pour eux une rançon merveilleuse.

La situation de François Ier n'en paraissait pas moins désespérée; cette lutte prenait des proportions homériques, et ce qui lui avait permis de la soutenir, c'était la rivalité de tous ces mercenaires, étrangers les uns aux autres par l'origine, le langage et le costume. Ils se jalousaient et se haïssaient réciproquement, et ne cessaient d'en venir aux mains dans leur camp. Les capitaines ne parvenaient que difficilement à leur faire observer quelque discipline. Dans cette circonstance, la mort de don Inigo Velasquez et celle d'Hermann Werner avaient consterné les soldats, qui se battaient tumultueusement et sans ordre. Le nain comprit l'avantage de l'occasion et jugea qu'il fallait en tirer parti pour que le roi pût sortir sain et sauf du guêpier.

— Sire, dit-il au roi en le voyant s'adosser à la porte et fixer sur les Suisses un regard intrépide, vous avez entendu la réponse de ces braves montagnards?

— Eh bien! maître Moucheron?

— Eh bien! ils ont une grande tendresse pour les écus d'or, Sire; ils tiennent à ne pas entamer votre peau afin de la vendre à l'empereur à plus haut prix.

— Comme tu connais le cœur humain! observa Bonnivet, qui pouvait enfin reprendre haleine.

— Si j'étais à la place du roi, hasarda le nain, je profiterais de la jalousie des Suisses contre les Espagnols et les Italiens, je leur offrirais une magnifique rançon; ils vous laisseraient échapper, Sire, et vous défendraient même contre leurs alliés.

— Tu es un grand politique, Moucheron, dit François Ier. Je te permets de faire l'essai de ton éloquence sur l'esprit grossier de ces montagnards.

Le nain pirouetta sur lui-même dans son transport de joie, glissa entre les jambes du roi et s'avança vers les Suisses, qui formaient un mur vivant et hérissé de pertuisanes entre les soldats d'Inigo et les assiégés.

A l'aspect de ce petit être difforme, les mercenaires éclatèrent en rires bruyants; leurs grosses faces s'épanouirent, et Moucheron comprit qu'il serait écouté avec bienveillance.

Il leva la main pour réclamer le silence et tâcha d'enfler sa voix aigrelette :

— Braves gens des cantons, dit-il enfin, je vous remercie d'avoir repoussé ces Espagnols et ces Italiens, qui sont les uns si polis, les autres si orgueilleux, mais qui n'ont pas votre franchise et votre probité renommées dans le monde entier.

Les Suisses parurent flattés de cet hommage rendu à leurs vertus, et frappèrent le sol du bois de leurs pertuisanes en signe de contentement.

— On peut s'entendre avec vous, du moins, continua Moucheron. Plus d'un d'entre vous, j'en suis sûr, aimerait mieux en ce moment chasser le chamois à la pointe des rochers que de gagner la fièvre dans les rizières de ces maudites plaines lombardes.

Quelques soupirs s'exhalèrent des poitrines robustes des enfants de l'Helvétie.

— Oui, dit un jeune Suisse du premier rang, en secouant sa chevelure blonde d'un air chagrin, nous avons perdu bien des compagnons qui espéraient revoir les montagnes d'Uri, d'Unterwalden et de Schwitz Et tous ne sont pas morts sous le fer des Français.

Moucheron sourit agréablement et reprit :

— Ah! que j'aimais à entendre le soir les grandes trompes sonner le ranz des vaches! Voilà de la musique! voilà qui va au cœur! tandis que les Espagnols, avec leurs guitares, et les Italiens, avec leurs mandolines et leurs violes, ne peuvent plaire qu'à des femmelettes!

A ces derniers mots éclata un tumulte épouvantable. Si la joie des Suisses n'avait plus de bornes, la fureur de leurs alliés était inexprimable; ils menaçaient le nain de leurs haches et de leurs dagues, et s'ils n'eussent pas été séparés de lui par la masse imposante des montagnards, le frère de Chevrette eût été écharpé sans rémission.

— Fermez la bouche au bavard! hurla un Italien en perçant les rangs des Suisses. Par la madone! ce serait une lâcheté d'écouter plus longtemps ses insultes.

— Par Notre-Dame del Pilar! dit un Castillan, il faut lui arracher la langue qui a proféré ces blasphèmes!

Mais le Suisse qui avait répondu à Moucheron fit un signe à ses camarades, et ils entourèrent l'intrépide nain, qui ne se déconcertait pas. Puis le jeune homme s'écria :

— Laissez parler la petite créature!

Moucheron jeta un coup d'œil sur le roi et Bonnivet, qui l'écoutaient en souriant, et poursuivit avec une énergie croissante :

— N'est-il pas vrai, bonnes gens des cantons, que votre pays est en retard de six semaines et que les vivres même se font rares ?

— C'est vrai! c'est vrai! crièrent-ils avec un ensemble remarquable.

— Ah! c'est que le vice-roi est généreux de votre sang, mais avare de ses ducats! Il garde probablement pour sa famille les sacs d'or que l'empereur lui envoie. C'est un excellent père de famille, que monsieur de Lannoi! Et son dîner est toujours abondamment servi!

— Le vice-roi nous vole notre sang! dit le Suisse blond, qui paraissait avoir remplacé Hermann Werner.

— S'il ne nous paye pas, à mort le vice-roi! crièrent quelques porteurs de pertuisanes.

L'Espagnol et l'Italien, qui étaient parvenus à percer leurs rangs, s'élancèrent vers le pauvre nain, mais ils furent arrêtés par le jeune Suisse, qui leur dit :

— Ne touchez pas à cet avorton; je le prends sous ma sauvegarde.

— Voulez-vous donc nous trahir, Wilhem d'Azarnes? répliqua le Castillan avec un regard farouche; m'empêcherez-vous de venger mon frère de lait, don Inigo Velasquez?

Oui, dit le Suisse d'une voix forte, car don Inigo a été loyalement frappé en combattant, et moi je dois venger mon frère le capitaine général des lansquenets d'Azarnes, qui a été empoisonné par ordre de votre hypocrite vice-roi, pour avoir eu l'audace de réclamer notre paye.

L'Espagnol n'osa pas répliquer, et Wilhem marcha résolûment vers le roi après avoir confié son arme à un de ses compagnons.

— Sire, dit-il, vous avez entendu mon nom; vous savez de quelle récompense dont monsieur de Lannoi a payé les services de mon frère.

— C'est horrible, monsieur, répondit François Ier; je n'ai pas l'habitude de payer mes dettes en même monnaie, vous le savez. Si donc vous voulez me laisser regagner mon camp, vous serez assuré d'une rançon royale; si vous voulez m'y accompagner et entrer à mon service, je n'oublierai jamais votre confiance en mes paroles.

— Wilhem! Wilhem d'Azarnes, dit le frère de lait de don Inigo d'un ton menaçant, prenez garde. Nos Italiens et nos Espagnols ne vous obéissent pas comme ces lourds montagnards, et si vous gardez le roi de France, monsieur de Lannoi n'aura rien à vous refuser.

— Non répliqua le jeune Suisse d'un air railleur, il m'honorera des mêmes faveurs que mon frère, il me fera dîner à sa table.

A cette allusion terrible, l'Italien voulut frapper Wilhem d'Azarnes de sa dague, mais Moucheron avait rampé derrière lui, et saisissant vigoureusement une de ses jambes, il le fit trébucher, le renversa à terre et le désarma en un clin d'œil.

— Sire, je vais consulter mes compagnons, dit le jeune Suisse en regardant dédaigneusement son adversaire.

Et se tournant vers les montagnards :

— Bonnes gens des cantons, ajouta-t-il d'une voix haute et claire, le brave roi François consent à vous prendre à son service et à vous donner la paye de six semaines que vous refuse monsieur de Lannoi.

— Vive le roi de France! crièrent tous les Suisses. Nous nous battrons pour lui jusqu'à la mort!

Les Espagnols et les Italiens poussèrent alors des clameurs effroyables et se précipitèrent sur les porteurs de piques. Ce fut une mêlée terrible, un tumulte, une boucherie. Les dagues cherchaient les poitrines; les haches fendaient les têtes; l'épée de Bonnivet traçait des éclairs sanglants dans cette confusion. François 1er faisait merveille avec la pertuisane d'Hermann Werner, que la main avait eu l'adresse de ramasser. Quant à Wilhem d'Azarnes, le souvenir de son frère semblait le protéger et diriger ses coups. Tous ceux qu'il attaquait tombaient percés de part en part et il n'avait pas reçu une seule blessure.

Les Espagnols et les Italiens, qui n'avaient plus de chefs, devaient succomber.

Ils finirent par battre en retraite, et Wilhem d'Azarnes engagea le roi à ne pas les poursuivre, afin de se diriger vers un petit bouquet de bois où les pertuisaniers avaient laissé leurs chevaux.

Mais à peine avaient-ils quitté la maison qu'ils se trouvèrent en face de M. de Pompérant et de ses cavaliers.

— Maintenant, dit François 1er, nous allons être obligés de jouer de l'épée. Donnez-moi la vôtre, monsieur de Bonnivet.

Il s'empara de l'épée de l'amiral et ordonna aux Suisses d'entourer les gentilshommes de Pompérant et de frapper les chevaux au poitrail avec leurs pertuisanes.

Mais Marforio Veneno, qui grelottait de peur aux côtés de l'ami du connétable, prit aussitôt la fuite en criant de sa voix cassée:

— Sauve qui peut!

Plusieurs chevaux se cabrèrent, et les gentilshommes français montrèrent une grande hésitation à attaquer le roi.

M. de Pompérant prit aussitôt son parti et dit à ses compagnons:

— Suivons notre vaillant guide, messieurs. Il est inutile de faire saigner nos chevaux par les piques de ces pâtres et de ces vachers. Nous retrouverons François 1er sur le champ de bataille. Cela vaudra mieux qu'un guet-apens nocturne.

Les cavaliers tournèrent bride aussitôt, et les Suisses poussèrent de grandes exclamations de joie et de triomphe. Puis ils montèrent à cheval et accompagnèrent le roi et Bonnivet jusqu'au camp français, où ils reçurent un accueil enthousiaste. C'était à qui les embrasserait, les entourerait, les hébergerait dans sa tente. La solidité des têtes suisses pouvait seule résister aux innombrables libations qui leur furent infligées.

C'est ainsi que le roi-chevalier échappa par miracle au danger le plus sérieux qu'il eût encore couru, pendant que Didier, désespéré, veillait sur Clotilde et Diane, qui avaient prié Dieu pendant cette scène de guerre aussi courte que terrible.

X

A QUOI PEUVENT SERVIR DEUX TAMBOURS DÉFONCÉS

Le camp des impériaux offrait un aspect assez curieux quelques heures après ces événements.

Une foule étrangement bariolée s'agitait hors des tentes, et la lumière rougeâtre des torches faisait étinceler les armes et les costumes divers des archers, des lansquenets, des reîtres et des soldats des terres espagnoles, qui se confondaient dans le désordre le plus pittoresque.

Des groupes de joueurs s'étaient formés de tous côtés, les uns debout, les autres accroupis, ceux-ci couchés à terre, ceux-là penchés pour suivre les chances de la morra ou des dés. La plupart causaient de la prochaine bataille, du butin espéré ou d'un sujet non moins intéressant, c'est-à-dire du retard de la paye. Ce retard excitait, en effet, un vif mécontentement dans l'armée et causait aux chefs de graves inquiétudes.

Deux personnages parcouraient silencieusement cette foule émue et agitée, semblable à une mer vivante d'où pouvait tout à coup s'élever une effroyable tempête, l'un grand et robuste, l'autre petit et délicat, autant qu'on pouvait en juger sous les manteaux et les sombreros qui enveloppaient leurs corps et cachaient leurs visages.

Ils s'arrêtaient parfois pour prêter une oreille attentive aux quolibets, aux murmures et aux plaintes qui éclataient dans les groupes, tout en affectant de se montrer insouciants et distraits. Puis ils allèrent se mêler à une troupe compacte qui s'était rassemblée autour de deux joueurs dont l'acharnement excitait une curiosité et un intérêt extraordinaires.

Ces deux joueurs n'étaient autres que Lupon et son nouveau serviteur Goulard.

Pendant que Lupon fouillait avec une sorte de rage tous les recoins de son escarcelle et retournait ses poches vides; tandis que Goulard comptait son gain d'un air radieux, les assistants parlaient de la bataille et discutaient sur le mérite des capitaines chargés de commander l'armée impériale.

— Quant à moi, s'écria un grand diable de lansquenet, haut, maigre et anguleux comme une potence, qui avait nom Hanz Buttler, ce dont je me réjouis et ce dont je remercie chaque matin mon ancien patron, saint Polycarpe, c'est de ne pas être forcé d'obéir à monsieur de Lannoi.

— Orgueil, avarice et couardise, telle est la devise qu'il devrait faire graver sur son écu, riposta un archer.

— Il est certain, ajouta un vieux Castillan basané, don Lopez de Carrajol, que si nous comptions sur sa bravoure et ses talents militaires pour combattre les Français, nous compterions sans notre hôte. Adieu le butin! ce qui me contrarierait plus que toute autre chose.

— Pourquoi donc? dit Hanz Buttler; suis-je mieux nippé que vous?

— Non, mais vous autres lansquenets, vous n'a-

vez pas besoin de penser à votre cheval, puisque
vous n'en avez pas. Il me faut un harnachement
complet pour mon pauvre Beppo ; j'attends donc
la bataille avec impatience, afin de me procurer
quelques-unes des magnifiques selles et des
housses dorées que les chevaliers français ont eu
l'attention d'apporter en Lombardie.

— Bien parlé, hidalgo ! mais moi je ne tiens qu'à
échanger ma vieille défroque contre la casaque et
l'armure de quelque mignon gentilhomme de la
cour de François Iᵉʳ.

— Croyez-moi, camarade, reprit don Lopez, la
meilleure part reviendra aux braves qui seront
sous les ordres du marquis de Pescaire.

— Un vaillant et adroit capitaine, dit Hanz d'un
air convaincu, et auquel je ne reproche que deux
faiblesses.

Le Castillan le regarda de travers.

— Deux faiblesses ? notre grand marquis, don
Ferdinand d'Avalos ! Je suis curieux de les connaître.

— La première, c'est d'être un peu jaloux ; tout
le monde lui porte ombrage, et il voudrait que la
cour, l'armée et les femmes ne parlassent jamais
que de lui seul.

— Bagatelle ! il a la conscience de son mérite
et il n'aime pas à se voir disputer le commandement par de nouveaux venus, lui qui a rendu de si
importants services à notre glorieux empereur.

— Soit ! mais l'autre faiblesse est moins par-
donnable.

— Qu'est-ce donc ?

— N'est-il pas avéré que si le marquis brave la
mort en héros sur le champ de bataille, il a une
peur terrible de la fièvre dans son lit?

— Tant mieux pour maître Marforio Veneno,
son médecin, grommela don Lopez ; ce vieux radoteur est chargé, moyennant une grosse pension,
de le guérir de toutes les maladies qu'il n'a pas.
Et il y réussit quelquefois.

— N'importe ! vous plaisantez, mais c'est là une
singulière faiblesse chez un grand général.

— Bah ! qu'est-ce que cela prouve ? on a vu des
héros avoir peur, les uns d'une araignée, les autres
d'un ruisseau à traverser.

— Cela prouve, reprit brusquement le lansquenet, que le meilleur de nos capitaines, c'est le
connétable de Bourbon ; il n'a peur ni de la fièvre,
ni des araignées, ni des ruisseaux, et son génie
dépasse celui des Scipion, des César et des Annibal.

— C'est vrai ! vive Bourbon ! crièrent les camarades de Hanz Buttler.

— Oui, c'est l'avis des lansquenets, répliqua
vivement l'Espagnol, dont le visage s'était rembruni ; mais votre grand homme a bien aussi son
côté faible.

— A mon tour, je serais curieux de le connaître,
dit Hanz d'un air incrédule et triomphant. Écoutons, camarades, écoutons.

— Traître envers son roi, traître envers son pays,
voilà tout son tort, dit don Lopez à haute voix.

Et il ajouta d'un ton railleur :

— C'est une tache légère, j'en conviens, mais
enfin c'est une tache.

Le plus grand des deux personnages dont nous
avons signalé les allures mystérieuses frissonna de
tous ses membres à ces paroles méprisantes, mais
son compagnon lui glissa un mot à l'oreille ; il se
contint, et relevant encore les plis de son manteau,
il reprit son immobilité.

— Ce n'est pas sa faute s'il a trahi ! s'écria le
lansquenet un moment interdit par la réplique de
l'Espagnol, c'est la faute du roi son cousin et de
madame Louise de Savoie, cette vieille coquette.
Ils l'ont accablé d'injustices au lieu de le combler
d'honneurs. Ah ! l'empereur Charles-Quint est
mieux avisé, lui ; c'est un fin politique, et il ne
négligera rien pour s'attacher un si grand capitaine.

Don Lopez de Carrajal éclata de rire.

— Qu'ai-je dit là de si risible ? demanda Hanz
Buttler d'un ton courroucé, tandis que les autres
lansquenets murmuraient des menaces.

— Ah ! mon pauvre Hanz ! fit le Castillan, vous
êtes d'une naïveté désespérante pour votre âge.
Si le duc de Bourbon s'est abusé comme vous sur
le rang qu'il occupera à la cour de l'empereur et
sur la part qu'il croit obtenir dans ses bonnes
grâces, il a fait preuve d'un médiocre jugement.
Notre seigneur est trop habile pour ne pas comprendre que le connétable est désormais à sa merci
et qu'il ne peut trahir son nouveau maître sans se
déshonorer une seconde fois.

— Est-ce là une raison pour ne pas récompenser
ses services ? dit le lansquenet.

— Décidément, vous avez la tête dure, camarade. Pourquoi l'empereur aurait-il à ménager un
homme qui ne peut plus le quitter. Bien loin de
le récompenser, il profitera de l'avantage de cette
position pour abaisser la fierté du duc de Bourbon.

— Et dans quel but ? demanda Hanz.

— Afin de témoigner à toute l'Europe qu'il peut
bien profiter de la trahison dans l'intérêt de sa
politique, mais qu'il méprise le traître.

Le plus grand des deux écouteurs en manteau
tressaillit encore et laissa échapper un geste de
menace ; mais, comme la première fois, il suffit
d'un mot de son compagnon pour le rappeler à
lui-même et lui rendre au moins l'apparence du
calme.

Les lansquenets n'avaient rien trouvé à répondre
à la conclusion terrible de don Lopez de Carrajal ;
d'ailleurs leur attention fut presque aussitôt distraite par un nouvel incident.

— Allons ! venait de s'écrier Lupon en frappant
du poing sur l'escabeau qui lui servait de table de
jeu, j'ai beau chercher, je ne trouve pas un maravédis.

— Il faut avouer que le hasard est le plus cruel
de vos ennemis, mon noble maître, dit Goulard
qui raillait à son tour celui qui l'avait mystifié,
non-seulement je vous ai gagné ma liberté, mais je
vous ai encore gagné mes habits, les vôtres et tout
ce que contenaient vos poches.

— Ah ! s'écria Lupon en se levant brusquement,
si j'avais seulement quelques réaux, je serais bien
sûr de rattraper tout ce que j'ai perdu.

— Vous êtes sûr, seigneur ?

— Je le jurerais par mes moustaches et ma barbe.

— Eh bien ! reprenez votre place, dit doucereusement Goulard, et la partie va continuer, ami Lupon, car vous n'êtes pas aussi ruiné que vous en avez l'air.

— Que veux-tu dire ? fit son adversaire fort intrigué.

— Rasseyez-vous, et je vais m'expliquer.

Lupon obéit docilement et s'assit avec précaution sur son siège pour ne pas le défoncer ; en effet, les sièges des deux joueurs étaient d'énormes tambours, aussi gros, mais plus hauts que ceux d'aujourd'hui.

— Du diable, dit l'hercule, si je comprends comment je ne serais pas ruiné quand je n'ai plus un denier vaillant dans mes poches !

Goulard sourit d'un air prétentieux et clignant de l'œil :

— C'est qu'on possède souvent un trésor sans en connaître la valeur.

— Un trésor, dit naïvement Lupon, je possède un trésor. Certes je ne suis pas curieux, mais je serais bien flatté de le connaître.

— Le voilà ! dit Goulard.

Et il montra triomphalement à son adversaire une jeune femme assise à terre, à côté d'eux, et vêtue d'une cape, d'une mante et d'une jupe rayée de rouge et de noir, comme les bohémiennes qui faisaient métier de vivandières dans le camp.

— Léonarde ! s'écria Lupon avec stupeur.

— Léonarde ! répéta gaiement l'archer.

— C'était en effet la belle meunière chez qui Goulard et Faucheux avaient pris d'assaut le repas préparé pour madame Louise de Savoie et sa suite ; le moulin avait été incendié par les pillards des frontières, et Léonarde s'était décidée à suivre Lupon au camp des impériaux, elle partageait la tente de son fiancé et se résignait très facilement aux rudes hasards de la guerre.

Léonarde était une superbe créature, on se le rappelle, au teint légèrement bronzé, aux yeux ardents, noirs et profonds, à l'air énergique et calme ; on comprenait facilement la violente passion qu'elle avait inspirée à Lupon, qui comptait l'épouser après la campagne.

— Eh bien, ce trésor, reprit agréablement Goulard, je l'accepte comme enjeu et je le joue en six contre tout ce que j'ai entassé d'or et d'argent devant moi.

Étourdi par cette singulière proposition, Lupon ne pouvait répondre, le sang lui montait à la gorge et au visage, et il sentait une tentation presque irrésistible d'assommer sur place son adversaire. Ce vil Goulard, lui enlever sa Léonarde ! quelle audace ! Cependant si lui, Lupon, avait la chance de regagner tout ce qu'il avait perdu ! Toutes ces idées se croisaient dans sa tête et l'embarrassaient au point qu'il jeta un timide regard du côté de Léonarde, comme pour lui demander conseil.

A son grand étonnement, la meunière lui répondit par un sourire calme et un coup d'œil qui exprimait le consentement.

L'hercule soupira bruyamment et tendit la main à Goulard.

— J'accepte, dit-il. Léonarde en six coups contre tout ce que tu m'as gagné.

— Sauf ma liberté, que je réserve, répliqua Goulard.

Soit, fit Lupon.

Une exclamation de surprise avait accueilli cet étrange marché, et le cercle se resserra autour des deux joueurs, qui reprirent les dés et les cornets avec une nouvelle furie.

— Un instant ! dit Léonarde en arrêtant le bras de l'archer lorsqu'il allait jeter les dés.

Puis, fixant sur lui un regard fier et résolu :

— Comme je suis la plus intéressée au jeu, vous trouverez bon que je le surveille. Jouez donc loyalement, car je vous préviens que je n'entends pas raillerie.

Goulard parut d'abord déconcerté par cette déclaration, qui témoignait d'une médiocre confiance en sa probité, et que Léonarde lançait à haute voix devant tous, avec une énergie peu rassurante ; mais il reprit bientôt son sang-froid, et répliqua :

— Surveillez, ma belle enfant, surveillez ! c'est votre droit.

Puis il fit rouler les dés sur l'escabeau.

Il gagna encore et la veine lui resta invariablement fidèle.

Il n'y avait plus qu'un coup à jouer. Lupon jeta ses dés, pâle d'émotion et tremblant de fureur à la pensée de voir Léonarde devenir la propriété de Goulard. Il se repentait bien, en ce moment, d'avoir enlevé ce dernier du camp français.

— Dix ! s'écria-t-il plein d'espoir.

— Oh ! oh ! dit Goulard, je crois que la fortune a changé de client.

Il secoua longtemps le cornet, puis il fit rouler les dés.

La belle meunière ne le quittait pas des yeux et glissait en même temps sa main dans son corsage.

— Onze ! s'écria l'archer en montrant les poings à Lupon, qui pâlit et courba la tête comme s'il eût reçu un coup de massue.

— Pauvre femme ! murmura-t-il.

— Léonarde est à moi ! dit Goulard en étendant la main sur ses dés pour les ramasser.

Mais au même instant il jeta un cri aigu et se tordit sous l'étreinte d'une violente douleur.

Léonarde venait de lui enfoncer dans la main la lame d'un petit poignard et la lui avait clouée sur l'escabeau.

— Tu triches ! Voyons tes dés, dit avec calme la terrible meunière.

Et tirant les dés de dessous la main du misérable, elle les examina avec le plus beau sang-froid du monde, tandis qu'il hurlait et se démenait comme un possédé.

— Voyez, dit-elle aux soldats qui entouraient les joueurs : ils sont pipés !

Et arrachant alors son poignard de la main percée de Goulard :

— Tu vois bien que je ne t'appartiens pas !

L'archer regardait, pâle comme un mort, le sang qui ruisselait de la plaie.

Elle ajouta :

— Je t'avais prévenu que je n'entendais pas raillerie.

— Une autre fois je vous croirai, balbutia-t-il, les traits contractés par la souffrance.

— Maintenant, Lupon, reprit Léonarde, fais ta paix avec ce fripon, vous êtes quittes. J'ai pitié de toi, Goulard ; je vais appliquer sur ta main une compresse de jus d'herbes dont la vertu est souveraine pour cicatriser les plaies ; dans quelques jours il ne te restera plus de cette aventure que le souvenir.

— Avec celui de la femme superbe qui t'a donné cette leçon de loyauté, dit galamment don Lopez de Carrajal.

— Ah ! fit Hanz Buttler, tu seras forcé d'avouer, Goulard, que la belle Léonarde a une façon toute particulière de vous graver son image dans la mémoire.

Et chacun à tour de rôle accabla impitoyablement l'archer infortuné de grossières plaisanteries. Il baissait humblement la tête, et ce fut Léonarde qui lui vint en aide.

— Épargnez ce pauvre diable, dit-elle tout en le pansant avec soin, il est assez sévèrement puni. Lupon, il faut te montrer magnanime et mener ton adversaire dans ta tente. Un bon somme vous fera oublier votre querelle.

L'hercule, qui avait très bon cœur, ne fit aucune observation, prit Goulard par le bras, et s'éloigna suivi de son énergique fiancée. Les autres soldats ne tardèrent pas à l'imiter, de sorte que cette place, tout à l'heure si agitée et si tumultueuse, se trouva bientôt plongée dans le plus profond silence.

Cependant les deux personnages aux longs manteaux, que nous avons vu circuler dans la foule assez mystérieusement, étaient restés et continuaient leur promenade à l'indécise clarté de la lune.

Le plus grand montra du geste l'endroit où gisaient les deux tambours et l'escabeau des joueurs.

— C'est ici, dit-il que Moucheron m'a dit de me trouver vers minuit ; il m'a assuré qu'il me précéderait au rendez-vous et m'apprendrait une nouvelle des plus importantes. Or, il est bientôt minuit, et je n'aperçois pas le nain.

— Ni moi, répondit le jeune homme ; néanmoins je ne puis croire qu'il nous manque de parole, tant je le sais fertile en ressources et incapable de se jouer de notre confiance en lui.

— La plaine est unie comme un miroir autour de nous, sans un tronc d'arbre, sans un fossé, sans accident de terrain où ce maître fou puisse se cacher ; il est impossible qu'il soit arrivé.

Le jeune homme tressaillit.

— Silence, monseigneur, et couchons-nous à terre ; voici deux ombres qui sortent du camp et qui s'avancent dans notre direction.

— Moucheron peut-être et sa sœur.

— Non, l'un de ces hommes paraît grand et robuste.

Ils s'étendirent sur le sol, couverts de leurs manteaux.

Les deux ombres, qu'un espion eût été bien surpris de reconnaître cheminant ensemble et à cette heure, n'étaient autres que le marquis de Pescaire et l'archer Goulard.

Quel intérêt pouvait amener dans ce lieu désert deux personnages entre lesquels le sort avait mis une si grande distance ?

Ils marchèrent en silence jusqu'au moment où Goulard aperçut les deux tambours et l'escabeau qui lui rappelaient un si fâcheux souvenir.

— C'est donc ici, dit en riant don Ferdinand d'Avalos, que cette satanée Léonarde t'a empêché de corriger la fortune ? Ah ! l'aventure est vraiment plaisante...

— Pas si plaisante! murmura Goulard en regardant sa main enveloppée de linges.

Le marquis de Pescaire s'assit sur l'un des hauts tambours, et après s'être assuré d'un coup d'œil que la plaine était déserte autour d'eux aussi loin que pouvait s'étendre le regard, il dit à l'archer renfrogné :

— Mon brave, loin de m'amuser à tes dépens, je veux réparer les torts de la Providence à ton endroit et te faire gagner beaucoup plus d'argent que les dés n'auraient pu t'en rapporter.

— Que vous êtes bon, monseigneur ! répliqua Goulard, dont le visage rayonna aussitôt.

— Es-tu toujours disposé à te charger d'une mission secrète ?

— Oui, monseigneur, mais à une condition.

— J'écoute.

— Je demande pour moi le grade d'enseigne que vous avez promis à Lupon.

— Si tu t'acquittes fidèlement et adroitement de ton message, c'est toi qui sera nommé enseigne.

— Ce n'est pas tout.

— Que veux-tu encore ?

— Je veux que Léonarde, la belle meunière, la fiancée de mon ennemi, soit honteusement chassée du camp.

— Tu es rancuneux, dit le marquis en jetant un coup d'œil involontaire sur la main de l'archer.

— Je ne me flatte pas d'être parfait.

— Ton exigence n'est pas d'un bon chrétien.

— Si je pèche par colère et par vengeance, je ferai pénitence.

— Allons, soit ! cette pauvre Léonarde sera chassée. Est-ce tout ?

— Oui, monseigneur, répondit Goulard fort joyeux, et si maintenant vous daignez me donner des ordres.

— Nulle crainte d'être entendus ? fit don Ferdinand en baissant la voix.

— Oh ! nous sommes bien seuls, et par ce clair de lune, je défierais même le nain Moucheron de se glisser jusqu'à nous sans être aperçu.

— Écoute-moi donc, reprit le marquis de Pescaire. Pasquale Veneno, le frère de mon médecin, est un des plus adroits courtiers de Milan ; il a été chargé par le duc de Bourbon de mettre en gage chez les juifs et les banquiers lombards la vaisselle et les joyaux que Jean de Saint-Vallier lui a fait parvenir de France par les faux sauniers de la frontière. Le duc veut à tout prix solder l'arriéré de ses douze mille lansquenets, dont il redoute la mutinerie, à la veille de la grande bataille.

— Bourbon est un généreux prince! murmura l'archer.

Don Ferdinand sourit avec amertume.

— Pasquale a réussi dans son entreprise, dit-il d'une voix saccadée ; aussi revient-il cette nuit avec un convoi de mulets chargés de sacs remplis d'or et d'argent.

— Fort bien, je comprends, monseigneur; ma mission consiste à aller presser l'arrivée du convoi. Vous êtes effrayé de l'impatience et des murmures de ces maudits lansquenets; en dépit de leur admiration pour le connétable, ils pourraient bien, en effet, abandonner le camp impérial s'ils tardaient à recevoir leur paye.

— Imbécile! s'écria don Ferdinand ; c'est exactement le contraire dont il s'agit.

— Le contraire ! répéta Goulard stupéfait.

— Tu ordonneras à Pasquale Veneno de retarder, par tous les moyens en son pouvoir, la marche de ses mulets, de prendre de longs détours, de faire des haltes, d'inventer des obstacles ..

— Il refusera d'obéir à un ordre si étrange.

— Il consentira, dit Pescaire impérieusement, si tu le préviens que son convoi est épié par une troupe de maraudeurs français, avertis de la riche cargaison qu'il apporte.

L'archer s'inclina avec respect.

— C'est entendu, monseigneur ; j'irai lui signifier cet ordre de votre part.

— Non pas, maladroit, mais de la part du duc de Bourbon, répliqua don Ferdinand avec son cauteleux sourire.

— Diable ! fit Goulard.

— L'idée est de monsieur de Lannoi, et je la trouve excellente. Voyons, quelle objection as-tu à faire ?

— D'abord, c'est fort dangereux, et puis le seigneur Pasquale Veneno ne me croira pas sur parole.

Le marquis tira un carré de papier de la poche de son pourpoint.

— Tu as raison; mais voici une passe signée par monsieur le connétable.

L'archer ne sourcilla pas.

— A la bonne heure ! avec cette passe, je suis sûr de réussir. Mais il est une chose dont je ne suis pas moins certain.

— Achève ! dit Pescaire impatienté.

— C'est d'être écorché vif quand Pasquale Veneno éventera la ruse et me dénoncera au duc de Bourbon et à ses lansquenets.

— Tu nieras effrontément.

— C'est une ressource... D'ailleurs, ne serai-je pas soutenu et protégé par le grand, le puissant, le redoutable marquis de Pescaire ?

— Tu te trompes, drôle ; je te renierai sans vergogne, et le vice-roi fera de même.

— Cependant, monseigneur, s'écria Goulard effrayé, réfléchissez donc ..

— Voilà mes conditions, dit froidement Pescaire; je ne puis rien y changer. C'est à prendre ou à laisser.

L'archer fit deux pas en arrière.

— J'aime mieux vous remercier de vos bonnes intentions, monseigneur, et retourner dormir dans la tente de Lupon. Aussi bien ma main me fait grand mal, et je ne serais pas en état de remplir adroitement cette mission de confiance.

— Comme tu voudras ! fit don Ferdinand, qui se leva en haussant les épaules. Mais que parles-tu d'aller dormir? tu es trop intelligent, et c'est ce qui m'avait engagé à te choisir, pour ne pas comprendre que je ne saurais laisser vivre un homme dépositaire d'un secret si compromettant.

— Hein ! bégaya Goulard en regardant le marquis d'un air effaré.

— C'est une mesure commandée par la plus simple prudence, tu en conviendras toi-même.

— J'en conviendrai si je ne puis faire autrement, monseigneur ; cela ne me paraît pas aussi nécessaire qu'à vous, mais je me fais une réflexion.

— Laquelle, poltron ?

— C'est que la même prudence vous commandera de vous assurer de ma discrétion de la même façon, si j'obéis à vos ordres.

— Nullement, car alors ta discrétion me sera garantie par ta complicité.

Goulard tomba dans une profonde méditation et se gratta tour à tour le nez, le front et les oreilles.

— Ainsi, murmura-t-il se parlant à lui-même, voilà l'alternative : certitude d'être pendu si je refuse, grande chance d'être écorché vif si j'accepte. Nulle compensation dans le premier cas; nommé enseigne et vengé de Léonarde dans le second. Il n'y a plus à hésiter ; je remplirai de mon mieux votre mission, seigneur marquis, ajouta-t-il, mais vous tiendrez votre parole ?

— Je te le jure sur les reliques de mon saint patron et sur la vie de ma chère Herminia, répondit d'un ton solennel le général de l'empereur.

— Quand partirai-je ?

— Dans une heure. Viens prendre mes instructions.

Et ils s'éloignèrent tous deux, l'illustre capitaine et l'obscur archer, liés l'un à l'autre par cette machination diabolique.

Alors les personnages aux longs manteaux, qui pendant cet entretien étaient restés couchés à terre, assez loin, vinrent à leur tour occuper la place qu'abandonnaient Pescaire et Goulard.

— Quels peuvent être ces deux hommes? dit le plus grand. Une entrevue de nuit, dans ce lieu désert, doit cacher quelque trahison. Peut-être s'agit-il de la grave affaire dont m'a parlé Moucheron. Mais comment ce nain malicieux est-il resté en route après m'avoir promis ?... Que pensez-vous de ce retard, Suzanne ?

— Je pense, seigneur duc, que mon pauvre compagnon doit être blessé, prisonnier ou mort.

Suzanne Lallier achevait à peine de répondre, quand elle vit apparaître devant elle les deux nains, qui semblaient sortir de terre.

— Je suis exact au rendez-vous, monseigneur, dit Moucheron au connétable ; je vous attends ici depuis une heure.

Le connétable resta aussi stupéfait à l'aspect de

ses fous que s'il eût été témoin d'un miracle.

— Ah ça! leur dit-il, tombez-vous du ciel ou êtes-vous vomis par l'enfer?

— Nous vous attendions, je le répète, monseigneur, Chevrette et moi.

— C'est impossible! je vous ai cherché des yeux de tous côtés.

— Les yeux ne suffisaient peut-être pas.

— Vous étiez donc cachés dans les herbes, comme des scarabées?

— Nous ne sommes pas encore passés à l'état d'insectes, répliqua aigrement Chevrette en se dressant sur ses talons.

— Où étiez-vous donc? dit le duc fort intrigué.

— Là, répartit Moucheron en montrant du doigt les deux tambours sur lesquels Lupon et Goulard étaient assis pour jouer aux dés; on les avait abandonnés parce qu'ils étaient crevés ou troués.

Le connétable ne put s'empêcher de rire.

— Allons! dit-il, vous le voyez, Suzanne, il est quelquefois commode de ne pas tenir trop de place ici-bas.

— Beaucoup plus commode encore que vous ne pensez, monsieur le duc, reprit Moucheron; grâce à cet avantage, généralement peu envié, nous avons pu entendre tout à l'heure la conversation du marquis de Pescaire et de l'archer Goulard.

— Goulard et Pescaire! répéta Bourbon avec l'expression de la plus vive surprise.

— Ah! ils étaient loin de croire ces deux tambours habités!

— Quelle confidence pouvait donc faire l'orgueilleux don Ferdinand d'Avalos à ce misérable soudart?

Moucheron pâlit légèrement et sa voix s'altéra; il se reprochait déjà sa gaieté intempestive.

— Hélas! seigneur duc, répondit-il, le marquis voulait lui donner une mission de confiance pour Pasquale Veneno, le frère de son médecin.

— Pasquale Veneno! s'écria impétueusement le connétable, dont les yeux brillèrent comme des éclairs, l'agent que j'ai chargé...

Il s'arrêta, craignant de trahir son secret, mais le nain ajouta à voix basse:

— Que vous avez chargé de mettre vos bijoux et votre vaisselle en gage chez les juifs et les banquiers lombards en échange des sommes nécessaires à la paye de vos lansquenets.

— Comment sais-tu?... demanda le duc effrayé de voir ce secret découvert.

— Le marquis de Pescaire a dû raconter ces détails à son messager Goulard.

— Et le but de cette mission?

Bourbon était effrayant de pâleur, sa parole était brève et saccadée, il pouvait à peine respirer. Suzanne frissonnait de le voir ainsi vaincu par son émotion, et les nains restaient interdits.

— Mais vous ne comprenez donc pas, pauvres créatures, qu'il s'agit de l'honneur, de la vengeance, de la vie de votre maître! dit le duc d'une voix sifflante. Le but de cette mission?...

— C'est d'empêcher ou de retarder l'arrivée du convoi d'argent de Pasquale Veneno, répondit Moucheron tout tremblant.

— Quoi! Pescaire oserait! s'écria Bourbon. Mais non, c'est impossible, te dis-je. Tu mens, maître fou.

Moucheron regarda le duc d'un air de reproche.

— Demandez à Chevrette si elle n'a pas entendu et compris comme moi, monseigneur?

— C'est l'exacte vérité, monsieur le duc, répliqua la naine en lui faisant une révérence aussi cérémonieuse que si elle eût encore figuré dans les fêtes et les ballets de la cour de Moulins. Et j'ajouterai, pour être encore plus véridique...

— Tu ajouteras? dit Bourbon avec anxiété.

— Que monsieur le marquis de Pescaire est un fort galant gentilhomme, très bon serviteur des dames, car il a juré de récompenser Goulard sur les reliques de son saint patron et sur la vie de sa belle Herminia.

— Assez, sotte créature! fit le connétable. Ainsi donc je retrouverais dans le camp espagnol les mêmes jalousies lâches et mesquines qui me poursuivaient en France!

Il ajouta après un instant de silence:

— Si don Ferdinand réussit dans sa tentative, Georges Fronsberg et ses douze mille lansquenets m'abandonnent, et je serai réduit à servir comme un simple condottiere sous les ordres du marquis.

— C'est bien ce que désire Pescaire, murmura Suzanne.

Bourbon frémissait d'indignation et de colère. Il répétait machinalement et d'une voix sourde:

Cela ne sera pas! non! non! cela ne sera pas!

La jeune fille l'interrompit dans sa rêverie douloureuse:

— Le péril est grand, mon cher seigneur, si vous laissez à l'archer le temps de rejoindre Pasquale Veneno.

Le duc la regarda avec des yeux hagards.

— Je vous en supplie, Charles, ajouta-t-elle tendrement, revenez à vous-même; ne vous montrez pas accablé par ce coup de l'adverse fortune. Luttez de ruse et d'énergie avec votre adversaire. Il faut à tout prix empêcher Goulard d'accomplir sa mission.

— A tout prix! répéta le connétable d'une voix sombre.

— Faites-moi donner un cheval, reprit Suzanne; indiquez-moi la route qu'il faut suivre pour atteindre le convoi de Pasquale, et je vous jure de dépasser l'archer. Vous savez que je suis une véritable amazone.

Moucheron tira la jeune fille par le bras.

— Mais, supposez, dit-il, que vous le puissiez arriver avant lui: comment Pasquale Veneno distinguera-t-il le faux émissaire du véritable!

— Au signe très simple, murmura le duc, qui avait repris son sang-froid de soldat. A une passe signée de mon nom et scellée de mes armes.

— Mauvaise preuve!

— Pourquoi donc?

— Parce que Goulard en a une semblable entre les mains.

— Une passe signée de mon nom?

Le singe bondit aussitôt sur Marforio, et l'enlaça dans ses grands bras velus. (Page 51.)

— Et scellée de vos armes, monseigneur.

— De qui la tient-il ?

— Du marquis de Pescaire.

— Le fin renard... Il a tout prévu et tout osé!

— Oh ! dit Suzanne, il nous faudrait un témoignage irrécusable.

Le connétable saisit la main de la jeune fille :

— Ce témoignage, je l'ai trouvé, et celui-là vaudra mieux que toutes les signatures et tous les sceaux possibles. J'irai moi-même au devant de Pasquale Veneno et de son convoi.

— Vous, mon cher seigneur ! s'écria-t-elle effrayée ; mais ne craignez-vous pas que vos ennemis ne profitent de votre absence. .

— Ils l'ignoreront. Tout le camp me croit endormi dans ma tente. Je ne veux pas y rentrer. Nous allons prendre les premiers chevaux que nous rencontrerons et partir ventre à terre.

— Et moi ? demanda le nain.

Le duc haussa les épaules.

— A quoi pourrais-tu nous servir dans une expédition de ce genre, mon pauvre Moucheron ?

— Qui sait ! Je puis trouver place dans un tambour, et vous venez de reconnaître vous-même que c'était parfois très avantageux.

— Tu as raison, et tu monteras en croupe derrière ton maître.

— Et moi ! s'écria Chevrette avec un geste de pudeur effarouchée, que vais-je devenir toute seulette au milieu de cette soldatesque effrénée ?

Le connétable sourit.

— Glisse-toi jusqu'à ma tente, où tous les lansquenets me croient enfermé, tu pourras y dormir sans craindre les audacieux.

— Attendez-moi un peu, reprit le nain ; je vais rôder dans le camp, où je n'excite aucune défiance, et je vous ramènerai bientôt deux bons chevaux.

Il disparut aussitôt, bondissant à travers les herbes de la plaine avec l'agilité d'un lièvre

— Pourvu qu'il réussisse ! murmura Suzanne.

— Ah ! vous ne connaissez pas mon frère, dit Chevrette avec orgueil. Je parierais qu'il va vous procurer les plus beaux chevaux de l'armée.

— Dieu le veuille ! fit le connétable, car il nous

5

faut des coursiers rapides comme ceux de Diomède
pour regagner l'avance que Goulard aura prise
sur nous. Et si la bataille se livrait sans mes lansquenets, je manquerais l'occasion de tirer de mon
cousin François la plus éclatante vengeance. Oh !
je tiens à prouver à mes ennemis comme à mes
amis que le roi a perdu en moi le premier de ses
capitaines.

Tous trois gardèrent ensuite le silence, dans une
attente inquiète, jusqu'au moment où la naine se
livra à une gambade de joie en s'écriant :

— Qu'avais-je dit, seigneur ? Voyez ! voyez !

En effet, deux chevaux s'avançaient rapidement dans leur direction ; mais, chose
étrange ! ils n'avaient pas de cavaliers, et ce fut en
vain que le prince et Suzanne cherchèrent Moucheron des yeux.

Les deux merveilleux coursiers n'étaient plus
qu'à cinquante pas et Bourbon pouvait admirer
la pureté de leurs formes, la finesse de leurs jambes
et la richesse de leur harnachement.

— C'est mon étoile qui nous les envoie, dit-il
gaiement ; remercions-la de cette bonne aubaine.

— Votre étoile beaucoup et votre nain un peu,
dit tout à coup Moucheron en bondissant sur l'un
de ses chevaux, sous le ventre duquel il s'était
tenu cramponné et invisible jusqu'alors.

Puis, sautant à terre et s'approchant de son
maître :

— Monsieur le duc, savez-vous à qui appartiennent ces superbes bêtes ?

— Me prends-tu pour un devineur d'énigmes ?

— Eh bien ! ce sont les deux chers favoris de
monsieur le marquis de Pescairo, que j'ai détachés
du piquet, deux andalous de race pure, grâce auxquels nous allons dévorer l'espace comme le vent
et dépasser ce scélérat de Goulard.

— Les chevaux du marquis pour déjouer la perfidie de leur maître, dit Bourbon. Le tour est ingénieux, mon mignon.

Puis, s'élançant en selle, il ajouta :

— Les instants sont précieux, partons !

Suzanne Lallier était déjà en selle.

Le duc tendit la main à Moucheron, qui bondit
jusqu'à sa jambe, s'accrocha à son manteau et
tomba en croupe derrière lui avec la légèreté d'un
écureuil.

Puis ils s'éloignèrent au pas d'abord et avec les
plus grandes précautions. Mais dès qu'ils furent
hors de vue, le duc piqua de l'éperon, et les chevaux s'élancèrent d'une course furieuse dans les
sentiers qui serpentaient à travers les rizières.

XI

QUEL USAGE FIT SUZANNE LALLIER
DE SON ÉPÉE ET MOUCHERON DE SA HACHE

Les rizières, éclairées par la lune, s'étendaient
à perte de vue ; c'étaient d'immenses et fertiles
marécages cachés sous la blonde moisson et entre-
coupés d'innombrables rigoles. Les vagues mono-
tones de ces champs de riz ondulaient sous le vent

comme celles d'un grand lac ; mais à deux heures
de marche du camp, le terrain se renflait sensible-
ment, devenait aride et sablonneux, puis se dente-
lait de quelques roches rougeâtres ; déjà l'air se
dégageait de ses miasmes délétères ; puis les roches
formaient de petites collines semblables aux dunes
de sable des bords de la mer et se couvraient
d'arbustes, de hautes herbes, de plantes grimpantes ; plus loin, les arbres grandissaient, les sa-
pins et les mélèzes apparaissaient, des ravins s'ouvraient et servaient de lit à des torrents et à des
ruisseaux blancs d'écume.

Lorsque l'archer Goulard se fut engagé dans
les sentiers qui serpentaient à travers ce chaos de
végétations parasites et bizarres, d'eaux bouillon-
nantes et de bois sombres, il craignit de s'être
égaré. Il ressentait cette horreur secrète qu'ins-
piraient les vieilles forêts sacrées du paganisme.
Tout un monde étrange grouillait autour de lui.
La nuit, en effet, toute la population fourmillante
des rizières se réfugiait dans cette oasis rocheuse :
vipères et couleuvres, lézards et scorpions qui, le
jour, s'ébattaient au soleil. Des écureuils gamba-
daient de branche en branche. Il avait grande
hâte de rencontrer un être humain, fût-ce un
gentilhomme de grande route. Quant à être prévenu de l'approche du convoi par le tintement
des clochettes de mulets, Goulard n'y songeait pas
sachant bien que le seigneur Pasquale Veneno
n'aurait pas l'imprudence d'avertir de son passage
tous les maraudeurs et retrousseurs du pays.

Tout à coup, comme il traversait un sentier
rocailleux et étroit sous l'arche d'un rocher d'où
pleuvait un mince filet d'eau, il vit déboucher en
face de lui un grand muletier qui harcelait tour à
tour de menaces, de jurons et de petits mots d'amitié ses deux bêtes chargées de barils, de sacs et de
paniers.

Goulard s'arrêta et le muletier fit de même.

— Holà ! dit celui-ci, avez-vous l'intention de
me barrer le passage, l'ami ? Vous en seriez le
mauvais marchand.

L'archer se sentit singulièrement rassuré.

— Vous vous trompez, brave homme, répondit-
il ; je suis d'humeur pacifique, mais je crois bien
que c'est à vous que j'ai affaire.

Le muletier brandit son fouet et jeta le large
coutelas qu'il portait à sa ceinture, après avoir
rejeté sur ses épaules le capuchon de laine brune
qui couvrait sa tête.

— Je ne doute pas de vos bonnes intentions,
mon maître, mais je doute qu'il soit l'heure de
traiter d'affaires. Nous ne nous connaissons pas
d'ailleurs, et je dois vous avouer que je suis très
pressé de continuer mon chemin. Ainsi, faites-
nous place.

— Je vous connais fort bien, moi, s'écria Goulard.

— Ah ! bah ! fit le muletier en ricanant. Seriez-
vous mon filleul ou mon parrain ?

— Ni l'un, ni l'autre ; mais je sais d'où vous
venez et où vous allez.

— Ah ! bah ! vous n'êtes pas le roi des sorciers,
l'ami, car ce sentier ne mène qu'aux rizières de
Pavie.

— Je sais quelles sont les marchandises que vous êtes chargé de transporter au camp.

— Ah ! bah ! des vivres ! n'est-ce pas ! Les deux armées ennemies sont aussi affamées l'une que l'autre. Vous ne vous compromettez pas.

— Je sais que vos sacs et vos barils sont bourrés de ducats, de sequins et de monnaies de tous pays.

Le muletier fronça le sourcil et tira son couteau de sa ceinture.

— Ah ! bah ! dit-il ; je vois, homme pacifique et clairvoyant, que nous allons en découdre.

— Non pas ! répliqua Goulard ; je sais aussi que le seigneur qui est le chef de ce convoi d'argent a nom Pasquale Veneno, et c'est à lui que je veux parler.

— Ah ! bah ! fit encore le muletier. Que ne le disiez-vous donc tout de suite ?

Il donna un coup de sifflet prolongé, et après une courte attente, Goulard vit sortir de dessous bois un cavalier de bonne mine.

C'était un gentilhomme d'une trentaine d'années, au visage rubicond et réjoui, front bombé, cheveux bouclés, d'un blond doré, nez aquilin, lèvres rouges, charnues et sensuelles, double menton ; ses yeux, d'un bleu clair, avaient une expression à la fois langoureuse, tendre et souriante. C'était Pasquale Veneno, le contraste vivant de son frère le docteur Marforio ; les passions qui agitaient cette nature épanouie devaient être toutes d'expansion.

— Qui êtes-vous et que me voulez-vous ? demanda-t-il au nouveau venu, qui n'avait pas bougé.

— Qui je suis, seigneur Pasquale ? répondit courtoisement ce dernier, un simple archer ayant nom Goulard, et qui ne vous apprend pas grand' chose. Ce que je demande ? la permission de me rapprocher de vous pour ne pas servir de réservoir au filet d'eau qui tombe de cette roche.

— Avancez, dit Pasquale.

Goulard s'empressa d'obéir.

L'autre reprit :

— Qui donc vous envoie vers moi ?

— Monseigneur le connétable de Bourbon.

Pasquale manifesta une vive surprise.

— Et à quel propos ?

— Il vous donne l'ordre, dit tranquillement l'archer, de retourner immédiatement sur vos pas, au lieu de vous rendre au camp impérial.

Pasquale fit un haut-le-corps.

— Est-ce possible ? Mais non, je rêve tout éveillé.

— Vous ne rêvez pas plus que moi. Telle est la volonté du duc.

— Quoi ! reprit Pasquale, il a engagé sa vaisselle et ses bijoux pour payer sans retard la solde des lansquenets de Georges Fronsberg, il me recommande la plus grande diligence, j'arrive au jour et à l'heure convenus, après mille efforts et mille obstacles surmontés, et maintenant il m'ordonne de rebrousser chemin ! Quelle peut être la raison de cette étrange résolution ?

— Il y en a deux.

— Lesquelles ?

— La première, c'est que la bataille est retardée.

— L'argent n'en est pas moins nécessaire.

— La seconde, c'est que monsieur le duc de Bourbon a su par ses éclaireurs...

— Dites par ses espions !

— Oh ! je ne chicane pas sur les mots ; il a su par ses espions que les Français avaient eu vent du riche convoi que vous lui amenez...

— Ah ! diable ! fit le gros Pasquale.

— Et qu'une bande de maraudeurs devait être lancée cette nuit à votre découverte.

— A la bonne heure, je comprends.

— Les Français, après avoir inutilement battu ces bois, resteront convaincus que le convoi a pris une autre route ; demain, monsieur le connétable enverra une escorte au devant de vous, et tout danger sera conjuré.

— Ceci me paraît clair, maître Goulard, et vous raisonnez comme un ange.

L'archer s'inclina modestement.

— Allons ! cria Pasquale Veneno aux muletiers, laissez un moment reposer vos bêtes, et puis nous reprendrons le chemin que nous venons de suivre.

Déjà, ils s'enveloppaient dans leurs grossières capes brunes et s'étendaient sur le roc pour y dormir, quand un galop de cheval retentit de nouveau dans le bois et fit relever brusquement les têtes.

Le bruit venait de loin, mais le fer du cheval, frappant sur un sentier rocailleux et étant répercuté d'échos en échos par une nuit silencieuse, il s'entendait aussi distinctement que si la distance n'eût été que de cinquante pas.

— Voici du nouveau, dit Pasquale.

— Ce sont sans doute les maraudeurs français, répliqua Goulard, qui écoutait avec tous les signes d'une violente anxiété. Si vous vouliez m'en croire, mon bon seigneur, vous repartiriez sans tarder d'une minute.

Pasquale sourit bénignement.

— Y pensez-vous, mon brave archer ? Prêtez un peu l'oreille, et vous reconnaîtrez que nous n'avons affaire qu'à un seul cavalier.

Goulard l'avait parfaitement deviné ; mais dans la situation critique où il se trouvait, tout incident devenait pour lui un sujet d'inquiétude.

Cependant, plus le galop se rapprochait, plus ses craintes se dissipaient ; son esprit, calmé par la réflexion, lui démontrait l'impossibilité du danger qui lui était vaguement apparu d'abord.

En effet, que pouvait-il craindre ? Le coup hardi qu'il tentait n'était connu que du marquis de Pescaire. Quel motif eût pu contraindre ce dernier à renoncer à une entreprise dont le succès entraînait la chute de son redoutable rival ?

En supposant même qu'une cause imprévue l'eût fait changer d'avis, son propre intérêt le forçait à sauver un complice dont les révélations lui seraient funestes.

Goulard en était là de ses rassurantes réflexions, lorsqu'il devint pâle comme un mort en voyant le cavalier mystérieux arriver comme un ouragan et

s'arrêter court en face des muletiers étendus péle-
mêle sur le roc.

Il avait reconnu Suzanne Lallier, dont le visage
décomposé trahissait à la fois la fatigue d'une
course furieuse et le ravage d'une désolation profonde.

Elle posa un instant la main sur son front, comme
pour rappeler ses pensées ; puis, promenant autour d'elle des yeux brillants du feu de la fièvre,
elle murmura d'une voix éteinte :

— Le seigneur Pasquale Veneno est-il parmi
vous, compagnons?

Le gros homme tressaillit en entendant cette
voix si douce et en regardant ce mignon visage ;
il se sentit attiré vers le nouveau venu par une
sympathie singulière, et s'avançant, le front découvert, il lui dit :

— Puisque c'est moi que vous cherchez, mon
jeune cavalier, je suis à vos ordres.

Suzanne, brisée, haletante, contemplait avec
une attention curieuse son interlocuteur; elle fut
séduite par l'expression de bonhomie qui épanouissait sa large face et conçut l'espoir de réussir
dans son projet.

— Avant toute explication, reprit le benin Pasquale, dont les yeux ne pouvaient se détacher des
beaux yeux de la jeune fille, descendez de cheval
et venez vider avec nous une fiole de monteflascone. Vous avez fourni une course trop rude pour
un si mignon gentilhomme qui en est sans doute à
sa première campagne.

— Merci ! seigneur Pasquale, dit Suzanne sans
bouger.

Et levant les yeux au ciel, elle ajouta :

— Dieu soit loué ! je suis arrivée à temps.

Le frère de Marforio parut piqué de s'être con-
fondu inutilement en courtoisies, et dit sèchement :

— Pourquoi donc, mon gentilhomme, étiez-vous
en quête du pauvre Pasquale Veneno ?

— Par ordre de monsieur le connétable de Bourbon, répondit-elle d'une voix ferme.

Pasquale laissa tomber ses gros bras le long de
son corps.

— Et de deux ! fit-il stupéfait. Ah ! le duc me
donne de la besogne cette nuit.

— Vous avez dans les mains l'honneur et le salut
de ce grand capitaine, monsieur, dit gravement
Suzanne.

— Qu'ordonne-t-il à son serviteur, mon joli
cavalier? demanda Pasquale avec humilité.

— Il vous conjure de hâter la marche du convoi que vous avez mission de conduire à son camp.

Pasquale partit d'un formidable éclat de rire :

— Quoi ! c'est de la part de monsieur le connétable que vous m'apportez cet ordre, mon gentilhomme ?

— En doutez-vous ? s'écria Suzanne.

Pasquale la regarda fixement et s'aperçut qu'elle
se troublait, malgré ses efforts pour rester impassible. Le cœur de la pauvre fille se serrait en pres-
sentant l'obstacle contre lequel son énergie pouvait
se briser.

Elle était d'autant plus émue que la figure de
l'agent du duc avait changé d'expression avec une
mobilité sinistre. Ce gros homme si bénin n'était
plus reconnaissable, ses joues s'étaient violacées,
ses yeux se tigraient d'étincelles fauves comme
ceux des chats irrités, sa bouche se carminait
d'une teinte sanglante, ses cheveux ardents se hérissaient. Cette face débonnaire était devenue terrible.

Ce fut d'une voix sèche et dure qu'il reprit :

— Le duc m'a fait remettre à l'instant un ordre
exactement contraire ; il me paraît donc bien difficile que l'un des deux messagers ne soit pas un
fourbe et un traître.

Un pâle sourire effleura les lèvres de Suzanne,
qui répondit en jetant autour d'elle un regard inquiet :

— Vous avez raison, seigneur Pasquale, il y a
ici un traître ! Ce misérable que les ennemis du
connétable ont envoyé vers vous, se nomme Goulard ; c'est un archer français enlevé par surprise
au camp de François Ier, et je saurai bien le contraindre à avouer...

— Holà ! tout beau ! mon jeune coq, interrompit
Goulard, qui s'était caché parmi les muletiers et
qui se montra tout à coup ; je n'ai pas envie de
vous servir de jouet. Oui, il y a un traître, et je
me charge de le faire connaître à ce digne seigneur
et à tous ces braves gens.

Suzanne se dit :

— Je suis perdue, mais Charles compte sur moi,
et j'irai jusqu'au bout.

Cependant Pasquale Veneno s'était avancé brusquement entre elle et l'archer.

— Un instant, dit-il, moi aussi j'ai un ordre
à donner. Vous vous expliquerez ensuite, mes
agneaux.

Il se tourna vers la troupe et cria :

— Pompeo !

Le muletier qui avait parlé le premier à Goulard se leva ; c'était un gaillard aux larges épaules,
au cou de taureau, au front bas et aux cheveux
crépus.

— As-tu ton paquet de cordes? demanda Pasquale.

— Il ne me quitte jamais, dit Pompeo.

— Attache une corde à cette pointe de roc qui
semble s'avancer tout exprès au-dessus du ravin
pour nous rendre service, et tiens-toi prêt.

C'est l'affaire d'un instant, seigneur Pasquale,
et j'ose dire que celui qui aura la chance de m'être
confié n'aura qu'à se féliciter d'avoir passé par mes
mains.

Quand Pompeo se fut éloigné, l'agent du duc
s'adressa d'un ton doux à Suzanne et à Goulard :

— C'est trop de deux messagers à la fois, mes
enfants, vous en conviendrez. J'ai beau ne pas
manquer d'intelligence, je ne saurais choisir
entre vous sans un jugement en règle. Vous avez
entendu Pompeo, et vous savez que l'un de vous
doit se balancer tout à l'heure au bout de corde
que cet honnête muletier va suspendre à la pointe
du roc. Plaidez-donc chacun votre cause, car je
suis ami de la justice. Une fois le traître reconnu
et convaincu, je m'engage à l'expédier aussi promp-

tement que possible. Je sais que l'attente est la plus cruelle des tortures, et je n'aime pas à faire souffrir mes semblables...

L'archer avait pâli et était resté un moment interdit à cette terrible déclaration de Pasquale, quoiqu'elle fût faite de la façon la plus cordiale.

Ce dernier poursuivit :

— Je suis si peu porté aux moyens violents, que je vous offre encore une concession. Il m'importe surtout de connaître la vérité, de ne pas manquer de parole à monsieur le connétable et de ne pas m'exposer à voir ce riche convoi pillé par les Français. Je consens donc à faire grâce au coupable s'il avoue sa faute à l'instant même. Consultez-vous l'un et l'autre. Le traître a deux minutes pour sauver sa tête ; deux minutes, pas davantage. Je sais que je suis trop bon.

Et Pasquale se frotta les mains en souriant. Goulard ressentit une forte hésitation. Il regardait Pompeo attacher la corde à la roche et préparer son nœud coulant ; il éprouvait une sorte d'éblouissement, sa gorge se serrait, sa langue était sèche. En une seconde, tous les exploits criminels de sa vie repassèrent dans sa pensée, et il se demanda s'il retrouverait son camarade Faucheux dans le purgatoire, où son âme était certainement attendue.

Suzanne restait calme et résolue ; elle n'avait peur de la mort que parce qu'elle ne reverrait plus Charles de Bourbon, mais elle mourrait pour lui. Elle répondit donc avec sérénité :

— Soyez donc impitoyable envers le traître, Pasquale Veneno : c'est la seule grâce que je requière de vous.

— Et toi, maître Goulard ? demanda le gros homme.

— Je réclame la même sévérité et je me fais une véritable joie d'assister au supplice du faux messager, répliqua l'archer subitement rassuré au souvenir des preuves qui lui serviraient à perdre son adversaire et à se sauver lui-même.

— Bien, dit Pasquale. Je suis enchanté d'avoir affaire à des gens si consciencieux, quoique ce soit fort embarrassant pour moi. Voyons, quel témoignage chacun de vous prétend-il invoquer pour me prouver qu'il est le véritable messager de monsieur le duc de Bourbon.

— Oh ! rien de plus simple, cher seigneur, repartit Goulard d'un air dégagé ; le duc est un homme d'esprit et de sens. Comment vous aurait-il envoyé un émissaire tout à fait inconnu de vous, sans lui remettre un écriteau, un cachet, un objet quelconque attestant que cet émissaire jouit de toute sa confiance et qu'il est bien réellement porteur de ses ordres ?

— Sot que je suis ! s'écria Pasquale. Comment n'avais-je pas songé moi-même à te demander tes lettres de créance... Car enfin tu es un ambassadeur nocturne, mais tu es un ambassadeur.

L'archer se tourna vers Suzanne Lallier de la façon la plus civile, et lui dit d'un air béat :

— Voyons, mon gentil damoiseau, montrez à notre excellent juge le message que vous a confié monsieur le duc.

Le visage de la jeune fille s'empourpra aussitôt, car elle comprenait combien la ruse de Goulard était dangereuse pour elle ; cependant elle répondit d'une voix éteinte :

— Un message ? mais je n'en ai pas.

Un murmure général accueillit cet aveu, dont le fourbe s'empressa de tirer parti, surtout quand il s'aperçut que Pasquale paraissait désagréablement surpris de son triomphe :

— Vous l'avez entendu, mes amis, s'écria-t-il, en s'adressant aux muletiers et en lançant à Pompeo un coup d'œil affectueux, — ce joli messager n'a pas de message. Donc ce n'est pas un message. Suis-je logique ? Et remarquez qu'il s'agit du salut d'un convoi d'argent auquel est attachée la destinée de mon glorieux maître.

Suzanne Lallier frémissait d'indignation en entendant ce fourbe audacieux.

— Vil menteur ! interrompit-elle les yeux étincelants, qu'avais-je besoin d'un message ?

— Pourquoi donc vous croirait-on sur parole ? demanda Goulard avec un rire ironique ; parce que vous êtes mignon comme une demoiselle ?

— Pourquoi ? dit-elle avec force, parce que j'accourais dans ces bois en compagnie de Charles de Bourbon, dont le cheval s'est abattu à moitié route.

Pasquale Veneno et les muletiers, émus de l'expression de sincérité et de douleur qui éclatait sur le visage de Suzanne, se rapprochèrent. Ils allaient croire en sa parole.

Goulard hocha la tête et répliqua d'un ton incrédule :

— Voilà un incident venu bien à propos ! Et le duc est sans doute resté sur la place sans pouvoir se relever ?

— Sa tête a porté sur une pierre et j'ai vu couler son sang ! dit Suzanne d'une voix altérée, tandis que ses larmes ruisselaient sur ses joues.

— Le duc blessé ! s'écria Pasquale convaincu de la véracité du gentil cavalier, qui lui inspirait une sympathie croissante.

Mais l'archer, de plus en plus railleur, répliqua :

— Et vous, mon damoiseau, vous avez tranquillement continué votre route sans vous inquiéter davantage de votre maître blessé. Et quel maître ! le grand connétable de Bourbon.

Puis saisissant le bras de Pasquale Veneno :

— Vraiment ! ajouta-t-il, votre conduite me fait pitié ! Voilà bien la fable la plus folle, la plus impudente, la plus invraisemblable qu'on ait jamais contée à de débonnaires auditeurs. Il est seulement fâcheux, n'est-ce pas, Pompeo, que le jouvenceau ne puisse appuyer sa touchante histoire de quelque petite preuve, si faible, si légère soit-elle. As-tu bien serré ton nœud coulant, Pompeo ?

La faconde insolente de Goulard l'emporta encore une fois. Pasquale et ses muletiers eurent honte de leur émotion et se sentirent humiliés de l'air narquois de l'archer ; un sourd murmure révéla à Suzanne que son perfide ennemi obtenait un plein succès et qu'elle était déjà condamnée dans la pensée de ses juges.

Alors, désespérée, et pensant, non à son danger,

mais aux conséquences de la retraite du convoi, elle sauta de son cheval à terre et s'avança bravement vers ces hommes dont les rudes figures exprimaient la menace et la colère :

— Des preuves ! s'écria-t-elle avec une sorte de rire farouche, vous demandez des preuves ! mais ne les voyez-vous pas gravées sur mon visage bouleversé par l'angoisse ? Ces larmes que je ne puis retenir ne vous disent-elles rien ? Mes mains qui tremblent, mon cœur qui bat à rompre ma poitrine, ma pensée qui s'égare, tout cela, est-ce une comédie, est-ce un jeu ? Ah ! braves gens, vous avez une mère, une femme, des enfants ! il y a des êtres que vous aimez sur terre, dont la douleur est une douleur pour vous ! Au nom de ceux que vous aimez, croyez-moi ! Ce misérable me reproche d'avoir abandonné mon maître. Ah ! j'aurais voulu mourir à ses pieds comme un chien fidèle s'il ne m'eût supplié de songer avant tout à déjouer le complot ourdi contre son honneur. Il a repoussé mes soins, il m'a chassée, il m'a ordonné d'accourir vers Pasquale Veneno pour sauver l'argent destiné à ses lansquenets. Il préfère la gloire à sa vie. L'en punirez-vous ?

Quelques muletiers étaient attendris par ces accents douloureux, Pasquale regardait Suzanne avec extase sans se rendre compte de l'étrange prestige qui l'attirait vers elle.

Suzanne se tourna tout à coup vers Goulard et du doigt lui toucha l'épaule :

— Des preuves ! reprit-elle ; mais regardez donc le visage flétri de cet homme et le mien ; voyez ce masque de bassesses, de ruse et de cupidité ; dites-moi si la franchise et la loyauté ne brillent pas dans mes yeux et si je les baisse hypocritement devant vous. Ah ! si Dieu ne vous a pas frappés d'aveuglement et de vertige, vous reconnaîtrez sans hésiter lequel de ces deux visages cache l'âme d'un traître.

Cette sortie inattendue et la conviction généreuse qui animait les paroles du jeune messager opérèrent un revirement dans l'esprit des muletiers, leurs physionomies s'adoucirent et plusieurs vinrent lui serrer la main en disant :

— Nous sauverons le duc et ses sacs d'argent.

Goulard commença à ressentir une véhémente inquiétude, d'autant plus qu'il remarqua que le seigneur Pasquale Veneno tournait déjà de son côté des regards d'assez mauvais augure.

Le ton dont celui-ci lui adressa tout à coup la parole ne lui laissa bientôt plus de doute sur ce point capital.

— Ah ! ça, toi qui parles si haut, arrogant archer, dit Pasquale, si je te demandais compte à mon tour du message qu'a dû te remettre pour moi monsieur le duc de Bourbon.

Goulard, à cette heureuse question, respira et releva fièrement la tête.

— Je le tirerais de ma poche et je vous le confierais.

Il prit dans la poche de son haut-de-chausses la passe du marquis et la tendit à son juge qui l'examina avec un air de désappointement et de perplexité visible.

— Qu'en dites-vous ? reprit l'archer, n'est-ce pas là une preuve plus claire et plus convaincante que l'expression toujours trompeuse d'une charmante figure éplorée ?

Pasquale Veneno soupira et son front se couvrit de sueur.

— Il est certain que nous ne pouvons guère hésiter entre celui qui nous montre un témoignage palpable de sa mission et celui qui s'en tient à de vagues protestations.

— Ainsi vous me condamnez, dit Suzanne éperdue, et mon maître attendra vainement son convoi d'argent ?

— Nous obéissons à l'ordre de monsieur le connétable. Certes, si maître Goulard n'eût pas apporté cette passe, vous nous auriez inspiré plus de confiance que lui : mais le duc l'a signée et scellée de ses armes.

— Elle est fausse, vous dis-je, elle a été fabriquée par ses plus cruels ennemis, et cet archer de malheur est leur instrument. Vous aimez Bourbon et vous allez causer sa perte comme si vous brisiez son épée dans sa main.

— Toujours des paroles ! fit Goulard avec calme.

Suzanne sentait sa raison s'égarer ; l'angoisse secouait son corps frêle comme une branche sèche ; elle souhaitait que la foudre tombât sur ces hommes incrédules et paralysât leurs membres ; elle invoquait Dieu comme font les enfants aux heures d'effroi ; elle se jeta aux pieds de Pasquale Veneno, et saisissant sa main avec un geste d'égarement :

— Écoutez ! s'écria-t-elle, je vous ai dit que mon maître était étendu sanglant à l'entrée des bois. Laissez-moi retourner vers lui avec votre muletier Pompeo ; cet homme le verra, il l'entendra, il vous dira si j'ai menti.

Pasquale, irrésolu, regarda Goulard, que cette proposition effraya, mais qui se contenta de dire d'un ton insouciant :

— Excellente idée pour donner aux maraudeurs français le loisir de vous surprendre et d'enlever le convoi que le duc a cru sauver en m'envoyant vers vous.

Puis, se frappant le front comme illuminé d'une pensée subite :

— Quelle joie pour le marquis de Pescaire, dont ce gentil cavalier est sans doute l'âme damnée, et qui pourra plus facilement pousser à la révolte les bandes du rival dont la renommée lui porte ombrage !

— Quoi ! s'écria le frère de Marforio, frappé du danger auquel il s'exposait en cédant aux supplications du jeune gentilhomme, vous croyez que le grand marquis...

— Est jaloux de monsieur le connétable ; même c'est la fable du camp. Toute l'armée proclame d'avance notre maître comme le héros de la prochaine bataille. Aussi don Ferdinand exaspéré voudrait-il le voir réduit à son épée, sans argent et sans lansquenets, afin d'avoir tout l'honneur. Ne vous laissez donc pas prendre aux ruses de son émissaire. Ils riraient bien tous deux à vos dépens.

Suzanne resta confondue de tant d'hypocrisie et d'impudence.

— Le lâche, murmura-t-elle, il me donne son rôle. C'est lui qui est payé par le marquis de Pescaire.

— Soit ! dit l'archer en goguenardant, mais j'ai une passe du duc de Bourbon, et vous n'en avez pas, vous, le messager loyal et sincère.

Suzanne se débattait toujours en vain contre cet argument décisif qui agissait comme une formule magique sur l'esprit de Pasquale et de ses rudes muletiers; mais Goulard ne s'en contenta pas, et sa nature rusée lui suggéra une inspiration infernale.

— Un dernier mot, dit-il à Pasquale; je demande que vous nous fassiez fouiller tous deux. Qui sait si Pompeo ne trouvera pas dans nos vêtements quelque lettre de notre véritable maître, une bague, une arme, un bijou à son chiffre.

— L'archer a raison, murmura le gros homme; c'est peut-être le meilleur moyen de connaître la vérité.

Et faisant un signe à Pompeo et à un de ses camarades :

— Fouillez les deux messagers, ajouta-t-il.

A cet ordre, Suzanne resta comme foudroyée, incapable de pousser un cri ou de faire un geste.

— Oh ! moi, fit Goulard, je n'ai besoin du secours de personne.

Et il ôta philosophiquement son pourpoint.

— Allons, mon gentilhomme, hâtez-vous d'imiter ce hardi garçon, dit Pasquale à Suzanne, qui se demandait si elle ne subissait pas la torture d'un effroyable rêve.

Elle vit Pompeo s'approcher pour la fouiller. Alors elle bondit en arrière, toute frissonnante d'horreur, et s'écria :

— Non! non jamais! La corde, soit! mais pas cette honte.

Cette crainte inexplicable convainquit Pasquale et les muletiers de la culpabilité du jeune chevalier.

— Pourquoi cette résistance ? demanda sévèrement l'agent du duc.

Un instant elle fut sur le point d'avouer la cause de son refus, mais l'aspect de tous ces visages ardents et énergiques lui fit comprendre le danger d'une révélation si inattendue. Elle garda donc le silence, et ce fut Goulard qui répondit au juge :

— Pourquoi cette résistance? Faut-il donc être sorcier pour deviner que Pompeo trouverait bientôt la preuve de son mensonge?

— Je n'ai pas menti, je le jure par la mémoire de ma mère ! dit-elle.

Pasquale sourit dédaigneusement.

— Vous vous défendez mal, mon gentilhomme; mais puisque vous ne voulez pas m'obéir de bonne volonté, vous m'obéirez de force. Pompeo, emparez-vous de ce mignon et arrachez-lui ses vêtements.

Le muletier porta la main sur elle, Suzanne, voyant que ni les larmes, ni prières, ni supplications ne pouvaient la soustraire à ce contact odieux, recouvra tout à coup son sang-froid et

son énergie, et conçut une résolution suprême. Elle repoussa doucement le muletier, et s'adressant à Pasquale :

— Qu'on me laisse libre, dit-elle. Je me soumets.

Elle s'éloigna de quelques pas afin de se rapprocher de la roche que Pompeo avait transformée en potence, et elle commença par déboucler le ceinturon auquel était suspendue l'épée courte et fine qui ne la quittait jamais.

Goulard, surpris, se demandait avec une vague de détermination, lorsqu'il la vit rapidement tirer son épée du fourreau, en appuyer le pommeau contre le rocher et se pencher brusquement contre la pointe, de façon à la faire pénétrer dans la poitrine.

Cédant à un mouvement instinctif, il jeta un cri et s'élança vers Suzanne pour l'arrêter ; mais déjà une main robuste l'avait saisie par la taille, lui avait arraché son épée, et l'avait jetée à vingt pas.

C'était la main de Pasquale Veneno.

Étonné de la soudaine résignation du gentil messager, dont le doux visage le charmait, il avait épié ses mouvements et s'était rapproché assez à temps pour s'opposer à l'exécution de son funeste projet.

— Êtes-vous fou, mon cavalier? s'écria-t-il.

— Oui, seigneur Pasquale, dit tristement Suzanne, si c'est folie de tenir plus à l'honneur qu'à la vie.

— Mais pourquoi cet entêtement déraisonnable ? Je ne puis cependant renoncer à faire mon devoir par faiblesse pour vous.

— Je n'ai plus qu'une grâce à vous demander.

— Laquelle ?

— C'est de commencer par me faire pendre à cette corde et de ne fouiller mes vêtements qu'après ma mort.

— Voilà une étrange fantaisie ! dit Pasquale stupéfait.

— Et quand vous aurez appris la cause de la résistance que j'ai opposée jusqu'au dernier moment à votre volonté, quand vous serez convaincu que je vous ai dit la vérité, alors, je vous en supplie, hâtez vous de courir au secours du connétable. Me le promettez-vous, mon maître ?

Eh ! sans doute, je vous le promets, répondit le gros homme, avec une émotion qu'il dissimula de son mieux sous un air bourru ; mais il faut vraiment que vous logiez une légion de diables dans votre cervelle pour pousser l'obstination à ce point. Se laisser pendre plutôt que de se laisser fouiller. Enfin, c'est votre résolution bien arrêtée, n'est-ce pas ?

— J'ai dit, Pasquale Veneno ; mais sauvez le convoi ! sauvez le convoi !

— Allons ! murmura l'agent, c'est impossible, je ne veux pas faire pendre un cavalier de cette trempe.

Il ajouta bien bas, en jetant à Goulard un coup d'œil équivoque :

— Tandis que pour celui-ci, ça m'aurait si peu coûté !

Il appela Pompeo et dit à Suzanne :

— Que votre vœu s'accomplisse, mon pauvre garçon !

Le muletier accourut à l'ordre. Pasquale s'éloigna de quelques pas avec lui et un de ses compagnons qui devait lui servir d'aide. Il leur donna à voix basse quelques instructions.

— Tu comprends, Pompeo ? acheva-t-il ; quelle que soit la répugnance du gentilhomme à cet égard, cela vaut mieux qu'un voyage pour l'éternité. Il sera le premier à nous remercier plus tard de ne pas avoir respecté sa folie.

— En effet, répliqua le robuste muletier ; il serait fâcheux de pendre un gaillard si courageux. D'ailleurs, c'est à l'autre que je rêvais en faisant mon nœud coulant. Je me réjouissais de cette petite cérémonie, et cet absurde changement renverse toutes mes idées.

— Finissons-en, dit Pasquale.

Pompeo s'approcha du jeune messager et s'inclina gauchement.

— Mon gentilhomme, n'avez-vous rien à dire au bon Dieu, avant...

— Ma prière est faite, interrompit Suzanne avec calme. Je suis prêt.

— Venez donc !

Et il lui posa sa large main sur l'épaule. Ils firent quelques pas vers la roche à laquelle pendait la corde fatale.

Puis Pompeo ayant adressé à son aide un signe d'intelligence, tous deux saisirent avec une brusque violence la pauvre Suzanne, et tandis que le premier la maintenait, l'autre lui arrachait son pourpoint de cavalier.

Suzanne, ainsi surprise, voulait se débattre et crier, mais une ample ceinture de laine étouffa sa voix en guise de bâillon, et elle ne put opposer la moindre résistance à la main de fer qui la contenait.

— Tenez ! dit Pompeo à Pasquale en lui jetant le pourpoint dont il avait dépouillé son patient, fouillez d'abord ceci.

Puis il se mit en devoir de continuer sa besogne ; mais tout à coup il s'arrêta, jeta un cri, recula de quelques pas, et, montrant du doigt Suzanne avec une expression d'ébahissement :

— Ah ! Jésus Maria ! fit-il d'une voix étranglée, quel miracle ! Est-ce possible ? Par tous les saints, qui l'aurait cru ?

— Un miracle ! dit Pasquale. Ah çà, tout le monde perd donc la tête, cette nuit, même Pompeo !

— Voyez ! voyez vous-même ! répétait le muletier ébahi, et la main toujours étendue vers le faux gentilhomme.

Pasquale Veneno n'eut pas plutôt regardé Suzanne, qu'il jeta à son tour un cri de surprise.

— Une femme ! murmura-t-il.

— Une femme ! dirent les muletiers.

Ce mot circula de bouche en bouche avec des intonations qui eussent fait frissonner la pauvre jeune fille, si elle eût été en état de les entendre.

Mais tout entière à la honte qu'elle subissait, elle ne songeait qu'à se dégager de l'étreinte du muletier, dont les bras nerveux la retenaient,

tandis que ses épaules et sa poitrine resplendissaient de blancheur à travers les déchirures de sa gorgerette de toile bise. Elle y réussit enfin, et alors, éperdue, affolée de honte et de désespoir, elle s'élança pour fuir comme la biche blessée et poursuivie par la meute. Mais en vain elle cherchait une issue ; le cercle des muletiers s'était resserré autour d'elle, leurs yeux ardents la menaçaient, leurs mains cherchaient à la saisir ainsi qu'une proie dévouée à leur brutale convoitise. Tout à coup une voix impérieuse s'écria :

— Que nul ne touche à cette femme, elle m'appartient.

Et Pasquale Veneno, s'avançant vers la pauvre fille, lui dit du ton le plus doux et le plus tendre :

— N'ayez pas peur de mes compagnons, ma mignonne. Je vous prends sous ma protection, et ils n'oseront pas braver mon autorité. Mais, en revanche, vous m'aimerez un peu, n'est-ce pas ? Une jolie fille comme vous ne saurait être ingrate envers son défenseur.

Suzanne, immobile, le regardait avec une secrète horreur. Le bénin personnage, avec sa grosse face rubiconde, l'effrayait bien plus que les muletiers, qui se livraient aveuglément à leur brutalité sinistre : sa voix mielleuse semblait emprunter ses modulations aux sifflements d'un reptile. Elle se sentait comme engourdie par une torpeur instinctive, fascinée par le regard alangui et terne, quoique souriant, du frère de Marforio.

— Ah ! continua-t-il doucement, tandis que ses muletiers grondaient à distance comme des dogues irrités, je comprends pourquoi vous ne vouliez pas vous laisser fouiller. Vous êtes une chaste et vertueuse fille, et vous me saurez gré, j'en suis sûr, de veiller sur vous... comme un frère...

En même temps, il se pencha vers Suzanne, toujours immobile et muette, puis il effleura son épaule d'un baiser.

Goulard souriait méchamment en caressant le manche de la hache espagnole qu'il avait détachée de son ceinturon ; mais tout à coup il ouvrit de grands yeux, étendit les bras comme pour conjurer un fantôme, et laissa tomber son arme pour s'enfuir plus vite vers le troupeau de mulets.

Pendant tout ce tumulte, un homme dont le visage était rouge de sang venait d'apparaître dans le sentier et de s'avancer péniblement vers Pasquale et Suzanne, suivi d'un nain qui conduisait son cheval par la bride.

C'étaient le connétable et Moucheron.

— A genoux, bandit ! et demande pardon à celle que tu viens d'insulter ! s'écria le duc d'une voix terrible.

Et du pommeau de son épée il renversa à terre le misérable Pasquale ; puis il saisit Suzanne dans ses bras, dit au nain :

— Veille sur elle !

Et promena autour de lui un regard de lion.

Moucheron ramassa prudemment la hache que Goulard avait laissé tomber.

Tout ceci s'était passé avec la rapidité de l'éclair.

Mais revenus de la stupeur qui les avait un ins-

Tu triches, Goulard! Et Léonarde avec son poignard lui cloua la main sur l'escabeau. (Page 61.)

tant paralysés, les muletiers sentirent la colère gronder en eux, et le duc vit se resserrer le cercle qui s'était formé autour de lui.

— Ce spadassin a tué le seigneur Pasquale, qu'il meure à son tour! cria Pompeo en tirant son large coutelas.

Vingt lames brillèrent aussitôt hors des fourreaux.

Bourbon sourit dédaigneusement et baissa la pointe de son épée.

Les muletiers s'arrêtèrent étonnés.

Pompeo reprit après un moment d'hésitation :

— Gentilhomme d'aventure, n'as-tu donc de courage que pour frapper un homme à l'improviste? Allons! défends ta vie, car nous ne sommes pas des bravi et des assassins.

Le duc haussa les épaules ; puis il lança son épée et sa dague par-dessus les têtes de ses ennemis, qui, d'après sa robuste apparence et son air intrépide, s'étaient attendus à une lutte acharnée.

— Avez-vous donc espéré, leur dit-il froidement, que je vous ferais l'honneur, vaillants mu-letiers, de croiser mon épée contre vos couteaux?

Il restait aussi calme devant cette troupe furieuse que s'il eût été au milieu de son camp.

Pompeo cria bien :

— A mort! à mort! vengeons le seigneur Pasquale.

Mais il n'osa faire un pas ; cette sérénité imposante le troublait.

Seulement il étendit la main vers Suzanne, qui, grâce aux soins du nain, commençait à reprendre ses sens, et il dit d'une voix sourde :

— Cette femme nous a trompés! cette femme nous appartient et votre protection ne la sauvera pas.

— Eh! compagnons, dit le nain, prenez garde, votre accusation porte à faux. Si le gentilhomme que vous menacez, vingt contre un, ne cachait pas son visage sous un masque de sang, vous auriez déjà reconnu monsieur le duc de Bourbon !

— Bourbon! répéta Pompeo effaré.

— Bourbon! répétèrent tous les muletiers ; ils

jetèrent aussitôt leurs coutelas, tombèrent à genoux et demandèrent grâce.

— Assez ! dit le duc ; au lieu de m'adorer comme un saint de pierre dans sa niche, allez relever votre maître, le seigneur Pasquale. Il n'est qu'évanoui, car il a eu plus de peur que de mal. Je me suis contenté de le toucher du pommeau de mon épée pour lui apprendre à respecter la pudeur des jeunes filles.

Les muletiers s'empressèrent d'obéir, et le gros homme, ayant été placé sous le filet d'eau limpide et glaciale qui coulait de la voûte, fut bientôt remis sur pied. Il s'approcha d'un air piteux du connétable, comme un chien en faute qui craint d'être battu par son maître.

— Si tu veux que je te pardonne, Pasquale, dit sèchement le duc de Bourbon, fais en sorte que le convoi arrive au camp avant le jour.

Les muletiers coururent à leurs bêtes, qui étaient restées en arrière, mais ils furent surpris de l'agitation singulière qui se manifestait parmi elles.

— On les dirait piquées de la tarentule, s'écria Pompéo avec inquiétude.

— Pauvre de moi ! fit Pasquale à son tour ; elles se ruent, se cabrent et se dispersent comme si quelque démon invisible leur éperonnait les flancs.

Ses compagnons voulurent se rendre compte de cet étrange incident, mais il était déjà trop tard.

Après avoir caracolé, bondi et tourné sur eux-mêmes comme saisis de vertige, les mulets s'étaient élancés tout droit devant eux et avaient disparu, dévorant l'espace avec une rapidité surnaturelle.

Le duc de Bourbon restait atterré.

— Décidément, murmura-t-il d'une voix émue, la fortune se déclare contre moi ; j'avais tout à l'heure un trésor, c'est-à-dire une armée, la victoire, la reconnaissance de Charles-Quint, et tout ce rêve vient de s'évanouir comme une fumée.

Il s'appuya contre son cheval, anéanti par cette catastrophe imprévue.

— J'en tiens un, s'écria tout à coup Moucheron, qui s'était mis, lui aussi, à la poursuite des mulets. Nous allons sans doute découvrir la cause de cet accès de folie.

Pasquale et Pompeo accoururent et examinèrent le mulet, qui caracolait et se cabrait toujours.

— Tenez ! voilà le mystère ! dit le nain.

Il leur montra, attaché à la queue du mulet, un petit fagot d'épines dont les dards innombrables, s'enfonçant à chaque mouvement qu'il faisait, avaient dû déterminer cette rage subite.

Les muletiers étaient stupéfaits.

— Chaque bête a son fagot, c'est évident, reprit le nain ; mais qui donc a eu l'idée infernale...

Il s'interrompit brusquement.

— Cornes de Satan ! c'est ce misérable Goulard. Ce nom fut un trait de lumière.

— C'est l'archer ! c'est lui ! répéta Pasquale.

— Et il n'a pas attendu nos remercîments, ajouta Pompeo furieux.

— Mais, reprit le nain, où diable a-t-il pu trouver ces fagots d'épines...

— Hélas ! fit Pompéo, sur une de nos bêtes, car nous en avions fait provision afin d'allumer du feu

si le brouillard des rizières nous eût enveloppés en traversant cette vieille forêt.

— Et maintenant demanda le connétable, qui avait tout entendu, comment rattraper ces maudits mulets et leur cargaison ?

Personne ne répondit.

— Moucheron nous a souvent tirés d'embarras, hasarda timidement Suzanne. S'il pouvait trouver quelque expédient...

— Vous avez raison, ma mie ; je n'ai plus d'espoir qu'en lui.

Et le connétable appela son nain à deux reprises, mais vainement.

Moucheron avait disparu comme l'archer Goulard.

— Il a compris que tout était perdu, et il nous a abandonnés pour retourner auprès de sa sœur. C'est un si bon frère !

— Vous êtes injuste, monsieur le duc, répliqua Suzanne. Si mon fidèle compagnon nous a quittés, c'est pour aller quérir de l'aide.

— Aidons-nous nous-mêmes ! dit brusquement le connétable. Votre avis, seigneur Pasquale ?

— Monseigneur, tous les sentiers suivis par les mulets aboutissent à une sorte d'entonnoir de rochers où bouillonne un torrent profond qu'on traverse sur un vieux pont de bois à moitié rompu. Au delà s'étendent les rizières. Si nos bêtes franchissent le pont, elles arriveront droit au camp des Français, et vos sacs d'argent serviront à la solde de leur armée.

— Qui m'aime me suive ! s'écria le duc désespéré, et prions Dieu de ne pas donner cette joie à mon bon cousin François.

— Malheureusement, l'orage se met de la partie, répliqua Pasquale en montrant le ciel, qui venait de se couvrir de gros nuages noirs, et la folie de nos mulets va redoubler. La lune ne nous éclaire plus. Des torches, mes agneaux, et en marche !

Peu après dix torches agitaient leurs panaches de flammes aux mains des muletiers et toute la troupe s'ébranlait.

— Suzanne, dit le duc d'un ton découragé, je crois vraiment que mon étoile m'abandonne.

— Non, répondit la jeune fille, non, mon cher seigneur ; je ne vois dans ces épreuves qu'un signe de la gloire qui vous est destinée. Dieu n'accorde la paix et le repos qu'aux natures vulgaires ; c'est dans la lutte qu'il retrempe les grandes âmes. Ne doutez pas de votre fortune et elle reviendra vous sourire.

Les éclats de la foudre, répercutés avec un horrible fracas par tous les échos de la forêt, parcouraient sans relâche les quatre points de l'horizon, au grand désespoir de Pasquale Veneno, qui, par une nuit calme, eût facilement entendu le galop des mulets.

En revanche, il tâchait de mettre à profit la clarté éblouissante des éclairs pour découvrir les bêtes fugitives.

Enfin, Pompeo s'écria joyeusement.

— Les voilà !

Elles passaient, en effet, en désordre et comme

un ouragan, dans un chemin creux, au-dessous du sentier que suivait la troupe de leurs conducteurs.

— De ce train-là, avant dix minutes, elles auront traversé le pont de bois, dit Pasquale Veneno.

Ils hâtèrent leur marche, mais ils avaient perdu tout espoir de sauver leur convoi.

Quand ils arrivèrent au bas de la pente, en face de l'étroit entonnoir auquel aboutissaient les sentiers, un éclair illumina le torrent et les rizières à perte de vue.

Le connétable poussa un cri de joie en se dressant sur ses étriers.

— Je ne me trompe pas, dit-il voici les mulets.

— C'est étrange ! fit Pasquale ; ils n'ont pas encore franchi le pont.

— Il faut les cerner, ajouta Pompeo, et les débarrasser des épines qui les rendent fous de douleur.

Tous les muletiers étant arrivés à la file avec leurs torches, le duc assigna à chacun sa place ; puis, sur son ordre, ils s'avancèrent à pas lents vers les pauvres bêtes, pressées l'une contre l'autre au bord du torrent. On entendait s'entrechoquer les barils et les sacs d'argent qui rendaient des sons harmonieusement métalliques.

En ce moment, Pasquale Veneno se frotta les yeux comme s'il doutait de ce qu'il voyait.

— Je comprends, dit-il en riant, pourquoi nos fugitifs n'ont pas traversé le torrent sur le vieux pont.

— Pourquoi donc ? demanda le duc.

— Parce qu'il n'y a plus de vieux pont, monseigneur. Voyez plutôt ?

— Êtes-vous certain, maître Pasquale ? dit Bourbon après s'être assuré d'un coup d'œil que son agent disait vrai, bien certain que cette passerelle existait.

— Il y a trois jours à peine, oui, monseigneur ; un peu vermoulue, branlante sur ses piliers rongés par les vers et l'humidité, calcinée et gercée par le soleil, mais enfin, elle existait.

— Ce n'est pas l'orage qui l'a emportée ; le torrent a grossi, mais il n'a pas débordé.

— Bah ! dit Pompeo, commençons par nous emparer de nos bêtes ; c'est l'essentiel.

Et il s'élança vers le troupeau des fugitifs, lorsqu'il faillit trébucher, et abaissa sa torche sur un corps gisant à terre. Il jeta un cri. Le duc, Suzanne et Pasquale s'approchèrent, et ils restèrent frappés d'horreur et de pitié en reconnaissant l'être difforme étendu pâle, inanimé, sanglant, qui était presque suspendu au-dessus du torrent et dont une des longues mains se cramponnait instinctivement à un pilier rompu du pont de bois.

— Moucheron ! s'écria Suzanne.

Et elle étancha aussitôt avec son mouchoir la plaie ouverte au front du nain.

— Mon pauvre fou ! dit le duc. Qui donc a eu la lâcheté de frapper cette créature inoffensive ?

— Il tient une hache dans sa main droite, monseigneur, fit observer Pasquale ; il aura été forcé de se défendre contre quelque détrousseur de grand chemin.

— Silence ! il revient à lui, dit vivement Suzanne.

En effet, de légères couleurs commençaient à reparaître sur les joues du nain ; il respira faiblement, puis il ouvrit les yeux, mais les referma aussitôt, ébloui par l'éclat des torches.

Pasquale fit signe aux muletiers de se reculer. Moucheron put alors regarder autour de lui ; il reconnut son maître et Suzanne, et un sourire de joie anima ses traits crispés ; puis il entrevit vaguement les porteurs de torches, le torrent qui grondait, les roches grises superposées l'une sur l'autre comme les marches d'un escalier gigantesque.

— Savez-vous bien, mon cher seigneur, murmura-t-il, que je me croirais transporté dans un canton du royaume infernal, si je ne vous voyais auprès de moi.

— Rassure-toi, Moucheron, répondit le duc en lui serrant la main, tu es toujours sur terre et entouré de tes amis.

Le nain soupira et porta une main à son front brûlant et ensanglanté.

— N'importe ! je ne serais pas fâché de savoir pourquoi je suis ainsi étendu sur le dos au lieu d'être planté sur mes pieds. Je sens que je ne puis remuer aucun de mes membres... Que m'est-il donc arrivé ?

— J'allais te le demander, mon pauvre fou, dit Bourbon. Nous venons de te trouver ici, une hache à la main, une plaie au front, la main accrochée au pilier brisé de ce pont de bois qui a disparu comme par magie.

Le nain regarda encore autour de lui avec une surprise croissante, parvint à se redresser péniblement, et regardant son arme.

— Ah ! je me souviens maintenant, dit-il. C'est la hache de Goulard : elle a du moins servi à quelque chose. Non, monseigneur, il n'y a pas de magie là-dedans. L'archer a voulu nous jouer un vilain tour, je lui ai rendu la monnaie de sa pièce. Le convoi est sauvé, n'est-ce pas ? ajouta-t-il avec une expression d'anxiété.

Le duc lui montra le troupeau des fugitifs dont les muletiers venaient de se rendre maîtres et qu'ils avaient délivrés de leurs fagots d'épines.

— Ah ! ah ! reprit Moucheron en ouvrant sa large bouche pour mieux rire, Goulard est rusé, mais je suis aussi fin que lui. Quand on fait la guerre, il est bon d'étudier le pays. C'est ma manie à moi, de rôder çà et là. Dès que j'ai vu les mulets se disperser, furieux, je pensais bien qu'ils finiraient par aboutir à ce vieux pont comme l'eau aboutit au goulot d'un entonnoir. Je savais que ses piliers de bois étaient à moitié pourris et chancelaient déjà ainsi que des lansquenets ivres. Ah ! ce bon Goulard ! J'ai ramassé sa hache et j'avais mon idée en la gardant, le seul moyen d'arrêter dans leur course enragée vos braves bêtes, seigneur Pasquale, et de les empêcher d'emporter traîtreusement les sacs de ducats de mon maître au camp français, c'était de rompre le pont, n'est-ce pas ? Et je n'ai pas perdu du temps en paroles. Dieu m'a aidé, il m'a donné, à moi, chétif, la force nécessaire. Il a suffi de quelques coups de hache, car le bois du pilier était vermoulu, fendillé et lézardé comme la face de votre frère Marforio.

Tous regardaient le nain avec une surprise mêlée d'admiration.

— Et cette blessure ? dit le duc touché de tant de courage et d'abnégation.

— N'y faites pas attention, mon cher maître. C'est un souvenir glorieux dont je serai bientôt guéri. Un éclat de bois m'a fendu le front quand la passerelle est tombée dans le torrent, où elle a bien failli m'entraîner. Ah ! comme maître Goulard va enrager quand il saura...

— Que je te dois ma fortune et mon bonheur, interrompit vivement le connétable. Sans toi, Moucheron, plus de lansquenets, plus de bataille, plus de vengeance ; je devenais la risée de mes ennemis.

— N'exagérez pas mes services, dit le nain confus de cet éloge ; si vous êtes content de moi, veuillez me faire transporter sur votre cheval, car je suis rompu de fatigue et j'ai hâte de retrouver les soins de Chevrette, ma bonne sœur.

Le duc sourit et l'emporta lui-même dans ses bras. Tandis qu'il sautait en selle, Moucheron lui dit à voix basse :

— Regrettez-vous, mon cher maître, de m'avoir permis de vous accompagner, et croirez-vous désormais que les plus grands serviteurs ne sont pas les plus utiles ?

— Je crois, mon mignon, que le proverbe a raison quand il dit : « Les bons élixirs sont dans les petits flacons. »

Pendant ce temps, les mulets, débarrassés des fagots d'épines qui les martyrisaient, étaient devenus calmes. Le duc de Bourbon put donc se diriger avec Suzanne vers le camp des impériaux, tandis que Pasquale Veneno guidait le convoi et que le robuste Pompeo formait l'arrière-garde.

XII

QU'UNE NAINE DOIT TOUJOURS SE MÉFIER DES PROMESSES DE MARIAGE D'UN GÉANT

Le lendemain matin, le soleil lançait ses rayons obliques et faisait resplendir dans un bizarre et merveilleux fouillis les casques, les armes et les costumes si variés des soldats de toutes nations qui formaient le camp des impériaux.

Le duc de Bourbon dormait dans sa tente, harassé des fatigues de la nuit et un peu enfiévré de sa chute.

Les deux nains étaient chargés de veiller à l'entrée, d'éloigner les visiteurs importuns et d'empêcher le tumulte qui pourrait troubler son sommeil.

Moucheron, fatigué, résistait mal à l'accablement qui fermait ses paupières ; un linge ensanglanté couvrait son front. Chevrette éventait doucement son frère avec un chasse-mouches de plumes de paon, sa robe écarlate, étincelante d'oripaux et de paillons, la faisait miroiter comme une danseuse égyptienne amusant les oisifs des carre-

fours. De faux sequins étoilaient ses cheveux tressés en torsades bizarres ; un collier de verroteries bleues et rouges trimballait à son cou ; des bracelets de cuivre grossièrement bosselés d'arabesques serraient ses poignets. Enfin un chapelet de grains de buis noirci et de cuivre doré pendait à son corsage.

Elle regardait Moucheron avec une sorte de tendre inquiétude et de mécontentement égoïste :

— Comme tu es imprudent, mon frère ! dit-elle tout à coup. Pourquoi courir ainsi les aventures sans penser aux soucis de ta sœur ? Si je te perdais que deviendrais-je ? Tu finiras par te faire tuer pour notre aventureux maître, et, qui pis est, pour cette fille, que je ne trouve pas déjà si belle.

— Notre seigneur le connétable a toujours été si doux et si généreux pour nous, Chevrette, et Suzanne Lallier est si bonne !

— Il est d'autres femmes qui la valent bien, repartit la naine avec humeur. Quant au duc, il était généreux lorsqu'il tenait sa cour à Moulins et n'avait pas perdu son patrimoine... mais depuis...

— Tais-toi, Chevrette, interrompit Moucheron, ne lui reproche pas son malheur.

— Certes, je compatis à ses adversités autant que toi ; mais pourquoi ne rougit-il pas de te voir habillé comme un mendiant, toi, un de ses premiers serviteurs ? Ta casaque frippée me fait honte, et nous n'avons jamais la ration de vivres qui convient à notre rang.

Le nain reprit :

— Quand nous serons dans Pavie, ma chère sœur, nous ferons bombance et je porterai, ainsi que toi, des vêtements brodés d'or et d'argent. Tu ne seras, du reste, éclipsée par aucune femme, car, ajouta-t-il en souriant, tu seras la seule dame de la cour du grand connétable.

Chevrette se rengorgea.

— Mon Dieu, je ne me plains pas de ce bon prince ; il me tire familièrement l'oreille devant tous ses gentilshommes. C'est une grande faveur, je le sais, et quand il s'ennuie, il me fait danser et se pâme d'aise à mes cabrioles.

— Et tu ne saurais croire comme il a le cœur haut placé, ma mignonne ; ainsi, il a su que j'avais aidé le roi François à se tirer sain et sauf du guet-apens de monsieur de Pescaire, et il ne m'en a pas fait plus mauvaise mine.

— Enfin, dit tout bas et mystérieusement Chevrette, j'aurais d'autant plus tort de me plaindre de lui, qu'il m'a promis de me donner après la bataille...

Elle s'arrêta en s'éventant pour cacher sa rougeur.

— Quoi donc ? demanda le nain étonné.

— Un mari, mon frère.

— Un mari, ma sœur !

— Et, une dot !

Moucheron essaya de sourire, mais le rire s'arrêta sur ses lèvres.

— Tu veux donc me quitter, Chevrette ? dit-il avec émotion ; j'avais cru que nous devions toujours vivre ensemble... mais tu t'amuses à mes dépens... D'ailleurs, qui voudrait ?...

La naine se dressa sur ses larges pieds et ses yeux lancèrent des éclairs.

— Qui voudrait m'épouser, penses-tu ? Ah ! tu fais fi de ta sœur. C'est fort gentil de la part d'un bon frère, et certes je ne me serais pas attendue à une telle humiliation. Et pourquoi donc ne trouverais-je pas de mari ? Je suis petite, il est vrai, mais je suis bien prise dans ma petite taille, et point trop disgrâciée de la nature.

Moucheron, froissé, répliqua :

— Le duc t'a-t-il promis un mari de notre taille ? C'est qu'il ne s'agit pas seulement de promettre, mais de tenir.

Chevrette prit un air maussade.

— Vous ne connaissez pas les convenances, mon cher frère. La femme doit toujours être plus mignonne et plus petite que son mari. Je ne veux épouser et je n'aimerai qu'un gentilhomme de belle prestance...

— Et haut comme un peuplier, n'est-ce pas ? interrompit le nain.

— Oui, fit-elle avec impétuosité, je déteste tous ces petits Espagnols de Castille bruns, olivâtres, gourmés, et ces Italiens rissolés par le soleil, qui vous sourient obséquieusement des yeux, et de la main caressent sournoisement leur stylet.

— Ce qui veut dire que tu aimes mieux les Français ?

— Non pas ; ils sont trop légers, trop railleurs, trop galants auprès de toutes les femmes.

— Alors ce sont les Allemands ou les Suisses ?

La coquette baissa pudiquement les yeux.

— Il est certain que ces honnêtes Allemands aux joues roses, aux cheveux blonds, aux yeux couleur du ciel, doivent être d'excellents maris.

— Ils ne parlent pas beaucoup, mais ils boivent beaucoup de bière.

— Une femme de bon sens ne tient pas à ce que son mari bavarde comme un perroquet et coure les rues comme un chien errant.

— Oui, ma sœur ; mais quand l'Allemand a bu, il fait du tapage au logis et bat sa femme pour peu qu'elle veuille le corriger de son péché mignon.

— Bah ! dit-elle en soupirant, on doit savoir souffrir pour le bonheur d'être aimée seule ; je suis fort jalouse et ne supporterais pas une rivale. Enfin, dois-je te l'avouer, mon frère, je n'en suis plus à faire mon choix.

Le nain bondit de surprise.

— Tu aurais trouvé un mari, Chevrette ! Quel enragé a pu se moquer ainsi de toi ?

— Se moquer de moi ! répéta-t-elle avec une expression de dignité blessée et de dédain superbe. C'est un bel homme qui m'a trouvée belle, ce qui prouve qu'il a du goût. Voilà tout. Il n'est tel qu'un frère pour s'en étonner, sous prétexte d'affection. Tous les parents sont jaloux et tyranniques.

— Et tu as été assez aveugle, assez vaniteuse pour te laisser ainsi abuser par un effronté menteur ! s'écria le nain douloureusement ému.

— Ne criez pas si fort, monsieur mon frère, répliqua Chevrette de plus en plus offensée ; mais j'excuse ce transport, que j'attribue à votre surprise et à votre amitié défiante.

Puis, passant avec sa mobilité ordinaire, sans aucune transition, à un autre ordre d'idées, en voyant la pâleur de Moucheron :

— Allons, mon petit frère, dit-elle d'un ton caressant et attendri, ne me gronde pas, ne te chagrine pas si fort. Je ne t'aimerai pas moins quand je serai mariée ; je te soignerai autant que mon mari. Tu viendras dîner avec nous quand tu voudras.

— J'en doute beaucoup, surtout si ton mari lève la main sur toi à mon sujet.

— Lever la main sur moi ! Eh bien ! reprit-elle comme honteuse et en baissant la voix, tu viendras me voir quand je serai seule.

— Ah ! tu prévois déjà cela, ingrate ? Oh ! les femmes !

Et une larme brilla à la paupière de Moucheron :

— Moi qui avais fait ce rêve de partager nos peines et nos plaisirs, de nous souvenir ensemble du passé, de nous aimer pendant que les autres riraient de nous... Mais si tu as fait un choix !... Enfin, je t'aimerai toujours, Chevrette, et puisses-tu être heureuse !

— Heureuse ! répéta-t-elle en ayant l'air de réfléchir. Tu as raison. Oui, je voudrais bien savoir...

Elle regardait vaguement devant elle. Tout à coup, frappant ses deux mains l'une contre l'autre :

— Mon Dieu ! si tu es inquiet de l'avenir, je puis le connaître, mon frère.

— Comment cela, tête légère ! fit le nain.

— Voici la Léonarde qui vient vers la tente de monsieur le connétable ; ne sais-tu pas qu'elle dit la bonne aventure aux lansquenets quand ils sont curieux de savoir s'ils seront tués, blessés, ou s'ils reverront leur pays ? Holà, Léonarde ! venez çà !

La belle fiancée de Lupon s'avançait avec lui et don Lopez de Carrajal, qui apportaient au duc de Bourbon une dépêche du marquis de Pescaire.

— Que me veux-tu, ma pauvre Chevrette ? dit la robuste femme à la chétive créature ; hâte-toi, pendant que Lupon portera son message.

— Nul ne peut entrer dans la tente du prince avant son réveil, repartit Moucheron.

Don Lopez et Lupon voulurent insister, mais le nain tint bon, en vertu des ordres qu'il avait reçus, et sa sœur dit à Léonarde avec un orgueil assez bouffon :

— Je suis tendrement aimée d'un lansquenet qui désire m'épouser, et je veux savoir s'il me sera fidèle.

Léonarde haussa les épaules.

— Je ne suis pas sorcière, ma mignonne, répondit-elle, mais tu peux ajouter foi à ma prédiction comme si j'allais toutes les nuits au sabbat à cheval sur un manche à balai : défie-toi des galanteries du lansquenet ; il te trompera et ne t'épousera pas.

Chevrette se mit à fondre en larmes ; son joli rêve doré s'évanouissait en vapeur.

— Sotte ! dit Lupon ; s'il te tenait parole, ton sort avec lui serait de mendier au coin des bornes.

— Ou d'être battue, quand tu n'aurais pas trouvé

d'argent pour remplir son vidercome, ajouta don Lopez.

La naine gémissait, se lamentait, pleurait toujours comme une fontaine.

— Oh ! je ne vous crois pas, méchantes gens ! répliqua-t-elle ; c'est vous qui me trompez. Vous voulez faire plaisir à mon frère, qui est fâché de mon bonheur. D'ailleurs, Léonarde, vous n'avez pas lu dans ma main. Regardez ces lignes qui se croisent : ça doit signifier quelque chose, bonheur ou malheur. Dites-moi la vérité. Quelle est la destinée qui m'attend ?

Léonarde prit la main de Chevrette, jeta un coup d'œil d'intelligence au nain, à Lupon et à don Lopez en souriant, et voulant la calmer en détournant le cours de ses idées, elle feignit de regarder attentivement les lignes qui se croisaient sur sa peau hâlée.

— Tu seras, lui dit-elle avec gravité, la favorite d'un grand prince, et tu obtiendras bientôt de sa bonne grâce des bijoux à foison, des robes et des manteaux de cour, des chevaux richement harnachés et des esclaves maures pour te servir. Enfin, il fera faire ton portrait par un des plus illustres peintres de Florence.

Chevrette l'écoutait d'un air incrédule.

— J'ai peur que vous ne me trompiez, Léonarde. Si vous voulez que je croie à votre science, eh bien ! dites-moi le nom du royal chevalier qui me supplie de joindre mon sort au sien.

La magicienne improvisée affecta une mine solennelle, jeta un regard inquisiteur autour d'elle, et toucha de sa baguette un lansquenet, aussi long que maigre, mêlé à la foule, qui avait grossi peu à peu.

— Le voici ! s'écria-t-elle, l'heureux mortel qui a su toucher ton cœur de tigresse ! C'est Hanz Buttler, qui n'a d'autre défaut que d'aimer un peu trop les écus... surtout quand ils sont dans la poches des autres.

Puis elle ajouta à voix basse, pendant que les lansquenets riaient et que Hanz faisait la grimace :

— Tu es avertie, Chevrette ; prends garde !

La naine, saisie de surprise, devint tour à tour pourpre, pâle et violacée, et ses yeux pétillaient comme des étincelles.

Buttler s'approcha d'elle en se dandinant gauchement et lui dit :

— Charmante Chevrette, vous ressemblez vraiment à un soleil entouré d'étoiles.

Moucheron le regardait avec curiosité et murmura :

— Mais les cheveux blonds de cet Allemand sont roux, ses joues roses sont cramoisies, ses yeux bleus sont vert d'eau !

Sa sœur feignit de ne pas entendre ces observations saugrenues et sourit gracieusement au lansquenet :

— Ce sont mes bijoux, Hanz, qui vous font illusion sur mon peu de beauté.

— Vos bijoux ! s'écria Buttler avec indignation, que m'importent vos bijoux ! leur éclat s'éteint devant celui de vos beaux yeux : je trouve même

qu'ils vous nuisent, et je vous aimerais mieux sans ces vains ornements.

— Dites-vous la vérité, flatteur ? demanda Chevrette avec un tendre regard.

— Qu'avez-vous besoin, reprit langoureusement le soldat, de cacher vos jolis doigts sous ces bagues, vos blancs poignets sous ces bracelets importuns ? Ôtez-les, je vous en prie !

— Oh ! comme il m'aime ! murmura-t-elle.

En même temps Hanz Buttler saisissait le bras de la naine et s'empressait de détacher ses bagues et ses bracelets ; puis il baisa galamment la main veuve de ce luxe odieux, et mit les bijoux dans sa poche d'un air dégagé et indifférent, sans qu'elle y fît la moindre attention.

— Ah ! vous aimez vraiment une femme pour elle-même et non pour son faste et sa richesse, cher Hanz !

— Oh ! oui, dit-il avec feu, j'aime la simplicité et j'ai horreur des gens qui prodiguent leur fortune en oripeaux. C'est bon pour les femmes laides et sottes de se parer comme des châsses et de croire qu'on les recherche pour leurs beaux yeux, tandis qu'on n'en veut qu'à leurs reliques d'or et d'argent.

— Noble et excellent cœur !

— Non, je ne veux pas qu'on puisse croire mon amour intéressé, chère Chevrette, et ce n'est guère pour ces bagatelles que je vous épouserai. Tenez ! laissez-moi vous débarrasser de ces joyaux de perdition, ou je n'oserai jamais vous conduire devant l'autel. Les envieux nieraient votre mérite et je serais déshonoré dans l'opinion de mes camarades comme un être cupide et sans cœur.

Transportée de joie, la naine s'écria de nouveau :

— Cœur généreux ! comme il m'aime ! et elle jeta un regard de triomphe sur les assistants comme pour dire : Avais-je raison de faire son éloge !

Cependant Hanz Buttler ne quittait pas des yeux le collier de verroteries bleues et rouges qui semblait le fasciner.

— Tenez-vous beaucoup à ce collier ? lui dit-il d'un ton inquisiteur.

— Oui, cher Hanz, parce qu'il m'a été donné...

— Donné ! et par qui ? interrompit le lansquenet d'un air rébarbatif ; par un amoureux, peut-être ?

— Oh ! je vous jure, Hanz...

— Je ne veux rien savoir, dit-il d'un ton sec et cassant. Vous mentiriez ; toutes les femmes mentent forcément, même à bonne intention et pour la paix du ménage. Si vous voulez m'apaiser et me complaire, Chevrette, sacrifiez ce collier à mes soupçons, je vous en saurai gré ; ils sont peut-être injustes, mais je suis terriblement jaloux et ne veux pas aller au fond des choses.

— Hélas ! ne vous mettez pas en colère, mon ami.

— Si vous vous obstiniez à le garder, cela me déchirerait le cœur.

— Oh ! je vous le cède bien volontiers, Hanz, mais vous avez tort de supposer...

— Je ne suppose plus rien, dit Buttler en arrachant presque le collier et le fourrant dans sa poche, et je vous jure même de ne vous en parler jamais.

— Je le crois facilement, dit Moucheron à demi-voix.

— Oh ! comme il m'aime, n'est-ce pas ? murmura Chevrette à l'oreille de son frère.

— Il t'aime trop, toi et tout ce qui t'appartient.

La naine lui tourna le dos.

— Ainsi, Hanz Buttler, vous me trouvez mieux à votre gré avec cette simplicité de bergère ?

— Beaucoup plus à mon gré, ravissante, ma chère, en vérité !

Et il la regarda attentivement comme il eût fait d'une boutique d'orfévreries. Puis il toucha dédaigneusement du doigt son chapelet.

— Pardon, Chevrette, mais voici un objet qui blesse diablement mes idées en fait de religion et propre à jeter la zizanie dans notre ménage. Je suis luthérien et je ne saurais voir de sang-froid un chapelet à la ceinture de la dame de mon cœur.

— Mais, moi, je suis catholique, dit vivement la pauvre naine.

Buttler prit une mine imposante et recueillie.

— Je vous promets, Chevrette, de garder votre foi ; je vous promets de respecter vos scrupules. Je ne vous en aimerai et ne vous en estimerai que davantage, à condition que vous n'affecterez pas de me braver, moi, votre mari, en portant ce chapelet.

— Oh ! comme il m'aime !... Le voici, Hanz, cher Hanz ! dit-elle en lui offrant le chapelet, qui alla rejoindre les autres objets dans la poche profonde du lansquenet.

— Ainsi, vous gardez tous les joyaux de ma sœur ? demanda le nain.

— Cela fait partie du trousseau, repartit Hanz en le toisant du regard. D'ailleurs, ce sont de précieux souvenirs qui me rappelleront constamment Chevrette pendant les guerres, et qu'elle ne confierait pas volontiers à d'autres.

— En effet, ce n'est pas pour leur valeur que je vous engage à les garder soigneusement.

— Que voulez-vous dire ? fit le lansquenet en dressant l'oreille.

— Vous ne vous connaissez pas en bijoux, mon camarade, reprit Moucheron. Tout cela ne vaut pas cent maravédis. Le collier est de verre.

— De verre ! répéta Hanz abasourdi.

— Les bracelets sont de cuivre.

— De cuivre ? Pas possible !

— Le chapelet est de buis noirci.

— De buis noirci !... Miséricorde ! Mais je suis volé !

Buttler prit une pose solennelle et majestueuse, malgré les rires de ses camarades.

— Chevrette, dit-il, vous m'avez trompé indignement, et je me vois forcé de retirer ma promesse de mariage... Ah ! vous êtes jouée de ma crédulité, parce que nous autres, bonnes gens qui sortons du village, nous ignorons la valeur de tous ces hochets brillants.

Moucheron riait sous cape. Chevrette se suspendit au bras du lansquenet.

— Hanz ! cher Hanz ! ne m'abandonnez pas comme Bacchus fit d'Ariane dans l'île de Naxos.

— Je ne connais pas cette Ariane, dit Buttler, mais j'ai perdu au jeu trois mois de paye sur parole, et il faut que je vous quitte pour chercher un prêteur.

Chevrette poussa les hauts cris :

— Ne savez-vous pas, mon cher Hanz, que j'aurai une dot et qu'elle servira à payer vos dettes ?

Il tordit sa moustache d'un air bourru.

— Et cette dot, où est-elle ? Quand la touche-t-on ? et chez quel trésorier ?

— Mais c'est monsieur le duc de Bourbon qui me l'a promise.

Il éclata de rire.

— Bourbon, qui, bien qu'il soit prince, est gueux comme un rat d'église. Ah ! voilà une jolie caution. Mais, malheureuse, ignores-tu qu'il nous doit notre solde et que mes camarades sont furieux contre lui. Je précède à cette heure notre capitaine Georges Fronsberg, qui vient pour lui annoncer notre défection s'il ne peut nous satisfaire.

Chevrette sanglota amèrement.

— Ah ! le félon qui m'abandonne ! Traître, parjure ! rendez-moi mon collier, mes bagues, mes bracelets !

— Jamais, dit Buttler ; jamais je ne me séparerai de souvenirs si précieux.

— Rendez-moi du moins mon chapelet.

— Si vous refusez, s'écria Moucheron, je demanderai justice à votre capitaine.

Le lansquenet se mit à rire.

— Essaye, avorton. Le voici qui vient. Fais ta requête ; l'occasion est bonne pour nous divertir un peu, camarades.

Georges Fronsberg arrivait en effet, le visage courroucé, les yeux flamboyants, et il fut salué par les soldats ; il avait son fouet de cheval à la main.

Léonarde, Lupon et don Lopez se joignirent à Moucheron pour crier : Justice !

— Quel est ce tapage ? demanda-t-il sévèrement.

Hanz Buttler s'inclina devant son chef.

— C'est la naine du connétable qui crie comme une Madeleine, messire Georges, parce que je lui ai enlevé ce signe d'idolâtrie.

Et il montra le bout de chapelet qui sortait de sa poche. Fronsberg fronça le sourcil.

— Taisez-vous tous, bavards ! Que cette stupide créature appartienne au connétable ou au diable, que m'importe ! Tu as bien fait de prendre ce chapelet, Hanz Buttler, mais tu as eu tort de le garder comme une relique. Donne !

Le lansquenet, honteux et confus, tendit le chapelet à son capitaine. Celui-ci le jeta brutalement à terre et le foula, le brisa sous ses pieds.

— Voilà le cas que je fais de ces hochets de momeries et de superstitions, dit-il d'une voix rauque.

Les nains et les Espagnols se signèrent, épouvantés de ce sacrilège. Fronsberg les regarda avec mépris,

— Fi ! des gens de guerre, ajouta-t-il, qui prient comme de vieilles femmes.

Puis, repoussant Moucheron, il marcha droit à la tente du duc de Bourbon et souleva le lourd rideau qui en masquait l'entrée ; mais là, il rencontra monsieur de Pompérant et le Gascon Jonas, qui refusèrent de le laisser pénétrer plus avant.

— Ainsi le connétable se cache parce que je viens lui demander la paye de mes lansquenets, dit-il insolemment aux deux gentilshommes.

Ceux-ci pâlirent et répliquèrent :

— Vous insultez notre prince, et vous nous en rendrez raison.

L'Allemand se croisa les bras, et les regardant en face :

— Ah ! voilà un nouveau moyen de régler nos comptes. Le duc veut me faire tuer par ses serviteurs : mais je ne suis pas un poulet, messieurs, nous nous reverrons. Vous savez que je ne boude pas devant un coup d'épée ; mais l'argent d'abord. Je me dois à mes lansquenets, et on ne se joue pas d'un vieux routier comme moi. Le duc a vraiment le sommeil profond, ajouta-t-il en ricanant, car tout ce tumulte réveillerait un mort.

Il enfonça sa toque sur sa tête, sortit de la tente, et rejoignit les troupes de soldats, qui commençaient à s'agiter tout autour ; déjà l'éloquence de quelques orateurs en plein vent, parmi lesquels brillaient Hanz Buttler et don Lopez de Carrajal, avait surexcité leur colère. Tous s'attroupèrent autour de Fronsberg.

— Je crois, mes enfants, dit-il, que nous n'avons plus rien à espérer de Bourbon, et qu'il n'a plus un denier vaillant.

— Cependant monsieur le marquis de Pescaire, reprit don Lopez, a été averti que le connétable avait reçu de ses amis de France une partie de sa vaisselle et de ses bijoux.

Georges Fronberg haussa les épaules.

— Il s'en sera servi pour établir et charmer cette belle Suzanne, qui le suit comme son ombre et qui lui est plus chère que ses lansquenets.

— Eh bien ! dit don Lopez, puisque cette amazone est toujours vêtue en cavalier, qu'elle l'aide de son épée et vous remplace à la bataille.

— Oh ! le duc de Bourbon est généreux envers les femmes, ajouta Hanz Buttler en riant ; ne comble-t-il pas de joyaux jusqu'à cette naine stupide qui croyait que j'allais l'épouser pour ses beaux yeux ?

— Bah ! reprit brusquement le capitaine luthérien, si vous consultez le premier moine venu, il vous dira, mes agneaux, que rien n'est plus favorable au salut de votre âme que le détachement des richesses. A ce compte, grâce à Charles de Bourbon, vous êtes certains d'aller tout droit en paradis, puisque vous n'avez pas un denier en poche.

— Entrons dans sa tente, camarades, cria Hanz, et parlons haut et ferme.

— Prenez garde ! dit Moucheron ; si vous forcez l'entrée, ce sera un acte de mutinerie que le connétable ne tolèrera pas.

— Cet avorton parle sagement, repartit avec une froide ironie Georges Fronsberg ; vous perdriez l'estime de ce grand général, qui veut bien vous accorder la faveur de vous faire tuer au service de son ambition et de ses vengeances.

Ces perfides insinuations ne firent qu'accroître la colère et l'indignation des lansquenets.

— Vous avez mis le doigt sur le vif, mon capitaine, reprit Buttler ; nous allons verser notre sang pour venger les affronts de Bourbon, pour lui conquérir des titres, des honneurs, des domaines, des royaumes peut-être ! mais notre récompense sera la faim et la misère ; nous nous traînerons mutilés et déguenillés sur les routes, tandis que les Espagnols nageront dans l'abondance.

— C'est une odieuse injustice !

— C'est une ingratitude révoltante !

— Nous ne devons pas souffrir cette iniquité !

Georges Fronsberg montra aux soldats l'étendard du duc de Bourbon placé à l'entrée de sa tente.

— Je vous en conjure, dit-il en continuant de railler, n'ayez pas l'imprudence de toucher au drapeau du connétable. Vous vous exposeriez à un châtiment exemplaire.

— A un châtiment ! hurla Buttler. Ah ! vous croyez donc, mon capitaine, que j'ai peur de la colère de ce prince sans sou ni maille ? Assez ! nous allons rire un peu. Voici le cas que je fais de son étendard.

Et l'arrachant violemment, il le jeta à terre et le foula aux pieds.

Cet outrage infligé à ce général, qu'ils considéraient comme plus grand qu'Annibal, Scipion et César, atterra les lansquenets ; ils restèrent muets, immobiles, se regardant les uns les autres avec stupeur, mais quelques lazzi de Hanz achevèrent de détruire momentanément le prestige de l'idole, et bientôt les vociférations recommencèrent de plus belle.

— Eh bien ! dit Fronsberg, allez-vous aboyer ainsi jusqu'au soir comme des chiens qui n'osent jamais mordre ? Vous vouliez entrer dans la tente de Bourbon ; qui vous en empêche ? Est-ce la menace de ce nain ridicule ? Vous représentez douze mille lansquenets. Aurez-vous peur d'un seul homme ? car vous avez beau faire un dieu de ce grand connétable, ce n'est qu'un homme, après tout !

— Eh ! sans doute, s'écria Hanz Buttler. Allons ! il ne sera pas dit que Bourbon même aura fait peur au fils de mon père. J'entre le premier.

Il s'avança vivement, repoussa Moucheron, jeta de côté une des portières de soie qui fermaient la tente et entra.

Le cercle magique était franchi ; la foule enhardie le suivit ; mais elle s'arrêta bientôt comme l'audacieux Buttler.

Dans le fond de la tente, le duc dormait tout armé sur un lit dont les rideaux ouverts permettaient de le voir de tous côtés. Semblable à un lion en repos, sa belle tête, dont les traits accusaient

Chevrette et Moucheron cachés dans des tambours crevés et abandonnés, écoutaient.... (Page 64.)

une énergie, une témérité et une fierté indomptables, avait revêtu dans le sommeil une expression si noble et si calme, que les soldats furieux se reculèrent instinctivement, comme s'ils eussent craint de le réveiller.

Mais il était trop tard. Le connétable ouvrait les yeux. Hanz Buttler, oubliant sa nouvelle religion, fit mentalement un vœu à son ancien patron; il aurait bien voulu retourner auprès de Chevrette.

En voyant sa tente envahie, le duc dont les yeux étaient encore obscurcis par le sommeil, s'élança d'un bond à terre et porta vivement la main à son épée, mais il reconnut presque aussitôt ses lansquenets.

— Les Français nous ont-ils attaqués dans notre camp? demanda-t-il avec feu à Hanz Buttler.

Hanz ne répondit pas et regarda derrière lui; déjà un mouvement de retraite s'opérait dans la foule, quand Georges Fronsberg, voulant pousser son œuvre jusqu'au bout, se décida à parler.

— Hélas ! monseigneur, dit-il en s'inclinant avec un respect ironique, vos fidèles lansquenets

manient plus facilement l'épée que la parole. Il ne savent comment vous dire, sans vous offenser, qu'ils sont décidés à se battre sous les drapeaux de monsieur le marquis de Pescaire, si vous ne leur faites payer sans retard l'arriéré de leur solde.

Cette courte harangue fut suivie d'un profond silence.

Le connétable, après avoir fixé sur le luthérien un regard glacial, lui tourna dédaigneusement le dos, et, s'adressant aux soldats qui commençaient à l'entourer :

— Votre capitaine a-t-il réellement parlé en votre nom, mes braves compagnons ? Est-ce bien là le motif qui vous a entraînés à envahir ma tente comme une troupe de loups affamés ? leur demanda-t-il avec une affectation de douceur sous laquelle on devinait les sourds grondements d'une colère qui se dompte.

Les soldats poussèrent en avant Hanz Buttler, qui cherchait à se dissimuler dans la foule; il reçut même quelques coups de poing dans les

6

côtes, et cette invitation pressante à jouer le rôle d'orateur populaire le força à reparaître au premier rang.

— Seigneur duc, balbutia-t-il avec une effronterie aussi affectée que la douceur du prince, monsieur le marquis de Pescaire ne vous vaut peut-être pas, mais il s'est inquiété du sort de ses soldats comme un père de ses enfants, et il a obtenu du vice-roi le payement de leur arriéré. Nous ne demandons qu'à ne pas être traités plus mal que les Espagnols, les Flamands et les Italiens.

— Êtes-vous bien sûrs que je n'aie tenté aucun effort, que je n'ai fait aucun sacrifice pour ne pas être exposé à vos plaintes et à vos reproches ? répliqua Bourbon toujours calme. Croyez-vous, que j'aime moins mes lansquenets que monsieur de Pescaire ses terces d'Espagne ?

Hanz Buttler se tut, intimidé par le ton gracieux et courtois du connétable, qui contrastait avec la situation ; mais Georges Fronsberg n'était pas homme, lui, à se déconcerter pour si peu, et il dit rudement au prince :

— Nous voulons bien vous croire, seigneur duc, mais où sont les écus ?

Le visage de Bourbon devint pourpre ; cependant il se contint encore.

— Ils sont en route, répondit-il.

— A qui les avez-vous empruntés ? demanda ironiquement le capitaine luthérien.

— A Pasquale Veneno, de Milan, qui a grand crédit chez tous les prêteurs sur gages du duché.

— Oh ! Pasquale est incapable de lâcher ses ducats sans de solides garanties. Or, vos biens sont confisqués, monseigneur. Je ne sais donc quels gages vous avez pu lui donner, si ce n'est toutefois votre parole de gentilhomme. C'est une monnaie qui malheureusement n'a guère cours.

Bourbon fit un effort terrible pour ne pas jeter son gant à la face de l'insolent Fronsberg.

— J'ai donné ma vaisselle d'argent, mes joyaux, mes chaînes d'or, que mes fidèles amis de France sont parvenus à m'envoyer secrètement par des marchands de Gênes. Fouillez ma tente, capitaine Georges, et je vous défie d'y trouver autre chose que mon armure et mon épée.

— Oh ! seigneur duc, s'écria Hanz Buttler après avoir interrogé du regard ses camarades, aucun lansquenet ne doute de votre parole.

— Seulement, reprit Fronsberg avec un méchant sourire, les mauvaises langues prétendent que vous avez employé ces opulents débris de votre fortune, non à vous procurer notre solde, mais à satisfaire la coquetterie et l'avidité d'une femme.

Bourbon tressaillit en entendant cette indigne accusation ; le sang afflua à son cœur ; il se demanda comment lui, qui n'avait pu supporter la froideur de son roi et la malveillance de madame Louise de Savoie, en était descendu à subir les insultes de ce capitaine brutal et féroce ; mais le mépris l'emporta sur la douleur, et il put répondre froidement :

— En effet, j'avais donné une bague et une

chaîne d'or à une femme dont le dévouement ne m'a jamais manqué ; mais elle a voulu qu'elles fussent remises en gage avec les autres bijoux à Pasquale Veneno.

— N'importe ! dit Fronsberg, que la longue patience du connétable rendait de plus en plus insolent, avouez-le, seigneur duc, il est bien étrange que les convois d'argent attendus au camp espagnol soient tous arrivés, excepté celui de votre Lombard. Êtes-vous sûr de mon avis ?

— Oui, oui, s'écria Hanz Buttler, qui avait repris peu à peu son assurance. Toutes ces histoires de vaisselle et de joyaux sont autant de fables.

Puis il se recula devant le regard paisible du prince et dit à ses compagnons :

— Toutes les poches sont pleines au camp, sauf les nôtres. Voilà qui est clair. Mon avis est d'aller offrir nos services à celui qui paye.

— Allons trouver Pescaire ! se mirent à crier tous les lansquenets.

— Je vais vous conduire à sa tente, dit don Lopez de Carvajal en se frottant les mains de joie, car il était l'espion du marquis.

— Croyez, monseigneur, reprit Fronsberg en se tournant vers l'entrée de la tente, que si les écus ne vous manquaient pas, j'aimerais mieux me battre sous vos ordres.

— Pourquoi mentir, capitaine, vous qui ne craignez ni Dieu, ni diable, ni pape, ni roi ? Je sais que vous aviez chaque soir une entrevue secrète avec le vice-roi.

Le luthérien se mordit les lèvres, et, sans saluer le prince, fit un pas pour s'éloigner avec ses soldats.

— Que nul ne bouge ! s'écria alors le connétable d'une voix retentissante.

Tous les lansquenets s'arrêtèrent comme si la tête de Méduse les eût frappés d'immobilité.

Le duc sourit de cette soumission involontaire, et comme tous les hommes supérieurs, il résolut de se faire un piédestal de cette révolte qui devait être pour lui une chute et une humiliation. Il reprit lentement :

— Je soupçonnais bien que des âmes viles et des cœurs lâches se cachaient parmi les soldats que je commande ; mais je désirais les voir se trahir eux-mêmes et me forcer à me guérir de la lèpre qui corrompt mon armée. Grâce à Dieu et à votre capitaine Georges Fronsberg, ce souhait se réalise aujourd'hui. Les coquins et les poltrons que je désespérais de pouvoir jamais connaître, ce sont ceux qui viennent me dire insolemment : « Payenous aujourd'hui, et nous nous battrons demain. » Débattons le prix de notre sang et de notre courage en raison de la somme que nous aurons reçue. Votre général n'est pas le gentilhomme qui vous mène à la victoire, mais le trafiquant dont la bourse est la mieux garnie ! Ceux qui me parlent ainsi ne sont pas des soldats, mais des hommes indignes de manier une épée, indignes de marcher sous l'étendard de Charles de Bourbon.

Quelques vagues murmures coururent dans la foule, mais le duc continua avec énergie :

— Ceux-là, je puis les compter, car ils sont tous ici dans ma tente. Allons ! vils mercenaires, réjouissez-vous, car vous serez payés : mais comme je ne veux pas de couards marchands parmi mes braves lansquenets, que nul ne bouge ! Il faut que je vous compte tous, il faut que j'inscrive vos noms dans ma mémoire, il faut que je vous donne votre congé quand vous vous serez jetés sur cette curée d'argent qui est toute votre gloire et votre ambition.

Un morne silence accueillit cette foudroyante philippique. Les lansquenets, émus, embarrassés, confus, se regardèrent les uns et les autres d'un air honteux.

Bourbon s'adressa directement à Hanz Buttler :

— Avance le premier, toi qui es l'orateur de la bande. Dis-moi ton nom.

— Seigneur duc, répondit Hanz d'une voix tremblante, j'ai une grâce à vous demander.

— Une grâce, à moi ? Parle vite.

— Laissez-moi casser les reins à ce misérable don Lopez de Carrajal, l'espion du marquis de Pescaire. C'est lui qui m'a monté la tête. Sans ses belles promesses, je n'aurais jamais songé...

— Oui, oui, crièrent plusieurs voix avec un ensemble remarquable, c'est lui, c'est don Lopez qui nous a entraînés...

— C'est faux ! absolument faux ! répliqua le malheureux Espagnol, qui, voyant les choses tourner si mal pour lui, frissonnait de tous ses maigres membres et jetait des regards inquiets sur l'entrée de la tente.

— Vous mentez, compagnons, dit sévèrement le connétable, vous n'êtes ni des femmes ni des enfants qui obéissez à une volonté étrangère en venant troubler mon sommeil, vous saviez ce que vous vouliez. C'est Georges Fronsberg, votre capitaine, qui a porté la parole en votre nom.

— Oui, certes, repartit brusquement le féroce luthérien, je n'ai fait qu'obéir à leur volonté ; car pour mon compte, seigneur duc, je vous suivrais jusqu'au fond des enfers, et ne suis nullement jaloux de vous, comme vous le pensez. Aussi, pour peu que ces pauvres enfants se repentent de leur révolte, je serais le premier à vous conjurer de leur pardonner.

— Mais je ne veux plus de votre service ; mais je n'ai plus confiance dans vos serments. Je ne veux pas être le berger d'un troupeau indocile ; je demande à connaître les noms de tous ceux qui sont entrés dans ma tente, afin que pas un ne continue à faire partie de mes armées.

Georges Fronsberg consulta d'un regard tous les lansquenets, puis il s'approcha du connétable inflexible, et mit un genou en terre, tandis que les soldats pleuraient, se lamentaient, suppliaient et s'agenouillaient à leur tour.

— Vous les voyez, vous les entendez, seigneur duc, reprit-il d'une voix frémissante, que l'orgueil et la colère soulevaient encore son cœur ; pardon et pitié pour tous ; nous sommes des enfants égarés et non coupables. Châtiez-nous comme un père rigide, mais juste. Ne nous parlez plus de paye. Les dépouilles des chevaliers français nous enri-

chiront, si vous restez notre général. Dites que vous consentez à nous garder sous vos drapeaux, et vous aurez des soldats invincibles.

Bourbon parut hésiter assez longtemps ; les lansquenets le regardaient avec anxiété, en poussant des soupirs et des gémissements. Quelques-uns cherchaient à toucher ses mains, ses genoux, son armure. On eût dit qu'ils imploraient le dieu de la guerre, et qu'il portait la victoire au bout de son épée. Il laissait à dessein les révoltés se morfondre dans cette angoisse, afin de doubler le prix du pardon et de porter jusqu'au fanatisme l'enthousiasme qu'il leur avait inspiré.

— Puis-je ajouter foi aux promesses de votre capitaine ? demanda-t-il enfin.

— A toi, Bourbon, nos cœurs et notre sang ! s'écria Hanz Buttler.

Et tous les lansquenets, comme affolés de joie, poussèrent les mêmes cris, riant, pleurant, s'embrassant.

— Je vous pardonne, mes enfants, dit le connétable avec une expression de fierté souveraine.

— Vive Bourbon ! vive notre général ! nous serons vainqueurs, oui, seigneur duc, nous vous promettons la victoire.

Et ils l'entourèrent comme s'ils voulaient le porter en triomphe ; mais lui, sans se départir de sa dignité froide et calme, les repoussa du geste.

— Bien, dit-il, j'ai rappelé dans vos âmes des sentiments d'honneur que vous méconnaissiez. Mais puisque l'or n'est plus votre idole, puisque vous jurez de vous battre comme de loyaux chevaliers, je veux vous prouver que je ne vous ai pas menti tout à l'heure. Non, vous ne serez pas dupes de votre généreux entraînement. J'ai résisté à la révolte, je saurai récompenser la soumission.

Il fit un signe à M. de Pompérant et au Gascon Jonas, qui étaient resté auprès de son lit de repos. Ils tirèrent un grand rideau qui masquait le fond de la tente, et le duc montra au capitaine Fronsberg et aux lansquenets une pile de barils, de paniers et de sacs d'argent entassés.

A cet aspect, un cri d'étonnement joyeux s'éleva parmi tous ces soldats qui croyaient le connétable réduit au plus complet dénûment.

— Vous voyez, camarades, reprit-il, que le convoi de Pasquale Veneno n'a pas eu plus mauvaise chance que ceux de monsieur le marquis de Pescaire. Il est vrai que sans le dévouement de mon nain Moucheron, que vous bafouez chaque jour, et de la jeune fille que vous accusiez tout à l'heure, je n'aurais pu me donner cette joie de vous payer ma dette avant la bataille. Allez dire à votre maître, don Lopez de Carrajal, que je sais oublier mes injures, en vrai prince du sang de France. Il a voulu m'enlever mes lansquenets et il n'y a pas réussi. Qu'il m'aide à vaincre François Iᵉʳ, et nous nous réconcilierons après la victoire. Votre main, capitaine Fronsberg.

Le luthérien, émerveillé de tant de fermeté, d'intelligence et de bonheur, subissait complètement, comme tous les esprits étroits et entêtés, le prestige de ce grand homme supérieur à toutes les adversités. Il donna cordialement la main au prince, qui possédait encore tant de sacs d'argent, et sortit de la tente avec les révoltés pour aller annoncer la bonne nouvelle à tous les lansquenets.

— Je les ai domptés, dit en souriant avec orgueil le connétable, resté seul avec Pompérant et Jonas, mais je dompterai aussi le sort, car tous ces mercenaires feront des prodiges de courage pour réparer leur faute.

XIII

LA BATAILLE DE PAVIE

Le camp du roi était placé de façon à défendre de tous côtés l'entrée de Pavie et atteignait comme un grappin de fer au parc de Mirabel.

Les impériaux ne pouvaient faire entrer de secours dans Pavie qu'en forçant les retranchements ou en renversant les murailles du parc.

Mirabel était, comme la Bicoque, un château bâti dans un domaine fort étendu que les Français avaient mis en communication avec leur camp en abattant les murailles de ce côté.

Le duc d'Alençon occupait le parc avec l'arrière-garde de l'armée. Jacques de Chabannes, sieur de la Palice, un des héros de Marignan avec l'avant-garde, — et le corps de bataille, commandé par le roi, dominaient avantageusement toute la campagne.

Le camp français était donc bien assis et bien retranché.

Le roi, ne suivant que les conseils de Bonnivet et de Saint-Marsault, ses favoris, avait résolu d'accepter la bataille, malgré les lettres du prince de Carpy, son ambassadeur à Rome, qui le conjurait de la part du pape de ne point exposer une conquête infaillible au hasard d'une bataille que les ennemis seuls avaient intérêt de livrer.

Il resta dans son camp et attendit les impériaux.

Il ne les attendit pas longtemps.

La nuit du 23 au 24 février, deux heures avant le jour, fête de saint Mathias, ils renouvelèrent la camisade de Rebec, c'est-à-dire qu'ils firent mettre des chemises blanches aux soldats par-dessus leurs armes pour les reconnaître dans l'obscurité.

Ils s'avancèrent vers le parc de Mirabel, et cependant, pour occuper les Français dans le camp et les détourner de l'attaque principale, ils firent deux fausses attaques qu'ils appuyèrent d'un feu continu de leur artillerie.

A la faveur de cette diversion, leurs pionniers purent, sans être aperçus, saper les murs du parc et en renverser quarante ou cinquante mètres. Par cette brèche passèrent aussitôt trois mille arquebusiers espagnols, accompagnés de quelques chevau-légers.

Ils furent suivis de quatre bataillons tant de lansquenets que d'Espagnols des vieilles bandes, mêlés ensemble, avec deux grosses troupes de gendarmes sur les ailes.

Le roi, averti trop tard par Bonnivet, et croyant que tout l'effort des ennemis allait se porter sur

le château de Mirabel, sortit à la hâte de son camp et déploya sa gendarmerie dans le parc.

Il n'était déjà plus temps de sauver le château que venait de surprendre et de forcer, l'épée à la main, don Alonzo d'Avalos, marquis du Guast et digne cousin de Pescaire.

De plus, un de ses détachements arrivait aux portes de Pavie; heureusement Brion, un des capitaines de l'arrière-garde du duc d'Alençon, eut la bonne fortune de battre à temps les Espagnols et d'empêcher la communication.

En ce moment, Jacques Galiot de Genouillac, seigneur d'Acie, sénéchal d'Armagnac et grand' maître de l'artillerie de France, dirigea si avantageusement ses canons contre les impériaux qui s'efforçaient d'entrer par la brèche, qu'il les jeta dans le plus grand désordre.

Ils furent contraints de courir à la file en se précipitant et se renversant les uns sur les autres pour gagner un vallon voisin, où ils espéraient être à couvert de cette foudroyante artillerie.

— La bataille est gagnée, dit Jacques Galiot, si le roi ne bouge pas ou s'il se contente d'accabler les Espagnols de don Alonzo d'Avalos.

Ceux-ci se trouvaient enfermés dans le parc et séparés du gros de l'armée impériale.

Mais François Iᵉʳ n'eut pas plus tôt vu les ennemis ébranlés et dispersés par l'artillerie du grand-maître qu'il se tourna vers Bonnivet, et lui dit avec un transport d'enthousiasme :

— Ne serait-il pas honteux, Guillaume, de devoir à nos canons toute la fortune de cette journée et de ne pas charger ces lions d'Espagnols qui courent comme des lièvres.

— Certes, répliqua Bonnivet, il faut achever la victoire avec nos épées, si nous ne voulons pas passer pour des chevaliers fainéants, bons à parader seulement dans les tournois et carrousels.

— Jacques Galiot nous a rendu aussi grand service à Marignan, ajouta Saint-Marsault, mais c'est votre grande épée, Sire, qui a décidé de notre fortune, en abattant Suisses sur Suisses pendant trois jours.

— Bien parlé, foi de gentilhomme, messieurs, dit le roi en souriant. Après la part du grand' maître de l'artillerie, la part du roi ! Allons !

Il sortit aussitôt du parc et s'élança dans la campagne avec toute sa gendarmerie.

Il fit la faute énorme de masquer par ce mouvement imprudent les batteries qui tonnaient par la brèche.

Les généraux de l'empereur, qui croyaient déjà la bataille perdue, respirèrent et changèrent sans retard leur ordre de bataille. Les soldats se sentant à l'abri du canon, avaient déjà repris courage et s'étaient ralliés avec une promptitude extraordinaire.

Bourbon, qui vit de loin flotter le panache de François Iᵉʳ, poussa un soupir, et se retournant vers Didier, Jonas et Suzanne, qui l'accompagnaient l'armet en tête et la cuirasse au dos :

— La journée sera mauvaise pour la France. Le roi se croit toujours à Marignan. Il va prouver aujourd'hui au monde entier que s'il est meilleur chevalier que son bon frère Charles-Quint, il n'est pas meilleur capitaine.

— L'empereur a du moins le bon sens de ne pas chasser ses grands généraux, dit Suzanne.

— Et de ne pas mettre à la tête de ses armées les frères et les cousins de ses maîtresses, ajouta Didier.

Le connétable, avec ses douze mille lansquenets allemands, le marquis de Pescaire avec ses Espagnols, et Lannoi avec ses Italiens, s'avancèrent pour envelopper le roi.

Le jeune du Guast, quittant le parc de Mirabel, et n'ayant pu être arrêté par le duc d'Alençon, revint attaquer les Français par derrière. Le gouverneur de Pavie se joignit à lui et fit une sortie vigoureuse avec toute sa cavalerie.

Le vieux maréchal de Chabannes, ce balafré de cent batailles, voyant l'affaire engagée en pleine campagne et reconnaissant le danger du roi, accourut à son secours avec toute l'avant-garde ; il le couvrit d'une aile droite, et le duc d'Alençon d'une aile gauche.

Entre Chabannes et la gendarmerie de François Ier marchaient les bandes noires du duché de Gueldres, réduites à cinq mille hommes depuis Marignan, et conduites par le duc de Suffolk.

Entre le roi et le duc d'Alençon, le colonel Diespach commandait dix mille Suisses, parmi lesquels se trouvaient Wilhem d'Azarnes et ses compagnons.

Le front de la bataille était devenu extrêmement étendu.

François Ier, plein de confiance dans la vaillante furie de sa noblesse, s'apprêtait à être le mieux faisant de la journée, et ne doutait pas du succès.

Les bandes noires virent tout à coup arriver en face d'elles les douze mille lansquenets de Bourbon, mais elles restèrent immobiles ; résolues à tenir fermes jusqu'à la mort. Le duc de Suffolk ne leur dit que ces mots :

— Souvenez-vous que vous avez été mis au ban de l'empire !

Bourbon montra ces braves gens à ses Allemands et leur dit :

— Ne faites pas quartier à ces traîtres qui combattent pour le roi de France.

Chose singulière, les lansquenets commandés eux-mêmes par un rebelle combattaient les bandes noires avec cette horreur qu'inspire aux Allemands la rébellion.

Les forces étaient trop inégales entre les deux corps ; cependant les gens de Gueldres résistaient opiniâtrement ; leur masse diminuait, se resserrait, mais ne se laissait ni trouer ni disperser. On eût dit un bloc de fer, qui pouvait être entaillé, mais non fendu et brisé.

Le connétable, impatienté de cette fermeté sombre et tenace, ordonna aux colonels Georges Fronsberg et Sith un mouvement décisif. Ils allongèrent les deux pointes de leurs gros bataillons, et serrant les bandes noires comme dans une tenaille, ils les écrasèrent et les détruisirent entièrement. Le duc de Suffolk et le comte de Vaudemont périrent étouffés sous une montagne de cadavres.

Bourbon, voyant ensuite l'aile droite des Français entièrement détachée du corps de bataille, la fit envelopper par ses lansquenets victorieux ; elle était déjà très affaiblie par les charges de la cavalerie napolitaine, commandée par Castaldo, lieutenant de Pescaire.

Le vieux maréchal de Chabannes avait deux fois enfoncé ce corps comme la cognée qui fend le chêne, et jusqu'à deux fois il s'était rallié. Le brave Clermont d'Amboise avait été tué à ses côtés. Enfin ce terrible homme de guerre se vit accablé et comme emprisonné au milieu d'une forêt de piques ; ses compagnies s'étaient dispersées ainsi que des essaims surpris par l'ouragan.

Tandis qu'il cherchait de la voix, du geste et de l'épée à les rallier encore, il eut son cheval tué sous lui ; il s'en dégagea, malgré son grand âge, avec une adresse infinie, et il allait rejoindre une autre troupe de ses soldats pour y combattre à pied, lorsqu'il fut entouré par les cavaliers de Castaldo, qui le firent prisonnier.

Castaldo voulut le mettre en lieu de sûreté, et sortir de la mêlée, mais il fut rencontré par un capitaine espagnol nommé Buzarto, qui parut frappé de la fière mine du grand maréchal de France, de son air noble et de la magnificence de sa cotte d'armes. Jugeant que c'était un prisonnier considérable et dont la rançon serait forte, il voulut avoir sa part de la prise.

— De quel droit ? lui répondit Castaldo. Ignores-tu les lois de la guerre ?

— Eh bien ! dit Buzarto furieux, il ne sera donc ni pour toi ni pour moi.

Et d'un coup d'arquebuse il cassa la tête de Chabannes. Les Espagnols, dont le sire de La Palice était la terreur et l'admiration, surnommèrent Buzarto le cruel, épithète bénigne pour une action si infâme.

Cependant le roi, au corps de bataille, faisait des prodiges ; ses faits d'armes ressemblaient aux exploits fabuleux des chevaliers de la table ronde. Une cotte d'armes de toile d'argent et un casque orné de grands panaches qui flottaient sur ses épaules le distinguaient de tous ses gentilshommes ; mais son courage de lion le faisait remarquer davantage. Il blessa à la joue un Franc-Comtois nommé d'Andelot, une sorte de combat singulier. Il tua de sa main Fernand Castriot, marquis de Saint-Ange, dernier de la race des d'Albanie ; il dispersa la troupe d'Italiens qui suivaient ce petit-fils de Scanderbeg avec l'aide de sa gendarmerie française et des Suisses ; mais le marquis de Pescaire s'avança à la tête de ses terces espagnols et le combat changea de face.

Don Ferdinand, qui redoutait l'impétuosité des gentilshommes du roi de France, avait dressé de longue main quinze cents arquebusiers basques, d'une agilité extrême, à un exercice qui devait arrêter, surprendre et déconcerter l'élan si souvent irrésistible de cette chevalerie.

Au moment où François Ier allait charger les bandes espagnoles à la tête de sa noblesse enivrée d'enthousiasme, de dévouement et d'ambition de gloire, Pescaire fit un signe, et les Basques s'élancèrent comme une volée d'oiseaux de proie sur les rangs les plus serrés de la gendarmerie française.

Ils y firent leur décharge, disparurent plus rapides que des flèches, allèrent recharger à l'abri des coups d'épée et revinrent arquebuser à nouveau leurs adversaires, sans que ceux-ci pussent venger leurs pertes sur ces faucons, qui échappaient toujours à tire-d'aile, ni éviter leurs nouveaux coups.

Le roi, désespéré, ordonna à sa cavalerie de s'élargir; le désastre devint plus grand encore.

Les Basques se mêlaient dans les rangs, choisissaient le chevalier qu'ils voulaient frapper, miraient leurs coups à loisir et arquebusaient toujours les capitaines qui attiraient le plus leur attention par des exploits merveilleux.

La Trémouille eut à la fois la tête et le cœur traversés de deux balles.

Le grand-écuyer Galéas de Saint-Séverin était percé de coups, et son cheval, aussi maltraité que lui, ne pouvait plus le soutenir. Guillaume du Bellay, le voyant tomber, mit pied à terre pour le secourir.

— Je n'ai plus besoin de rien, lui dit le grand-écuyer d'une voix expirante, courez au roi et me laissez mourir !

Louis d'Ars, l'intrépide défenseur de Venouse, qui, même depuis la défection du connétable, avait su allier leur amitié la plus tendre pour ce sujet rebelle avec la fidélité la plus inviolable pour son maître, fut démonté, foulé aux pieds, étouffé dans la presse, ainsi que les comtes de Tournon et de Tonnerre; ce dernier fut si défiguré des coups qu'il avait reçus, qu'on eut peine à le reconnaître dans la foule des morts après la bataille.

Le baron de Trans combattait dans l'aile gauche, sous le duc d'Alençon, et enviait le sort de son fils unique, qui accompagnait le roi; ce jeune homme, épuisé de fatigue et porté par les hasards du combat aux flancs de l'aile gauche, rejoignit son père. M. de Trans le regarda avec indignation et lui demanda :

— Où est le roi?

— Je n'en sais rien, répondit-il.

— Allez l'apprendre, monsieur, dit sévèrement le vieux gentilhomme; il est honteux de l'ignorer.

Le jeune homme, les larmes aux yeux, rentra dans la mêlée, pénétra jusqu'à François Ier et tomba à ses côtés frappé d'un coup d'arquebuse.

Cependant le duc d'Alençon, dont l'aile gauche n'avait pas encore donné, au lieu de voler au secours du roi, s'épouvantant de la ruine de l'aile droite et du désordre du corps de bataille, fut saisi de vertige et fit lâchement sonner la retraite.

Ce fut le signal du désastre.

Le gros corps des Suisses, qui avait compté être soutenu par la cavalerie du duc d'Alençon, se croyant alors abandonné, céda à une de ces paniques folles qui troublent les plus fiers courages. Diespach lui-même crut qu'on voulait sacrifier ses bataillons à la haine des lansquenets de Fronsberg et de Sith, qui s'avançaient pour les presser et les écraser dans leurs terribles tenailles, comme ils avaient fait des bandes noires. En vain l'héroïque Fleuranges, le compagnon d'armes du roi, voulut rallier ces mercenaires, en vain il se mit à leur tête, offrit de faire mettre pied à terre à sa compagnie et de la faire charger au premier rang des Suisses; ceux-ci, entraînés par l'épouvante, se débandèrent sans l'écouter. Diespach, leur capitaine, se jeta de désespoir au milieu du bataillon de Fronsberg et s'y fit tuer.

Dès lors, tous les gentilshommes français ne songèrent plus qu'à se faire jour dans la mêlée, l'épée à la main pour rejoindre le roi et chercher à le couvrir de leurs corps comme d'un rempart.

Les pelotons épars de la gendarmerie, presque détruite, se rapprochèrent, et, combattant avec une sorte de fureur, excité par le malheur et le danger de leur maître, formèrent une phalange encore redoutable. François Ier, toujours confiant dans sa force et son courage, résolut de reprendre l'offensive avec cette généreuse noblesse ralliée à sa voix et superbe encore d'audace et de rage. Il la lança en avant comme un javelot monstrueux, et la mêlée devint si forte que l'escopetterie des arquebusiers basques cessa enfin.

Le terrible escadron enfonça les bandes espagnoles dans cet effort suprême. Le marquis de Pescaire fut pressé à son tour, blessé au visage par Fleuranges, renversé à terre, foulé aux pieds des chevaux, et ne dut son salut qu'à la promptitude avec laquelle il fut dégagé par Lupon et don Lopez de Carrajal. M. de Lannoi s'avança pour le soutenir, mais il fut repoussé.

Déjà le roi criait : « Victoire, mes gentilshommes! la journée est à nous ! » sans s'apercevoir que ce succès lui avait coûté les deux tiers de ses fidèles et derniers compagnons, lorsque ceux-ci s'arrêtèrent à l'aspect d'une masse sombre qui s'avançait comme un ouragan à leur rencontre.

C'étaient les lansquenets du connétable, auxquels rien encore n'avait pu résister; ils avaient pétri les bandes noires dans leurs serres, ils avaient dispersé les Suisses de Diespach comme des gerbes de blé emportées par le vent, et à cette heure ils venaient achever leur terrible tâche; comme des faucheurs attardés, ils allaient abattre les débris épuisés de la gendarmerie française.

François Ier ne s'alarma pas; il vit avec une secrète joie et une chevaleresque témérité l'énorme bataillon hérissé de piques dérouler ses anneaux de fer autour de sa troupe décimée; il se haussa sur ses étriers pour apercevoir le connétable, qu'il espérait provoquer à un combat singulier; mais Bourbon s'était armé en simple cavalier, afin que son ennemi Bonnivet ne pût le reconnaître, ni tenter de lui échapper.

Le choc fut épouvantable, car le marquis du Guast, Castaldo avec ses Napolitains, et le gouverneur de Pavie avec ses troupes fraîches, venaient de se réunir aux lansquenets de Bourbon.

Tous ces corps chargèrent ensemble avec une impétuosité si terrible, que la gendarmerie, qui combattait encore auprès du roi et qui était composée des plus illustres seigneurs, fut rompue et ouverte en six endroits sans aucune espérance de pouvoir se rallier. Plus de cent chevaliers des premières maisons du royaume y périrent ; le bâtard de Savoie, grand-maître de France, et le maréchal de Foix furent frappés à mort.

Quant à Bonnivet, il fut coupé et séparé du roi, jeté hors de la mêlée par le choc violent des lansquenets, et il pouvait se sauver ; mais son âme était trop fière et son désespoir trop cruel, en voyant la catastrophe que ses conseils avaient provoquée. Il jeta un triste regard sur le champ de bataille et s'écria :

— Non, je ne puis survivre à un pareil désastre!

Puis il s'élança sur le bataillon des lansquenets, et tendant la gorge à toutes les épées et à toutes les piques, il se délivra de l'horreur de vivre. Bourbon avait espéré le faire prisonnier. Quand il aperçut le cadavre sanglant et livide de ce beau gentilhomme qui avait été son rival, il ressentit un mouvement de pitié et se contenta de dire en détournant ses regards :

— Ah ! malheureux, tu es cause de la perte de la France et de la mienne!

Il se dirigea ensuite vers l'endroit où de grandes clameurs indiquaient qu'on se battait encore, mais il s'arrêta bientôt stupéfait.

Un seul chevalier tenait tête encore à toute cette armée victorieuse ; enveloppé d'un nuage de poudre et d'une vapeur de sang, il ressemblait au dieu de la guerre, défiant les hommes de l'atteindre et de le convaincre, invulnérable aux balles, aux piques et aux épées. C'était François 1er, le dernier joûteur de cette joûte effroyable.

Toute sa noblesse était ou massacrée, ou prise, ou écartée par l'affluence des ennemis qui se pressaient autour de lui ; son renom, son désespoir, son épée le défendaient encore. Devant lui s'élevait un rempart fumant de cadavres : Français, Allemands, Espagnols, Italiens, y étaient entassés ; les impériaux qui osaient franchir cette horrible barrière payaient de leur vie cette témérité.

Le roi avait déjà tué de sa main cinq ou six ennemis lorsque son cheval, percé d'une balle, tomba mort, en l'entraînant dans sa chute, se renversa à moitié sur lui. Les Espagnols et les Allemands s'élancèrent pour se disputer cette glorieuse prise. Blessé en deux endroits à la jambe, épuisé par le sang qui ruisselait d'une autre blessure au front, froissé par sa chute, presque écrasé par le poids de son cheval, le héros eut assez de force et de courage pour se relever, pour combattre à pied et tuer encore deux des assaillants les plus furieux.

En ce moment, le connétable, rempli d'admiration et de douleur, dit à Pompérant et au capitaine Jonas :

— Il faut sauver le roi ! S'il ne se rend pas, il sera écharpé par ces soldats, enragés de sa résistance. Je le reconnais à ses grands coups d'épée, car son visage est couvert de sang !

Il s'avança vers l'illustre blessé et lui dit d'une voix frémissante :

— Sire, rendez votre épée !

— Mon gentilhomme, dit François 1er, tâchez de me l'arracher des mains.

Bourbon franchit vivement la barrière de cadavres, pensant avoir bon marché du prince épuisé ; mais son pied glissa dans le sang. Il tomba sur les deux genoux, et l'épée du roi allait s'abattre lourdement sur son casque, lorsque le coup fut heureusement paré par une autre épée qui, du choc, vola en éclats.

C'était celle de Suzanne Lallier, qui s'attachait comme une ombre aux pas du connétable, et qui avait prévenu avec la rapidité de l'éclair ce coup funeste...

Le Gascon Jonas emporta aussitôt Bourbon hors de la mêlée, et M. de Pompérant, écartant les soldats au nom de son maître, arriva jusqu'au roi, se jeta humblement à ses pieds et lui dit d'un ton suppliant :

— Sire, je vous conjure de ne pas vous obstiner davantage à votre perte et de céder au sort qui trahit votre courage.

— A qui appartenez-vous monsieur ? demanda froidement François 1er.

Pompérant rougit en répliquant :

— A monsieur le duc de Bourbon.

A ce nom le roi frissonna de colère.

— Je mourrai plutôt que de me rendre à un traître, monsieur ! Mais je consens à remettre mon épée au vice-roi, qui est le représentant de mon bon frère l'empereur Charles-Quint.

Pompérant s'inclina.

— Il sera fait suivant votre bon plaisir, Majesté.

Il chercha des yeux Didier et Suzanne ; mais le premier était resté blessé sur le champ de bataille et l'autre avait suivi le Gascon Jonas. Enfin, il avisa Hanz Buttler, qui consentit à aller chercher le vice-roi.

Lannoi accourut ; François 1er lui rendit son épée ; le vice-roi la reçut à genoux, baisa la main du prince et lui donna une autre épée.

A une demie-lieue du camp français se dressaient trois arcades noires et épaisses, débris d'un aqueduc romain ; sous la voûte de l'une d'elles, deux femmes agenouillées priaient, pâles et tremblantes ; elles s'interrompaient de temps à autre pour écouter. Elles étaient plus effrayées à cette heure, où elles n'entendaient que le bourdonnement vague des grandes multitudes, qu'elles ne l'avaient été pendant la bataille du fracas de l'artillerie et des arquebusades tonnant sans interruption.

C'étaient la comtesse de Montchenu et la huguenote Clotilde.

— Plus rien ! tout est fini murmura la jeune fille avec accablement après un long silence. Quel est le vainqueur, du roi François 1er ou de l'empereur Charles-Quint ?

Madame Diane jeta sur sa compagne un regard plein d'anxiété.

— Ne pensez-vous, mademoiselle, qu'à ces illustres adversaires ? Je me demande, moi, quelles sont les victimes de leur ambition et de leur soif de conquêtes? Quels sont les gentilshommes qui gisent sanglants et inanimés sur le champ de bataille ?

Clotilde tressaillit :

— Si les Espagnols sont vaincus, dit-elle d'une voix altérée, votre neveu Didier est mort, car il aura préféré une fin glorieuse à la honte de fuir ou de se rendre.

— Et vous avez le courage d'envisager froidement cette horrible image ? s'écria la comtesse avec un transport passionné ; ah ! mon cœur ne ressemble pas au vôtre, Clotilde, il n'est pas fait de neige et de glace. Que Didier de Montchenu se soit sauvé de la mêlée, qu'il soit prisonnier, peu m'importe, pourvu qu'il vive !

La jeune fille ne répondit pas ; elle avait la conscience de la pureté et de l'élévation de son amour ; elle savait que son cœur serait fidèle à la mort, mais elle ne comprenait pas cette passion violente et désordonnée dont madame Diane était pour ainsi dire possédée comme par un démon funeste.

— Oh ! que ce silence me pèse ! reprit la comtesse ; qui donc viendra m'arracher à cette douloureuse incertitude ?

— Madame, dit Clotilde, cet archer qui était chargé de veiller à notre sûreté, et que vous avez envoyé à la découverte, va sans doute revenir.

— Il tarde bien ! dit madame Diane.

Mais au même instant elle vit se diriger vers les arcades le soldat haletant, poudreux et effaré.

Quand il fut arrivé sur la voûte, les deux femmes remarquèrent que son visage bouleversé exprimait à la fois la consternation et la peur. Il regardait à chaque instant derrière lui, comme s'il eût craint d'être poursuivi, et ses jambes flageolaient.

— Savez-vous des nouvelles de la bataille ? demanda vivement la comtesse.

J'ai rencontré des fuyards, madame, et je sais que la bataille est perdue.

— Perdue ! répéta Diane avec un geste de désespoir. Les Français vaincus...

— Par un Français, madame, par le traître Bourbon !

— Et qu'est devenu le roi ?

— Je l'ignore. Dans les déroutes et les paniques, chacun ne pense qu'à soi. Nos camarades ressemblent à un troupeau de cerfs, pourchassés par les chiens et ne se retournant même pas pour en éventrer quelques-uns...

Après un instant de stupeur, la comtesse se tourna brusquement vers Clotilde.

— Il faut faire comme tous ces braves soldats, dit-elle amèrement. Nous avons tout à redouter des vainqueurs, qui doivent être ivres de sang, de joie et d'orgueil.

— Vous avez raison, madame, répondit Clotilde ; cependant, je ne puis me résoudre à m'éloigner sans savoir...

Elle s'interrompit tout à coup ; mais Diane avait compris sa pensée et lui dit :

— Sans savoir, n'est-ce pas, si Didier de Montchenu est mort ou vivant ? Soyez sûre, ma chère belle, que je partage votre angoisse ; mais nos cœurs dussent-ils se briser d'incertitude et de douleur, nous ne pouvons rester exposées aux outrages des mercenaires de Bourbon.

— Non, certes, ajouta l'archer, qui n'était autre que Faucheux, notre vieille connaissance, car je ne suis pas de taille, mes nobles dames, à vous

défendre contre une armée entière, comme le chevalier Bayard.

Tous trois tournèrent alors le dos au champ de bataille et s'apprêtèrent à fuir ; mais les deux femmes poussèrent un cri de surprise et de terreur à la vue d'un autre archer debout à l'entrée de la dernière arcade, et qui semblait disposé à leur barrer le passage.

La visière de son casque était baissée et cachait tout son visage, de sorte qu'à le voir ainsi immobile et tout bardé de fer, on l'eût pris pour une statue.

— Holà, mes mignonnes, dit-il en tirant une longue épée, il n'est pas courtois de se sauver quand j'arrive, comme si j'étais un loup ravisseur. J'ai droit à une petite rançon en guise de souvenir. D'autres à ma place seraient plus exigeants ; ils vous demanderaient un sourire et un baiser.

La comtesse se tourna vers Faucheux.

— Qu'attendez-vous donc pour nous défendre et forcer ce rodomont à nous laisser passer. Il est seul et il est lâche, puisqu'il insulte les femmes.

Faucheux s'arma d'un air farouche.

— Si je ne lui ai pas déjà plongé mon épée au travers du corps, c'est que je suis convaincu qu'il ne voudra pas s'exposer à une mort inévitable quand il saura qui je suis.

Malheureusement la voix et l'attitude de Faucheux trahissaient la peur ; les plus braves ont leurs années de faiblesse, et notre archer était dans une de ces années-là !

— Par les griffes de Satan ! s'écria l'autre archer avec un ricanement sinistre, depuis longtemps je suis désespéré de ne rencontrer que des adversaires indignes de moi.

— Et moi... reprit Faucheux d'un ton hésitant, je priais mon saint patron de m'envoyer un brave qui se défendît quelques minutes avant de se laisser embrocher comme un poulet, ainsi que tous les autres adversaires.

— Je crois que ton vœu va être exaucé ; je me défendrai, mais tu seras le poulet. Allons l'épée haute, mon paladin, et commençons la fête.

— Par saint Barnabé ! nous allons rire tout à l'heure ! dit gracieusement Faucheux, en brandissant son épée, mais sans faire un pas en avant.

— Mille diables d'enfer ! reste à savoir qui rira le dernier, riposta l'inconnu en agitant aussi son épée au-dessus de sa tête.

— Mille diables d'enfer ! répéta Faucheux en regardant son adversaire avec la plus curieuse attention ; oh ! oh ! voilà un juron qui a retenti plus d'une fois à mon oreille ! Il n'y a qu'un homme au monde qui sache le lancer avec tant de grâce et de facilité : c'est Goulard !

— As-tu bientôt fini tes patenôtres, camarade ? demanda l'inconnu.

— Madame, dit Faucheux à la comtesse, j'ai vraiment pitié de ce misérable. Permettez-moi de lui donner un bon conseil avant de le pourfendre en deux, ce que je ferai s'il refuse d'entendre raison.

Il abaissa son épée menaçante, en signe de paix, et s'approchant de son ennemi :

Léonarde prit la main de Chevrette, et lui dit, avec gravité : Tu seras un jour la favorite
d'un grand prince, et.... (Page 78.)

— Bonjour, Goulard, lui dit-il à voix basse.

L'inconnu parut déconcerté de ce salut amical, mais il prit aussitôt son parti et répliqua cordialement :

— Eh bien, oui, je suis moi-même. Qu'as-tu à me proposer, Faucheux ?

— Une fortune.

— Bon! ces deux dames sont une mine d'or. Tant mieux.

Il jeta sur Diane et sur Clotilde un regard significatif qui les fit trembler, car dans ces temps de violence, la rapine et le meurtre étaient des actes familiers aux soldats. Ils étaient habitués à se dédommager par le pillage de cette solde imaginaire qui leur faisait si fréquemment défaut.

— Ton avis! reprit Goulard. Faudra-t-il se contenter de les fouiller scrupuleusement, ou bien serons-nous obligés d'employer les grands moyens.

Un regard expressif jeté sur la gaine de son poignard acheva éloquemment sa pensée.

— Une question d'abord! dit Faucheux. Tu as donc tourné le casque.

— Les Espagnols ont absolument voulu m'enlever au roi de France. Ils savent ce que je vaux, camarade. Aussi François Ier a-t-il perdu la bataille.

— C'est une leçon un peu rude! Je crois en effet que nous lui avons bien manqué tous les deux.

— Assez sur ce point, Faucheux. Comment nous y prendre pour gagner la fortune en question ?

— Il ne s'agit plus de ces pauvres dames, Goulard, mais de la belle Suzanne Lallier.

— La maîtresse du connétable ?

— Oui, et puisque tu fais partie de l'armée des impériaux, notre affaire a des chances.

— Au fait, au fait, bavard !

— Une peu de patience, Goulard. As-tu oublié que madame Louise de Savoie a deux passions dans le cœur : un grand amour pour monsieur le duc de Bourbon et une grande haine pour Suzanne Lallier.

— Cela va de soi.

— Or, ne pouvant forcer le connétable à se laisser adorer et marier, elle voudrait tenir sa maîtresse en son pouvoir afin de la torturer à petit feu.

— Rien de plus logique.

— Je suis donc venu en Lombardie beaucoup moins pour me battre que pour m'emparer de la belle et vaillante Suzanne. Madame la reine-mère me payera d'autant mieux ce petit service qu'elle va sans doute être régente pendant la captivité de son fils.

— Mille diables d'enfer ! Tu ne me croirais pas, s'écria Goulard, mais je suis exactement chargé de la même mission secrète par la très gracieuse duchesse d'Angoulême.

— Voilà une femme de tête et de précaution ! dit Faucheux très étonné. Eh bien ! part à deux ! et en chasse !

— Rien de plus facile que de trouver le gibier, reprit Goulard, car cette mignonne ne quitte guère Bourbon plus que son ombre ; mais l'enlever sans se faire briser le crâne, voilà la difficile.

Et il se gratta l'oreille.

— Qui ne risque rien n'a rien ! dit sentencieusement Faucheux.

Leur intéressant dialogue fut interrompu par un bruit de pas qui se rapprochaient de l'aqueduc en ruines.

Les deux archers jetèrent un rapide regard sur la plaine.

Ils aperçurent deux chevaliers du parti de Bourbon, dont l'un portait l'autre sur ses épaules.

Et chose étrange ! celui qui s'était chargé d'un si lourd fardeau c'était le plus petit ; frêle et délicat comme un enfant, il semblait épuisé par la fatigue, et l'autre par ses blessures, car son armure était rougie de sang. Tous deux avaient perdu leurs casques pendant la bataille, et leurs visages étaient pâles comme la mort.

Le chevalier qui portait si héroïquement son compagnon n'eut pas la force de se traîner jusqu'aux arcades vers lesquelles il se dirigeait péniblement ; il fut forcé de s'arrêter et de déposer le blessé à terre.

— Voilà deux gentilshommes en bien piteux état, dit Faucheux. Ils ont grand besoin de secours, et je crois qu'en bons chrétiens nous devons...

— Nous devons attendre, riposta Goulard.

— Pourquoi cela ?

— Parce que Dieu saura bien les sauver sans nous s'il s'intéresse à eux. Puis, s'ils venaient à trépasser ou à perdre connaissance, nous pourrions nous débarrasser de leur superflu au lieu de laisser cet embarras aux maraudeurs espagnols.

Pendant ce colloque, madame de Montchenu et Clotilde s'étaient fort alarmées de l'accord qui s'était si singulièrement établi entre les deux adversaires.

Soupçonnant quelque complot contre leur vie ou leur honneur, elles s'étaient peu à peu écartées des arcades de l'aqueduc romain, dans l'espoir de tromper la surveillance des deux archers et de s'enfuir.

Elles guettaient l'occasion, lorsqu'elles virent les gentilshommes du connétable s'arrêter à peu de distance ; leur première pensée fut de les appeler à leur aide ; mais elles s'aperçurent bientôt qu'ils étaient hors d'état de pouvoir se défendre eux-mêmes ; ces vainqueurs étaient réduits à une telle prostration d'épuisement et de faiblesse qu'ils semblaient devoir attendre la mort à la place même où ils venaient de tomber.

Les deux femmes s'oublièrent alors elles-mêmes et suivirent d'un regard ému les mouvements des pauvres chevaliers, touchées de pitié pour celui dont elles voyaient couler le sang, pleines d'admiration pour son pâle compagnon, qui avait eu le courage de charger d'un fardeau si écrasant ses épaules juvéniles.

Tout à coup Clotilde tressaillit, fixa un regard étincelant sur les deux gentilshommes, puis saisissant avec force la main de Diane :

— Didier, madame ! s'écria-t-elle d'une voix déchirante ; je ne me trompe pas, c'est Didier !

— Didier blessé, mourant peut-être ! Ah ! vous l'avez reconnu la première, Clotilde !

— Celui qui est là, madame, étendu à terre et perdant tout son sang. Ah ! Dieu nous protège, puisqu'il l'a conduit vers nous !

Toutes deux voulurent s'élancer vers les chevaliers, mais Goulard leur barra le passage.

— Là ! là ! mes tourterelles, modérez votre ardeur !

— Ne m'entendez-vous pas ? dit Clotilde éperdue en le repoussant, c'est Didier de Montchenu, l'ami du duc de Bourbon ! Si vous êtes chrétien, ne nous empêchez pas de remplir notre devoir et de le rappeler à la vie.

— L'ami du connétable ! c'est différent, dit Goulard. Je m'intéresse à son sort. Allez !

Il avait réfléchi que, s'il voulait pénétrer jusqu'à Suzanne Lallier, il fallait reconquérir les bonnes grâces du duc de Bourbon. Mais tandis que les deux femmes se dirigeaient rapidement vers le blessé, les yeux de l'archer rencontrèrent involontairement ceux du jeune chevalier, et il laissa échapper un cri de surprise en voyant les cascades de cheveux qui pleuvaient sur son dos cuirassé.

— Mon très catholique ami, dit-il vivement à Faucheux, il faut que nous ayons mérité l'un et l'autre les faveurs de nos patrons célestes par des actions bien édifiantes à notre insu, car le gibier que nous voulions traquer vient se réfugier dans notre bercail.

— Je ne te comprends pas, Goulard.

— Triple niais ! ce jeune gentilhomme si frêle, c'est une femme !

— Tu veux rire ! Une femme tout armée et cuirassée.

— Oh ! affaire d'habitude. Et sais-tu le nom de cette femme ?

Faucheux le regarda d'un air ébahi.

Suzanne Lallier, mon camarade. Notre fortune est faite ; mais hâtons-nous. Ne laissons pas aux pillards impériaux le temps de nous ravir cette proie.

Et Goulard s'empressa de suivre ses deux prisonnières, tandis que l'autre archer restait tout étourdi de cette chance inespérée.

Il s'approcha de Suzanne avec un sourire narquois et s'inclina railleusement devant elle. La jeune fille était si brisée de lassitude qu'elle n'eut pas la force de se lever ni de faire un geste en apercevant le misérable. Elle murmura seulement ces mots :

— Que me veut encore cet homme qui me poursuit comme un mauvais génie ?

— Ce que je veux, mon beau chevalier ? dit Goulard, tout simplement vous arracher à cette vie de hasard et d'aventures qui sied mal à une jeune fille. J'ai souci plus que vous de votre réputation, moi, et pourtant je suis sûr que vous ne m'en saurez aucun gré. Est-il décent qu'une demoiselle chevauche l'armet en tête et cuirasse au dos parmi les gens de guerre ? Non, vous en conviendrez. Eh bien ! j'ai ordre de vous conduire à la cour d'une vertueuse princesse qui veut sauver votre âme de la perdition.

— Vous êtes fou à lier, maître Goulard répliqua Suzanne révoltée, mais je n'abandonnerai pas messire Didier pour écouter vos leçons.

— Bah ! voici deux belles dames qui vont prodiguer leurs soins à ce brave gentilhomme ; il n'aura donc pas besoin de l'aide de la maîtresse de monsieur le duc de Bourbon.

— Insolent ! dit la jeune fille, qui devint pourpre.

Mais elle entrevit la fatale vérité, et frissonna de terreur sous le regard d'épervier que lui lança l'archer.

— Les instants sont précieux, reprit-il froidement, et madame Louise de Savoie vous attend à sa cour avec l'impatience d'une femme jalouse qui ne souffre pas de rivale. Je suis forcé d'exécuter mes ordres.

De pourpres qu'ils étaient, les traits de Suzanne devinrent livides à la pensée de retomber au pouvoir de son implacable ennemie.

— Moi, revoir encore le visage hautain et le cruel sourire de la reine-mère ! s'écria-t-elle en jetant autour d'elle des regards éperdus ; moi, oublier encore la vie pendant des années au fond d'un cachot qui, cette fois, ne se rouvrira plus ! Oh ! jamais ! jamais ! Vous me tuerez, si vous avez la lâcheté de frapper une femme, misérables ; mais, par le Dieu tout-puissant, vous ne me livrerez pas à madame la duchesse d'Angoulême !

— Je suis trop galant pour occire une femme, dit l'archer, d'autant plus que cela ne me rapporterait absolument rien ; je me contente d'obéir aux ordres que j'ai reçus, et comme le temps presse, vous trouverez bon que je mette de côté toute étiquette et toute cérémonie.

Il appela Faucheux.

— Aide-moi, camarade, à enlever cette belle récalcitrante ! Nous trouverons des chevaux sans maître dans les rizières.

Il saisit en même temps le bras de Suzanne mais une main tomba lourdement sur son épaule.

Goulard se retourna et resta frappé de surprise à la vue de Didier, qu'il croyait toujours évanoui. Le jeune gentilhomme avait le visage blanc comme un suaire et chancelait sur ses jambes, mais son regard brillait de courage et d'indignation. Il était soutenu par la comtesse Diane et par Clotilde, qui avaient détaché sa cuirasse et pansé ses blessures, tandis que l'archer ne s'occupait que de l'enlèvement de Suzanne.

— Ribaud ! murmura Didier d'une voix faible, tu es bien hardi d'insulter cette jeune fille, qui s'est généreusement dévouée à mon salut. Elle est sous ma sauvegarde ainsi que ces deux dames. Je te conseille donc de fuir au plus vite, toi et ton compagnon, si tu ne veux être passé par les armes.

— Pardon, messire Didier, pardon, mais nous ne nous entendons pas le moins du monde.

— Tu oses me résister, drôle, à moi, un gentilhomme du connétable !

— Mon Dieu ! si vous n'étiez pas blessé et hors d'état d'exécuter vos menaces, croyez, messire, que je ne me permettrais pas une seule réflexion ; mais vous êtes seul et impuissant à manier l'épée et la dague.

— Prends garde, ribaud, dit le chevalier exaspéré, je n'ai pas perdu tout mon sang et je retrouverai encore assez de force...

Cependant il défaillait de plus en plus, épuisé par l'effet de sa colère ; des éblouissements noyaient son regard, et il était obligé de s'appuyer au bras de Clotilde pour ne pas tomber.

— Du calme, messire Didier, du calme. J'ai un marché à vous proposer, dit Goulard avec impudence.

— Un marché ! à moi !

Et le gentilhomme essaya de sourire.

— Mon Dieu, vous le trouverez peut-être avantageux, ce marché dont vous vous indignez d'avance.

Il désigna du doigt la jeune huguenote.

— J'ai parfaitement reconnu la compagne de madame la comtesse, messire. Je sais que vous vous aimez tous deux comme les anges s'aiment en paradis. Vous devez donc tenir singulièrement à préserver la vie et l'honneur de mademoiselle Clotilde des dangers qu'elle court au milieu de ces soldats que l'ivresse de la victoire a rendus capables de tous les excès.

— Ne l'écoutez pas, Clotilde, murmura le blessé ; je saurai bien vous protéger.

— Erreur, mon gentilhomme. Les Espagnols riront des ordres et de la fureur d'un capitaine dont la voix est éteinte et la main inerte.

— ! tu me braves, parce que tu me crois à la discrétion.

Et une écume rougeâtre frangea les lèvres blanches de Didier, tandis que les deux femmes pleuraient et le suppliaient de s'apaiser.

— Écoutez, messire, reprit Goulard, je consens à laisser mademoiselle Clotilde et madame la comtesse sous votre sauvegarde, mais vous me céderez en échange ce gentil chevalier que réclame madame Louise de Savoie, et vous me ferez serment de ne pas lancer de meute espagnole à notre poursuite.

Misérable ! fit Didier en portant la main à la poignée de sa dague ; mais cette main retomba sans force sur le bras de Clotilde.

— Troc pour troc, messire, insista l'archer. Vous voyez que je pourrais me passer de votre permission.

— Tu te trompes, ribaud, dit le gentilhomme d'une voix éteinte ; j'entends les trompettes d'un terce espagnol qui s'avance vers cet aqueduc. Je n'ai qu'un cri d'alarme à jeter, et tout à l'heure c'est toi et ton digne camarade qui nous demanderez grâce.

Goulard resta un instant interdit par cette menace, car il entendait en effet au loin les fanfares des clairons et des trompettes ; mais voyant que Didier s'affaissait dans les bras des deux femmes et que ses jambes se dérobaient sous lui, il répliqua avec outrecuidance :

— Essayez donc de crier à l'aide, messire, puisque votre bras héroïque n'a plus la force de frapper.

Le malheureux gentilhomme tenta vainement de pousser un cri d'alarme ; la voix s'éteignit dans son gosier.

— Clotilde ! et vous madame la comtesse, murmura-t-il, ayez pitié de l'amie du connétable ! appelez les Espagnols à son secours.

— Les Espagnols ! répéta la huguenote. Non, Didier, même pour vous sauver, je n'aurai pas recours à nos ennemis.

— Ame pusillanime et froide ! s'écria madame Diane, quand il s'agit de la vie de ceux qu'on aime, il n'y a plus ni amis, ni ennemis. On leur sacrifie son honneur s'il le faut, et pour eux on brave la honte.

Et elle s'élança aussitôt dans la direction des fanfares ; mais Goulard la suivit en souriant.

— Oh ! oh ! bel oiseau, vous prenez trop vite la volée ! dit-il.

Puis il fit tournoyer dans l'air avec l'adresse d'un frondeur une cordelette longue et mince qui alla s'enrouler comme un lacet autour du cou de la comtesse, tandis que Faucheux menaçait Clotilde de son poignard.

— Arrêtez ! s'écria alors Suzanne, dont les traits pâles exprimaient une décision suprême, vous avez assez lutté pour moi, messire Didier, et je ne veux pas vous porter malheur, à vous tous qui m'avez aimée. Je suivrai les émissaires de madame la duchesse d'Angoulême.

— C'est impossible ! murmura le gentilhomme. Jamais monsieur de Bourbon ne me pardonnerait...

— Il faut maintenant que Charles m'oublie, interrompit vivement Suzanne. En cherchant à le rejoindre, je m'étais imposé un devoir : je voulais le consoler de sa disgrâce, l'arracher au découragement, lui inspirer une ambition nouvelle et ne le quitter qu'à l'heure où je cesserais de lui être un conseil, un appui, un dictame, pour devenir un obstacle dans sa vie. Cette heure est venue. Vainqueur du maître injuste auquel il doit son malheur, admiré de l'armée entière dont il est désormais le héros, sa récompense l'attend à la cour de l'empereur, qui lui a promis la main de sa sœur, la reine Éléonore de Portugal. Je ne veux pas devenir pour lui une pierre de scandale. La reconnais-

sance le ferait peut-être hésiter à me sacrifier. Il faut qu'une barrière insurmontable nous sépare. Or, quel abîme plus profond entre lui et moi que la haine de madame d'Angoulême ! Laissez donc, messire Didier, ces chasseurs de femmes m'apporter comme une proie à sa vengeance. Le seul bonheur auquel je puisse aspirer désormais, c'est de me savoir pleurée par celui qui a rempli toute mon âme. Je suis prête à vous suivre, maître Goulard, ajouta-t-elle. Hâtez-vous de me livrer à la vertueuse reine qui vous a payée.

— Didier, sauvez-là, s'écria Clotilde en fixant d'un regard calme et sûr le poignard de Faucheux qui effleurait sa poitrine ; pas d'indigne faiblesse, pas d'hésitation.

La comtesse de Montchenu étendit sa main vers le blessé et lui dit avec une ironie amère :

— Choisissez donc, mon beau neveu, entre votre amie et celle du connétable !

Le gentilhomme voulut, par un effort suprême, s'élancer, pour s'opposer à la résolution héroïque de Suzanne ; mais, au bout de quelques pas, il chancela comme un vieillard débile, sa blessure se rouvrit, ses bras battirent l'air au hasard, ses yeux devinrent glauques, et il tomba à terre comme foudroyé en poussant un profond gémissement.

Pendant que Diane et Clotilde s'empressaient de le secourir, les deux archers s'éloignaient à la hâte en entraînant Suzanne Lallier.

XIV

COMMENT LE CAPITAINE PAULIN DÉCLARA QU'UNE ANTIQUE ABBAYE POUVAIT SERVIR DE FORTERESSE ET DE BUCHER.

Au milieu d'une plaine où se déroulaient des rizières qui, sous le souffle du vent, se creusaient et s'argentaient comme des vagues, une nombreuse troupe de cavaliers français, suisses et lombards, parcouraient l'espace au galop dans le plus grand désordre.

C'était au déclin du jour ; les lueurs ardentes de l'horizon tombaient obliquement sur cette horde bizarre et illuminaient de reflets cuivrés les casques et les cuirasses bossuées, les armes brisées, les figures hâves et sombres, les chevaux blancs d'écume. Parmi ces fugitifs poudreux, sanglants, effarés, on distinguait quelques femmes montées en croupe, pauvres créatures dont les traits pâles et bouleversés trahissaient la fatigue et l'épouvante.

Ils allaient au hasard, tournant parfois à droite ou à gauche, au lieu de courir droit devant eux ; ils étaient évidemment en proie au vertige de cette terreur panique qui les avait emportés tout à coup hors du champ de bataille.

Ces deux cents cavaliers étaient, en effet, des fuyards qui cherchaient à la désespérée un asile, un abri, un refuge contre la rage des impériaux vainqueurs.

Mais la plaine s'étendait toujours dans sa sinistre monotonie, sans offrir à la vue ni une forêt, ni une ferme, ni un amas de rochers où la troupe pût espérer d'échapper aux faucons espagnols ou de pouvoir résister à leur attaque.

Tout à coup, une voix résonna, brève et impérieuse, et les fuyards s'arrêtèrent aussitôt.

Celui qui venait de commander la halte et qui semblait diriger cette retraite était un hardi gentilhomme, le capitaine Paulin de Lagarde; après être resté l'un des derniers sur le champ de bataille de Pavie, il s'était mis à la tête de cette bande de vaincus et était parvenu à établir un peu d'ordre dans cette déroute, quoique grièvement blessé lui-même d'un coup d'arquebuse.

— Compagnons, dit-il aux chevaliers et aux soldats qui l'écoutaient, envisageons froidement le péril qui nous menace. Mettons cette halte à profit pour arrêter notre plan de défense contre les impériaux qui nous poursuivent avec des forces supérieures.

— Donnez votre avis, capitaine, répondit un jeune Suisse aux cheveux blonds et aux larges épaules.

— Vous le voyez, la plaine s'étend à perte de vue devant nous. L'ennemi nous atteindra bientôt. Nos chevaux sont harassés, nos armures à moitié brisées, nos bras énervés. Continuer à fuir en désordre, c'est nous livrer lâchement à la boucherie. Nous n'avons qu'un parti à prendre, non pour nous soustraire à la mort, mais pour mourir en vrais chevaliers. Il faut vendre chèrement notre vie. Il faut nous arrêter ici, nous serrer les uns contre les autres, en abritant les femmes au centre de notre escadron, et combattre jusqu'au dernier souffle.

— Bien parlé, dit le Suisse, car nous n'avons pas de merci à attendre des Espagnols. Tâchons donc d'en tuer le plus possible. Quant à moi, Wilhem d'Azarnes, avec l'aide de Dieu et des montagnards, je me charge d'en abattre un bataillon à coups de pertuisane, et soyez tranquille, ceux-là ne se relèveront pas, je le jure.

— Oui, oui, crièrent plusieurs gentilshommes, rangeons-nous ici en bataille.

— Hélas! hélas! dit alors une jeune femme avec des gestes désespérés, ne reste-t-il donc plus aucune chance de salut à tenter avant de nous exposer à cette tuerie?

— Aucune, madame, répliqua froidement le capitaine Paulin. Tuer et mourir voilà notre dernier mot.

— Mon bon gentilhomme, glapit alors une voix suraiguë, je crois que vous avez tort, et si j'osais vous donner un conseil, moi qui suis votre prisonnière, je pourrais vous tirer d'embarras.

Cette voix était celle d'une petite créature à robe écarlate, qui s'était juchée comme un singe, sur le cou du cheval d'un archer.

— Nous n'avons pas le temps d'écouter tes folies, tête éventée, répondit Paulin de Lagarde avec un mélange d'humeur et de dédain.

La naine s'accrocha à la crinière du cheval qui ruait, et dit d'un ton aigre-doux.

— Vous êtes moins galant que votre gracieux

sire François, mon capitaine, et vous mériteriez bien d'être abandonné à votre misérable sort; mais j'ai pitié de ces pauvres dames et de ces braves chevaliers; je m'intéresse à ces jeunes et beaux Suisses, et je veux tous les sauver de la mort.

Malgré la gravité de la situation, l'équipement singulier, la tournure grotesque et le sérieux imperturbable de Chevrette excitèrent quelques sourires que la vanité de la pauvre fille ne manqua pas de prendre pour des symptômes d'admiration et de reconnaissance.

— Allons, parlez, belle dame, s'écria gaiement Wilhem d'Azarnes, nous ne demandons pas mieux que de profiter de vos bons conseils.

Chevrette lança au jeune Suisse une œillade pétillante de coquetterie et reprit:

— Ainsi, messire, et vous tous, hommes d'armes qui m'écoutez, vous ne voyez autour de vous que plaines et rizières?

— Sans doute, répondit brusquement le capitaine Paulin, et cela aussi loin que peut porter la vue.

— Oui! dit avec vivacité la naine, la vue d'êtres gigantesques et informes dont le créateur n'a fait qu'ébaucher toutes les facultés, tandis qu'il les a achevées et perfectionnées chez certaines créatures délicates et privilégiées, tels que les oiseaux, les insectes...

— Et ces aimables avortons que nous appelons des nains, n'est-ce pas?

— Vous l'avez dit, cher seigneur.

— Enfin, où veux-tu en venir, ridicule bavarde?

Chevrette devint cramoisie de colère; mais elle se domina aussitôt et laissa tomber sur le brutal capitaine un regard superbe de dédain.

— Nous saurons bientôt, messire, qui est le plus ridicule de la naine bavarde ou du capitaine discourtois; en attendant, je veux vous prouver que vous n'y verriez goutte en plein midi.

Puis, étendant la main vers l'horizon:

— Qu'apercevez-vous là-bas, entre la plaine et le ciel? demanda-t-elle.

— Une sorte de ligne blanchâtre.

— Fort bien! mais qu'indique cette ligne blanchâtre?

— Eh! mordieu, des rizières, comme toujours.

— Regardez mieux, messire, et vous remarquerez que cette brume scintille comme un miroir sous les rayons du soleil couchant.

— C'est vrai, répondit Paulin de Lagarde après un moment d'examen; mais qu'est-ce que cela prouve?

Chevrette sourit orgueilleusement en voyant l'attention profonde que lui prêtaient tous les fugitifs.

— Cela prouve que c'est de l'eau qui brille là-bas, une rivière ou un lac; or, dans ce beau et bon pays de Lombardie, il n'est guère de lacs ni d'étangs qui ne soient ornés de quelques îles. Certes je ne suis pas un grand capitaine comme mon cher seigneur le duc de Bourbon, ni comme vous, messire, cependant, il me semble que dans une de ces îles deux cents Français déterminés pourraient se défendre avantageusement contre mille impériaux, obligés de les attaquer à la nage.

Cette réflexion attestait un bon sens et une perspicacité qu'on était loin d'attendre de cette chétive créature qui ressemblait à peine à une femme ; aussi excita-t-elle une véritable surprise chez tous ceux qui avaient accueilli ses premières paroles avec un sourire de pitié.

— Faisons la paix et puisses-tu dire vrai, Chevrette ! s'écria Paulin de Lagarde, frappé de la chance de salut inespéré qu'elle venait de lui offrir.

— Je ne me trompe jamais, mon capitaine, reprit la naine, et je distingue même sur cette ligne blanche une tache noire qui doit être une île.

— Allons ! ne perdons pas une minute. En avant ! dit Wilhem d'Azarnes.

— En avant ! dit le gentilhomme français.

Subitement ranimés par cette vive espérance au moment même où ils venaient de se résigner à la mort, tous les fugitifs s'élancèrent ventre à terre à la suite de leur chef, qui avait mis son cheval au galop dans la direction indiquée par la naine.

Il était temps, car en retournant la tête, les femmes effrayées purent apercevoir au loin, du côté de Pavie, la tête des escadrons espagnols et napolitains qui les poursuivaient.

Après sept ou huit minutes d'une course furieuse, les Français commencèrent à reconnaître distinctement la surface étincelante du lac où se dégorgeaient les rigoles des rizières, et du fond duquel surgissaient quelques îles vertes qui ressemblaient à des vaisseaux flottant sur l'onde immobile.

— Le lac ! le lac ! crièrent toutes les voix.

— Nous sommes sauvés ! dirent les femmes déjà rayonnantes d'espoir.

— Vous êtes une bonne créature, Chevrette, dit Wilhem d'Azarnes, car vous appartenez à monsieur le connétable ; vous n'aurez rien à craindre des impériaux, et c'est à votre bon cœur que nous devons la découverte de ce refuge.

— Nous n'oublierons pas ce service, ajouta Paulin de Lagarde.

Et tous ses compagnons acclamèrent la naine avec transport.

Chevrette s'épanouit en salutations et en remerciements, ne pouvant faire de révérences de cour, à cause de sa situation hippique ; puis elle se tourna d'un air piqué vers un jeune cavalier que toutes ces alternatives d'espoir et d'angoisse avaient laissé complétement insensible.

— Et vous, belle amazone, dit-elle, n'êtes-vous donc pas ravie d'échapper aux arquebusades de ces maudits Basques ?

— Que m'importe la vie ou la mort ? répondit mélancoliquement Suzanne Lallier, dont les ravisseurs s'étaient mis sous la protection de la troupe du capitaine Paulin.

— Cependant, ma mie, il serait bien disgracieux d'avoir les jambes ou les épaules fracassées d'une balle quand on est jeune et belle comme vous. Remarquez que je dis belle, ma chère, quoique

vous soyez peut-être un peu grande, ce qui ôte de la souplesse au corps et de la grâce aux mouvements.

— Vaut-il donc mieux, Chevrette, tomber entre les mains de la noble dame à laquelle j'ai été vendue par mes ravisseurs et dont la haine me prépare une vie plus horrible que cette mort violente dont vous avez peur ? Ah ! je ne demande à Dieu d'autre faveur que celle de ne pas survivre au combat qui va avoir lieu.

— Quant à moi, dit Goulard, qui ne s'éloignait pas de sa prisonnière, je prie le ciel de nous préserver d'une pareille faveur, mon excellent ami Faucheux et moi. Nous avons trouvé dans la capture de mademoiselle Suzanne une ressource pour nos vieux jours, et il serait bien dur de la perdre.

La pétulante Chevrette, impatientée, se tourna vers son voisin de gauche.

— Et vous, mon discret chevalier, reprit-elle, pourquoi restez-vous ainsi froid et impassible, tandis que tous vos compagnons me témoignent leur joie et leur reconnaissance ?

Cette apostrophe s'adressait à un chevalier dont l'armure était si bossuée, si tailladée, si bien souillée de sang et de poussière, qu'on devait le regarder comme un de ces acharnés combattants qui n'avaient échappé que par miracle à la mort.

Immobile sur son cheval et la visière constamment baissée, il marchait isolé au milieu de la troupe des fuyards, à laquelle il s'était joint, après avoir d'abord cherché à l'éviter ; ne se mêlant à aucun entretien, ne répondant pas même aux questions, il paraissait étranger à la crainte, à l'espoir, au découragement qui tour à tour agitaient les cœurs autour de lui.

On remarquait dans son attitude quelque chose de singulier qui avait d'abord éveillé la curiosité, puis la défiance de ses compagnons de fuite ; mais la vigueur prodigieuse dont il paraissait doué, sa taciturnité et le courage dont son armure portait un éloquent témoignage, toutes ces raisons arrêtèrent l'indiscrétion de ceux qui avaient été tentés de pénétrer le mystère dont il paraissait vouloir s'envelopper.

Arraché par la question de la naine à sa profonde méditation, le chevalier jeta un regard indifférent sur elle ; puis il détourna la tête en se renfermant dans son dédaigneux silence.

— Oh ! oh ! vous êtes bien fier, seigneur, dit Chevrette, vous ne pratiquez guère les us et coutumes de ces paladins qui, sur un mot tombé d'une jolie bouche, allaient pourfendre monstres et géants, au risque de leur servir de pâture.

L'inconnu haussa les épaules et lui fit signe de se taire.

— Quoi ! reprit la naine irritée, une dame — et, je puis le dire, une dame à laquelle les poètes de la cour de Moulins reconnaissaient quelque grâce et quelque gentillesse, daigne arrêter un instant sur vous ses regards et son attention, elle viole même les lois rigoureuses de la pudeur jusqu'à vous adresser la parole sans vous connaître, — et vous ne répondez à tant de faveurs qu'en détournait la tête sans plus de cérémonie que si vous aviez affaire à une servante d'hôtellerie !

— Taisez-vous, folle, dit Paulin de Lagarde, et respectez le chagrin de notre morose compagnon.

— Non, repartit avec entêtement la naine humiliée, je prétends prouver à l'instant même que nul ne peut se dérober à l'influence de la beauté. C'est sur vous, ténébreux chevalier, que je vais tenter cette épreuve, dans laquelle la mignonne et délicate Chevrette va triompher du robuste et farouche guerrier, je vous en préviens.

Un nouveau haussement d'épaules attesta que, pour le moment du moins, cette aimable prisonnière n'inspirait au chevalier d'autre sentiment qu'une impatience peu déguisée.

Elle continua néanmoins avec une sérénité imperturbable :

— Ma monture et mon cavalier ne m'inspirent guère de confiance au moment de traverser le lac dont nous nous approchons. C'est donc à vous, beau ténébreux, que j'octroie la gloire de me transporter dans l'île où nous devons aborder.

Le taciturne ne daigna pas répondre, et les fuyards ne purent s'empêcher de rire des grotesques prétentions de la naine.

Elle ne manifesta aucun dépit, mais prenant un air langoureux :

— Faut-il donc, pour être obéie, reprit-elle, me compromettre jusqu'à murmurer quelques mots à votre oreille ?

En même temps, elle fit signe à son guide d'approcher son cheval de celui de l'inconnu, se hissa jusqu'à l'épaule de ce dernier et prononça rapidement deux mots qui ne purent être entendus que de lui seul.

Les autres se disposaient à rire de nouveau aux dépens de Chevrette, lorsqu'à l'étonnement général, on vit le chevalier arrêter brusquement sa monture et présenter galamment son poing fermé à la naine. Elle sourit de l'air d'une princesse qui accorde une grâce, et, s'appuyant d'une main sur le gantelet de fer du taciturne personnage, elle sauta sur la croupe de son cheval avec la légèreté d'un oiseau.

Les Français arrivaient enfin au bord du lac. C'était une vaste étendue d'eau dont les rives marécageuses étaient hérissées d'une véritable forêt de joncs, tandis que sa surface calme et claire était couverte çà et là d'un tapis de plantes aquatiques.

Les larges feuilles du nénuphar, aux tons variés, les unes d'un vert éclatant, les autres d'une nuance cuivrée, dormaient et resplendissaient au soleil couchant en longues traînées d'or et d'émeraude.

Des bandes d'échassiers, debout et immobiles sur leurs longues pattes sèches, se détachaient en noir sur l'horizon enflammé et ajoutaient encore à l'effet magique du paysage.

Au milieu du lac, qui se confondait dans le lointain avec les rizières, cinq ou six petites îles vertes et fraîches comme de gigantesques bosquets s'allongeaient gracieusement, bordées d'un rideau de saules et d'osiers dont le pâle feuillage les enveloppait et les cachait tout entières.

Mais ce qui frappa surtout l'attention de la troupe des fugitifs, ce fut une vieille abbaye en ruines, élevée sur la rive de la plus grande de ces îles endormies.

La construction de cet édifice, bâti sur pilotis, remontait au moins à trois siècles; il devait être abandonné depuis longues années, car il croulait de toutes parts, montrant comme des cicatrices ses escaliers tordus en colimaçon, ses tours éventrées, ses galeries envahies par les ronces, ses cloîtres aux arceaux brisés. Cependant cette ruine n'attristait pas le regard, parce que sur tous ces débris d'une splendeur détruite ruisselait une verdoyante cascade de lierre; ses innombrables festons partaient du sommet des tours, descendaient, en faisant irruption par toutes les crevasses qui s'y ouvraient, jusqu'à la base du vieil édifice, et allaient enfin se baigner ou sombrer dans les eaux du lac.

La pourpre étincelante de l'horizon se réfléchissait sur l'abbaye et l'enveloppait d'une sanglante auréole.

— Voici notre forteresse, s'écria le capitaine Paulin.

— Oui, ajouta Goulard, derrière ces antiques murailles nous pourrons braver et lasser les impériaux, fussent-ils vingt fois plus nombreux que nous.

— Compagnons, reprit le gentilhomme, la vie de tous étant en péril, chacun est libre de donner son avis. Que ceux qui n'approuvent pas ma proposition le disent hardiment.

Personne ne répondit, mais tous les regards se tournèrent vers le chevalier taciturne, qui semblait puiser une grandeur étrange dans le mystère même qui planait sur lui.

Il ne parut pas comprendre l'hommage que lui rendaient les fugitifs et resta muet.

Paulin de Lagarde continua :

— Vous pensez tous, n'est-ce pas, que cette abbaye démantelée est le meilleur refuge que nous puissions choisir ?

— Tous, excepté moi, messire, dit Wilhem d'Azarnes. Je préférerais un de ces îlots qui sont entièrement nus.

— Votre choix est singulier; expliquez-en les motifs, mon ami.

— Volontiers, mon capitaine. L'abbaye est bâtie sur pilotis; ne voyez-vous pas sous son manteau de lierre, sous son armure de briques et de pierres effondrées, percer sa massive charpente en chêne? Toute cette carcasse de bois longtemps desséchée au vent et au soleil brûlerait comme un tas de copeaux si l'ennemi y jetait quelques fascines enflammées. Vous offririez aux Espagnols toute facilité pour nous rôtir comme des châtaignes dans une poêle. Croyez-vous qu'ils se priveront de ce plaisir quand ils seront exaspérés par notre résistance ?

— Je ne compte guère sur la générosité de Castaldo, Wilhem; mais quel est donc, à votre sens, l'asile qui vaut mieux que cette abbaye ?

— Cet îlot, qui semble devoir s'enfoncer dans le lac au moindre coup de vent, répondit d'Azarnes.

— Mais c'est une langue de terre découverte et sans défense !

— Vous vous trompez, messire ; elle est entourée d'un épais rideau de saules et de lauriers-roses qui nous dérobera parfaitement aux yeux des impériaux. De plus, nous pourrons les arquebuser à loisir, tandis qu'ils ne pourront tirer sur nous qu'au hasard.

Un murmure d'approbation accueillit la proposition du jeune Suisse, et le capitaine Paulin parut lui-même ébranlé : mais, après un instant de réflexion, il répliqua d'une voix brève :

— Je tiens à l'abbaye, mon cher Wilhem, pour deux motifs : le premier, c'est que nous sommes trop peu nombreux pour éparpiller nos forces et défendre votre îlot sur tous les points ; le second, c'est justement la facilité de réduire en cendres ce vieux bâtiment.

A cet argument inattendu, la stupéfaction se peignit sur les visages des fugitifs.

— Oui, ajouta-t-il, en promenant sur toute la troupe un regard intrépide, si nous sommes vaincus, il faut que cette ruine, subitement incendiée comme un bûcher par votre capitaine, devienne à la fois notre tombeau et celui de nos ennemis. Il faut qu'impériaux et Français, nous nous ensevelissions tous dans l'immense fournaise, et que nul de ces vainqueurs ne puisse aller à Pavie se vanter de notre défaite. Nous devons donc nous réfugier dans l'abbaye. Que ceux qui pensent comme moi me suivent !

Tous les Français, entraînés par cet héroïsme, s'écrièrent qu'ils ne voulaient plus entendre aucune objection, et qu'il fallait se hâter de pénétrer dans le vieil édifice.

On s'empressa d'autant plus à traverser le lac, que la cavalerie napolitaine de Castaldo, qui portait des Basques et des Espagnols en croupe, s'était rapprochée pendant cette discussion et se trouvait presque à portée d'arquebuse.

Mais au moment d'entrer dans l'eau, une même pensée frappa tous les esprits : le lac était-il guéable en cet endroit ?

Ce doute parut inquiéter particulièrement la naine, qui regarda alternativement l'archer son ancien gardien et le chevalier taciturne.

— Si les chevaux perdent pied dans le trajet, murmura-t-elle, mon nouveau guide, couvert de sa lourde armure, coulera au fond du lac, et je le suivrai forcément, tandis que le cheval de l'archer, ne portant qu'un poids léger, nagera sans peine jusqu'à l'île. Quel parti prendre, sainte Vierge ? retourner à l'archer ou rester avec le chevalier ?

Mais après avoir un instant fixé son regard sur ce dernier, elle reprit :

— Non, un si noble seigneur ne peut mourir misérablement dans la vase d'un marais. Il se sauvera et me sauvera avec lui.

— Allons, en avant ! s'écria le capitaine Paulin, et que Dieu nous assiste !

Puis il lança hardiment son cheval dans les fourrés de joncs, et toute la troupe des fugitifs le suivit, non sans que les femmes ne fissent entendre des exclamations de peur et de détresse.

La traversée s'opéra néanmoins sans accident.

Au bout de quelques minutes, les Français abordèrent à la rive de l'île et pénétrèrent dans l'abbaye, où ils prirent les dispositions nécessaires pour résister à l'attaque des impériaux.

Ces derniers arrivaient ventre à terre et se dispersaient pêle-mêle sur le bord que venaient de quitter les fugitifs.

Paulin de Lagarde reconnut qu'ils étaient plus de deux mille ; puis, il remarqua que tous les cavaliers étaient des hommes d'élite, parfaitement armés et équipés, alertes et pleins d'ardeur, choisis sans doute parmi ceux qui avaient le moins donné pendant la bataille ; enfin, à l'ordre et à la discipline qu'il leur vit observer, ils devaient être commandés par un des principaux capitaines de l'armée victorieuse.

Tant d'efforts dirigés contre deux cents fuyards, la plupart blessés et hors de combat, ce déploiement inusité de force, ce luxe de précautions, trahissait un parti pris de s'emparer de toute la troupe ou de la détruire jusqu'au dernier homme.

Paulin de Lagarde, dont rien n'eût étonné le courage s'il n'eût eu que sa vie à défendre, s'effraya de la responsabilité qui pesait sur lui et voulut consulter Wilhem d'Azarnes, dont il avait pu apprécier l'énergie ; il l'attira à l'écart et lui communiqua ses remarques et ses appréhensions.

Le jeune Suisse partagea tout à fait son avis.

— Pour que les Espagnols restent ainsi serfs de la discipline après la bataille, il faut qu'ils obéissent à un capitaine assez illustre pour leur imposer, assez redouté pour les contenir au milieu de l'enivrement de la victoire. Si ce chef a quitté l'armée pour nous poursuivre, c'est qu'il veut atteindre parmi nous un ennemi particulier. Il y a là quelque vengeance secrète sous roche.

— Selon vous, nous n'avons donc aucune miséricorde à attendre de ces furieux ?

— Aucune !

— Alors, opposons-leur une défense à outrance, sans autre espoir, sans autre arrière-pensée que de nous ensevelir tous sous ces ruines.

— J'en suis fâché pour les pauvres femmes qui nous accompagnent, mais il n'y a pas à hésiter. Quant à nous, ne sommes-nous pas toujours préparés à ces horribles hasards de guerre ?

— Nous saurons mourir comme il convient à des chrétiens et à des gentilshommes, dit gravement le capitaine. Allez rejoindre vos montagnards, Wilhem d'Azarnes, et apprêtons-nous à recevoir gaillardement l'ennemi !

— Soyez tranquille, messire, répondit le jeune Suisse avec autant de calme que s'il se fût agi d'une revue ; — ces ruines nous offrent mille excellents moyens de nous fortifier ; chaque pan de mur, chaque galerie, chaque porte, vont devenir pour nous des remparts qu'il faudra assiéger et emporter d'assaut. Je vous jure que la moitié de ces braves cavaliers qui caracolent si fièrement là-bas sera engloutie dans le lac avant que nous y tombions nous-mêmes.

Au moment où ils se séparaient pour rejoindre leurs compagnons, un léger bruit se fit entendre

Le Baron de Trans retournant tristement vers l'abbaye... (Page 104.)

derrière eux, et, en se retournant, ils virent comme une ombre qui disparaissait dans une lézarde de la muraille.

— Est-ce un farfadet qui nous espionne ? demanda le capitaine Paulin.

— Bah ! c'est sans doute un des hôtes de l'abbaye que nous avons dérangé dans son gîte, répondit le Suisse en riant.

Et il se hâta de se diriger vers le groupe des montagnards sans se douter que le farfadet ou le prétendu hibou pouvait être une créature humaine. C'était tout simplement Chevrette, qui avait voulu écouter leur entretien et qui s'enfuyait plus morte que vive. Elle s'empressa d'aller jeter l'alarme et le désespoir dans le cœur des femmes en leur apprenant le sort qui les menaçait.

Pendant ce temps, les Espagnols se disposaient à l'attaque sous les ordres du capitaine dont Paulin et Wilhem avaient deviné l'importance, et qui n'était autre que le grand marquis en personne.

Comment don Ferdinand d'Avalos avait-il pu quitter son armée, où sa présence était si nécessaire, pour diriger lui-même une expédition dont le résultat ne pouvait être que misérable et indigne de lui ? C'est ce que nous ne tarderons pas à savoir.

XV

OU LE MÉDECIN DU MARQUIS DE PESCAIRE
VEUT LUI VENDRE UNE VIEILLE INVENTION
TRÈS UTILE A L'HUMANITÉ.

Le marquis avait fait dresser sa tente au bord du lac, pendant que ses cavaliers laissaient souffler leurs montures et vidaient quelques outres. Le regard errant sur le flot, qui venait clapoter jusqu'à ses pieds, il abandonnait nonchalamment sa main au savant Marforio Veneno, chargé de constater cinq ou six fois par jour l'état de sa santé.

— Eh bien ! demanda-t-il à ce bonhomme, dont les traits ridés, grimaçants, parcheminés, formaient un singulier contraste avec sa spirituelle

7

figure, que dites-vous de votre malade, messire Esculape?

— Hum! hum! fit celui-ci en hochant la tête, le pouls est agité, brûlant, irrégulier.

— J'en étais sûr! dit M. de Pescaire consterné; et crois-tu le cas grave, Marforio?

— Hum! hum! ce sont des symptômes fâcheux, sans être tout à fait alarmants.

Cette réponse troubla visiblement le marquis; cependant il attacha sur son médecin un regard perçant et lui dit d'une voix sèche :

— Prends garde, mon bon ami Marforio! on prétend que, dans l'intérêt de ta fortune et de ton influence, tu me trouves souvent malade des maladies que tu me donnes. Si tu osais te jouer de don Ferdinand d'Avalos, tu payerais cher cette plaisanterie!

— En effet, répliqua froidement le vieux médecin, bien des gens affirment que les maladies dont vous vous plaignez gisent uniquement dans votre imagination. Vous devez savoir mieux que moi si ces sceptiques disent vrai.

L'habile Marforio avait touché juste. Rien ne blesse un malade imaginaire comme le doute qu'on exprime au sujet des maux dont il se croit atteint : la colère du marquis, au lieu d'éclater sur son médecin, se tourna contre les incrédules qui riaient de ses souffrances.

— Ah! je ne suis pas malade? s'écria-t-il; je voudrais bien connaître tous ceux qui osent révoquer en doute mes palpitations de cœur...

— Et vos maux de tête?

— Mes insomnies, mes fièvres, mes spasmes.

— Et vos éblouissements, qui sont les précurseurs d'un coup de sang?

M. de Pescaire pâlit :

— Crois-tu donc que je sois menacé d'une attaque, Marforio?

— Pourquoi pas d'apoplexie et de paralysie, mon cher seigneur. Tous les hommes sont égaux devant la mort. Mais ne suis-je pas là pour vous défendre, moi, votre vieux médecin? N'ai-je pas assez de science pour barrer le passage à la mort si elle voulait vous toucher de son doigt décharné?

— Bon Marforio! dit le marquis avec attendrissement. Ah! les misérables prétendent que je ne suis pas malade!

— Ils ne méritent pas votre colère, don Ferdinand, surtout quand cette colère peut vous enflammer le sang, déjà fort échauffé par les émotions de la bataille...

— Ah! ah! je ne suis pas malade! répéta Pescaire en se tâtant le pouls.

— Et par les fatigues d'une longue course en plein soleil, acheva le médecin.

— Oui! dit le marquis, dont ce conseil indirect calma tout à coup l'irritation; mais pourquoi me suis-je exposé à cette fatigue? Pour suivre ton avis, quoique ma raison m'en montrât l'absurdité.

Et il ajouta en souriant :

— Tiens, mon cher Marforio, si tu n'es pas le diable en personne, tu es pour le moins son cousin germain, et à ce titre, le bûcher t'attend.

Le vieux docteur tressaillit.

— Ne jouons pas avec le feu, don Ferdinand, murmura-t-il.

— Oh! ne crains rien, poltron! les dominicains sont trop loin pour nous entendre. Ton frère cadet, fray Ambrosio Veneno, serait, en effet, capable de te faire figurer dans un auto-da-fé sur cette seule supposition, à l'instar de Brutus condamnant ses fils chéris au supplice; mais, à cette heure, il est fort occupé à confesser les mourants sur le champ de bataille, à bénir les vrais chrétiens, et surtout à damner les hérétiques.

— Qu'il ne se souvienne jamais de moi, pas même dans ses prières, dit Marforio, c'est la seule marque d'affection que je lui demande.

— Tu as raison; il est fort dangereux pour un sorcier d'être le frère d'un dominicain.

— Mais je ne suis pas sorcier, monsieur le marquis. Qui donc oserait m'accuser?...

— Moi-même, mon aimable Marforio, moi, que tu as eu la diabolique influence de décider, la bataille finie, à poursuivre avec deux mille cavaliers d'élite cette misérable bande de fuyards! Il faut que tu aies jeté un charme sur moi!

Le docteur tira de sa poche un énorme flacon de cristal rempli d'une sorte d'huile transparente, et en versa quelques gouttes sur les joncs qui bordaient la rive.

— Que fais-tu? demanda don Ferdinand étonné.

— Vous le saurez tout à l'heure, dit Marforio avec un sourire équivoque. En attendant, permettez-moi de vous répéter que si le gain de la bataille de Pavie importe beaucoup à votre gloire et à votre fortune, vous en perdrez tout l'avantage en laissant échapper les deux cents Français qui viennent de se loger dans cette abbaye.

Pescaire se mit à rire.

— Vraiment, cher docteur, ma gloire et ma fortune dépendent de la capture de ces fugitifs?

— Non pas, répliqua froidement Marforio, mais de leur complète extermination.

Don Ferdinand haussa les épaules.

— On nous accuse de cruauté, nous autres gens de guerre, répliqua-t-il; mais je vois que nous sommes des agneaux en comparaison des médecins et des savants. Une extermination complète! Tudieu! tu n'es pas pour les demi-mesures, Marforio! As-tu songé que cette troupe se compose en grande partie de femmes et de blessés qui mourront peut-être avant d'atteindre la frontière de France?

— Soyez miséricordieux, si cela vous plaît, seigneur marquis, mais sachez bien que si un seul de ces fugitifs survit aux autres, vous perdez tout le fruit de cette victoire qui livre François Ier à Charles-Quint et qui laisse le royaume à sa discrétion.

Don Ferdinand frappa la terre du pied.

— Explique-toi donc, sphinx mystérieux! Comment veux-tu que je devine ta pensée?

Le médecin le regarda sans répondre avec ce sourire effrayant qui devait faire croire à ses parentés diaboliques; il saisit la torche allumée que portait le Maure Abdallah, immobile à l'entrée de la tente, et se pencha au-dessus des joncs verdoyants sur lesquels il avait jeté quelques gouttes de son étrange essence. Les joncs s'allumèrent aussitôt à l'éclat seul de la flamme, l'air s'embrasa, et Pescaire les vit avec surprise flamboyer, pétiller et se tordre comme s'ils eussent été desséchés.

— Quelle est cette magie? demanda le marquis.

— Vous le saurez tout à l'heure, répondit Marforio; mais parlons de la bataille. Trois capitaines, n'est-ce pas, commandaient l'armée impériale. Vous aviez sous vos ordres les Espagnols, don Ferdinand, tandis que les Italiens obéissaient au vice-roi de Naples, et les lansquenets au duc de Bourbon?

— Tu n'as pas eu besoin d'évoquer Satan pour connaître ces détails, Marforio.

Le médecin poursuivit tranquillement :

— Puisque ces trois capitaines ont contribué, chacun pour sa part, à la défaite des Français, leurs soldats, dans cet élan d'enthousiasme qui leur arrache le cri de la vérité, ont dû saluer des mêmes acclamations les noms des trois vainqueurs.

Don Ferdinand fronça légèrement le sourcil et garda le silence.

— Me serais-je trompé, seigneur marquis? demanda le docteur en affectant une curiosité naïve.

— Pourquoi feindre l'ignorance? répondit Pescaire d'une voix sombre et avec un accent qui témoignait un vif assentiment. Est-ce que tu ne sais pas tout, démon ?

— Quoi ! reprit candidement Marforio, ces rudes besogneurs n'auraient-ils acclamé que deux capitaines ?

— Pas même deux ! répliqua sourdement le marquis. Un seul nom a éclaté à mes oreilles, et ce nom, proféré par des milliers de bouches, a retenti avec un tel fracas, qu'il a dû traverser l'espace qui sépare Pavie de Madrid.

Le docteur sourit bénignement.

— Il va sans dire que ce nom, ce nom unique, ce nom illustre, était celui du marquis de Pescaire?

— Ce nom ! s'écria don Ferdinand avec un transport de rage jalouse, c'était celui du connétable de Bourbon.

Il y eut un nouveau silence.

Marforio Veneno regardait complaisamment les joncs qui brûlaient. M. Pescaire remarquait qu'ils brûlaient même dans l'eau, tandis que de noirs panaches de fumée ondoyaient au-dessus de la rive. Les hautes herbes grésillaient. Des langues de feu se jouaient et se tordaient comme des serpents parmi les plantes aquatiques qu'elles dévoraient. On eût dit que les flots mêmes brûlaient et activaient l'incendie. Comme un enfant, le marquis suivait distraitement des yeux ce curieux spectacle, mais sans y attacher d'importance, tant il était préoccupé.

— Don Ferdinand, reprit le docteur, avez-vous oublié ce proverbe latin : *Vox populi, vox Dei* ?

— Où veux-tu en venir?

— Écoutez, seigneur : si la voix du peuple est celle de Dieu, la voix du soldat est celle de l'historien; à partir de l'heure où son nom a été salué par l'armée impériale tout entière, le connétable

de Bourbon a été consacré vainqueur de Pavie.

— Et moi ! fit Pescaire avec hauteur, me comptes-tu pour rien ?

Marforio fit entendre sa petite voix sèche :

— Vous, don Ferdinand, vous disparaissez, ainsi que M. de Lannoi, dans les rayons de sa gloire. Le soldat n'a prononcé qu'un nom; il n'y a qu'un vainqueur. La Renommée, dont le vol est si rapide, dont les cent trompettes sont si retentissantes, va le proclamer dans quelques jours à la cour de Madrid. Quels que soient le courage et le talent dont vous aurez fait preuve sur le champ de bataille, vous ne traverserez l'Espagne, vous n'entrerez à Madrid, vous ne paraîtrez devant l'empereur qu'à la suite du connétable. Vous serez l'humble satellite de cet astre brillant. Vous serez l'habile lieutenant de ce triomphateur, dont votre nom rehaussera l'orgueil. Vous ferez escorte à sa gloire.

Don Ferdinand bondit de colère et s'écria d'une voix vibrante :

— Moi, le marquis de Pescaire, orner le cortège de ce proscrit? Allons donc, vous ne croyez pas un mot de cette ridicule chanson, maître Marforio.

Ce dernier jouissait intérieurement de voir l'amour-propre du général s'exalter jusqu'à la fureur. Il répliqua donc sans s'émouvoir :

— Non-seulement, cher seigneur, je crois avec raison, mais je connais un homme qui, plus que moi, est convaincu de ces tristes vérités.

— Et cet homme? demanda vivement le marquis.

— C'est vous-même, dit le médecin. Oui, telle est la cause de l'exaspération qui vous rend malade et qui vous forçait tout à l'heure de me consulter. J'ai été l'écho bruyant de la pensée qui vous torturait secrètement. J'ai dit tout haut ce que vous osiez à peine murmurer. Je vous ai contraint à regarder en face le tableau d'humiliation dont vous détourniez la vue. Je ne vous ai rien appris, don Ferdinand d'Avalos; ce que je viens de vous dire, vous le saviez mieux que moi et avant moi.

— Ah ! mon pauvre Marforio, tu as deviné tous les déchirements de mon cœur, dit Pescaire, tombant tout à coup dans le plus profond abattement; mais quand le médecin connaît la source de la maladie, il a de grandes chances de la guérir... J'attends le remède, docteur.

— La cure est commencée, monsieur le marquis, dit Veneno, mais vous êtes sourd et aveugle. Ne voyez-vous pas comme cette forêt de joncs verdoyants brûle jusqu'à la tige dans le lac?

— Ah ! ça, m'as-tu amené ici pour me faire admirer tes tours d'alchimiste ou pour anéantir cette troupe de fugitifs ?

— Tout se tient, monseigneur... Êtes-vous bien convaincu que monsieur votre ennemi le plus dangereux, puisqu'il va briser sous vos pieds l'échelle de votre ambition? Comprenez-vous bien que si ce prince avait été tué dans la bataille, tout le prestige de la victoire s'attachait à votre nom et que vous seul obteniez l'admiration de l'Espagne et la reconnaissance de Charles-Quint ?

— Sans aucun doute ; mais comment serais-je vengé de monsieur de Bourbon en faisant massacrer ces deux cents Français ?

Un sourire d'une froide et implacable ironie tordit la face livide du vieux médecin.

— Eh bien ! si, grâce à moi, cette supposition devenait une réalité ; si le seul obstacle qui se dresse entre vous et la plus haute fortune de l'empire disparaissait tout à coup...

— Que veux-tu dire ?

— Si la mort du duc de Bourbon...

— Un crime ? s'écria le marquis de Pescaire indigné.

— Eh ! qui songe à un crime, mon loyal seigneur ? reprit Marforio sans détacher ses yeux des flammes qui embrasaient les joncs de la rive sur un espace assez étendu. Je parle d'une mort toute naturelle pour un capitaine qui doit tomber dans un assaut et les armes à la main. Donc si, grâce à moi, le hasard vous servait comme un valet fidèle, de quel prix payeriez-vous ce service ? En un mot, que me proposeriez-vous pour être délivré de ce fâcheux rival dont la mort ferait de vous le demi-dieu de l'Espagne et de l'empire, et le bras droit de notre glorieux maître ?

Don Ferdinand pâlit ; une sueur froide inonda son front ; il baissa les yeux involontairement, et ce fut d'une voix troublée qu'il répondit :

— Certes, mon bon Marforio, s'il suffisait d'un vœu pour que monsieur le connétable...

Mais il n'eut pas la force d'achever, tant ses lèvres tremblèrent.

— Cent mille écus vous paraîtraient, n'est-ce pas, un léger sacrifice ? dit le sinistre médecin en vidant son flacon dans le lac, dont les eaux s'illuminèrent d'une large draperie de flammes.

— Peut-être, murmura Pescaire.

— Eh bien ! s'écria Marforio, dont les yeux étincelèrent de cupidité, promettez - moi cette somme, et je réalise votre rêve.

— Mais cher docteur, balbutia le marquis, ma conscience se révolte à l'idée...

— Votre conscience ! répéta le médecin en ricanant. Qu'appelez-vous votre conscience ? Est-ce un ange gardien qui vous parle à l'oreille et qui vous menace de l'enfer ? Est-ce la peur d'être dénoncé au mépris des hommes ? Est-ce la crainte de ne pas réussir ? Redoutez-vous d'ordonner l'action que vous avez rêvée ? Mais je me charge de tout, monseigneur ; votre conscience restera aussi pure et aussi tranquille que celle d'un enfant.

— S'il en est ainsi, je consens, dit Pescaire d'une voix indistincte. Maintenant, ton secret, Marforio ?

Le docteur sourit d'un air de triomphe :

— Savez-vous, monsieur le marquis, où se trouve à cette heure monsieur le connétable ?

— A Pavie, au milieu de ses lansquenets.

— Non, pour son malheur.

— Alors, c'est moi qui te demanderai : Où est-il ?

— Dans cette abbaye, monseigneur, dit le médecin en désignant de la main le vieil édifice ruiné où s'étaient réfugiés les Français.

Après un instant de stupeur, Pescaire s'écria :

— C'est impossible ! Tu es fou, Marforio.

— Pas si fou, car c'est moi qui l'ai attiré dans ce guêpier.

— Par quel sortilège ?...

— Vous allez tout savoir, dit le médecin en frottant ses mains sèches l'une contre l'autre en signe de contentement. La bataille venait de finir. Bourbon traversait les rangs de l'armée impériale, qui se pressait sur son passage, folle d'enthousiasme à la vue de son héros.

Pescaire se mordit les lèvres. Marforio continua :

— Son cheval noir fendait lentement les flots de cet océan humain, bruyante cohue de têtes ardentes et d'armes entrechoquées. J'admirais de loin, de fort loin même, ces trophées d'étendards de toutes formes et de toutes couleur, arborés au-dessus de sa tête fière et superbe. Tout à coup, je vis filer devant moi, comme une volée de flèches, une troupe de Français qui s'enfuyaient pêle-mêle... et au milieu d'eux je remarquai un jeune cavalier aux traits pâles et tristes, dans lequel je reconnus bientôt la belle Suzanne Lallier.

— Suzanne ! la mignonne du connétable ? interrompit vivement Pescaire.

— Une idée traversa mon esprit. Inspiration du ciel ou de l'enfer, vous déciderez la question, don Ferdinand. Je sautai sur un cheval sans maître, je m'élançai dans la direction du cortège triomphal et je parvins jusqu'au duc, non sans beaucoup de peine et beaucoup de horions.

— Et alors tu osas troubler son ivresse d'orgueil, et lui dire : « Suzanne est en péril et vous devez tout oublier pour la sauver ! »

Marforio éclata de rire.

— Vous êtes vraiment un seigneur rempli de pénétration, don Ferdinand. Oui, cela se passa ainsi. Je dois le dire à la louange de Bourbon, il pâlit, et je n'oublierai jamais le regard qu'il jeta sur moi en disant : « Où est-elle, mon bon Marforio ? Si tu me la rends, je fais vœu de ne te rien refuser. » Ah ! c'est un généreux prince !

— Bavard ! dit Pescaire.

Le médecin poursuivit :

— Je répondis au duc : « Suivez-moi ! » Je me dégageai du flot vivant qui nous enveloppait et je partis au galop. Comment Bourbon parvint-il à se soustraire à la despotique adoration de ses lansquenets ? je l'ignore ! Mais quand j'arrivai aux arcades du vieil aqueduc romain, il m'avait rejoint, et il ne me dit que ce seul mot, d'une voix où palpitait toute son âme : « Suzanne ? » Je lui indiquai du geste la direction qu'avaient prise les fuyards. Il baissa la visière de son casque, éperonna son cheval et partit comme un trait.

— Ainsi, tu penses que le duc n'a pu arracher sa mignonne par la force des mains de ces désespérés, et qu'en attendant une occasion favorable, il les accompagne inconnu de tous.

— Pourquoi donc vous aurais-je supplié de quitter le champ de bataille, cher seigneur ? dit le docteur avec son ricanement diabolique. Comme l'araignée, j'ai bien tissé ma toile, et cette grosse mouche dorée s'y est prise. Comprenez-vous maintenant quel intérêt vous avez à détruire ce ramassis de blessés et de mourants? Comprenez-vous qu'en usant du droit de la guerre, puisque la présence de Bourbon parmi eux est ignorée de ses plus chers amis, vous vous débarrasserez fort innocemment du seul obstacle qui vous gêne et entrave votre élévation?

— Mais s'il y a bataille, répliqua Pescaire, monsieur le connétable se fera connaître, ne fût-ce que par ses grands coups d'épée.

— Croyez-vous donc que je lui en laisserai le temps? repartit Marforio Veneno en fixant sur le marquis ses petits yeux verdâtres. Je veux gagner mes cent mille écus et ne les devoir qu'à ma science. Sachez que je méprise chez l'homme la force brutale, aveugle et grossière, et que moi, qui suis pour vos lourds chevaliers bardés de fer un insecte ou un vermisseau, je puis les vaincre sans lance et sans épée.

— Vantard! fit M. de Pescaire.

— Vous ne me croyez pas, don Ferdinand? s'écria le vieux médecin irrité, parce que mes paroles blessent votre orgueil de grand capitaine. Et cependant vous m'avez vu tout à l'heure incendier les joncs tout verts de cette rive comme de la paille sèche; mais vous avez regardé ce prodige comme un jeu d'enfant: vous n'avez pas compris.

— Je ne sais rien des choses de la sorcellerie et de la magie, répliqua le marquis. Dieu merci! je suis bon catholique.

Marforio Veneno haussa les épaules en faisant une grimace qui exprimait un dédain suprême; puis il baissa la voix:

— Cependant, don Ferdinand, vous avez choisi pour médecin ce vieux savant que vous croyez un sorcier et un magicien. Crédulité vraiment indigne d'un esprit supérieur comme le vôtre! Non, il ne s'agit pas ici de sortilèges: si ce n'est de ceux qu'invente ou que cherche la science. Vous m'avez promis cent mille écus. Eh bien! je vous vends mon secret. J'ai retrouvé le feu grégeois, monseigneur.

— Le feu grégeois! répéta Pescaire stupéfait.

Le docteur redressa fièrement sa taille courbée.

— Oui, don Ferdinand, et je puis brûler des flottes entières aussi facilement qu'un sarment de vigne. Je puis faire de ce lac un lac de feu, dont les flots ardents envelopperont cette vieille abbaye comme une marée et la changeront en brasier.

— Mais c'est un rêve, s'écria le marquis.

— Non, c'est une réalité, reprit Marforio; voilà dix ans que je poursuivais la trace de ce secret perdu. Je m'étonnais que Satan, mon maître, eût laissé périr une recette si merveilleuse et si utile à l'humanité; il est vrai qu'il nous a donné comme passe-temps la poudre, les balles et les canons. Il ne saurait penser à tout.

Cette froide ironie fit tressaillir M. de Pescaire.

— Mon cher médecin, dit-il gravement, vous avez certes fait là une découverte admirable et qui vaut son pesant d'or, mais je vous prie et je vous ordonne de ne la révéler à âme vivante avant

d'en avoir informé notre gracieux souverain Charles-Quint.

— Volontiers, don Ferdinand, volontiers, répliqua Marforio; mais vous me permettrez bien aujourd'hui de tenter un essai de l'invention en faveur de monsieur le connétable et de tous les hôtes de l'abbaye. C'est de bonne guerre, n'est-ce pas? D'ailleurs, vous êtes ménager du sang de vos soldats. mon capitaine, et Dieu vous récompensera d'avoir eu la charité de ne pas les exposer inutilement aux coups de ces furieux.

Le général espagnol regardait avec une sorte d'aversion ce hideux vieillard, déjà semblable à une momie, qui se plaisait dans des pensées de destruction et de mort. Il avait horreur de cette science implacable qui supprimait de la guerre le courage, l'adresse, l'enthousiasme et qui rabaissait la victoire à l'emploi des forces aveugles de la matière. Cependant sa haine contre Bourbon était trop profonde pour qu'il songeât à rejeter la proposition de Marforio Veneno. Sa tête s'inclina sur sa poitrine, et il répondit d'une voix presque indistincte:

— Tu as raison, illustre savant. Il faut avoir pitié de mes pauvres soldats.

Un rayon de joie sardonique brilla sur les traits horribles du médecin, et il allait remercier le marquis, lorsqu'un cri aigu retentit à quelque distance de la tente.

Don Ferdinand jeta un regard du côté de ses cavaliers et remarqua parmi eux une certaine agitation.

— Que se passe-t-il donc? demanda Marforio à Lupon, qui accourait vers lui.

— Seigneur marquis, dit le soldat après avoir salué son général, vous souvenez-vous de cet avorton à qui vous avez accordé la grâce de nous accompagner dans cette expédition?

— Ah! il s'agit de Moucheron, le nain du connétable! Lui serait-il advenu malheur?

— Ça peut s'appeler malheur, s'il tenait beaucoup à la vie.

— Hâte-toi!

— Eh bien! il venait de nous raconter la rupture du mariage de sa sœur avec Hanz Buttler, et nous riions encore, lorsqu'en s'avançant dans les grandes herbes, pour voir brûler les joncs, il a disparu tout à coup.

— Pauvre Moucheron! dit le docteur. Pourquoi diable être si curieux quand on est si petit?

— Mes camarades et moi, nous avons essayé de le repêcher, mais nous nous sommes mouillés pour rien, ajouta Lupon.

— J'en suis fâché pour monsieur le connétable, qui aimait beaucoup ses nains, et qui remplacera difficilement cet adroit Moucheron.

— Chose étrange! l'eau est si peu profonde et si couverte de joncs et de plantes à l'endroit où il a disparu, qu'il n'a pu se noyer sans y mettre beaucoup d'entêtement.

Marforio écoutait attentivement les naïves réponses du soldat.

— Et rien n'a pu te faire soupçonner la cause de cet accident? demanda-t-il brusquement à Lupon.

— Mon Dieu ! non ; mais don Lopez de Carajal prétend que le pauvre avorton a été saisi tout à coup d'un accès de folie !

— Pour un fou de profession, le cas ne devrait pas être dangereux ! Mais à quel propos don Lopez a-t-il eu cette idée lumineuse ?

— Voici : Comme nous n'étions plus qu'à cinq ou six cents pas du lac, le nain, dont l'œil est plus perçant que celui d'un émerillon, vit briller quelque chose dans l'herbe ; il jeta un cri de joie, sauta à bas de son cheval, ramassa un objet imperceptible, le couvrit de baisers et s'écria avec les larmes aux yeux :

— Ah ! mon pressentiment ne m'avait pas trompé ! Elle a passé par cette route ! elle est avec eux !

— Et quel était ce précieux objet, Lupon ?

— Une perle de verroterie qui ne valait pas la moitié d'un maravédis.

— Allons ! plus de doute ! dit M. de Pescaire, le pauvre diable était doublement fou, et dans un accès de fièvre chaude il se sera jeté à l'eau.

— Hum ! hum ! grommela Marforio, j'ai bien peur que le rusé drôle ne sache parfaitement plonger ; seulement je me défie bien de préserver son maître, sa sœur et la belle Suzanne des atteintes de mon gentil feu grégeois !

— Nous avons pris une heure de repos, reprit don Ferdinand ; il est temps de songer à l'assaut de ces ruines.

Mais au moment où il allait ordonner l'attaque, il vit sortir de l'abbaye un chevalier français, portant un drapeau de parlementaire et se disposant à traverser le lac sur un cheval épuisé de fatigue.

— Par saint Jacques ! s'écria le marquis, ces poltrons vont me demander une capitulation et je ne pourrai honorablement la leur refuser. Lupon, va dire au capitaine Castaldo de m'envoyer ce pacifique ambassadeur dès qu'il aura abordé.

Le soldat s'éloigna rapidement.

— Tu vois, mon pauvre Marforio, que ton plan de bataille est renversé.

— C'est ce qui vous trompe, don Ferdinand, dit de sa voix stridente le vieillard mécontent. Pourquoi faiblir comme un lâche qui jette ses armes au lieu de combattre ? Voulez-vous ressembler à ces femmes capricieuses qui tantôt applaudissent et s'exaltent aux courses de taureaux, et tantôt pleurent à bas de son cheval en voyant les chiens fouiller les entrailles du daim ou du cerf ?

— Mais regarde donc ce chevalier blessé qui traverse si lentement et si péniblement le lac, démon !

— Une minute de faiblesse, et vous êtes perdu, don Ferdinand, et vous regretterez toute votre vie une faute impardonnable. L'occasion manquée ne se retrouve jamais. Quand vous verrez les plus belles et les plus fières princesses sourire à Charles de Bourbon, les capitaines les plus illustres, les cardinaux et les rois solliciter son amitié, l'empereur le faire asseoir à sa droite, vous sentirez le serpent de l'envie vous mordre le cœur ; mais il sera trop tard.

— Qu'exiges-tu donc de moi, tentateur ? s'écria le marquis de Pescaire, qui sentait un vertige douloureux envahir son cerveau.

— J'exige l'extermination de ces Français, dit Marforio en étendant sa main grêle vers l'abbaye, l'extermination sans merci, sans égard pour l'âge ni le sexe, sans exception surtout. Que votre cœur se bronze, don Ferdinand, et soit insensible aux prières, aux larmes, aux supplications comme aux outrages.

L'orgueilleux gentilhomme souffrait de se voir forcé de subir la domination de ce chétif vieillard dans lequel s'incarnait le génie de ses mauvaises pensées ; il essayait de lutter contre ces aspirations perverses et de penser à Dieu.

— Mais si Bourbon révèle son nom aux chevaliers français ? reprit-il avec effort.

— Il s'en gardera bien, ricana le médecin, car ils ne lui pardonneraient pas leur défaite et la captivité de leur grand roi.

— Mais si l'assaut est donné, si ton feu grégeois dévore l'abbaye, es-tu bien sûr qu'on ne puisse retrouver et reconnaître dans les décombres le cadavre du connétable.

Marforio Veneno parut réfléchir.

— Tu hésites ! murmura don Ferdinand, dont les lèvres tremblaient.

— En tout cas, dit le vieillard avec un geste de bravade, nul ne pourra vous accuser de sa mort. On l'attribuera à un hasard fatal ou plutôt à un châtiment de la Providence.

Et il se mit à rire en ajoutant :

— C'est moi qui aurai joué le rôle de la Providence, et je ne me serai pas mal acquitté de l'emploi.

— Ah ! ce plan infernal est bien digne de toi, Marforio ; hélas ! pourquoi entraîne-t-il la mort d'une foule de malheureux plus dignes de pitié que de colère !

— Pourquoi ces lamentations tardives, monseigneur ? Je croyais parler à un homme de guerre, et c'est un moine qui me répond.

Pescaire le regarda avec mépris :

— J'ai tort de penser tout haut devant toi, manieur de poisons. Tu ne comprendras jamais l'âme d'un vrai chevalier. Certes, l'ambition pourrait étouffer en moi la voix de la miséricorde si je me trouvais en face d'une défense acharnée et non d'une demande de capitulation.

— Peut-être craignez-vous que vos soldats ne soient changés en agneaux et qu'ils ne se révoltent contre votre cruauté.

— Non, mais un bon capitaine doit donner le bon exemple.

— Buzarto n'a-t-il pas tué Jacques de Chabannes, sieur de la Palice, qui s'était rendu à rançon ?

— Le marquis de Pescaire ne saurait être comparé à Buzarto, dit fièrement don Ferdinand ; d'ailleurs il n'a tué qu'un seul homme, et dans la chaleur du combat. Non, je ne veux pas soulever contre moi l'exécration générale et souiller par une action infâme toute ma gloire passée. Va-t'en, Marforio ! il me semble que j'ai lutté contre mon mauvais ange et que je l'ai vaincu.

Mais le docteur ne bougea pas et il attacha sur Pescaire un regard si fixe, si étincelant, si profond, qu'on eût dit qu'il voulait aspirer sa plus secrète pensée.

Le général espagnol baissa involontairement les yeux et répéta : Va-t'en.

— Monseigneur, dit en souriant Marforio, je veux vous servir malgré vous.

— Va-t'en, te dis-je ! je t'ai trop écouté, et le parlementaire français va toucher à la rive.

— Seigneur marquis, vous savez le proverbe : « Péché caché est à moitié pardonné ! » Or, ce n'est pas le péché qui vous fait peur, mais le scandale. Eh bien ! gardez les apparences de la justice et de la miséricorde ! Soyez clément, soyez magnanime ! Mais que ces beaux sentiments de chevalerie tournent à la perte des réfugiés de l'abbaye ! Voilà ce que je vous propose.

— Par saint Jacques ! murmura don Ferdinand, sais-tu qu'Aristote, qui a fait un traité de la politique, n'était qu'un pauvre écolier à côté de toi ? Explique-moi donc ta théorie, mais parle bien vite, car l'envoyé français se dirige vers nous.

— Rien de plus simple, monseigneur. Parmi ces fugitifs de l'armée de François Ier, se trouvent quelques-uns des Suisses qui ont déserté le service de l'empereur avec leur chef Wilhem d'Azarnes.

Don Ferdinand se frappa le front comme s'il était soudainement illuminé d'un trait de lumière.

En ce moment, le parlementaire français s'approchait de lui, accompagné du seigneur Castaldo, qui commandait la cavalerie napolitaine ; il s'inclina respectueusement devant le marquis et se nomma.

C'était le malheureux et héroïque baron de Trans, dont le jeune fils s'était fait tuer sous les yeux du roi.

— Monseigneur, dit-il d'un ton grave et plein de noblesse, nous avons au plus deux cents hommes réfugiés dans les ruines de cette abbaye, et vous avez sous la main deux mille cavaliers. Nous comptons parmi nous beaucoup de blessés et de gens hors de combat ; nos soldats paraissent aussi alertes et dispos que s'ils ne revenaient pas de la bataille.

— Et vous venez me demander grâce, mon gentilhomme ? demanda don Ferdinand.

— Demander grâce ! répéta le vénérable baron d'une voix frémissante. Le mot est dur, monseigneur, et je ne suis pas habitué à l'entendre.

— Que voulez-vous donc, monsieur ? dit Pescaire avec hauteur.

Le baron de Trans refoula son émotion.

— Pardonnez-moi un mouvement de fierté qui sied mal sans doute à un vaincu, monseigneur. Oui, nous sommes épuisés des fatigues de cette grande journée. Cependant, à l'abri de cette ruine que notre courage peut transformer en citadelle redoutable, nous pourrions encore vous opposer une longue résistance. Telle était notre décision.

— Alors, pourquoi êtes-vous venu ici ? grommela Marforio en ricanant.

Don Ferdinand lui jeta un regard sévère, et le baron de Trans poursuivit sans s'émouvoir :

— Nous avons des femmes parmi nous, monsieur le marquis, des femmes qui tremblent et qui pleurent, des mères qui veulent revoir leurs enfants, des épouses qui ignorent si leurs maris sont morts ou prisonniers, des filles qui sanglotent à côté de leurs pères mourants. Ces femmes ont peur du sac de l'abbaye ; elles se traînent à nos genoux, elles nous supplient de les arracher au déshonneur ; elles nous demandent la mort comme un bienfait. Elles ont peur, don Ferdinand, et cette peur nous a vaincus. C'est au nom de ces honnêtes et malheureuses dames que j'ai été chargé de vous demander une capitulation.

M. de Pescaire garda quelques instants le silence, paraissant absorbé dans une profonde méditation ; puis il leva un regard souriant sur le parlementaire et lui répondit gracieusement :

— Vous m'avez bien jugé, baron de Trans. Si j'ai poursuivi moi-même et avec assez d'ardeur votre escadron, c'est que je le croyais plus formidable et propre à devenir le noyau d'un corps d'armée. Du moment que je n'ai plus en face de moi que des femmes et des blessés, je rougirais de les traiter en ennemis. Allez leur annoncer qu'ils sont libres sans condition et qu'ils peuvent se retirer avec armes et bagages.

Le gentilhomme français resta comme étourdi de tant de grandeur d'âme ; son visage pâle et ridé se couvrit d'une rougeur fugitive, et tout son corps tressaillit ; mais craignant que sa surprise ne froissât Pescaire, il s'efforça de redevenir calme et répondit gravement :

— Je vais rapporter votre réponse à mes compagnons de malheur, don Ferdinand. Votre générosité va nous faire des amis de tous ces vaillants hommes qui admiraient déjà votre courage et vos talents. Il est moins difficile d'être vainqueur que de ne pas abuser de la victoire. La chevalerie de tout pays vous honorera pour cette noble action.

Marforio Veneno souriait méchamment, et Pescaire devenait blême en entendant cet éloge immérité ; l'estime du vieux et loyal baron de Trans lui semblait un supplice insupportable et oppressait son cœur comme une montagne de fiel.

Cependant le parlementaire allait tourner bride, lorsque le marquis l'arrêta d'un geste et reprit en affectant un air insouciant :

— Il va sans dire, mon gentilhomme, que ma clémence ne concerne que des Français. J'espère que vous n'avez accueilli aucun étranger dans vos rangs ?

M. de Trans frissonna.

— S'il en était autrement, continua Pescaire, si quelques-uns de vos alliés avaient trouvé asile parmi vous, je ne pourrais user de la même douceur envers eux. Je ne saurais traiter comme de loyaux ennemis des soldats qui auraient déserté leur devoir et leur serment. Tous ceux qui ont fait acte de trahison devront se rendre à discrétion.

M. de Trans fut frappé de stupeur en voyant sa mission, qui semblait si heureusement terminée, devenir tout à coup fort compromise. Il n'osa parler de Wilhem d'Azarnes et de ses montagnards avant d'avoir consulté ses compagnons ; il se contenta de saluer don Ferdinand, et s'éloigna la mort dans le cœur.

Marforio se frotta les mains, suivant son habitude quand il voulait exprimer sa joie, et dit d'une voix caressante :

— Je suis content de vous, seigneur marquis. Un cardinal florentin ne s'en serait pas mieux tiré. Vous avez été clément comme Titus, généreux comme Trajan, et cette magnanimité ne nuira en rien à nos projets. Si les Français refusent d'accepter une grâce dont leurs alliés les Suisses ne profiteraient pas, ils feront connaissance avec le feu grégeois, et tout sera dit. S'ils l'acceptent, il y aura bataille entre les deux partis, et nous arriverons après la tuerie pour achever les survivants. Si monsieur le connétable se tire de là, don Ferdinand, je jure par mes cornues et mes alambics, par les cédules de mon frère Pasquale et le chapelet de mon frère le dominicain, je jure que je croirai en Dieu.

Et il poussa un éclat de rire qui fit frissonner M. de Pescaire jusqu'à la moelle des os.

— Marforio, dit le marquis en s'éloignant de lui avec une insurmontable horreur, décidément tu es le génie du mal.

XVI

OU L'ON PEUT TROUVER UN RÉGULUS AILLEURS QUE DANS L'HISTOIRE ROMAINE

Cependant le baron de Trans retournait tristement vers ses compagnons ; il regrettait de ne pas avoir péri comme son fils en défendant François Ier; il traversa le lac, et jetant un regard mélancolique sur l'abbaye, il aperçut les femmes groupées sous le porche, fixant ardemment les yeux de son côté.

C'était un arrêt de vie ou de mort que les infortunées attendaient, et la pâleur mortelle empreinte sur leurs visages attestait l'angoisse de leurs cœurs.

Suzanne Lallier n'était point parmi elles.

Retirée à l'extrémité d'une galerie découverte, dont les dalles et les colonnettes disparaissaient sous une luxuriante broderie de fleurs et de plantes grimpantes, elle causait avec Chevrette ; l'esprit de la naine était si mobile et si fantasque, qu'elle semblait avoir tout à coup oublié le péril qui l'avait d'abord rendue folle de terreur.

— Ma belle Suzanne, disait la pauvre créature tout en composant un bouquet des fleurs qui foisonnaient autour d'elle, vous ne savez pas ce qui m'inquiète à cette heure ?

— J'attends votre confidence, Chevrette.

— Eh bien ! croyez-vous que les Espagnols ne seront pas éblouis de nos charmes au point de mettre notre honneur en danger quand nous passerons au milieu d'eux ?

— Je crois qu'ils seront assez généreux pour respecter la détresse de nos compagnes.

— On les dit fort galants, ma chère, et il me semble que toutes les dames réfugiées dans l'abbaye sont assez belles et assez gracieuses pour redouter l'admiration de ces vainqueurs.

— Il est possible, Chevrette, que monsieur de Trans échoue dans sa mission, et alors hommes et femmes seront également exposés aux violences des impériaux.

— Quoi ! seraient-ils assez païens pour ne pas épargner de si faibles créatures ? dit la naine en pâlissant.

Et elle laissa tomber son bouquet à terre.

— Si l'une de nous a quelque chance d'échapper à la tuerie, c'est vous, Chevrette, à coup sûr, reprit Suzanne.

La vaniteuse naine, de pâle qu'elle était, devint rouge de plaisir.

— Moi ! s'écria-t-elle, est-ce ma modeste beauté qui pourrait me mériter cette faveur ?

— Mon Dieu ! ne le savez-vous pas, ma mie ? tous les Espagnols vous connaissent et vous aiment ! dit Suzanne avec un triste sourire ; mais écoutez-moi, je veux vous parler sérieusement.

La naine prit un air de recueillement et de gravité tout à fait comique.

— Si la demande du parlementaire a été repoussée, l'assaut ne tardera pas. Or, mes ravisseurs me tueront plutôt que de me rendre à monsieur le connétable.

— Pauvre Suzanne ! fit Chevrette avec une sincère émotion. Ah ! si Moucheron était ici, il saurait bien vous défendre...

— Cette mort serait ma délivrance, reprit Suzanne ; loin de la redouter, je l'appelle de tous mes vœux. Mais si mon pressentiment vient à se réaliser, promettez-moi de remplir la mission dont je vais vous charger.

Oh ! je vous le promets, ma chère.

La jeune fille tira un papier de son pourpoint et le remit à la naine :

— Tenez ! vous remettrez ce billet à Charles de Bourbon ; vous lui direz que ce sont mes dernières prières. S'il m'aime toujours, qu'il poursuive sa carrière de gloire et d'ambition, mais qu'il garde dans un coin secret de son cœur le souvenir de celle qui n'a vécu que pour lui et par lui.

Elle garda un instant le silence ; puis elle ajouta avec un accent de profonde mélancolie :

— Je vais mourir, et, chose singulière, cette pensée ne m'effraye pas ; ce qui m'épouvantait, c'était d'être séparée de lui et de végéter solitaire comme une plante maudite ; j'emporterai son image dans cette nuit éternelle où l'âme doit survivre au corps. Qui sait cependant si lui, au milieu de l'ivresse de ses triomphes, se souviendra du nom de la pauvre Suzanne ? Qui sait s'il s'est seulement aperçu de mon absence ?

Elle fut interrompue par une voix grave et sonore qui disait :

— Vous calomniez le cœur de Charles de Bourbon, ma mie !

Suzanne se retourna vivement, et vit debout, derrière elle, le chevalier que ses compagnons de fuite avaient déjà surnommé le Taciturne ; un frisson secoua tous ses membres, et se soutenant

Suzanne s'agenouilla sur les dalles brisées et chancela des... (Page 110.)

contre une colonnette de pierre, elle murmura d'une voix brisée :

— Qui êtes-vous, messire, qui êtes-vous ? Oh ! ne vous jouez pas de mon angoisse.

Chevrette souriait malignement.

Le chevalier souleva la visière de son casque, et Suzanne tomba évanouie dans les bras du connétable.

Quand elle revint à elle, son regard alangui s'attacha sur celui de son bien-aimé avec une tendresse ineffable.

— Vous m'avez donc entendu, mon cher seigneur ? dit-elle en rougissant.

— Ingrate ! répliqua le duc, comme vous me jugiez mal ! comme vous ne vouliez voir en moi que le capitaine ambitieux de renommée, sacrifiant à ses rêves égoïstes tous ceux qui ont le tort de l'aimer ! Vous gardiez pour vous la gloire du sacrifice et du dévouement ! Vous me traitiez comme ces idoles de pierre et de bois, aveugles, insensibles, qui demandent des holocaustes ! Ah ! ma Suzanne, quand vous ai-je donné le droit de m'estimer si peu ?

— Hélas ! Charles, suis-je digne de troubler un instant votre fière et brillante existence ? Ne suis-je pas trop heureuse que vous m'ayez permis de vous aimer ?

— Ne vous faites pas si humble devant moi, Suzanne, reprit Bourbon. Si je vous ai choisie dans la foule, si mon cœur vous a préférée à tant de nobles rivales, c'est que vous êtes une créature vaillante et fidèle. Ce n'est pas seulement votre beauté que j'aime en vous, trésor fragile et périssable, c'est votre âme ! Mes yeux ont besoin de chercher votre regard, mon oreille a besoin d'entendre le son de votre voix, qu'il s'agisse pour moi d'une douleur ou d'une joie. Vous absente, il me manque le meilleur de moi-même.

— Charles ! Charles ! taisez-vous, dit-elle avec un faible sourire, le bonheur fait mourir.

— C'est en vous perdant que je sens tout ce que vous valez, Suzanne, et que je retrouve l'isolement au milieu des armées et des foules. Ah ! je n'avais jamais compris jusqu'à ce jour cet insensé d'amour ; ce Marc-Antoine qui, pour suivre Cléopâtre, cette

reine lâche et vaniteuse, déserta sa flotte de guerre
et perdit l'empire du monde. Eh bien ! je crois
maintenant à ces défaillances du cœur. Seulement,
vous, Suzanne, vous me conduiriez, pour ma gloire,
au plus fort de la mêlée. Vous me forceriez à
vaincre et non à fuir.

— Ah ! Charles, c'est avec ces paroles de feu que
vous m'ôterez la force de remplir mon devoir, le
courage de vous quitter.

— Me quitter ! dit Bourbon avec un étonnement
douloureux. En avez-vous eu la pensée ? Ah ! vous
avez été l'ange des jours difficiles, vous m'avez assisté dans mes dures épreuves, et vous m'abandon-
neriez à l'heure de la récompense ! Mais je ne vous
quitte pas, moi, et je vous retiendrai même malgré
vous. Pourquoi donc me suis-je arraché à l'idolâtrie de mes soldats ? Pourquoi ai-je suivi le conseil
de Marforio Veneno et me suis-je mêlé à cette
troupe de Français en déroute ? Ah ! c'est que je
voyais devant moi votre pâle et douce image, Suzanne ! Je me souvenais de cette loyale compagne
de mes misères qui séchait mes larmes de colère
avec un baiser, qui étouffait mes cris de vengeance
avec un baiser, qui m'arrachait les pardons pour
les coupables avec un baiser.

Suzanne, radieuse, s'oubliait à écouter avec ravissement ces protestations si tendres, lorsque tout
à coup une pensée sinistre traversa son esprit et
changea sa joie en désespoir.

— Jésus ! s'écrit-elle en joignant les mains et
jetant autour d'elle des regards éperdus, mais vous
êtes ici au milieu de vos ennemis, Charles, et s'ils
allaient soupçonner ?...

Elle courut vers la naine, qui n'avait pas bougé,
et l'étreignant avec un transport convulsif :

— Chevrette, murmura-t-elle, sois prudente.
Pas un geste, pas un mot ! Tu aurais livré et perdu
ton maître.

— Ne craignez rien, ma chère ; vous ai-je dit à
vous-même que ce chevalier taciturne était le connétable ? Et pourtant je le savais, car, moi, on ne
me trompe jamais.

— Les Français vous maudissent comme l'auteur
de leur désastre, monsieur le duc, reprit Suzanne ;
la perte de leur noblesse, la prise de leur roi, la
ruine du royaume, sont à leurs yeux des crimes
dignes du dernier supplice et d'une infamie éternelle. S'ils vous reconnaissaient, ils ne trouveraient pas de torture qui ne fût trop douce pour le
vainqueur de Pavie.

Elle le força à abaisser la visière de son casque,
malgré sa résistance, car il avait envie de braver
ses ennemis, ne pouvant croire dans son orgueil
que ce ramassis de blessés et de désespérés oserait
s'attaquer à lui.

Il était temps, car au même instant la veuve du
grand-écuyer Galéas de Saint-Séverin pénétra dans
la galerie, accompagnée de ses deux caméristes et
le visage bouleversé.

— Que venez-vous nous annoncer, madame, demanda aussitôt Suzanne dans le but d'attirer sur
elle seule leur attention.

— Nous sommes perdues ! répondit la veuve
avec accablement.

— Perdues ! répéta la jeune fille. Les impériaux
auraient-ils refusé la capitulation ?

— Oh ! non, monsieur le marquis de Pescaire
tient trop à passer pour un généreux et loyal chevalier.

— Eh bien ! madame ?...

— Eh bien ! venez avec nous et vous allez savoir
la réponse que rapporte monsieur le baron de
Trans.

Suzanne et le connétable suivirent madame de
Saint-Séverin dans une immense salle, ancien ré-
fectoire de l'abbaye, où se trouvaient rassemblés
les Français et les Suisses.

Le baron de Trans répéta devant tous les paroles
du marquis de Pescaire.

Dès qu'il eut achevé, les montagnards, qui étaient
dispersés et confondus avec les gentilshommes de
France et les Lombards, se dégagèrent lentement
et vinrent se grouper autour de Wilhem d'Azarnes.

Le jeune Suisse s'avança alors vers Paulin de
Lagarde et lui dit d'une voix grave :

— Vous êtes notre capitaine, messire. Veuillez
nous donner votre avis.

Tous les assistants attendirent avec anxiété la
réponse du brave chef, car sa décision devait avoir
pour résultat de diviser les fugitifs en deux troupes
ennemies ou de les réunir dans un accord commun
contre les impériaux. Alternative également terrible.

— Compagnons, dit Paulin de Lagarde après
quelques instants de réflexion, Français et Suisses,
nous avons associé nos destinées, nous nous sommes
exposés aux mêmes hasards, nous avons résolu de
nous secourir mutuellement dans le péril. Les
chances doivent être semblables pour tous. Nous
ne pouvons sans lâcheté accepter la vie et la liberté
pour les uns et abandonner les autres à la merci de
l'ennemi.

Une acclamation bruyante accueillit ces géné-
reuses paroles, et les montagnards, quittant leur
position, allèrent de nouveau se mêler à leurs
alliés.

Mais les femmes n'approuvèrent pas si facilement
l'héroïsme du capitaine.

— Ainsi, messire Paulin, s'écria impérieusement madame de Saint-Séverin, nous serons
sacrifiées à votre point d'honneur ! Vous vous
réjouissez de donner vous-même le signal de cet
assaut qui ne sera qu'un massacre. Vous ne comprenez pas que cette forfanterie n'est qu'une folie
barbare. Pour vous montrer généreux envers ces
Suisses mercenaires, vous deviendrez de lâches et
impitoyables bourreaux de femmes !

La veuve de Chaumont d'Amboise prit à son
tour la parole :

— Nous aussi, capitaine Paulin, nous avons eu
foi dans votre loyauté ; nous avons demandé votre
protection, vous nous avez promis de nous défendre jusqu'au dernier souffle, et maintenant c'est
vous qui nous condamnez à une mort horrible,
quand les impériaux ont pitié de nous. Vous vous
arrogez le droit de refuser pour nous la vie et la
liberté qui nous sont offertes.

— Non, dit la veuve du grand écuyer, c'est là.

une iniquité contre laquelle doit se soulever votre conscience. Vous ne sauriez refuser des conditions qui nous sauvent, quand tant de nobles dames vous conjurent de les accepter. Serait-ce notre faiblesse qui vous donne sur nous le droit de vie ou de mort ?

— Oui, s'écrièrent toutes les femmes, ne rejetez pas les propositions du marquis de Pescaire !

Paulin de Lagarde ne pouvait méconnaître la justesse de ces réclamations; sa perplexité était extrême. Il fallait sacrifier les Suisses ou ces femmes, qui appartenaient presque toutes aux plus illustres familles du royaume; il fallait opter entre une déloyauté ou un acte de cruauté. Tous les gentilshommes français comprenaient et partageaient son trouble. Il semblait attendre une inspiration divine dans cette circonstance critique, où la sagesse humaine était réduite à s'avouer impuissante.

Tout à coup, une voix forte s'éleva au milieu du silence.

— Capitaine Paulin, un seul homme peut obtenir du marquis de Pescaire que sa clémence s'étende également aux Français et aux Suisses.

— Et cet homme ? dit machinalement messire de Lagarde.

— C'est moi.

Tous les regards se fixèrent sur le chevalier qui parlait si fièrement, et la curiosité des assistants redoubla quand ils reconnurent leur compagnon taciturne, dont nul n'avait vu le visage ni entendu la voix.

— Vous me connaissez tous ! dit le mystérieux personnage.

Il s'approcha de la porte, afin que ses traits, exposés en pleine lumière, pussent frapper tous les regards, et souleva lentement la visière de son casque.

— Bourbon ! s'écrièrent deux cents voix.

Et à ce cri, dans lequel éclataient à la fois la surprise, la haine et la colère, succéda aussitôt un silence menaçant et sinistre.

Tous les témoins de cette scène, stupéfaits de voir au milieu d'eux le vainqueur de Pavie, semblaient se demander s'ils n'étaient pas sous l'influence d'un rêve. Ils ne pouvaient en croire le témoignage de leurs yeux.

C'était bien le connétable de Bourbon, cependant, qui, par son attitude imposante et résolue, par son regard de lion, contenait les sentiments de fureur et de vengeance qu'il lisait dans tous les yeux.

— Eh bien ! dit-il enfin, croyez-vous, mes gentilshommes, que je me sois engagé témérairement en me chargeant d'obtenir du marquis de Pescaire la grâce que vous demandez ?

— Charles de Bourbon, répliqua le capitaine Paulin, froid et sévère comme un juge, si tu sais deviner sur le visage d'un homme les mouvements de son cœur, regarde bien tous ceux qui t'entourent, et tu reconnaîtras que pas un seul ne consentirait à devoir sa vie et sa liberté à un traître.

Le duc promena lentement ses yeux sur le cercle vivant qui l'enveloppait, puis d'une voix vibrante il répondit :

— Ah ! mes ennemis savent comme il est facile d'accabler un homme avec un mot sonore, de le flétrir par une accusation contre laquelle il n'a pas le droit de se défendre ! Quand les Parisiens ouvraient leurs portes à un roi anglais, ils se croyaient bien purs de trahison. Quand les grands vassaux morcelaient la France et faisaient la guerre au roi, on ne les appelait pas même des rebelles ! Mais le duc de Bourbon, qui n'a pas voulu se laisser dépouiller et déshonorer sans résistance, celui-là est un traître ! Une fois pour toutes, je veux publiquement plaider ma cause, ne daignant ensuite repousser les insultes que par l'indifférence et le mépris.

— Aucun de nous, dit Paulin de Lagarde ne vous demande compte de vos actions, monsieur le duc.

— Mais je tiens, moi, à ce que vous m'entendiez, reprit fièrement Bourbon. Vous qui me condamnez avec tant de rigueur, qu'eussiez-vous fait à ma place ? Vos cœurs sont donc bien tièdes ou bien résignés, si l'iniquité la plus révoltante, l'ingratitude la plus noire, la persécution la plus acharnée n'y peuvent soulever des tempêtes ? Vous êtes-vous représenté un prince auquel son roi était redevable d'une partie de sa gloire et de sa puissance, et qui se voit tout à coup harcelé, humilié, traqué comme une bête fauve ? Est-il étrange que, comme elle, effaré, désespéré, acculé, je me sois rué en aveugle sur tout ce qui me faisait obstacle ! Quel est celui d'entre vous, s'il interrogeait sincèrement sa conscience, qui oserait affirmer qu'il eût résisté à la fièvre de l'indignation et de la colère au moment de perdre sa fortune, son honneur et peut-être sa vie ? Par quels forfaits avais-je donc mérité cette chute terrible ? J'avais dédaigné la ridicule passion d'une vieille reine haineuse et jalouse. Ne savez-vous pas tous que telle est la vérité ? Ah ! il fallait être un dieu pour ne pas succomber, et je ne suis qu'un homme ! Qui donc parmi vous se sentira assez fort, assez grand, assez supérieur aux passions humaines, pour prétendre qu'il n'eût pas failli comme moi, et pour me condamner ?

Pas une voix ne s'éleva pour répondre au défi du connétable, et les chevalier français échangèrent entre eux des regards pleins d'hésitation. Cet énergique plaidoyer les avait troublés. Évidemment la pitié commençait à remplacer la haine dans leurs cœurs. Ils paraissaient presque disposés à accueillir la proposition qu'ils avaient rejetée avec tant de mépris peu auparavant.

Le capitaine Paulin surprit cette impression, mais il ne la partageait pas; le sang lui monta au visage et il étendit la main pour demander le silence :

— Sur mon âme ! s'écria-t-il, je crois, mes bons compagnons, que vous êtes tentés d'applaudir à ces insinuations perfides. Quoi ! votre roi François 1er prisonnier de l'empereur, la France plongée dans l'humiliation et les larmes, l'Europe entière émue de ce désastre inouï, apprendront à la fois que le traître, cause de tant de malheurs, est tombé au pouvoir d'un parti de gentilshommes français, et que ces vaincus, au lieu de s'ériger en juges, ont baisé ses mains rouges encore du sang de leurs frères d'armes ! On saura, il est vrai, que, pour prix de cette bassesse, ils ont accepté du connétable grâce pleine et entière, vie et liberté. Faites mieux ! Pour être libres, accusez, comme monsieur de Bourbon, votre roi vaincu et prisonnier. Mais donnez-lui tous vos noms, afin que ce nouveau Judas, qui a vendu sa patrie, sache bien quels sont les gentilshommes dignes de son amitié, qui se soucient assez peu de leur blason pour accepter la vie de cette main souillée, tandis qu'ils devraient le frapper sans pitié !

Le rude capitaine avait fait vibrer chez les chevaliers la corde délicate de l'honneur, en leur montrant leur blason entaché d'une honte ineffaçable. Mis en demeure de choisir entre la vie sauve et un déshonneur qui devait rejaillir à la fois sur leurs descendants et sur leurs ancêtres, leur choix ne pouvait être douteux.

M. de Bourbon le comprit; il connaissait si bien les principes et les sentiments de ces fiers gentilshommes, qu'il jugea inutile de prolonger la lutte; il attendit stoïquement la décision qu'on allait prendre à son égard, presque indifférent à un débat dont la conclusion pouvait être son arrêt de mort.

Mais Paulin de Lagarde ne voulut pas même lui permettre de se réfugier dans sa conscience et de s'absoudre lui-même.

Il s'avança vers son illustre adversaire et lui dit sans ménagement :

— Charles de Bourbon, faut-il donc te mettre face à face avec ta trahison pour que tu saches jusqu'où tu es tombé ? Tu parles de tes souffrances, mais peuvent-elles jamais justifier l'horreur de ton crime ? L'élite de la noblesse française gît à cette heure sur le champ de bataille de Pavie; ta patrie est en deuil, pleurant son roi et son armée, attendant avec terreur le bon plaisir d'un ennemi tout puissant ! Voilà ce que tu as fait, Charles de Bourbon ! voilà le crime infâme dont le souvenir escortera ton nom à jamais ! Ose donc comparer tes misérables chagrins de courtisan au désespoir de la France entière ! Brave donc du haut de ton orgueil l'exécration de tout un peuple, mais comprends bien que tu n'es plus des nôtres et qu'il ne saurait y avoir rien de commun entre le général victorieux de Charles-Quint et les chevaliers vaincus de François Iᵉʳ !

À cette apostrophe terrible, le connétable ne put s'empêcher de tressaillir, et il fut tenté de répliquer; mais ses traits exprimèrent tout à coup un sentiment d'accablante tristesse et de profonde humiliation. Il laissa tomber sa tête sur sa poitrine d'un air découragé et garda un morne silence.

La verte philippique du capitaine avait pour ainsi dire projeté sur sa trahison une lumière dont l'inexorable crudité la lui avait montrée sous un aspect trop vrai. Jusqu'alors il avait essayé de se tromper lui-même; mais en un instant il venait de se juger sincèrement et de se condamner.

Les Français comprirent vaguement la torture que subissait l'âme orgueilleuse de M. de Bourbon et respectèrent ce sombre désespoir.

Cependant Wilhem d'Azarnes avait assisté avec surprise à cette scène, qui choquait ses idées de montagnard, beaucoup moins raffinées que celles des seigneurs français et lombards. Il saisit familièrement le bras de Paulin de Lagarde, et lui dit avec une brutale naïveté :

— Mon capitaine, vous êtes parfaitement libre, vous et tous vos gentilshommes, d'exagérer le point d'honneur; mais nous autres Suisses, nous ne pratiquons pas ces héroïques maximes de chevalerie. Nous demandons que monsieur le duc de Bourbon obtienne de don Ferdinand d'Avalos la liberté et la vie sauve pour tous les réfugiés de l'abbaye. Ceux qui ne voudront pas profiter de la capitulation prendront le parti que leur dictera leur conscience. D'ailleurs, ajouta-t-il, je ne vous fais pas cette requête au profit de nos compagnons seulement; je plaide en faveur de ces pauvres dames, qui ne partagent pas votre noble mépris de la mort, et qui, je crois, ne me démentiront pas.

Paulin de Lagarde se trouva assez embarrassé par cette sortie inattendue, car il n'osait repousser la proposition du jeune Suisse sans de sérieuses objections. Il crut devoir se soumettre à la nécessité.

— Wilhem d'Azarnes, répondit-il d'un ton brusque, vos braves montagnards n'étant ni Français, ni gentilshommes, je comprends qu'ils ne partagent pas nos sentiments d'honneur. Qu'il soit donc fait comme vous le désirez, mais à une condition.

— Laquelle ? demanda le jeune homme.

— Vous irez vous-même porter au marquis de Pescaire une requête écrite et signée par monsieur le duc de Bourbon. Il n'y sera question, bien entendu, que des Suisses et des femmes.

— Je vous ferai observer, capitaine Paulin, repartit doucement Wilhem, que don Ferdinand, furieux de notre défection, est fort mal disposé à notre endroit. Il suffira que je lui présente cette requête pour qu'elle soit rejetée.

— Cependant aucun Français ne la remettra au général espagnol, dit de Lagarde d'une voix forte. Mais qu'importe le messager ! Pour le marquis de Pescaire, une demande signée de son ami, monsieur le duc de Bourbon, ne sera-ce pas un ordre ?

— Vous vous trompez, monsieur, répondit le connétable. Don Ferdinand d'Avalos suspectera ce message de fausseté. D'abord, il me croit à cette heure à Pavie; ensuite, fût-il convaincu de ma présence parmi vous, il feindra de ne pas croire à une telle imprudence de ma part. Cet excellent ami se montrera inflexible envers vous, dans l'espoir qu'au milieu de l'assaut et de la mêlée, un coup d'arquebuse le débarrassera du seul capitaine qu'il regarde comme son rival.

Un sourire ironique et défiant crispa les lèvres de Paulin de Lagarde.

— N'avez-vous pas un avis à nous donner, monsieur le duc ?

Bourbon le regarda avec une mâle assurance.

— Envoyez-moi vers le marquis de Pescaire; c'est le seul moyen de réussir. Quand il me verra devant lui, il ne pourra recourir à ces subterfuges et à ces comédies où il est passé maître. Il m'accordera, de gré ou de force, la grâce que je pourrais exiger au lieu de la demander.

— Vous laisser sortir de l'abbaye ? s'écria le capitaine. Et vous l'avez espéré ! Vous nous avez pris pour des enfants faciles à berner ! Mais vous ne comprenez donc pas qu'il nous faut une revanche sanglante du désastre de Pavie ? Nous serions ingrats envers Dieu qui nous la donne, qui a jeté au milieu de nous, à l'heure où François Iᵉʳ devenait prisonnier des Espagnols, le cousin félon qui l'a vendu et livré.

Le duc de Bourbon sourit tristement.

— Que d'injures pour m'apprendre que moi aussi je suis prisonnier !

— Votre captivité sera de courte durée, prince, dit Paulin en lui jetant un regard farouche.

Le connétable haussa les épaules :

— Est-ce une menace ?

— Le juge ne menace pas le condamné, Charles de Bourbon.

A ces mots il se fit dans la salle un silence solennel ; mais bientôt le duc reprit d'une voix qui ne trahissait pas la plus légère émotion :

— Vous craignez sans doute, messire Paulin, que je ne profite de mon ambassade pour me soustraire à votre justice !

— N'en avez-vous pas l'habitude, seigneur duc.

Bourbon dédaigna cette insolence et resta calme.

— Mais si je vous jurais sur ma foi de gentilhomme de revenir à l'abbaye et de rester à votre discrétion, soit que monsieur de Pescaire fasse droit à ma requête, soit qu'il la repousse ?

— Nous ne pouvons nous fier à votre parole.

— Vous oubliez, messire, répliqua le connétable, que je vous laisserai en otage mon bien le plus précieux, la femme pour laquelle j'ai risqué la mort sans hésiter en la suivant jusqu'au milieu de vous.

Il montra du geste Suzanne, qui l'écoutait, terrifiée, les joues blanches et marbrées de plaques livides, le corps agité de tressaillements douloureux.

— Non, Charles de Bourbon, s'écria Paulin de Lagarde avec une sorte d'emportement, nous ne voulons rien croire, nous ne voulons rien hasarder. C'est lui la justice qui t'a conduit ici pour y expier ton crime ; c'est lui qui nous dicte ta sentence. Tu vas mourir ainsi que tu l'as mérité, non comme un gentilhomme et un prince, mais comme un parricide. Nous allons te juger, et je ferai, s'il le faut, moi-même l'office du bourreau.

Un sourire plein d'orgueil et de mépris effleura les lèvres du duc de Bourbon, qui ne bougea plus et ne proféra plus une parole ; mais Suzanne, en entendant les derniers mots du capitaine Paulin, poussa un cri dans lequel vibraient tant de déchirements et d'angoisses, qu'il glaça tous les cœurs.

Elle s'élança du groupe des femmes au milieu des gentilshommes, et, allant de l'un à l'autre, les mains jointes, les yeux noyés de larmes :

— Oh ! je vous en supplie, messeigneurs, s'écriat-elle d'une voix brisée par les sanglots, ne tuez pas Charles de Bourbon ! Souvenez-vous que vous avez partagé ses fêtes et ses batailles ! S'il est venu librement parmi vous, ses anciens compagnons d'armes, c'est qu'il avait toute confiance en votre loyauté. Et vous le tueriez pour prix de sa confiance ! Oh ! ce serait monstrueux. Soyez-en sûrs, les noms que flétrira l'indignation publique, ce seront ceux des chevaliers qui égorgeront froidement un ennemi qui est devenu pour ainsi dire leur hôte. Je ne parle pas de moi misérable femme pour qui il a affronté ce danger. Que vous importent mes tortures ? Je comprends que vous me sacrifiiez sans pitié à vos sentiments d'honneur. Mais prenez-y garde ! ces sentiments vous égarent. Vous croyez accomplir un acte de justice, et vous vous avilissez par un acte de vengeance lâche. Vous avez invoqué Dieu, Dieu seul ne se trompe pas, messeigneurs, et seul il peut être juge du crime de monsieur de Bourbon.

— Assez, Suzanne, interrompit doucement le connétable.

Il ajouta, en lui jetant un regard triste et sévère :

— Voulez-vous donc me déshonorer, ma mie ? Ne voyez-vous pas que tous ces gentilshommes, qui naguère louaient en moi les sentiments chevaleresques dont ils sont animés eux-mêmes, semblent croire que je me suis transformé en condottière de grand chemin ? Le prince qu'ils étaient fiers de prendre pour modèle à la cour de François Iᵉʳ est devenu un bravo capable de toute forfaiture, incapable de toute action grande et noble... Assez d'humiliation, Suzanne, et laissez-moi mourir comme j'ai vécu, sans peur et sans bassesse.

— Ils ont raison, reprit-il, quelle que soit la justice de mes griefs, ma faute est de celles que rien ne saurait excuser. Qu'ils me tuent donc ! Mais pourquoi me dégrader ? Pourquoi douter de ma parole quand je m'engage à revenir au milieu d'eux, à subir leur arrêt après avoir obtenu la vie sauve et la liberté pour tous ? Ah ! voilà l'injure qu'ils eussent dû m'épargner !

Le duc entendit des sanglots derrière lui ; il se retourna et aperçut ses deux nains qui pleuraient prosternés sur les vieilles dalles rompues.

— Chevrette ! et toi, Moucheron ! dit-il avec surprise ; relevez-vous, pauvres créatures !

Voyant le duc entouré de tous ceux qui l'aimaient, les chevaliers, les Suisses et les femmes s'éloignèrent, comme d'un accord tacite, afin de le laisser épancher librement son cœur dans ses derniers adieux.

— Par quel miracle as-tu pénétré jusqu'à moi ? demanda Bourbon à son nain favori.

Ce dernier essaya de comprimer les sanglots qui lui montaient à la gorge :

— Monseigneur, répondit-il, j'ai accompagné le marquis de Pescaire et ses cavaliers ; j'avais lieu de soupçonner que Chevrette était prisonnière des fuyards que poursuivaient les Espagnols. J'avais hâte d'atteindre ces ruines qui lui servaient d'asile, et j'y suis parvenu.

— Tu as donc traversé le lac à la nage ? Cependant tes habits ne sont pas mouillés.

— Oh ! dit Moucheron à voix basse, j'ai trouvé un chemin que ni amis ni ennemis ne connaissent, et grâce auquel nous pourrons nous tirer du guêpier tous les quatre. Nous disparaîtrons comme des farfadets. Espagnols et Français pourront crier à la sorcellerie, mais trop tard, les oiseaux seront envolés.

— Je reconnais bien là mon subtil et ingénieux fou, répliqua le connétable avec un mélancolique sourire ; mais tu m'as entendu, j'ai accepté la condamnation prononcée contre moi par d'anciens amis, et je me suis engagé à ne pas m'y soustraire. Qu'il ne soit donc plus question de mon salut ! Mais mon sort me paraîtra doux et je te bénirai du fond du cœur, mon brave Moucheron, si tu peux sauver ma bien-aimée Suzanne en sauvant ta sœur.

— Oh ! n'espérez pas m'éloigner de vous, Charles ! s'écria Suzanne ; je veux rester à vos côtés : je saurai vous aider à mourir, et je vous suivrai dans la mort comme dans la vie.

Le nain allait répliquer quand deux archers parurent ; c'étaient Goulard et Faucheux, envoyés par le capitaine Paulin, qui venait de délibérer avec ses compagnons sur le sort de leur illustre prisonnier.

— Eh bien ! que me voulez-vous ? demanda Bourbon avec dignité. Mon heure est-elle venue ? Êtes-vous les valets du bourreau ?

— Nous devons exécuter les ordres de messire de Lagarde, dit Goulard d'un ton patelin.

Le duc remarqua en frissonnant que l'archer portait un paquet de cordes.

Faucheux surprit ce regard et s'empressa de dire gracieusement :

— Seigneur duc, nous avons ordre de vous garrotter et de vous attacher aux anneaux de fer de la guette de cette tour.

— Et votre généreux capitaine a-t-il le projet de m'y laisser mourir de faim comme le comte Ugolin ? demanda Bourbon.

— Oh ! non, monseigneur, répondit Goulard. Le brave Suisse Wilhem d'Azarnès vous priera de lui confier votre anneau ou votre épée, afin de prouver au marquis de Pescaire qu'il vient bien de votre part. Il lui portera votre requête ; si don Ferdinand la repousse, vous resterez emprisonné dans cette guérite de pierre qui fait saillie sur le lac, et vous serez exposé de première main, pendant l'assaut, aux arquebusades des Basques et des Espagnols.

— Ah ! dit le connétable avec un sourire amer, je comprends la pensée de messire Paulin ; je dois mourir sous les coups de mes nouveaux alliés. C'est très ingénieux. Faites votre devoir, mes drôles.

Goulard se mit en marche le premier, et Bourbon le suivit, accompagné de Faucheux, de Suzanne et de ses nains. Ils gravirent l'escalier en colimaçon qui conduisait à la plate-forme de la guette, suspendue sur les eaux profondes comme l'aire de l'aigle.

La jeune fille s'agenouilla sur les dalles brisées et chancelantes que retenaient les crampons verdoyants de lierre.

— Mon Dieu ! mon Dieu ! dit-elle en regardant les archers garrotter le malheureux prince, touchez le cœur du marquis de Pescaire et n'abandonnez pas Charles de Bourbon à la rage de ses ennemis !

XVII

LE FEU GRÉGEOIS.

Wilhem d'Azarnès n'eut pas plus tôt touché la rive occupée par les impériaux qu'il se dirigea vers la tente du marquis de Pescaire.

Il mit pied à terre et fut introduit en présence du général, qui demandait encore une consultation au docteur Marforio Veneno.

— Quoi ! s'écria don Ferdinand en feignant une vive surprise à l'aspect de Wilhem, un Suisse ici ? Un de ces perfides montagnards qui nous ont faussé le serment à la veille de la bataille !

— Monseigneur, répondit d'Azarnès, il ne s'agit pas entre nous de récriminations inutiles. Permettez-moi de remplir la mission dont je suis chargé.

— Parlez !

— Don Ferdinand, vous avez accordé la liberté et la vie sauve aux Français réfugiés dans cette île. Je viens vous demander de vouloir bien stipuler que cette clémence s'étendra à tous nos compagnons, Français, Lombards ou Suisses, sans distinction de qualité ni de nation.

— L'exigence est forte, répondit Pescaire avec hauteur. Sachez que, plein de pitié pour les Français et les Lombards, je serai impitoyable pour les Suisses.

— Peut-être, seigneur marquis, répliqua Wilhem sans se déconcerter, ne nous tiendrez-vous pas rigueur quand vous connaîtrez le nom du chevalier qui m'envoie vers vous.

— Je croirais que vous parlez tout au moins du capitaine Bayard, si ce loyal batailleur n'était pas mort, interrompit le marquis d'un ton goguenard.

Wilhem se mordit les lèvres et reprit sèchement :

— Ce chevalier désire que nous soyons traités à l'égal des Français.

— En vérité ! dit Pescaire, toujours railleur. Quel est donc l'important personnage qui daigne me transmettre ce modeste désir par votre bouche ?

— Seigneur marquis, il se nomme monsieur le duc de Bourbon.

Don Ferdinand tressaillit, mais cette impression fut à peine sensible. Il répliqua après avoir échangé avec Marforio un rapide regard.

— Que signifie cette mauvaise plaisanterie, messire d'Azarnès ? Comment pouvez-vous me parler au nom de notre cher ami le connétable, qui est sans doute entré à cette heure dans la bonne ville de Pavie ?

— Pardon, seigneur, pardon, dit Wilhem, ce n'est pas à Pavie, mais dans cette vieille abbaye que se trouve à cette heure le duc de Bourbon.

Pescaire laissa échapper un sourire moqueur, et Marforio lui fit chorus. Ils semblaient tous deux regarder cette nouvelle comme une fort réjouissante bouffonnerie.

— Si vous voulez une preuve de ce que j'avance, dit froidement le Suisse, voici l'anneau du connétable. Vous savez qu'il ne le quitte jamais et qu'il s'en sert comme de cachet.

Pescaire prit l'anneau et se mit à le tourner et le retourner dans ses mains, comme s'il l'examinait avec une scrupuleuse attention ; il voulait se donner le temps de réfléchir au parti à prendre.

— Eh bien ! seigneur marquis, reprit Wilhem assez inquiet, reconnaissez-vous cet anneau ?

— Parfaitement.

— C'est bien celui de monsieur le duc de Bourbon !

— Voici ses armes, qui ne permettent aucun doute.

— Vous reconnaissez donc que ce grand prince est notre prisonnier et que c'est lui qui vous parle par mon entremise ?

— Vous allez trop vite, jeune montagnard, dit Pescaire en affectant de rire.

Wilhem pâlit.

— Expliquez-vous, monseigneur.

— Voulez-vous que je vous dise toute ma pensée, don Ferdinand ? grommela alors Marforio en clignant malicieusement de l'œil. Je crois que le duc de Bourbon a perdu son anneau dans le feu de la mêlée. L'un de ces fuyards l'aura ramassé, et ce brave Suisse a tiré très habilement parti d'un heureux hasard pour imaginer cette fable.

— C'est une espièglerie fort innocente d'ailleurs, mon cher d'Azarnes, dit Pescaire, puisqu'elle a pour but de vous sauver la vie à vous et à tous vos porteurs de pertuisanes, mais l'invraisemblance en est trop choquante pour obtenir crédit.

— Quoi ! s'écria Wilhem avec un mouvement de colère, vous refusez d'ajouter foi à une preuve aussi positive ?

— Positive ! Eh ! eh ! dit Marforio. Et il fut pris d'une quinte complaisante qui exaspéra le jeune homme.

— Eh bien ! soit, fit ce dernier ; l'anneau du connétable a été trouvé dans la mêlée et ne prouve rien ; mais si je vous montrais Bourbon en personne, ce témoignage vous paraîtrait-il suffisant et parviendrait-il à vous convaincre ?

— Oui, certes ! dit nonchalamment le marquis, et je ferais droit à votre requête.

Un rayon de joie brilla sur le visage rose du montagnard, et il étendit la main vers la guette à moitié ruinée de l'abbaye.

— Regardez, don Ferdinand ! dit-il.

— Que vois-tu, Marforio ? demanda le général ; malgré ton grand âge, je sais que tu as la vue la plus perçante du monde.

Le docteur répondit :

— Je vois, en effet, un chevalier attaché aux anneaux de fer de cette cage de pierre, triste abri contre le vent et la pluie.

— Ce chevalier, dit vivement le Suisse, n'est autre que monsieur le connétable.

— Diable ! fit Pescaire avec un très beau sang-froid ; mais il me semble que vous l'avez logé là comme un malfaiteur et non comme un dispensateur de grâces.

— Ah ! c'est que le capitaine Paulin a juré que si vous rejetiez notre demande, si vous nous donniez l'assaut, le duc de Bourbon, l'un des vainqueurs de Pavie, serait le premier exposé aux coups de vos arquebusiers.

— Judicieux ! très judicieux, dit Pescaire en hochant la tête... Mais, mon pauvre Wilhem, il nous est impossible de reconnaître à cette distance le visage du connétable. Je crois donc inutile de prolonger davantage cette entrevue.

— Tout à fait inutile, répéta Marforio en se frottant les mains. Paroles au vent et temps perdu.

Le Suisse les regarda avec indignation.

— Ah ! je vois que monsieur le connétable ne s'était pas trompé ! Il connaît bien le cœur des hommes.

— Que voulez-vous dire, Wilhem ?

— Seigneur marquis, il nous avait prédit que vous vous obstineriez à nier sa présence parmi nous, en dépit de toutes les preuves qui pourraient l'attester.

— Ah ! vraiment !... Pourquoi donc vous étonner de mon incrédulité, puisque vous vous y attendiez ?

— A la faveur de l'assaut, il vous sera facile de vous délivrer d'un rival incommode.

— Eh ! mon brave Suisse, dit Pescaire en étouffant un bâillement, vous ne négligez rien pour me piquer au jeu ; mais vous avez tort d'abuser de votre infortune pour devenir insolent.

— Adieu ! don Ferdinand, dit brusquement d'Azarnes en remontant à cheval ; je ferai compliment à monsieur le duc de Bourbon de sa sagacité.

Allez, messire, répliqua le marquis en souriant ; mais dites surtout à vos montagnards que je suis sans pitié pour les traîtres, et qu'ils l'apprendront avant une heure.

— Vous apprendrez en échange, seigneur, comment se battent une poignée de Français et de Suisses bien fortifiés, et comment ils savent résister à deux milli Espagnols.

Il salua M. de Pescaire et lança son cheval dans le lac, qu'il traversa rapidement. Dès qu'il fût rentré dans l'abbaye, les fugitifs se réunirent autour de lui, et leurs regards anxieux l'interrogèrent. Le jeune Suisse était ému en songeant que tous ceux qui l'entouraient étaient des condamnés à mort. La voix s'étranglait dans son gosier ; cependant il parvint à se faire entendre :

— Compagnons, dit-il, j'ai lu la pensée du marquis dans ses yeux ; la mort de monsieur de Bourbon est nécessaire à son ambition. Il faut qu'il passe sur nos cadavres pour que cette mort reste mystérieuse. Pas un de nous ne doit vivre assez longtemps pour pouvoir ternir la gloire de don Ferdinand d'Avalos en révélant le secret de sa cruauté.

Nul ne répondit, mais chacun alla prendre le

poste qui lui avait été assigné par le capitaine Paulin ; le courage des désespérés n'est jamais bavard.

Le nain courut porter cette mauvaise nouvelle à son maître.

— Moucheron, dit le connétable, ne m'as-tu pas assuré, que tu te faisais fort de sauver Suzanne ?

— Oui, monseigneur, je réponds d'elle et de Chevrette.

— Tu ne nous quitteras pas, mon frère ! s'écria la naine en l'embrassant avec effusion.

— Oh! moi, c'est différent, petite sœur, ma place est ici, et je dois mourir aux pieds de mon maître comme un chien fidèle.

Suzanne porta à ses lèvres la main du prince :

— Avez-vous pu croire un instant, Charles, que je consentirais à me séparer de vous, tandis que vous subirez cette affreuse torture ?

— Écoutez, ma mie, reprit Bourbon d'une voix douce et ferme, il dépend de vous seule que ma mort soit sereine ou désespérée !

La jeune fille essuya les larmes qui sillonnaient son visage :

— Que faire, monseigneur ?

Le connétable la regarda avec une douloureuse tendresse ; il ne pouvait se lasser d'admirer cette beauté touchante, cette vaillance de cœur, cette résignation si humble, qui semblables à des charmes magiques, avaient exercé sur lui un empire irrésistible.

— Suzanne, reprit-il, je mourrai calme et presque heureux si je vous sais en sûreté quand je verrai commencer l'assaut ; mais si vous restez près de moi, exposée aux coups d'épée et d'arquebuse, sans que je puisse vous secourir et vous venger ; si je voyais les soldats de Pescaire porter la main sur vous, tandis que je me débattrais vainement dans mes liens, oh ! ce serait un supplice abominable ! ma mort serait celle d'un damné. Suzanne, en supplie, Suzanne, si vous m'aimez, si vous voulez m'épargner une agonie horrible, promettez-moi de vous laisser sauver.

— Mais vous, Charles, vous! dit la malheureuse jeune fille, vous mourrez donc comme un martyr, abandonné lâchement par tous ceux qui vous aiment, insulté par vos anciens compagnons, renié par vos nouveaux amis, enseveli dans votre victoire ?

— Je ne veux pas fuir, Suzanne, répondit le connétable avec un profond abattement, l'heure du repentir et du pardon est venue pour moi ; j'ai regardé sincèrement ma vie passée, et du seuil de la mort je me suis jugé. La vérité éternelle a dessillé mes yeux éblouis par l'ambition et la haine. J'ai pardonné à tous mes ennemis... à tous...

Il s'arrêta.

— Non, reprit-il après une longue hésitation, je ne saurais pardonner à madame Louise de Savoie. Je la maudirais encore quand mes pieds brûleraient déjà aux tisons de l'enfer. Ah ! si elle n'avait fait que me calomnier, me poursuivre et me perdre pour se venger de mon mépris, mais, par haine contre moi, elle a fait souffrir des innocents et des faibles. Elle t'a soumise à la torture des criminels, toi, chère enfant, dont tout le crime était de m'aimer, toi qui ne devais lui inspirer que de la pitié.

Les nains et Suzanne pleuraient, émus de cette résignation navrante chez un homme si fier, si superbe et si impétueux.

Cependant Paulin de Lagarde discutait avec Wilhem d'Azarnes et quelques gentilshommes français ou lombards le plan de défense à adopter contre les impériaux... Plusieurs avis furent tour à tour proposés et rejetés..

Enfin, le baron de Trans prit la parole.

— Messires, dit-il, je suis surpris que vous ne trouviez de chances de salut que dans la fortification et la défense de ces ruines. Quels que soient nos efforts de tactique et de courage, nous n'y trouverons qu'une mort glorieuse, fatale aux impériaux, mais inévitable. Ne vaut-il pas mieux essayer d'échapper à nos ennemis par un adroit stratagème de guerre ?

— Sans aucun doute, si vous l'avez trouvé, dit le capitaine Paulin.

— Voici mon plan, reprit le vieux gentilhomme. Dispersons-nous par groupes autour de l'abbaye ; forçons ainsi les Espagnols de Pescaire à s'éparpiller tout le long des berges de l'île ; ils ne formeront bientôt plus qu'une longue chaîne dont chaque anneau sera un soldat. Ramassons alors tout à coup notre escadron, les femmes au centre, perçons la ligne espagnole, qui n'aura aucune épaisseur, et gagnons le bord opposé. Là est le salut.

— C'est un hardi dessein, monsieur, dit Paulin de Lagarde, mais une fois sur l'autre rive, les impériaux, avec leurs chevaux frais, ne tarderont pas à nous atteindre, et ils nous sont si supérieurs en nombre qu'ils auront raison de notre résistance.

— Vous vous trompez, capitaine, répliqua M. de Trans ; le danger sera pour les Espagnols et non pour vous.

— D'où vous vient cette singulière confiance ?

— J'ai parcouru, il y a quelques mois, toute la région des rizières et je la connais parfaitement. Au delà de ce lac, sur la rive opposée à celle où campe monsieur de Pescaire, s'étendent des marécages stagnants dans lesquels les chevaux enfoncent jusqu'au poitrail, à moins que le cavalier ne sache distinguer le sentier durci qui s'allonge comme un serpent au milieu de cette plaine fangeuse. Ne craignez rien, j'ai étudié ce sentier et vous pourrez m'y suivre en toute sûreté, tandis que les Napolitains de Castaldo s'élanceront étourdiment à notre poursuite, s'embourberont bientôt malgré la vitesse et la légèreté de leurs montures, et seront assez embarrassés de se dépêtrer de cette mer de vase.

— Mais, s'il en est ainsi, s'écria Paulin, nous pouvons nous regarder comme hors de péril.

— C'est mon opinion, capitaine. Préparons-nous donc à inquiéter les impériaux sur divers points, afin de les forcer à éparpiller leurs forces.

Le misérable se traîna et rampa sur le sol comme un reptile... (Page 117.)

Le baron de Trans achevait à peine de parler quand il entendit de grands cris d'épouvante poussés par les femmes.

— Ah! le marquis de Pescaire est pressé d'en finir avec nous, dit-il en souriant.

Au même instant, madame de Saint-Séverin se précipita dans la salle où les chevaliers tenaient conseil et saisit le bras du capitaine Paulin : elle était éperdue de terreur.

— Venez, venez tous! s'écria-t-elle.

Ils la suivirent jusqu'à l'ancienne infirmerie, dortoir à moitié écroulé, qui était de niveau avec la plate-forme de la guette et d'où le regard embrassait le lac et toute la plaine.

Alors les fugitifs furent témoins d'un spectacle si étrange, si effrayant, si inexplicable, que les plus courageux, saisis d'une alarme superstitieuse, restèrent pâles et muets de surprise, croyant que toutes les puissances de l'enfer s'étaient armées et déchaînées contre eux.

Une vingtaine de petites îles de feu, partant de la rive occupée par les Espagnols et obéissant à la

direction du vent, voguaient comme une flottille vers la vieille abbaye.

Et comment douter d'une influence surnaturelle, quand ils purent tous remarquer que ces torches immenses brûlaient sans être alimentées par aucune matière, et que l'eau elle-même, au lieu de les éteindre, semblait s'enflammer à leur contact ?

De l'une ou de l'autre de ces îles ardentes, semblables à des êtres animés, se détachait çà et là une langue de feu qui léchait la surface du lac ; des serpents rouges dressaient dans l'air leurs crêtes lumineuses, des panaches de fumée bleuâtre secouaient des milliers d'étincelles, de sorte que les ruines de l'abbaye semblaient former le centre d'un vaste brasier sous lequel bouillonnaient les eaux, sanglantes comme une liqueur pourpre.

Ce déluge de flammes avait été allumé par le savant docteur Marforio Veneno, et il était favorisé dans sa marche par le vent, qui soufflait sur le vieil édifice. Le vieillard avait bien réellement retrouvé le secret de ce terrible feu grégeois qui

8

avait retardé de tant d'années la chute de Constantinople, en dévorant les flottes des Osmanlis, et dans la composition duquel entrait surtout le naphte, ce bitume liquide qui jaillit de terre, aux environs de Modène, sur les flancs du Vésuve, pendant ses éruptions.

— Par tous les saints apôtres! quel est ce prodige? dit enfin messire de Lagarde frappé de stupeur comme tous ses compagnons.

Ils se regardèrent les uns les autres et furent effrayés à l'aspect de leurs visages blêmes, fantastiquement éclairés par les reflets des flammes.

— Cet incendie vient de l'enfer! s'écria ingénûment Wilhem d'Azarnes, puisqu'il flotte sur l'eau comme une escadrille.

— Oui, ajouta le baron de Trans, Satan a lâché ses légions et combat pour les Espagnols.

Seul, M. de Bourbon restait impassible.

— Je crois deviner quel est le Satan qui nous a préparé ce linceul de feu, dit-il d'une voix calme.

D'Azarnes escalada la plate-forme et s'approcha de lui :

— Qui donc soupçonnez-vous d'avoir trouvé cette diabolique invention, seigneur duc?

— Elle doit être sortie du cerveau de cet excellent Marforio, le médecin et l'alchimiste du marquis de Pescaire, répondit le connétable. Il vous sera impossible d'arrêter l'assaut de ces vipères ardentes. Voyez! elles s'enroulent autour des draperies de lierre qui plongent dans le lac, afin d'envelopper les murailles effondrées de la vieille abbaye! Voyez! elles dévorent les réseaux de cette plante verte et vivace aussi rapidement que les rameaux jaunis et desséchés au soleil.

— Que Dieu maudisse ce lâche Marforio! s'écria Wilhem d'Azarnes. Ah! comme il riait de moi tout à l'heure! Pourquoi ne lui ai-je pas planté ma dague dans la poitrine!

Tous, chevaliers, dames, Suisses et archers, semblaient en proie au vertige de l'effroi. Le paysage sinistrement illuminé se rétrécissait autour d'eux; les plaines, le lac, l'abbaye, tout devenait rouge à leurs regards; eux-mêmes ressemblaient à des statues de démons, et leurs membres refusaient de se mouvoir. Les lois de la nature leur paraissaient renversées. Ils auraient voulu fuir, et malgré eux, ils restaient immobiles, attachés à leur place par un horrible attrait, sans espoir, sans pensée, sans souvenir. Aucun ne songeait à prier. Ils oubliaient même Dieu.

La flamme rampait et bondissait en fusées étincelantes le long des réseaux de lierre, comme une gigantesque salamandre.

— Réveillez-vous donc, gens engourdis! s'écria tout à coup le connétable. Ne comprenez-vous pas que bientôt ce feu magique aura atteint les vieilles charpentes vermoulues de l'abbaye, que ces poutres flamberont comme des copeaux, et que vous serez noyés dans une mer de flammes?

— Oui! oui! sauve qui peut! s'écrièrent les femmes et quelques soldats.

— Heureusement, dit le baron de Trans, recouvrant un peu de sang-froid au milieu de l'émotion générale, nous pouvons fuir de l'autre côté du lac

et gagner les marécages. Vite à cheval et partons ventre à terre!

— Il est trop tard, dit Wilhem d'Azarnes; le marquis a su profiter du temps que vous avez perdu en vaines discussions. Pendant qu'un rideau de feu vous cachait les mouvements de sa cavalerie, il l'a fait filer vers la seule issue qui vous restait.

— Et maintenant, reprit le duc, don Ferdinand va attendre avec beaucoup de calme que nous soyons tous ensevelis sous les décombres incendiés de l'abbaye. Quiconque cherchera à s'échapper du bûcher magnifique qu'il nous donne sera arquebusé.

— Qu'importe! dit Paulin de Lagarde, il faut mourir les armes à la main!

Il descendit dans la grande cour de l'abbaye et ordonna à tous ses compagnons de monter à cheval.

Ah! mon cher maître, dit Moucheron au connétable, je comprends le mépris du docteur Marforio pour les hommes. Vous voyez ces chevaliers? ce sont des héros fidèles à leur serment; ce sont des juges inflexibles pour votre rébellion. Ils voulaient faire eux-mêmes un bûcher de ces ruines et y périr glorieusement.

— Eh bien?

— Eh bien! maintenant ils ont peur.

— Allons! tu déraisonnes, mon pauvre nain.

— Ils ont peur, vous dis-je, non de la mort, mais de la sorcellerie, car ils regardent Marforio comme un magicien. Ils auraient affronté la fournaise allumée de leurs mains, ils ont peur de ces flammes surnaturelles. Ils ne craignent pas de lutter contre les hommes, mais ils tremblent devant les démons.

— Il ne faut pas les abandonner à leur folie, Moucheron. Fais pour eux ce que tu as promis de faire pour Suzanne. Aide-moi à me venger d'eux en leur donnant la vie et la liberté.

Le nain devint sombre.

— Pourquoi s'opposer à la volonté de Dieu, monseigneur? ils ont été impitoyables, méritent-ils donc notre pitié?

— Veux-tu me désobéir, toi aussi?

— Mais ils ne m'écouteront pas, mon doux seigneur; la peur de cette mort inouïe a tout anéanti dans leurs âmes, jusqu'à leur haine contre nous. Ils ont envie de vivre comme le naufragé qui se débat dans les montagnes d'écume. Et savez-vous pourquoi ils s'obstinent à faire cette trouée héroïque dans les rangs des Espagnols? C'est qu'ils conservent tous un espoir : chacun croit pouvoir survivre aux autres.

— Va donc, Moucheron, va, et dis-leur que Bourbon, leur prisonnier, les supplie d'accepter le salut que tu leur offres.

— Vous l'ordonnez, mon maître!

— Obéis, si tu ne veux pas que je te maudisse comme un serviteur infidèle.

Le nain s'inclina humblement et descendit dans la cour où les chevaliers se rangeaient en bataille. Les flammes entraient par toutes les ouvertures de l'édifice.

Moucheron se cramponna à la bride du cheval du capitaine Paulin.

— Messire, dit-il vivement, vous oubliez mon maître.

— Arrière, avorton ! répliqua le gentilhomme ; qu'il attende ici ses alliés les Espagnols.

— Soyez miséricordieux, capitaine, insista Moucheron ; en rompant ses liens, en lui rendant ses armes, vous changerez peut-être son âme : vous redonnerez un ami au roi, et un adversaire redoutable à don Ferdinand d'Avalos.

— Jamais ! jamais ! s'écria Paulin. Bourbon a reconnu lui-même que sa sentence était juste. Arrière.

— Écoutez-moi, je vous en conjure, messire ! Si vous délivrez le connétable, je lutterai de ruse avec Marforio Veneno. Il vous a condamnés tous à périr étouffés dans les flammes ; moi, je vous ferai sortir de l'abbaye sans péril, et je vous guiderai jusqu'en terre libre.

— Nous ne croyons pas aux promesses du serviteur d'un traître. Lâche la bride de mon cheval, ou sinon...

Paulin leva son épée sur la tête de Moucheron. L'intrépide nain ne bougea pas.

— Infernal bavard ! dit le baron de Trans, tu essayes de nous tromper pour sauver ton seigneur ! Que Dieu te maudisse pour le temps que tu nous fais perdre !

Le vent balayait de grandes nappes de flammes qui couronnaient le faîte de l'abbaye comme des panaches monstrueux.

Paulin de Lagarde repoussa violemment le nain, qui roula à terre sous les pieds du cheval en criant :

— Le duc m'a ordonné de vous sauver, messire ; laissez-moi remplir mon devoir.

Le capitaine haussa les épaules.

— Bourbon serait-il devenu lâche ? Ah ! il voudrait nous racheter sa vie, il voudrait charger l'Escaïre avec nous, parce qu'il sait bien que les Espagnols n'oseront pas tirer sur lui.

Le nain, qui s'était relevé, s'écarta indigné en leur criant :

— Allez donc mourir, chevaliers orgueilleux.

Les femmes, affolées de terreur, avaient refusé de suivre les gentilshommes français et lombards ; les Suisses et les archers hésitaient encore. MM. de Lagarde et de Trans mirent leurs chevaux au galop et s'élancèrent hors de l'abbaye, à la tête de leur escadron, dans la direction des marécages.

Wilhem d'Azarnes regardait avec douleur le groupe des femmes désespérées, qui se tordaient les mains, s'agenouillaient, pleuraient, priaient Dieu ou invoquaient leurs saints patrons, comme les enfants malades invoquent leurs mères. C'était un spectacle navrant.

Moucheron toucha soudain le bras du jeune montagnard.

— A cette heure, lui dit-il d'une voix mélancolique, les pâtres d'Unterwalden sonnent dans leurs grandes trompes le ranz des vaches !

— Je ne l'entendrai plus, soupira le jeune Suisse, dont une grosse larme mouilla la paupière, car les impériaux ne feront pas quartier à un seul d'entre nous ! Mais pourquoi me parler de nos montagnes ? Il ne faut pas songer à son pays quand on veut conserver son cœur ferme pour bien mourir.

— Croyez-vous que monsieur de Bourbon ne regrette pas son doux pays de France, sire Wilhem ?

— Ah ! ce pauvre seigneur ! dit d'Azarnes, il est plus à plaindre que nous. Et cependant, malgré son malheur, il compatit au malheur des autres.

Il réfléchit un instant et ajouta avec effort :

— Allons ! il ne sera pas dit que le Suisse Wilhem est mort chargé d'une dette aussi lourde. Je ne veux pas être ingrat envers ce généreux prince. Il m'a donné son anneau pour me sauver, et il va mourir garrotté comme un malfaiteur. Tiens, Moucheron, rends-lui son anneau et prends ma dague pour couper ses liens. Du moins, il mourra libre.

Le nain regarda le jeune homme avec une sorte d'attendrissement, tout en prenant l'anneau et la dague.

— Le prince ne mourra pas, s'écria-t-il doucement.

Les pilotis sur lesquels reposait une partie de l'abbaye commençaient à se consumer et faisaient craquer l'énorme masse. Les tours éventrées semblaient se pencher ; des lézardes énormes balafraient les vieilles murailles.

— Il ne mourra pas ? dit Wilhem avec un sourire amer.

Et du doigt il montra au nain les progrès de l'incendie.

— Qu'importe ! s'écria Moucheron, si vous restez avec nous, si vous dis-je vous reverrez votre pays et que monsieur le connétable se souviendra de votre bon cœur. Ayez confiance en moi et ne croyez pas, comme messire Paulin, que mes promesses soient des mensonges.

Le Suisse eut un instant d'hésitation, puis il dit à ses montagnards :

— Bonnes gens des cantons, restons avec monsieur le duc ; ceux d'entre nous qui échapperaient à la mort et qui seraient pris par les Espagnols subiraient une mort ignominieuse. Autant périr étouffés par les flammes. Et puis, qui sait ! cette petite créature m'inspire confiance.

— Venez donc avec moi, dit Moucheron, délivrer mon maître.

Le jeune homme suivit rapidement Moucheron jusqu'à la plate-forme, qui allait bientôt être envahie par les flammes, et trancha avec sa dague les cordes qui attachaient le prince aux anneaux de fer de la guette.

— Vous êtes libre, monseigneur, dit-il brièvement. Nous sommes quittes.

— Pas encore ! répliqua Bourbon en descendant l'escalier qui conduisait à la grande cour, où les femmes et les Suisses attendaient le retour du montagnard.

Suzanne Lallier et les nains l'avaient suivi. Le duc montra d'un geste impérieux à Moucheron les deux archers Goulard et Faucheux, qui, blêmes et tremblants, n'avaient pas jugé à propos de seconder la vaillante sortie de Paulin de Lagarde.

— Garrotte-moi ces deux drôles avec les cordes qui serraient tout à l'heure mes poignets !

— Ce sera bien de l'honneur pour eux ! dit le nain.

Les archers ne parurent pas très flattés de cet honneur, mais ils n'osèrent pas résister.

— Nous vous emmènerons avec nous, ajouta Moucheron, afin que vous ne puissiez rendre à madame Louise de Savoie sa belle prisonnière.

L'abbaye tout entière était enveloppée par les flammes ; le ciel ressemblait à un dôme écarlate ; les femmes avaient cessé de gémir et de se lamenter ; elles priaient. Quant aux Suisses, leurs regards vagues et presque souriants voyaient passer comme dans un rêve les rochers et les lacs de la chère patrie, et ils prêtaient l'oreille aux craquements sinistres des murs, comme s'ils entendaient tinter les clochettes de leurs troupeaux : c'était un commencement de délire.

— Ah ! bonnes gens, et vous, honnêtes dames, s'écria alors Moucheron, ne désespérez pas. J'avais promis de sauver mon amie Suzanne Lallier et ma sœur Chevrette, mais je leur donnerai une brillante escorte.

Puis il s'approcha d'une énorme citerne, dont les marches de pierre brisées étaient presque cachées sous l'herbe dans un coin de la cour, et il ajouta :

— Voici le secret de notre salut.

Tous le regardèrent avec surprise en se demandant si la frayeur ne lui avait pas fait perdre la raison. Il sourit et continua :

— Cette citerne descend aux souterrains de l'abbaye ; ces caveaux servaient de passage aux moines quand ils étaient assiégés ou surpris par une inondation qui faisait grossir les eaux du lac. Vous ne vous êtes pas demandé comment j'avais pu pénétrer tout à coup dans l'intérieur de ces ruines ; en me hasardant, pour rejoindre ma sœur, dans ce chemin mystérieux dont j'avais découvert l'orifice. J'ai attendu que la sortie du capitaine Paulin ait détourné l'attention des impériaux avant de vous révéler mon secret. Maintenant, assez de paroles, et descendons tous bravement dans la citerne.

Suzanne Lallier courut aussitôt vers Moucheron, le saisit dans ses bras avec transport et l'embrassa devant tous en s'écriant :

— Mon petit compagnon, que n'as-tu cinq pieds de haut ! Tu as gagné vingt fois tes éperons de chevalier, et Bayard lui-même t'eût donné l'accolade sans hésiter ! Heureux le maître qui sait, dans l'adversité, garder de tels serviteurs !

Quant aux réfugiés, ils avaient d'abord écouté Moucheron dans le silence de la stupeur ; puis ils avaient compris que le nain allait réellement les sauver au moment où il semblait que l'abbaye devait s'écrouler et les engloutir sous ses décombres enflammés. Alors, ils contemplèrent l'être difforme comme un archange radieux descendu du ciel ; le délire de la joie remplaça celui de l'épouvante, et, un instant, l'illustre connétable parut inférieur à son misérable nain.

Cependant Moucheron, armé d'une torche, s'é-

tait hâté de descendre dans la citerne, et tous les réfugiés l'avaient suivi. Sous les herbes et les plantes parasites qui en encombraient le fond, ils trouvèrent les premiers degrés d'un escalier qui se contournait comme une vrille dans l'épaisseur d'une muraille souterraine, dont les pierres semblaient déjà chauffées par l'incendie ; il était si étroit qu'on pouvait facilement en obstruer le passage en y jetant quelques décombres. Les femmes se plaignirent bientôt de ne pouvoir respirer dans cette spirale étroite.

— Prenez courage, dit le nain, nous arriverons bientôt aux voûtes.

En effet, quand l'escalier s'enfonça profondément sous le lit du lac, et que les fugitifs entrèrent dans les caveaux, ils ressentirent une délicieuse impression de fraîcheur, et ils poursuivirent leur marche avec plus de confiance et d'espoir.

Tout à coup, à l'instant où Moucheron leur faisait signe de garder un profond silence, parce qu'ils approchaient de la sortie du souterrain, ils entendirent de ce côté un bruit de pas et de voix, ils virent briller des lumières et s'arrêtèrent effrayés.

— Allons en avant, dit le duc de Bourbon en tirant du fourreau la dague de Wilhem d'Azarnes, et malheur à qui nous barrera le passage !

— Patience, dit Moucheron, qui venait d'éteindre son flambeau, l'issue est sans doute gardée ; en brûlant les joncs de la rive, le docteur Marforio l'aura démasquée ; mais nous n'aurons pas besoin de combattre : il suffira à monsieur le connétable de se nommer.

Les pas se rapprochèrent ; on entendait des armes s'entrechoquer et les torches projetaient de longues flèches de lumière sur les parois humides du caveau.

— Qui vive ? cria une voix grêle et stridente qui fit tressaillir tous les fugitifs. Et Moucheron vit se dessiner, dans un cercle de clarté tremblante, la silhouette maigre du médecin de Pescaire.

— Le sorcier ! le sorcier ! dit Wilhem d'Azarnes avec une consternation profonde.

— Le sorcier ! répétèrent les Suisses, les femmes et les archers, qui frissonnèrent comme si le diable les eût touchés de son pied fourchu ou enveloppés de ses ailes de chauve-souris. Ils regardèrent derrière eux, mais ils ne virent que les ténèbres, et ils ne pouvaient fuir.

L'horrible petit docteur était suivi de don Lopez de Carrajal et de Lupon, qui portaient des torches, et de quelques pionniers d'un terce espagnol.

Dès qu'il eût aperçu le premier groupe qui se dessinait confusément dans l'ombre, il cria en ricanant :

— Rendez-vous à merci, mes gentils poissons d'eau douce ! Ah ! vous avez eu peur de rôtir sur le gril.

Mais quelle ne fut pas la stupeur du digne Marforio lorsque le connétable, se détachant du groupe, vint droit à lui, et l'écrasant de son regard altier, lui répondit :

— Faites place au duc de Bourbon, bonhomme !

Le docteur écarquilla ses petits yeux, balbutia une réplique inintelligible, trembla sur ses petites jambes semblables à des aiguilles, et se colla humblement à la muraille comme un cloporte.

— Libre passage à monseigneur ! dit-il enfin à don Lopez ; mais faites prisonniers tous ceux qui l'accompagnent, à moins qu'ils ne préfèrent retourner à l'abbaye.

Et il poussa un de ces sinistres éclats de rire qui avaient le privilège d'inspirer une irritation nerveuse et lugubre aux gens qui les entendaient.

— J'ai donné ma parole, dit le duc d'une voix éclatante. J'ai garanti la liberté de ces malheureux qui m'ont arraché de la fournaise que vous aviez allumée à mon intention, savant Marforio.

Le docteur s'inclina jusqu'à terre, mais il répliqua mielleusement :

— Monseigneur ! nous n'obéissons qu'aux ordres de monsieur le marquis de Pescaire.

— Et si je force le passage ? demanda Bourbon avec un geste de dédain.

Marforio baissa les yeux.

— Je souffrirai beaucoup de m'opposer à votre désir, seigneur duc, mais nos pionniers perceront la voûte de ce souterrain, et les eaux du lac l'inonderont, tandis que nous en garderons l'entrée.

En même temps, il se glissa lestement entre don Lopez de Carrajal et Lupon, qui approuvaient ses réponses par des hochements de tête significatifs.

Wilhem d'Azarnes dit alors au connétable :

— Puisque ce ver de terre lui-même vous résiste, prince, abandonnez-nous à notre destinée. Vous avez fait pour nous plus que vous n'aviez promis.

Bourbon éclata de rire, et ce rire formidable ébranla les voûtes du caveau :

— J'ai promis que vous resteriez libres et vous resterez libres, mon ami Wilhem.

Il s'avança vers le médecin et l'attira violemment à lui par le bras, après avoir fait signe aux Espagnols de se reculer à quelque distance.

— Ah ! misérable Marforio ! lui dit-il à voix basse, tu ne tiens donc pas à la vie, tu ne tiens pas à garder la pension de don Ferdinand, tu n'as plus aucun désir, aucune ambition qui te rattachent aux choses de la terre ?

Le docteur le regarda avec un profond étonnement.

— Vous vous méprenez, seigneur duc, je cherche au contraire un élixir qui puisse prolonger ma vieillesse, sinon me rendre la fraîcheur de mes jeunes années.

— Eh bien ! Marforio, prends garde au marquis de Pescaire.

— Au marquis ?... Ah ! vous plaisantez, seigneur duc. Mais c'est mon bienfaiteur ; je lui dois tout, et vous voyez qu'en revanche je lui obéis avec le dévouement aveugle d'un de ses esclaves maures.

— C'est bien, repartit le duc en le regardant fixement ; je livre à ta discrétion ces malheureux, mais je me réserve d'apprendre à ton maître, don Ferdinand, que tu as proposé au roi François Ier de l'empoisonner, lui, ton généreux bienfaiteur.

Marforio Veneno devint livide et tomba presque inerte aux pieds du connétable.

— Comment savez-vous ?... s'écria-t-il.

Puis il s'arrêta, suffoqué et frissonnant de tout son corps.

— Wilhem d'Azarnes mourra, reprit Bourbon ; mais auparavant, damné médecin, je te livrerai aux mains de cet honnête montagnard et je lui dirai : Voilà le lâche scorpion qui a empoisonné votre frère, le capitaine général des lansquenets, par ordre du vice-roi de Naples.

Le misérable se traîna et rampa sur le sol comme un reptile en criant :

— Grâce ! pitié, seigneur duc !

— Ordonne donc à tes pionniers de percer la voûte, dit Bourbon en haussant les épaules avec mépris.

— Grâce ! grâce ! Oh ! je veux vivre, reprit Marforio d'une voix étranglée ; c'est si bon de vivre ! Je vous servirai, monseigneur, jusqu'à mon dernier souffle. Mais laissez-moi vivre. Ne révélez pas au marquis...

— Je ne te pardonne pas, Marforio, reprit le connétable, car je sais que ton cœur pervers ne peut pas changer, mais je veux bien oublier tes crimes, si tu t'engages à quitter le pays et si tu fais faire libre passage à cette troupe de fugitifs.

Le médecin de Pescaire s'empressa de se relever et cria de sa voix la plus aiguë :

— Place au duc de Bourbon et à tous ceux qui l'accompagnent !

Les Espagnols, surpris de cet ordre inattendu, s'écartèrent pour laisser passer le prince et son escorte de fugitifs. Quand ils furent tous sortis du souterrain, ils entendirent au loin le bruit des arquebusades. Le marquis de Pescaire achevait d'exterminer la troupe héroïque des chevaliers français et lombards qui n'avaient pas ajouté foi aux promesses de Moucheron.

XVIII

COMMENT CHEVRETTE, GRACE AU PHILTRE D'AMOUR, FIT LA CONQUÊTE D'UN SECOND FIANCÉ.

Le marquis de Pescaire habitait un des plus beaux palais de Pavie ; c'était un bâtiment colorié de fresques admirables, orné d'un mirador saillant et soutenu par des piliers robustes ; les fenêtres en trèfles, les balcons découpés, les grilles ouvragées et les heurtoirs de bronze en rendaient l'aspect charmant ; la façade, fouillée d'ornements sculptés et couronnée de statues, y ajoutait un effet grandiose.

De vastes jardins s'étendaient derrière ce palais, orné à l'intérieur de tableaux, de vases de marbre et de bronze, de mosaïques et de mille objets d'art précieux, remarquables par la perfection du travail ou l'antiquité de l'origine.

Le docteur Marforio Veneno logeait chez son noble client, qui lui avait abandonné un coin de sa splendide maison pour s'y livrer à ses équivoques expériences.

Le surlendemain de la bataille, vers dix heures du matin, le marquis devisait avec son médecin, qu'il était venu consulter dans son laboratoire ; il souffrait beaucoup de ses contusions et de ses meurtrissures : deux ou trois taches livides marbraient son visage délicat, il avait un œil injecté de sang, un sourcil fendu et le nez légèrement gonflé. Marforio avait calmé ses appréhensions en lui promettant qu'il ne resterait pas trace dans quelques jours de ces fâcheux résultats de la bataille, et don Ferdinand, tout à fait rassuré, se trouvait dans les plus heureuses dispositions d'esprit. Aussi commençait-il à plaisanter agréablement le vieux savant.

— Tiens ! Marforio, lui dit-il en se regardant avec complaisance dans un miroir d'argent, j'ai toujours la plus grande confiance en ta science médicale, mais je dois avouer que, comme sorcier... pardon, je me trompe... comme prophète ou alchimiste, tu as singulièrement baissé dans mon estime.

— Est-il possible, monseigneur ! répondit le docteur avec un calme ironique. Et à quelle maladresse dois-je attribuer cette fâcheuse décadence ?

— Un sorcier ne doit jamais se tromper dans ses prédictions, ni échouer dans ses entreprises, sous peine de perdre son prestige et de retomber au niveau des faibles humains.

— Je suis entièrement de cet avis, don Ferdinand ; mais en quoi votre humble serviteur a-t-il failli au point de mériter un si dur reproche ?

— Tu n'as guère de mémoire, cher Marforio. Ne m'avais-tu pas promis la mort du connétable ? Et à cette heure, il se porte beaucoup mieux que moi, hélas !

Le visage du vieux médecin se crispa nerveusement.

— Les astrologues et les alchimistes ne sont pas infaillibles, répondit-il. Je me suis trompé de date, voilà tout ; mais la mort de votre rival est prochaine. Dieu seul, monsieur le marquis, n'erre jamais dans ses calculs, et si le prophète est supérieur à l'homme ordinaire, il n'a pas l'orgueil de se croire l'égal de Dieu.

— Tu m'abuses par de vagues promesses, Marforio, et j'ai bien peur que Bourbon ne me porte en terre.

— Non, dit énergiquement le docteur, je ne veux pas qu'il vive, car je le hais plus que vous.

— Bourbon est un terrible adversaire, reprit le marquis ; il est sorti sans blessures de la bataille, il a dompté les lansquenets révoltés, il n'a pas été atteint par ton redoutable feu grégeois, il s'est échappé des mains des gentilshommes français, qui donc pourra le vaincre désormais et abattre son orgueil ?

— Écoutez, monseigneur, quand un homme est invulnérable dans sa force, dans son honneur, dans sa puissance, il faut le frapper dans son amour. Puisque nous n'avons pu ternir la gloire du conné-table ni étouffer la vie dans sa poitrine, faisons une blessure mortelle à son cœur.

— Tu as raison, Marforio ; mais comment s'y prendre ?

— Suzanne Lallier est le véritable ange gardien de monsieur de Bourbon ; il a trouvé en elle ce que ne donnent ni la richesse, ni le rang, ni la renommée, c'est-à-dire l'amour naïf et désintéressé qui n'exige rien et qui se sacrifie humblement. Suzanne n'aime pas en lui le prince, mais Charles de Bourbon ; sa vie est sortie d'elle-même pour se mêler à celle de notre ennemi ; ses pensées, ses prières, ses songes n'ont qu'un objet, Charles de Bourbon. C'est elle qui console et ranime son âme dans ses heures d'amertume, et de découragement ; c'est elle qui apaise les accès de fièvre et de délire où le jette souvent le souvenir de sa faute.

— Oui, je crois que ce remords l'accompagne partout et qu'au milieu même du silence il entend murmurer à son oreille ce surnom de traître qu'il voudrait vainement repousser.

— Eh bien ! monseigneur, le cœur de Suzanne est la source fraîche et vivifiante où Bourbon retrempe ses forces. Qu'on lui enlève son amour sans bornes, ce dévouement sans défaillance, et aussitôt, le désespoir, s'emparant de lui tout entier, le tuera plus sûrement et plus cruellement qu'une balle ou un coup d'épée.

— J'en suis convaincu comme toi, Marforio ; seulement je regarde comme impossible de changer le cœur de Suzanne, quoique notre illustre prisonnier ait dit :

Souvent femme varie,
Bien fol est qui s'y fie !

Le vieux médecin grimaça un sourire :

— Vous ignorez donc, seigneur marquis, que j'ai composé des philtres grâce auxquels je commande aux sentiments humains et surtout à l'amour, le plus puissant de tous ?

— Ah ! bonhomme, je voudrais le croire, mais l'amour est chose si involontaire, si bizarre, si inexplicable, qu'il doit échapper à l'influence de toutes les mixtions d'alchimie. Le véritable philtre, c'est la jeunesse, la beauté, la gloire. Quelquefois, c'est la pitié, l'audace, l'inattendu. Un regard vous charme, un sourire vous fascine, un son de voix trouble tout votre être, et vous aimez sans savoir pourquoi.

Marforio garda un instant le silence, puis il répliqua brusquement :

— Don Ferdinand, Suzanne Lallier est bien belle, n'est-ce pas ? Voulez-vous qu'elle vous aime ?

Pescaire regarda le vieillard avec étonnement. Celui-ci ajouta :

— Voulez-vous faire à Bourbon une blessure incurable et mortelle en lui ravissant cet amour qui est toute sa force ?

— Non, dit sèchement le marquis. Mon cœur n'est pas une hôtellerie, Marforio. Suzanne est fort belle, mais je ne trahirai pas pour elle ma chère Herminia, dont l'honneur est sans tache et qui ne me pardonnerait pas une infidélité.

Il tira de son sein un médaillon qu'il mit sous les yeux de l'alchimiste.

Ce médaillon représentait une jeune femme d'une merveilleuse beauté : c'était le type espagnol dans son expression la plus pure, la plus fière et la plus ardente ; l'orgueil de la race et la passion de la jeunesse étincelaient dans ses yeux de velours, frangés de cils extraordinairement longs et épais ; le front superbe et d'une blancheur marmoréenne était couronné de cheveux dorés comme une flamme ; la bouche petite, aux lèvres plus rouges que le corail, admirablement dessinée, était terminée aux coins par de mignonnes fossettes qui se creusaient dans les joues ainsi que des nids de baisers.

— Quand on est aimé d'une pareille femme, docteur, reprit le marquis de Pescaire, crois-tu qu'il soit facile d'en aimer une autre ?

— J'ai vu des anomalies singulières, dit Veneno ; des princesses adorables ont été délaissées pour de laides servantes d'écurie ; les caprices du cœur sont aussi innombrables qu'incompréhensibles.

Et il ajouta en souriant :

— Quand on est le vainqueur de Pavie, on peut tout ce qu'on veut.

— Soit, mais je ne veux pas ! répliqua don Ferdinand.

— Et si je vous forçais à vouloir, monseigneur, vous qui niez la puissance de mes philtres ?

Le marquis ne put s'empêcher de rire.

— Je vous en défie bien, maître Marforio !

— J'accepte le défi, dit hardiment le médecin, et je veux tenter devant vous une expérience qui vous convaincra peut-être de la vertu de mes mixtions. J'ai fait venir ici la naine du connétable, dont l'aide me sera nécessaire dans mon entreprise, et cet archer français qui est devenu le valet de Lupon par le droit de la guerre. Me permettez-vous, don Ferdinand, de les introduire en votre présence ?

— Tu es le maître dans ton laboratoire, répondit Pescaire.

Marforio frappa sur un timbre. Le Maure Abdallah parut :

— La naine m'attend au jardin, n'est-ce pas ?

Le serviteur basané ouvrit une large bouche, montra de longues dents blanches, et dit avec un gros rire :

— Non pas, seigneur médecin, elle n'a pas voulu quitter les cuisines, où nous avons bien de la peine à l'empêcher de goûter à toutes les sauces ; elle nous glisse comme une anguille entre les doigts. Ce n'est pas une femme, cette petite créature, c'est un garde-manger.

— Qu'elle monte ici à l'instant ! ordonna Marforio. Puis vous apporterez sur cette table de marbre un pâté de venaison, des gâteaux et des fruits. Allez !

Abdallah se retira.

— Que diable veux-tu faire, Marforio ? demanda le marquis fort intrigué.

— Vous le saurez bientôt, monseigneur.

Et le vieux médecin alla chercher dans un coin du laboratoire un bloc de cire qu'il déposa sur un de ses fourneaux.

La naine arrivait en ce moment tout essoufflée et la bouche pleine.

— Ma chère Chevrette, dit l'alchimiste, je parlais tout à l'heure à monsieur le marquis de Pescaire de ton singulier talent pour modeler des figures de cire et leur donner une vie et une ressemblance extraordinaires, mais il n'a jamais voulu me croire.

— Donnez-moi de la cire, dit aussitôt la naine avec l'orgueil d'un enfant mis au défi, et je vous ferai sur-le-champ la statuette de tout personnage que vous m'indiquerez, ne l'eussé-je vu qu'une seule fois.

— Oh ! nous ne te demandons pas un tour de force si merveilleux, répliqua le marquis de Pescaire. Notre savant médecin veut te prier de reproduire une figure de connaissance.

— Oui, dit Marforio, il s'agit de ton amie Suzanne Lallier.

— Suzanne ! répéta Chevrette surprise. Ah ! j'ai justement son portrait dans la poche de ma robe...

— Son portrait ! Et par quel hasard ?

Elle prit le médaillon et le regarda avec une sorte d'admiration involontaire, en répondant :

— Je l'ai trouvé sur la plate-forme de la Guette, où monsieur le connétable l'avait laissé tomber au moment où Goulard et Faucheux osaient le garrotter, ces deux sacripants !

Elle montra le médaillon à don Ferdinand, qui trouva le portrait fort ressemblant.

— A l'œuvre donc ! dit Marforio ; voilà de la cire, ma gentille Chevrette ; hâte-toi de modeler la figure de Suzanne Lallier.

La naine fixa sur le vieux médecin un regard défiant.

— Qu'en voulez-vous faire, maître ? j'aime à croire que vous ne machinerez rien de nuisible à la pauvre fille.

— Dois-je te dire toute la vérité, ma mignonne ? dit le docteur en affectant un air d'abandon et de franchise. Ma foi, je ne veux rien avoir de caché pour toi. Il s'agit d'un envoûtement. Cette figure de cire sera percée de coups de stylet à l'endroit du cœur. Nous voulons que monsieur le connétable cesse d'aimer cette dangereuse sirène, qui est un empêchement à sa fortune. Si tu es dévouée à ton maître, tu n'hésiteras pas.

Chevrette donna quelques signes d'agitation ; elle était inquiète et ne pouvait tenir en place.

— Tout le monde a de l'amitié pour Suzanne, reprit-elle ; je serais bien ingrate si j'essayais de lui porter malheur. D'ailleurs, Moucheron me gronderait, et monsieur de Bourbon me ferait fouetter de verges. Non, je ne modèlerai pas la figure de ma belle amie Suzanne.

Marforio haussa les épaules d'un air de pitié.

— Pauvre Chevrette, qui croit à l'amitié d'une femme !

— Pourquoi douterais-je de son affection, vilain docteur. Ne m'en a-t-elle pas donné assez de preuves ?

— Aveugle dupe ! Si tu savais comme elle se moque de toi avec monsieur de Pompérant et le capitaine Jonas !

— De moi ? dit la naine indignée, mais c'est impossible. Est-ce que je prête à la raillerie, maître Marforio ?

— Nullement, ma mignonne, nullement, mais il est toujours facile de médire et même de calomnier, surtout entre jeunes femmes.

— Ah ! je serais bien curieuse de savoir...

— Il vaut mieux que je me taise, interrompit le vieillard ; autrement tu te mettrais en si furieuse colère, que tu pourrais en tomber malade. On aime guère à être humiliée dans son amour-propre par des orgueilleuses qui se croient supérieures à toutes leurs compagnes.

— Mais enfin qu'a-t-elle dit cette Suzanne ? demanda Chevrette impatientée.

— Peu de chose, après tout ; du calme, ma chère, du calme : elle a prétendu que tu étais une nabote.

— Une nabote ? répéta Chevrette abasourdie. Elle croit donc que c'est bien gracieux pour une femme d'être grande et mince comme un bouleau qui se balance au vent ? Ah ! je suis une nabote ! Et vous, docteur, aimez-vous les grandes femmes ?

— Je les déteste, répartit Marforio d'un air convaincu. Suzanne ajoute, ce qui est indigne, que tu es svelte comme un potiron.

— Elle s'en prend aussi à ma taille ! s'écria la naine en joignant les mains ; mais ma taille tiendrait entre dix doigts ! Peut-elle en dire autant de la sienne, quand elle porte sa cuirasse comme un homme d'armes ?

— Ah ! elle se vante beaucoup trop à ce propos et toujours à tes dépens, ma bonne fille ! Elle assure que tu serais incapable de tirer l'épée comme elle.

— Le beau mérite pour une femme de se battre à l'instar d'un lansquenet ! Mais elle devrait rougir, la malheureuse, de tant d'extravagances ; elle devrait comprendre que ce qui m'attire partout l'estime et l'admiration de tant de gentilshommes, c'est cette réserve si naturelle à mon sexe.

— Oh ! elle nie justement que tu aies conquis les bonnes grâces d'un seul de nos compagnons de guerre, en dépit de tes prétentions à la beauté, tandis qu'elle a rendu fou d'amour le prince le plus illustre de l'armée.

— Ah ! la perfide Suzanne ! s'écria la naine exaspérée. Quoi ? elle essaye de rabaisser ainsi mon faible mérite, elle est jalouse de ces modestes attraits que j'essaye si peu de faire valoir ! L'amour inexplicable de monsieur de Bourbon l'enorgueillit au point de me fouler sous ses pieds. Eh bien ! je me vengerai !

Marforio sourit malignement. Chevrette poursuivit, après avoir pris le temps de respirer, car la rage la suffoquait :

— Donnez-moi cette cire. Je vais bientôt vous donner la figure de cette méchante amie, et vous pourrez bien lui percer le cœur, puisqu'elle n'a pas craint de percer le mien.

Elle s'empara du bloc de cire, et, surexcitée par le dépit, elle se mit à le pétrir et à le modeler avec une dextérité surprenante.

Sous ses doigts agiles, la cire prenait à vue d'œil une forme humaine, et au bout d'une heure, elle achevait son œuvre, véritablement digne d'un artiste.

Elle avait à peine regardé le médaillon de Suzanne posé devant elle, et cependant la ressemblance était parfaitement saisie. M. de Pescaire, qui avait suivi son travail avec une curieuse attention, resta frappé de surprise, et dit en riant à la naine :

— A merveille, ma chère ; à coup sûr, mademoiselle Suzanne serait bien embarrassée d'en faire autant.

Marforio s'empara de la figurine, la contempla longuement et s'écria :

— Maintenant, Chevrette, tu ne tarderas pas à être vengée de l'insolence de cette orgueilleuse fille.

La naine témoigna sa joie par trois ou quatre cabrioles.

— Mais tout d'abord, reprit le médecin, je veux lui prouver qu'elle s'est grossièrement trompée en prétendant que tu ne saurais faire une seule conquête.

— Et comment cela ?

— De la façon la plus concluante du monde : en t'offrant un mari.

— Un mari ! s'écria Chevrette en bondissant : vous allez m'offrir un mari ? Et dans son transport de bonheur, elle fit claquer ses mains comme des castagnettes.

— Je vais donner l'ordre de le faire monter dans mon laboratoire.

— Déjà ! dit-elle en rougissant avec une aimable pudeur.

— Les mariages qui traînent se rompent toujours, mon enfant.

Marforio se pencha à la fenêtre et fit un signe d'intelligence au Maure Abdallah.

La naine baissa modestement les yeux et demanda :

— Est-il jeune ?

— Dans la fleur de l'âge.

Elle étala coquettement les plis de sa robe écarlate.

— Est-il beau ?

— Comme un moine qui a vidé trois bouteilles.

— Et galant ?

— Comme Romulus quand il enleva les Sabines.

Un coup frappé à la porte interrompit ce dialogue.

— Ah ! c'est lui, dit Chevrette, dont les yeux brillèrent ; il doit s'impatienter. .

— Entrez ! cria le médecin.

La porte s'ouvrit et la naine attendit avec extase l'apparition de son futur mari, qu'elle se représentait blond et rose comme le bambino que la Vierge tient dans ses bras.

— Mille diables d'enfer ! jura le nouveau venu en faisant résonner sur les dalles son pas lourd, j'ai cru que cette damnée porte était scellée au mur.

Chevrette appuya sa main avec une délicatesse exquise sur le poing de Goulard... (Page 123.)

— Ciel! Goulard! le brutal Goulard! l'ivrogne Goulard! dit la naine en détournant la tête avec horreur.

L'archer aperçut le marquis de Pescaire, et tout confus s'arrêta en s'inclinant avec plus de gaucherie que de respect.

— Pardonnez-moi, mais j'ignorais...

— Mon ami, lui dit Marforio, ne perdons pas de temps en vaines cérémonies. Tu m'as témoigné quelque envie de te marier. Je t'ai promis une femme et une dot. Voilà ta femme.

Et il posa un de ses doigts décharnés sur l'épaule de la naine.

— Hein! quoi! fit l'archer en reculant de trois pas, cette horrible petite créature! Cet avorton de malheur! Mais j'aimerais mieux épouser madame Satan en personne. Et pourtant l'enfer est, dit-on, une auberge dont les hôtes ne se désaltèrent pas souvent.

— Hélas! soupirait de son côté Chevrette en contemplant l'écrin de rubis qui étincelait sur le majestueux nez de Goulard, voilà donc l'ange blond et rose de mes rêves, le chevalier galant auquel je voulais prodiguer la tendresse qui déborde de mon cœur.

— Eh bien! mes enfants, dit Veneno qui conservait tout son sérieux, vous sentez-vous portés à faire bon ménage?

— Je l'exècre, ce pillard, ce scélérat, cet espion! s'écria la naine avec un geste d'aversion.

— Je voudrais être chargé de la pendre! dit à son tour l'archer avec une courageuse franchise. Quelle bavarde! quelle poltronne! quelle sotte coquette.

Le vieux médecin s'approcha du marquis.

— Eh bien! seigneur! dit-il à voix basse, croyez-vous que deux créatures humaines puissent se détester plus franchement que ne le font Goulard et Chevrette?

— Après la noce, cela s'est vu; avant, c'est beaucoup plus rare, répondit don Ferdinand.

— Eh bien! vous allez juger de la puissance de mes philtres.

— Mes enfants, reprit-il d'une voix insinuante,

je crois m'apercevoir que vous n'éprouvez pas l'un pour l'autre les sentiments ou les illusions de tendresse qui assurent le bon accord en ménage. Je le regrette d'autant plus que j'avais fait préparer une collation, pendant laquelle vous auriez eu le temps d'apprendre à vous connaître. Toutefois, si votre antipathie réciproque ne va pas jusqu'à vous ôter l'appétit, je vous ferai l'éloge d'un pâté de venaison et de deux flacons de vin de Chypre dont vous pourriez me dire votre avis.

— Un pâté de venaison ! dit Chevrette en passant sa langue sur ses lèvres épaisses.

— Deux flacons de Chypre, mille diables d'enfer ! fit Goulard.

Et ils se regardèrent comme deux chiens qui veulent se disputer un os agrémenté de quelque viande.

Allons ! dit cordialement Marforio, ne boudez pas contre votre ventre. Déjeuner ensemble n'engage à rien.

L'archer et la naine s'approchèrent instinctivement de la table, tout en faisant les gestes de gens qui refusent.

— Je ne pourrai jamais manger en face de ce nez ! dit Chevrette.

— La vue de ce monstre va me resserrer le gosier ! dit Goulard.

— Allons, mes enfants, bannissez l'étiquette entre vous, reprit Marforio, mangez et causez sans arrière-pensée ! De l'entrain, de l'abandon ; dites même du mal de la cuisine, si vous voulez : je ne m'en formaliserai pas.

Ainsi encouragés, les deux convives se mirent à manger et à boire, d'abord très discrètement et silencieusement, puis peu à peu avec une verve d'appétit qui faisait le plus grand honneur au maître-queux du marquis.

— Ah ! si mon ami Faucheux était assis là, en face de moi ! grommela Goulard, mon bonheur serait complet, car je n'ai rien à reprocher à ce pâté ; il est excellent.

— Quel malheur que mon petit frère Moucheron n'occupe pas la place de ce vilain archer ! murmura Chevrette, lui qui aime tant la venaison.

— Aimable Chevrette ! dit Goulard en ricanant, vous aviez donc jeté votre dévolu sur moi pour succéder à Hanz Buttler ? Vous variez dans vos choix. En bonne catholique, vous observez le gras et le maigre.

— Taisez-vous, méchant homme, répondit la naine humiliée, je n'en suis pas encore réduite, Dieu merci ! à accepter pour mari le plus grand ivrogne de l'armée.

Marforio interrompit ce débat, qui pouvait s'envenimer, et leur dit d'un air paternel :

— Mes chers convives, cette venaison est un peu lourde, voici l'instant de boire quelques gorgées de ce délicieux vin de Chypre épicé que je vous ai peut-être trop vanté.

Il jeta au marquis un regard expressif et prit dans un bahut un flacon d'une forme bizarre, le déboucha et remplit les hanaps d'une liqueur jaune comme du safran.

— Drôle de couleur ! dit Goulard tout en dégustant le vin.

— Drôle de goût ! fit Chevrette en trempant ses lèvres dans la coupe, non sans se livrer à quelques simagrées de tempérance exagérée. Ah ! seigneur Marforio, ce n'était vraiment pas la peine de déboucher pour moi ce flacon : je ne puis souffrir le vin ; cela monte à la tête, et c'est bien dangereux pour une femme.

— Eh bien ! moi, dit en riant Goulard, je vous permets d'en déboucher deux en ma faveur, mon cher hôte. Je ne ferai pas la petite bouche, comme cette aimable demoiselle, car, après tout, Chevrette est une bonne fille, et si elle savait seulement faire un pâté de venaison comme celui que nous venons d'attaquer, ajouta-t-il avec des yeux attendris, elle ferait même une très bonne femme.

Surprise au dernier degré de cet éloge inattendu, la naine jeta les yeux sur l'archer et s'aperçut qu'il la regardait très attentivement.

— Vous êtes galant, maître Goulard, quand vous êtes à table, reprit-elle en minaudant ; il faut se voir de près, du reste, et se hanter quand on veut finir par s'apprécier ; je vous crois meilleur garçon que vous n'en avez l'air, et si vous n'écoutiez pas les conseils pervers de votre camarade Faucheux, je pense que vous pourriez faire le bonheur d'une honnête demoiselle.

En même temps, Chevrette remarqua que les rubis du nez de l'archer s'harmonisaient assez gracieusement avec ses joues cramoisies, que ses yeux brillaient d'un feu tendre et que son robuste appétit n'annonçait pas un mari valétudinaire : au lieu de détourner la tête avec horreur lorsqu'il lui proposa de trinquer à la santé de leur hôte, elle tendit vivement sa coupe tout en baissant avec modestie le nez sur son assiette.

Ils vidèrent tous deux de nouveau leurs hanaps remplis de vin de Chypre jusqu'au bout.

— C'est étrange ! dit Goulard en jetant sur la naine des regards pétillants, Chevrette est petite, sans contredit, mais elle est souple et leste ! Elle est bavarde comme un perroquet, mais on ne doit jamais s'ennuyer avec elle, et on a le temps de boire tranquillement sans pérorer. Elle est un peu coquette, mais elle serait fidèle à un mari dont elle aurait peur, car je ne la crois pas très brave. Décidément, je l'avais mal jugée ; je crois que c'est une petite perle.

— Je me sens toute troublée, pensait tout haut la naine ; j'ai méconnu ce bel archer ; il est un peu gros, mais l'embonpoint donne de la majesté à un homme ; il boit sec, mais il ne m'empêche pas de boire ; il est un peu pillard, mais s'il rapporte son butin à sa femme, il n'y a pas grand mal. Allons, je me trompais sur son compte : c'est un vrai trésor !

— Ah ! ma bonne Chevrette dit Goulard d'une voix mielleuse, vous avez eu bien raison de ne pas vouloir de moi pour mari. Je suis vraiment indigne d'une créature si mignonne. Il me faudrait une forte et vigoureuse femme qui pût me suivre à la guerre... et porter mon butin...

— Mon Dieu ! interrompit la naine, je vous assure que je passerais toute ma vie dans les camps, maintenant que j'en ai l'habitude...

— Mais moi, je serais dépaysé à la cour, tandis que vous brillez entre toutes par votre esprit, vos danses et vos musiques, à ce que j'ai entendu dire !...

— Ah ! croyez-moi, je suis bien lasse de ces vanités mondaines et j'aspire au repos d'un doux et calme intérieur ; le baiser sincère d'un mari vaut mieux que toutes les fades sornettes des galants de la cour.

— Vous êtes un ange, Chevrette, s'écria Goulard, et je me sens tout attendri, mille diables d'enfer !

Il s'arrêta tout honteux et soupira :

— Ah ! mais j'aurais trop de défauts à vos yeux. Vous ne m'aimerez jamais. Je viens encore de jurer.

— Mais cela sied très bien à un homme de jurer, ainsi que d'avoir de la barbe au menton.

Goulard, de plus en plus rayonnant, se versa une troisième rasade de vin de Chypre.

— Je suis un peu enclin à la boisson, belle Chevrette, et alors je vois un peu double. Il est vrai que si je vous vois ainsi, ma mignonne, je ne m'en plaindrai pas.

— Oh ! mais ceci est du dernier galant, dit la naine en lui adressant une œillade langoureuse, et un joli seigneur de la cour de François Iᵉʳ ne parlerait pas un plus beau langage.

— Vous êtes très indulgente, Chevrette, répliqua l'archer très flatté de cet éloge rendu à son esprit par une femme qui avait fréquenté le palais des Tournelles. Ah ! si je n'étais pas si ferrailleur, si querelleur, si emporté ! Car j'ai tous les vices, Chevrette, et j'ai bien peur qu'une femme ne puisse s'en accommoder.

— Cette femme-là serait une sotte et une péronnelle, fit la naine. On doit être fière de donner le bras à un mari qui est toujours prêt à dégainer pour protéger sa femme. On ne craint pas les insolents.

— Avez-vous trouvé des insolents sur votre chemin, Chevrette, interrompit l'archer avec un regard terrible. Nommez-les moi, afin que j'aille leur couper les oreilles et les déposer à vos pieds.

— Non, mon ami, mon tendre ami ! s'écria-t-elle ; calmez-vous ! Je sais me faire respecter moi-même... j'en ai l'habitude.

Ah mais ! ah mais ! il ne s'agit pas de plaisanter avec l'honneur d'un mari, Chevrette ! répondit Goulard, en roulant des yeux furibonds. Si vous aviez le malheur d'écouter les fleurettes d'un galant, je ne serais plus maître de moi !

— Cela se comprend, mon ami.

— Je me porterais à des extrémités.

— Vous auriez raison, mon ami.

— Je serais capable de vous battre comme plâtre.

— Je l'aurais mérité, mon ami. D'ailleurs, cela sied bien à un mari de battre sa femme par jalousie ; cela prouve son amour.

Goulard, transporté de joie en entendant la naine

exprimer des sentiments conjugaux si généreux, et si désintéressés, la regarda avec une douce émotion, parut hésiter un instant, puis il se pencha tout à coup vers elle, s'empara de sa main et la porta à ses lèvres.

Au lieu de punir cette audace, Chevrette qui savait si bien se faire respecter des insolents, au lieu de punir cette audace, la faible Chevrette, doucement agitée elle-même, plongea dans les yeux de l'archer un regard qu'il considéra avec raison comme un encouragement ; aussi couvrit-il de baisers cette main qu'on n'avait pas la force de retirer.

Enfin, honteuse de voir sourire malignement le marquis et son médecin et comprenant qu'elle ne pouvait échapper au danger de se compromettre que par la fuite, parodiant, sans s'en douter, la Galathée du divin Virgile, elle se leva tout à coup, s'inclina devant ses hôtes et se dirigea vers la porte.

Goulard s'élança sur ses pas, et, la saisissant par le bras, la fit pirouetter sur elle-même.

— Belle fugitive, s'écria-t-il d'une voix émotionnée par le vin de Chypre, pourquoi me quitter ainsi ? Vous aurais-je déplu ? Ah ! vous gagnez beaucoup, divine Chevrette, à être connue dans la douce intimité de la table, et si vous me faites faire, dans notre ménage, aussi bonne chère qu'aujourd'hui, je vous réponds d'être le phénix des maris.

— Je n'en doute pas, aimable archer, répondit la naine avec une révérence pleine de dignité, et c'est parce que je me mêle de mon penchant pour vous que je me hâte de vous quitter.

— Quand vous reverrai-je, ma douce amie ?

— Je vous permets de m'accompagner jusqu'au bas de l'escalier, mon tendre fiancé, et de venir ce soir solliciter le consentement de mon frère à notre mariage.

— Oh ! le fâcheux frère ! dit Goulard. Et s'il allait me refuser ! car je ne le crois pas doué d'une forte sympathie à mon endroit.

— Je lui révèlerai toutes vos vertus et qualités, brave archer ; je lui dirai que, s'il refuse, j'en mourrai de désespoir. Et comme il m'aime beaucoup, il cédera. Les sœurs font de leurs frères tout ce qu'elles veulent ; vous le savez bien, gros enfant.

— Vous, mourir, Chevrette, et que deviendrais-je, seul sur la terre, mille diables d'enfer !

— Eh bien ! s'il refuse, cher Goulard, reprit-elle avec une œillade assassine, vous m'enlèverez.

— A la bonne heure, Chevrette ! voilà ce qui s'appelle parler comme une jeune fille de cœur et d'esprit.

Puis il lui offrit cérémonieusement le poing, sur lequel la naine appuya sa main avec une délicatesse exquise, et les deux fiancés quittèrent le laboratoire avec un air de triomphe.

Le marquis craignait d'étouffer à force de rire à ce spectacle grotesque ; il ne se ressentait plus de ses contusions et égratignures.

Marforio le regarda fixement et se croisa les bras.

— Qu'en dites-vous, monseigneur ? lui demanda-t-il.

— Je dis, vieil hypocrite, que tu m'as donné là une comédie fort réjouissante, mais que je ne suis pas dupe de ton philtre d'amour. Je crois que ton vin de Chypre épicé était tout simplement mélangé de quelque drogue diabolique, qu'il s'est trouvé trop capiteux pour leurs pauvres cervelles, et que ces deux fiancés de ta façon titubent sur leurs jambes comme de parfaits ivrognes.

— Et voilà tout ? dit le médecin en faisant la grimace.

— Voilà tout...

— Alors que cette épreuve ne vous paraît point convaincante ?

— Pas le moins du monde.

— Eh bien ! nous tâcherons de vous persuader par un autre exemple, cher seigneur.

Marforio ajouta avec un sourire contraint :

— Voici l'heure de votre déjeuner, et vous savez que votre santé exige une extrême régularité dans vos repas.

— Tu as raison, docteur ; d'autant plus que ces deux bons convives m'ont mis en verve d'appétit. Fais-nous servir dans ton capharnaüm. Tu déjeuneras avec moi.

Le vieillard frappa sur le timbre, donna ses ordres à Abdallah, et, au bout de quelques minutes, un repas succulent sollicitait la gourmandise du médecin.

En prenant place à table, le marquis de Pescaire tira de son pourpoint le portrait de sa femme, et le posant devant lui :

— Marforio, dit-il avec un soupir, nulle femme au monde, si belle qu'elle soit, n'aura jamais le pouvoir de me faire oublier mon Herminia. Toutes les magies de ton art y échoueraient. Mon cœur est un bastion impénétrable.

— Qui sait ? répondit philosophiquement le docteur en versant à boire à don Ferdinand.

— Insolent ! oses-tu douter de ma parole ?

— Ne vous échauffez pas, monsieur le marquis ; vous savez que la moindre émotion peut vous redonner la fièvre. Je voulais dire que vous n'avez pas regardé assez consciencieusement le portrait de Suzanne. Loin de moi l'idée de vous faire oublier et trahir vos devoirs conjugaux ! Je respecte toutes les vertus, même celles qui sont passées de mode. Seulement, j'en suis certain, si vous vous donniez la peine d'examiner ce portrait avec la même complaisance que celui de madame Herminia, vous découvririez chez la mignonne du connétable des charmes que vous ne soupçonniez pas.

M. de Pescaire haussa les épaules, mais il plaça les deux médaillons l'un à côté de l'autre et les examina avec l'attention d'un connaisseur.

— Vieux radoteur, dit-il au médecin, si tu avais vingt-cinq ans, tu ne raisonnerais pas ainsi. Quelle différence entre ces deux femmes ! l'une est touchante comme un lis penché sur sa tige, c'est vrai, mais l'autre est splendide comme une rose épanouie. Suzanne possède je ne sais quel charme qui appelle la sympathie, mais Herminia

bouleverse le cœur par son regard, jette le délire dans l'âme par son sourire et allume la fièvre dans le sang par la blancheur patricienne de son cou et de ses épaules. La première est un beau clair de lune, la seconde un soleil éblouissant ; celle-ci est le rêve, enfin, celle-là est la vie.

Il repoussa le portrait de Suzanne Lallier et se replongea dans la contemplation de celui d'Herminia, dont ses regards passionnés ne pouvaient se détacher.

— L'amour vous rend poète, cher seigneur, dit Veneno. Et, en même temps, il lui remplit sa coupe de son vin de Chypre jaune et étincelant comme une topaze.

— C'est dommage ! reprit-il ; c'eût été une belle vengeance à tirer de monsieur de Bourbon.

— Très belle, j'en conviens, répondit Pescaire en vidant avec lenteur son hanap ; mais, à défaut d'amour, il faudrait au moins que je fusse entraîné vers cette douce Suzanne par un peu de passion.

— Oh ! ce qui vous retient surtout dans le devoir, cher seigneur, dit Marforio c'est moins votre affection pour votre admirable femme que l'orgueil.

— Comment cela ? demanda le marquis étonné.

— Oui, vous savez que Suzanne Lallier résisterait à vos aveux d'amour, et vous craignez de tenter un assaut inutile. Vous ne voulez pas revenir du combat humilié et vaincu, c'est assez naturel.

— Par saint Jacques ! mons Veneno, me crois-tu si disgracié de dame nature que je ne puisse, sans folie, avoir la prétention de plaire à une femme ?

— Ah ! il est bien difficile, si ce n'est impossible, de lutter contre le prestige d'un héros qui s'appelle le duc de Bourbon.

M. de Pescaire se mordit les lèvres.

— Cette Suzanne a donc ensorcelé tout le monde ? C'est à qui vantera sa beauté. Moi seul ai conservé ma raison, et je parie de lui trouver des défauts qui sautent aux yeux... Voyons, rends-moi son portrait, Marforio.

Le médecin lui remit le médaillon, et remplit de nouveau le hanap de vin de Chypre.

— Ton philtre d'amour est excellent ! dit le marquis en buvant tout d'un trait cette fois.

Puis, en contemplant le doux visage de Suzanne :

— J'admets, ajouta-t-il, qu'en amour la variété ait quelquefois son charme.

— C'est exactement mon opinion, don Ferdinand dit le vieillard avec le plus grand sérieux. Vous n'en aimerez que mieux votre femme quand vous reviendrez à elle. La comparaison, j'en suis sûr, sera tout à son avantage.

Le marquis admirait de plus en plus le portrait de Suzanne et le porta jusqu'à ses lèvres.

— Par ma foi ! tu avais raison, Marforio ; la beauté de cette jeune fille est vraiment merveilleuse. Plus j'étudie sérieusement ses traits et l'expression de sa physionomie, plus je comprends la passion folle qu'elle a inspirée à notre ami le connétable.

— Quelle mélancolie dans ces yeux candides, don Ferdinand !

— Et quelle tendresse résignée, quel dévouement naïf, quelle douceur vraiment féminine dans le sourire alangui qui entr'ouvre ses lèvres !

— Où diable avais-je les yeux jusqu'à présent, Marforio ? Mais il me semble qu'on disputerait cette femme même à son roi !

— Cependant, hasarda le médecin avec un sourire sardonique, l'heureux mari de la belle Herminia doit rester insensible à ces dangereux attraits.

— Que me parles-tu de ma femme ? répondit don Ferdinand avec humeur. Certainement, je l'aime à l'adoration... elle m'aime aussi beaucoup.. trop même ; mais, pour le caractère, c'est un volcan ; elle ne supporte pas de ma part un mot de contradiction...

— Ah ! que je vous plains, monseigneur !

— Et quand je ne cède pas au moindre de ses caprices, je crois que, si elle osait, elle m'arracherait les yeux !

— Est-il possible, don Ferdinand ?

— Mais d'ordinaire elle se contente de casser son miroir, de me jeter son bouquet à la figure ou de lancer par la fenêtre ce qui lui tombe sous la main.

— Quelle femme difficile à vivre, monseigneur ?

— Oh ! oui, soupira le marquis, bien belle, mais bien difficile à vivre.

— C'est-à-dire que je ne comprends pas que vous l'aimiez au point de lui rester si prodigieusement fidèle.

— Je n'y comprends rien non plus, dit Pescaire toujours en extase devant le portrait de Suzanne.

— Ce serait une vraie bénédiction que de la tromper un peu pour la punir de son mauvais caractère.

— Une vraie bénédiction certainement !

— Et puis, quel plaisir d'être amoureux d'une jeune fille douce, tendre, affectueuse, quand on a été tourmenté par une espèce de furie...

— En effet, Marforio, je dois l'avouer, ma belle Herminia, au point de vue conjugal, n'est qu'une furie, un démon femelle.

— Une épouse acariâtre lasserait la patience d'un saint, si les saints avaient des femmes.

— Et je ne suis pas un saint, Marforio, dit en riant le marquis, qui continuait à boire et à regarder le portrait de Suzanne. Mais il me semble que nous sommes sur le point de dire du mal d'Herminia. Ne t'avise pas de cela, mon cher docteur.

— Le diable m'en garde ! don Ferdinand.

— A la bonne heure, car si elle t'entendait ! D'ailleurs, je ne veux pas cesser de l'aimer... Seulement je me trouble et il me semble que par instants je trouve Suzanne plus jolie.

— On dirait que son portrait s'anime et vous sourit.

— C'est pardieu vrai ! ses regards s'attachent sur moi ; elle a l'air de me plaindre.

— Oui, elle vous plaint d'être soumis au dur servage de madame Herminia.

— Au diable Herminia !

Don Ferdinand resta stupéfait de l'exclamation anti-conjugale qui venait de lui échapper. Puis, de plus en plus troublé par les vapeurs du philtre d'amour, il prit courageusement son parti et s'écria :

— Après tout, il est incontestable que Suzanne est beaucoup plus belle. D'ailleurs, les absentes ont toujours tort.

Il repoussa loin de lui le médaillon de sa femme, serra dans ses mains celui de la mignonne de Bourbon, et, le regard fixé sur cette enchanteresse, tomba dans une véritable extase. De temps en temps, il murmurait comme dans un rêve :

— Oh ! je parviendrai bien à lui faire oublier le duc.

— Comme mon philtre est parvenu à te faire oublier la belle Herminia, pensa Marforio avec son méchant sourire.

Puis il toucha du doigt l'épaule du marquis ; ce dernier tressaillit et parut se réveiller en sursaut.

— Il est temps, monseigneur, dit-il froidement, de mettre en œuvre notre magie, si vous voulez être aimé de Suzanne Lallier autrement qu'en rêve.

Il plaça devant lui la figurine de cire et ajouta :

— Voici mon stylet : frappez trois coups à l'endroit du cœur.

— Trois coups ! répéta don Ferdinand d'un air égaré.

— Oui, seigneur. Il faut que son amour pour Bourbon sorte de son cœur. Il faut qu'elle puisse aimer un autre homme. Il faut enfin que cet homme, ce soit vous, marquis de Pescaire.

L'illustre gentilhomme saisit péniblement le stylet, mais il murmura péniblement :

— Frapper au cœur de Suzanne ! c'est impossible.

Et regardant Marforio avec angoisse :

— Mais si cette magie sacrilège produisait un effet contraire à celui que tu attends ? dit-il. Si ces trois blessures faites à son image épuisaient réellement son sang et menaçaient sa vie ?

— Par les cornes du diable ! s'écria le médecin irrité, si vous êtes faible et pusillanime comme un enfant, renoncez à vos projets, monseigneur. Laissez Bourbon triompher, et ne songez qu'à votre femme comme un bon bourgeois.

— Allons, ne te fâche pas, mon cher Marforio, répliqua Pescaire, intimidé par cette colère feinte.

— Et, détournant les yeux avec une secrète horreur de son action, il enfonça trois fois le stylet dans la statuette à l'endroit du cœur, mais d'une main défaillante.

— Maintenant, dit-il au vieillard, laisse-moi quitter ton laboratoire sans regarder cette image.

— Oh ! tout n'est pas fini, don Ferdinand.

— Qu'exiges-tu encore de moi ? s'écria le marquis éperdu.

Marforio alla chercher une épée cachée dans un coin.

— Voici, seigneur, l'épée que le connétable a donnée hier à sa mignonne pour remplacer celle qui a été brisée à la bataille de Pavie par François Iᵉʳ, au moment où il allait fendre le casque et la tête de Bourbon, si notre amazone n'eût joué en sa faveur le rôle de la Providence.

Pescaire regarda l'épée attentivement.

— Eh bien ! que veux-tu faire de cette épée ?

— La charmer, dit gravement le docteur, afin qu'elle devienne fragile comme verre quand Suzanne voudra s'en servir pour sa défense, afin que sa vertu devienne aussi fragile que son épée quand elle voudra vous résister.

Marforio arrosa d'huile et de baume la lame de l'épée et l'enveloppa de bandes.

— Cette huile de lézards dont je la frotte sera transmise par une vertu sympathique dans le cœur de Suzanne, et la rendra timide et peureuse comme ces animaux paresseux. J'ai vu des effets extraordinaires produits par ce charme. Si l'épée reste au soleil ou exposée à l'action de la flamme, la mignonne ressentira un feu ardent brûler ses veines ; si l'épée tombe dans l'eau, cette fièvre fera place à un froid mortel.

Le marquis regardait toutes ces cérémonies avec curiosité et une crédulité absolues ; son désir était devenu si puissant qu'il dominait tout raisonnement : d'ailleurs, à cette époque, les erreurs superstitieuses régentaient les plus illustres, les plus savants, et surtout les porte-couronne. Tous les rois et toutes les reines avaient leurs astrologues familiers qui se livraient à une sorcellerie anodine.

Marforio alluma ensuite de l'esprit de vin mêlé de sel dans un réchaud placé sur un de ses fourneaux, et qui brûla en répandant une lueur verte et pâle ; puis il jeta sur la flamme une poudre aromatique, et dit quelques abracadabra sacramentels en se signant douze fois.

Alors, sur un signe du vieillard, M. de Pescaire prit d'une main tremblante la figure de cire, la porta au-dessus du réchaud, et dit avec un transport passionné :

— Ainsi que cette cire se fond et se consume au feu de ce réchaud, ainsi puisse ton cœur, Suzanne Lallier, se fondre et se consumer pour moi !

— Bien, dit Marforio Veneno ; vous vaincrez l'orgueil de Bourbon, vous flétrirez son âme, et qui sait si le désespoir ne le réduira pas à l'impuissance ? Qui sait si le génie de la guerre et l'ambition ne s'éteindront pas dans ce cœur brisé ?

— Que m'importe l'ambition du connétable ? fit d'un air sombre don Ferdinand d'Avalos, mais je ne veux pas qu'il soit aimé de Suzanne.

Et saisissant le médaillon de la fille du meunier, tandis qu'il oubliait sur la table celui de la belle Herminia sa femme, il quitta d'un pas chancelant le laboratoire, l'âme envahie par une passion effrénée et jalouse.

Marforio le suivit d'un regard sardonique.

— Voilà un illustre seigneur qui me traite comme son esclave et qui me sert de jouet. Enfin, il ne doute plus maintenant de la vertu de mes philtres d'amour !

XIX

OU MARFORIO ENGAGE SUZANNE LALLIER A DEVENIR PARJURE ET INFIDÈLE PAR AMOUR.

Trois jours après, debout près d'une fenêtre ouvrant sur ses immenses jardins, le marquis de Pescaire paraissait plongé dans une profonde rêverie. De temps à autre, il semblait faire un effort pour s'arracher aux pensées qui l'absorbaient ; alors son regard se promenait sur les orangers, les grenadiers et les lauriers-roses qui poussaient en pleine terre et s'élevaient en amphithéâtre à l'extrémité du jardin ; mais après avoir contemplé les oiseaux, les papillons, les insectes qui chantaient, palpitaient et bourdonnaient dans cette forêt enchantée, il retombait bientôt sous l'empire de son rêve.

Tout à coup, il entendit une grande rumeur monter de la cour du palais et il ordonna au page de service d'aller s'informer de la cause de ce tumulte ; le jeune homme revint bientôt et lui dit d'un air contrit que le Maure Abdallah ramenait son singe familier Bambinello blessé, avec une jambe presque démise, et qu'il était accompagné de dame Léonarde, de Lupon et de don Lopez de Carrajal, qui demandaient à être introduits sans retard.

— Bambinello ! mon pauvre Bambinello blessé ! dit Pescaire avec un geste de colère. Ah ! je ferai mourir sous le bâton le misérable qui l'aura frappé... Mais, après tout, que m'importe aujourd'hui Bambinello ! ajouta-t-il avec un soupir. Qu'ils entrent tous ! qu'ils entrent ! peut-être m'apportent-ils de bonnes nouvelles.

Les quatre personnages ne tardèrent pas à pénétrer dans la chambre du marquis, mais ce dernier vit bien à leurs mines tristes, piteuses et renfrognées, qu'ils ne s'attendaient pas à recevoir de félicitations. Abdallah et Lupon portaient le singe avec toutes les précautions imaginables, et ils le déposèrent sur une pile de coussins, non sans que la pauvre bête poussât des cris plaintifs en regardant son maître.

Cependant M. de Pescaire, le front sombre, l'œil courroucé, regardait ses quatre émissaires en silence, comme s'il eût attendu qu'ils prissent les premiers la parole ; mais voyant qu'ils gardaient leur attitude humble et penaude, sans ouvrir la bouche, il finit par éclater.

— Aucun de vous n'a réussi dans sa mission, s'écria-t-il ; je le vois à vos figures consternées. Vous avez échoué comme des sots après m'avoir promis monts et merveilles. Vous ne me rapportez pas même un mot d'espoir. Ah ! je n'ai pas, comme le connétable, des serviteurs adroits et dévoués. Ainsi, toi, don Lopez, qu'as-tu fait ?

L'espion du marquis regarda la porte du coin de l'œil ; il eût bien voulu s'en aller rendre compte de sa déconvenue. Enfin, sur un signe impérieux du général espagnol, il répondit d'une voix humble :

— Don Ferdinand, croyez que j'ai agi de mon

mieux; vous m'avez chargé de surveiller les démarches de mademoiselle Suzanne et de m'arranger de façon à la trouver seule. Eh bien ! j'y suis parvenu. Elle allait hier matin, à sept heures, entendre la messe à la cathédrale, suivie de sa stupide naine; j'ai abordé Chevrette, je lui ai dit que son frère venait de tomber d'un balcon et s'était grièvement blessé. La sotte est partie comme une folle. La mignonne de Bourbon s'est trouvée seule à l'angle de cette rue. Je l'ai engagée à chercher asile dans votre palais, en attendant le retour de sa compagne. Elle a refusé; alors j'ai fait signe à Lupon, qui me suivait à quelque distance, et nous avons essayé de l'entraîner de force. La péronnelle s'est mise à crier comme une pie; les gens de la rue ont mis le nez aux fenêtres et aux portes. Les apprentis sont sortis des boutiques avec leurs bâtons, et, craignant d'être reconnus, nous avons lâché la belle et nous avons pris notre volée.

— Ah ! poltrons et maladroits que vous êtes ! dit le marquis; vous me servez comme des bravi, et vous pouviez me mettre sur les bras une ridicule querelle avec monsieur de Bourbon, tandis que, le cœur palpitant, j'espérais que vous forceriez Suzanne, par quelque heureux stratagème, à me demander asile. Maintenant elle ne sortira plus que bien accompagnée. Vous avez fait là un beau chef-d'œuvre ? Je ne sais qui me retient de vous chasser de ma maison.

Il se tourna brusquement vers dame Léonarde :

— Et vous, bonne femme, comment n'avez-vous pas été plus habile que ces soldats, qui ne connaissent que la brutalité comme moyen de persuasion.

Léonarde devint rouge comme une cerise.

— Ma foi, monseigneur, à vous confesser la vérité, vous m'aviez donné là une besogne qui n'était guère de mon goût. Je suis une honnête femme et j'avais honte de tromper cette pauvre jeune fille. Je ne vous ai obéi que pour faire plaisir à Lupon. Je ne suis certes pas poltronne, mais j'avais bien peur en entrant dans le palais de monsieur le duc de Bourbon. Mademoiselle Suzanne ne m'a pas fait attendre; elle sortait de son bain, et elle était aussi belle que sa patronne de la Bible. Ses longs cheveux descendaient comme un voile sur ses épaules nues, ses grands yeux rayonnaient comme des étoiles, son doux sourire me pénétrait de confusion. Je lui remis, toute tremblante, vos bouquets et vos bijoux, en lui disant que vous vouliez vous réconcilier avec monsieur le connétable et que vous lui demandiez une entrevue afin de l'intéresser en votre faveur. Mais elle ne fut pas dupe de ma requête, car son visage s'enflamma d'indignation, elle repoussa les bijoux, elle foula les fleurs sous ses petits pieds, et dit :

— Sortez, Léonarde; je vous croyais une vaillante et honnête femme. Je m'étais trompée. A qui se fier, mon Dieu !

Et tout à coup elle éclata en larmes et en sanglots. La douleur me perça le cœur, et je ressentis un profond mépris pour moi-même. Je me mis à pleurer à mon tour, je lui demandai pardon, je baisai ses mignonnes mains qui frissonnaient, et je lui jurai de ne jamais rien tenter contre son honneur. Voilà tout, monsieur le marquis. Maintenant, ordonnez de moi ce qu'il vous plaira.

M. de Pescaire, le sourcil froncé, se mit à parcourir la chambre à grands pas.

— Au diable les pleurnicheuses et les sermonneuses ! répétait-il entre ses dents.

Enfin, il s'arrêta les bras croisés devant le Maure.

— Et toi, Abdallah, toi qui es plus soumis qu'un chien, toi qui subirais pour ton maître les plus effroyables tortures sans le trahir, comment t'es-tu laissé jouer ?

Le Maure tressaillit.

— Maître et seigneur, dit-il en se prosternant à la façon orientale, je suis un méchant serviteur et je mérite d'être fouetté de verges, car j'aurais dû t'apporter dans ton palais la femme que tu aimais, ou mourir en t'obéissant. La fatalité ne l'a pas voulu. C'était écrit. J'ai cependant conduit sous ses fenêtres une bande de musiciens, ainsi que tu me l'avais ordonné. Les chants et les instruments ravissaient les oreilles de la jeune fille et l'ont attirée sur son balcon, éclairé par un doux clair de lune. Mais, par malheur, elle était escortée de ses maudits nains, Moucheron et Chevrette, dans les corps desquels se sont incarnés deux mauvais anges. Ces fous se sont mis à rire de nos musiciens, mais ceux-ci continuaient leur sérénade ; alors les nains sont devenus furieux et ont vidé sur leurs têtes des cruches remplies d'eau. Comme nos musiciens lâchaient pied, j'ai fait signe à Bambinello de grimper au balcon : en deux ou trois bonds il l'a escaladé et il a montré sa face grimaçante aux rieurs. La jeune fille a poussé un cri de frayeur, car elle a cru voir le diable et elle a appelé à l'aide. Les nains s'étaient enfuis en criant, mais les gentilshommes du duc sont accourus ; l'un d'eux, Georges Fronsberg, a saisi Bambinello dans ses bras, il a presque étranglé le pauvre singe et l'a jeté dans la rue par-dessus le balcon. Il est tombé à mes pieds sanglant et la jambe démise, et, comme je voyais la porte du palais s'ouvrir, j'ai pris la fuite en entraînant la pauvre bête, et je n'osais plus reparaître en ta présence.

— Pauvre Bambinello ! dit le marquis en haussant les épaules.

Le singe, en entendant son maître prononcer son nom, se traîna jusqu'à lui en poussant de petits cris plaintifs.

Pescaire le caressa.

— Tu vaux mieux que les hommes, murmura-t-il, et tu t'es fait blesser pour moi, tandis que tous ces braves gens se sont sauvés à la première apparence de péril. Puisses-tu avoir encore assez de force pour étrangler ce damné Marforio; c'est lui qui m'a inspiré cette passion insensée que je ne puis arracher de mon cœur, et puis il a disparu tout à coup; il m'a abandonné, ce zélé médecin, comme un malade incurable.

Léonarde s'approcha du marquis.

— Monseigneur, dit-elle, tâchez d'oublier Suzanne; jamais elle ne vous aimera; les femmes

sont mobiles dans leurs caprices, mais quand le véritable amour, celui qu'elles attendent et rêvent
toute la vie, s'est emparé de tout leur être, elles
ne changent jamais et meurent avec un seul nom
sur les lèvres, une seule image devant les yeux,
une seule pensée dans l'âme.

— Tais-toi, Léonarde, répliqua le marquis avec
un regard vague et distrait; ne renoncerais-tu pas
à Lupon si quelque gentil seigneur t'offrait de te
faire dame châtelaine !

— Non, dit fièrement la belle meunière; je préfère mon fiancé à un roi, et s'il me trahissait, je le
tuerais.

Don Lopez de Carrajal s'avança en souriant :
— Monseigneur, dit-il à son tour, vous n'aimez
pas Suzanne Lallier; je ne crois pas à ces coups de
foudre qui mettent le feu à un cœur indifférent;
vous l'aviez vue dix fois sans être ébloui de sa
beauté, sans frissonner et changer de visage à
son aspect. Cet amour si soudain et si incroyable
est l'effet des sortilèges de ce scélérat d'alchimiste.
Je vais me mettre à la recherche du docteur Marforio. Si nous retrouvons ce fourbe, vous le for-
cerez à détruire le charme qu'il a jeté sur vous, ou
vous le ferez périr sous le bâton.

— Détruire ce charme! répéta don Ferdinand
avec un accent de désespoir; mais si je n'aimais
plus Suzanne, ma vie serait plus vide que celle des
mendiants couchés à la porte de mon palais. Vous
ne comprenez donc pas le bonheur que j'éprouve
à souffrir de cet amour? Je voudrais la servir
comme un esclave; je me déguiserais pour me
mê er à la foule pour la voir passer; il m'est douloureux de lui voler une minute pour m'occuper
des choses de la politique. Ah ! plaignez-moi,
braves gens, vous qui avez connu le marquis de
Pescaire d'autrefois, mais tâchez de retrouver
Marforio qui seul peut me guérir.

Nos quatre personnages restèrent fort interdits
de l'insuccès de leurs consolations. Pescaire se mit
à caresser Bambinello, sans se préoccuper de leur
présence, et ils se retirèrent sans bruit, pour ne
pas éveiller sa colère.

Presque aussitôt, le marquis entendit de grands
cris retentir dans l'escalier; il crut reconnaître la
voix aiguë du vieux médecin, tressaillit, traversa
rapidement deux salles, et vit en effet sur les marches de marbre le malheureux savant qui se débattait entre ses nouveaux ennemis.

— Ah ! chien de sorcier. disait don Lopez, tu es
cause que j'ai perdu l'amitié de mon maître. Tu
ne périras que de ma main.

— Non, c'est de la mienne, criait Lupon en
cherchant à lui arracher le vieillard ; tu es cause
que, pour la première fois de ma vie, je me suis
querellé avec Léonarde, et que j'ai lâché pied
devant des apprentis, moi, un soldat de l'empereur !

— Le sorcier m'appartient ! dit Abdallah d'un
ton convaincu; j'ai promis à mon maître de faire
étrangler son ami Marforio par ce pauvre Bambinello. Oui, scélérat, tu es cause que le singe
favori de monseigneur est éclopé et souffre
comme un damné. Il faut bien que Bambinello se
venge.

— Si vous m'arrachez un poil de la barbe, hurla
le docteur effrayé, j'ordonnerai au grand diable
d'enfer de vous emporter sur ses ailes de chauve-
souris et de vous faire rôtir dans sa grande chau-
dière.

— Lâchez-le ! cria M. de Pescaire d'une voix
tonnante, et laissez-moi seul avec lui. Je me
charge de son châtiment.

Les ennemis de Marforio obéirent aussitôt, charmés au fond du cœur d'avoir un prétexte de ne
pas s'exposer à la réalisation de ses menaces; et
le misérable, ayant monté les degrés de l'escalier
avec une agilité extraordinaire pour son âge, se
précipita dans la chambre du marquis de Pescaire.

Mais aussitôt que le singe Bambinello eût aperçu
son ancien ami, il se souleva en gémissant de
dessus son amas de coussins, et commença à grin-
cer des dents; le marquis le calma par quelques
caresses et dit froidement au docteur :

— Comment oses-tu, maître fourbe, reparaître
devant moi?

— Oh! vous me reprochez mon absence, répliqua railleusement Marforio, qui avait déjà recouvré
son sang-froid ordinaire; vous n'avez donc pas
pensé, mon cher seigneur, que si je disparaissais
ainsi, c'était afin de mieux travailler pour vous ?

— Ne crois pas m'abuser plus longtemps par des
billevesées, vieux radoteur. Je crois maintenant
à ta science, puisque tu as allumé dans mon âme
un feu inconnu, puisque ma femme, cette perle
d'Espagne, m'est devenue indifférente et que
j'aime comme un bachelier la maîtresse de mon
rival. Pourquoi as-tu changé ainsi mon cœur, si
tu devais faire de moi un Tantale de l'amour... De
quel droit m'as-tu imposé ce supplice sans nom?
Comment n'as-tu pas redouté ma colère ?

— Votre colère, don Ferdinand ? Ah! la menace est plaisante !

— Que veux-tu dire ?

— Vous seriez le plus ingrat des hommes.

— Explique-toi.

— Vous n'avez donc pas compris que j'ai disparu volontairement de votre palais ?...

— Afin de me faire endurer mille tortures !

— Afin de vous prouver que moi seul j'avais le
pouvoir de vous servir dans votre amour comme
dans votre ambition.

— Comment cela, Marforio ?

— N'avez-vous pas essayé de vous passer de
moi ? N'avez vous pas, au risque de compromettre
votre influence et votre pouvoir, lancé de maladroits émissaires sur les pas de la belle Suzanne ?
Qu'est-il advenu ? Elle a rejeté vos présents, elle
s'est mise en garde contre vos violences et elle
vous a renvoyé votre singe en très mauvais état.
Pauvre Bambinello !

Le docteur se mit à rire et le singe à gronder en
lui montrant des dents malveillantes.

— Aurais-tu donc mieux réussi que tous ces
pauvres diables ? dit Pescaire.

— Oui, don Ferdinand, reprit Marforio avec
calme, parce que je ne suis ni aussi brutal que don
Lopez et Lupon, ni aussi naïf que dame Léonarde
et Abdallah. Il faut cependant que vous vous ven-

Le vieux médecin et les serviteurs se retirèrent discrètement... (Page 135).

giez du connétable, et je persiste à croire que j'ai trouvé le défaut de la cuirasse.

— Hélas ! soupira le marquis, je ne songe plus à Bourbon. Qu'il grandisse en gloire et en honneur, peu m'importe ! Je n'ai plus qu'une pensée : être aimé de Suzanne Lallier, et je désespère même d'obtenir la joie de la revoir.

— C'est ce qui vous trompe, monseigneur, dit le docteur. La chose est difficile, en effet, car elle ne quitte plus monsieur de Bourbon... Mais il n'est rien de difficile pour Marforio Veneno.

— Ah ! mon cher médecin, s'écria Pescaire, je sentais un froid mortel glacer un peu mon cœur, et, avec ces mots d'espérance, tu me rends la vie.

— Voyons, monseigneur, dites-moi franchement quelle grâce vous voudriez obtenir à cette heure de la mignonne de Bourbon ?

— La voir, lui parler, fût-ce pendant quelques minutes ; voilà mon rêve, Marforio, et si tu l'accomplissais, je serais ton débiteur sans conditions.

— Vous ne vous dissimulez aucunement, don Ferdinand, les difficultés qui vous empêcheront de pénétrer jusqu'à elle, n'est-ce pas ?

— Je ne les connais que trop, bourreau ; mais je te suivrai.

— Il faudrait mettre en défaut la vigilance et la jalousie du connétable, éveillées par les vaines tentatives de vos serviteurs.

— Te plais-tu à me torturer comme un chirurgien novice ? Je braverais les insultes, les huées et les stylets pour la voir, te dis-je, Marforio.

— Quoi ! vous vous introduiriez furtivement chez votre rival comme un écolier amoureux ou comme un voleur ? Allons donc, seigneur marquis, vous n'y songez pas.

— Cependant, mon ami, tu viens de me promettre...

— Un miracle, mon maître, un miracle qui conjurera tous les dangers et qui vous permettra de voir votre idole face à face.

— Est-il possible ! ô sphinx de plus en plus mystérieux, s'écria M. de Pescaire, mais je ne doute plus de ton pouvoir, je ne doute plus de ton

9

amitié, je ne doute plus de tes services. Qui sait? si tu le veux, tu sauras peut-être assouplir en ma faveur ce cœur rebelle.

— Monseigneur, quelle heure est-il? demanda tranquillement Marforio Veneno.

Don Ferdinand jeta un coup d'œil sur le sablier.

— La quatrième heure après midi.

— Bien. Je suis venu au moment propice. Mes conjurations ne m'ont pas trompé. Préparez-vous, seigneur, à apprendre une nouvelle qui va vous faire tressaillir d'espoir et de bonheur...

Il s'interrompit et parut prêter l'oreille à quelque bruit lointain.

— Entendez-vous, don Ferdinand?

— Rien, absolument rien.

Le vieux médecin sourit.

— Oh! j'en ai fait souvent l'expérience : j'ai l'ouïe aussi fine et aussi subtile que celle d'un chat sauvage.

— Enfin, qu'entends-tu, Marforio? demanda M. de Pescaire avec un geste d'impatience.

— On ouvre la porte du jardin; tenez, là-bas, derrière les orangers.

Le marquis porta ses regards de ce côté, et au bout d'un instant il vit paraître une femme dont la vue lui arracha un cri de surprise, tandis qu'une félicité immense inondait son cœur.

Cette femme était Suzanne Lallier.

Chevrette la précédait de quelques pas, la dirigeant au milieu de ce jardin inconnu.

— Suzanne ici! chez moi! dit d'une voix étouffée M. de Pescaire, dont la surprise allait toujours croissant à mesure que la jeune fille approchait.

Puis il se tourna brusquement vers le vieux médecin :

— Qui donc a pu la déterminer à une démarche si inouïe?

— Ne le devinez-vous pas, monseigneur?

— Tu as donc employé quelque philtre de démon pour forcer sa volonté?

Je me suis servi de moyens tout humains.

— Non, je ne puis croire même à ce que je vois, Marforio; tu m'abuses par quelque tableau magique; cette femme n'est pas Suzanne, mais une vapeur, une image mensongère qui s'évanouirait si je voulais l'étreindre dans mes bras.

— Avez-vous déjà peur de votre bonne chance, don Ferdinand? Craignez-vous la colère et l'indignation de Suzanne? N'êtes-vous pas décidé à ne tenir aucun compte de ses larmes? Si vous vous sentez trop faible pour résister à son mépris et à sa douleur, il est encore temps d'empêcher cette entrevue.

— Non, non, fit Pescaire avec angoisse, j'ai trop souffert depuis deux jours dans l'isolement et l'attente. Qu'elle me haïsse, mais que je puisse l'entendre.

— N'oubliez pas que, pour réussir là où dame Léonarde avait échoué, j'ai dû mettre en jeu l'amour de cette jolie fille pour le connétable; je lui ai fait dire par Chevrette que j'avais à lui donner un avis secret qui intéressait l'honneur et la vie de monsieur de Bourbon. Alors son âme a été troublée par une anxiété profonde; d'abord

elle a dédaigné ce message et elle a cru qu'il cachait un piège, puis elle s'est inquiétée et s'est reproché d'avoir rejeté un avis peut-être salutaire; elle s'est dit qu'elle n'avait pas le droit de combattre le salut de son cher seigneur par de vains scrupules, — et elle est venue.

— C'est un vrai miracle, en effet, dit don Ferdinand; mais il en est un plus difficile encore, Marforio, c'est de chasser de son cœur l'image de Bourbon, ou tout au moins de la résoudre à m'écouter sans colère.

— J'y ai songé, monseigneur.

— Et tu espères réussir? demanda le marquis avec transport.

— Peut-être! Permettez-moi maintenant de vous quitter, don Ferdinand. La naine vient de conduire mademoiselle Suzanne dans mon laboratoire, et je ne dois pas la laisser plus longtemps seule.

— Va donc, Marforio; mais aie pitié de ton malade, car jamais je n'ai plus souffert.

Si M. de Pescaire n'eût pas été aveuglé par la passion, il eût pu s'étonner de voir un vieillard aussi fin et aussi prudent s'exposer si témérairement, pour ses intérêts, à la vengeance de M. le duc de Bourbon; mais s'il lui avait été donné de lire dans la pensée de son médecin, il l'eût à coup sûr regardé comme son plus cruel ennemi, car Marforio était parfaitement décidé à tromper les deux rivaux, en feignant de les servir l'un et l'autre, et à recevoir sa récompense des deux mains à la fois.

Lorsque Suzanne vit entrer dans le laboratoire cet être grêle et chétif, dont les traits flétris offraient le reflet repoussant des difformités de son âme, elle recula involontairement et ne put réprimer un frisson d'horreur.

Le médecin, dont les yeux perçants ne laissaient rien échapper, surprit cette impression et en devina la cause.

— Eh! eh! fit-il avec ce sourire diabolique qui crispait ses lèvres blêmes, vous ne trouvez pas que je ressemble à un Adonis, gracieuse Suzanne? Hélas! il y a longtemps que je sais à quel point la nature m'a traité comme une marâtre. Cependant, loin de me plaindre de mon sort, je me tiens pour favorisé entre tous; je remercie le ciel de ne pas m'avoir bâti en Antinoüs. La beauté est chez les hommes idiots; quant aux femmes, c'est un sauf-conduit infaillible pour aller droit au malheur. Vous êtes un grand philosophe, maître Marforio, dit Suzanne.

— N'est-il pas vrai que sur cent jolies femmes, il y en a quatre-vingt-dix qui finissent dans le sang, dans la honte ou dans les larmes? Je n'aurais pas besoin d'aller bien loin pour chercher un exemple de cette fatalité.

— Chevrette, dit la jeune fille en se tournant vers la naine, m'as-tu entraînée à venir trouver le docteur Veneno pour entendre ces singulières leçons?

— Patience, mademoiselle, dit froidement Marforio; c'est un ami qui vous parle. Si vous n'aviez pas tenu compte des prières de Chevrette vous

vous en seriez amèrement repentie, mais trop
tard.

— Si je vous comprends bien, docteur, reprit
Suzanne, je suis menacée d'un grand malheur. Et
qui pourrais-je craindre à Pavie, demanda-t-elle,
lorsque je suis protégée par l'épée de monsieur le
connétable ?

— Qui, mademoiselle ? Mon Dieu ! Un homme
qui vous aime, n'est-ce pas là le plus cruel ennemi
d'une femme ?

— Vos paroles sont vraiment trop mystérieuses,
maître Marforio. Je ne suis pas de ces femmes
crédules qui se laissent effrayer par d'obscures
prophéties. Soyez clair et véridique. Si je cours un
danger sérieux, faites-le moi connaître ; ne cherchez point à jouer avec mes craintes comme le
chat avec la souris. Chevrette m'a dit que l'honneur et la vie de monsieur de Bourbon étaient
menacés. Aussi suis-je venue à vous sans hésiter.
Est-ce de vous ou de moi qu'il s'agit ?

Le médecin jeta sur la jeune fille un regard
glacial ; puis il répondit d'un ton railleur :

— Savez-vous, belle Suzanne, que bien des
femmes envieraient votre sort, car j'ai ouï dire
que vous étiez la fille d'un simple meunier, et à
cette heure, les deux plus illustres héros de la
chrétienté sont à vos pieds ni plus ni moins que
le seigneur Hercule à ceux de la reine Omphale ;
il ne leur manque vraiment que la quenouille, et
qui sait s'ils refuseraient de la filer pour un sourire
de cette jolie bouche ?

— Que signifie ce langage insolent ? s'écria la
jeune fille très émue. Vous ai-je donné le droit en
venant chez vous de m'insulter ? Vos allusions
m'offensent, maître Marforio, et si vous ne vous
expliquez pas plus clairement, je quitte à l'instant
votre laboratoire.

— Eh bien ! dit à voix basse le vieillard en se rapprochant de Suzanne, je vais vous confesser la vérité
puisque vous l'exigez. Le marquis de Pescaire
vous aime.

— Ah ! dit Suzanne indignée, c'est pour me
parler de l'amour de don Ferdinand que vous
m'avez attirée dans son palais, misérable ? Mais
votre esprit est donc aussi fourbe que votre cœur
est pervers ? Avez-vous cru que j'étais une de ces
femmes qui changent d'amour comme de pays,
ou qui sont assez lâches pour céder à la violence ?

— Non, répliqua Marforio sans s'émouvoir, je
sais que votre amour pour monsieur de Bourbon
est absolu et que monsieur de Pescaire ne peut
vous inspirer que de l'aversion. Je crains seulement que la force de sa passion ne le pousse à
quelque fâcheuse extrémité.

— Je pourrais partager votre crainte, dit fièrement la jeune fille, si monsieur le connétable
n'était pas supérieur à don Ferdinand d'Avalos en
pouvoir et en courage.

— Eh ! eh ! vous avez raison, mademoiselle,
reprit le vieux docteur en ricanant ; mais peut-
être oubliez-vous trop facilement que rien ne
serait plus dangereux pour monsieur de Bourbon
qu'un conflit avec l'illustre marquis. Monsieur de

Pescaire est d'une race fertile en expédients ; il
est entouré de serviteurs dévoués, experts, les
uns dans le maniement de la dague et les autres
dans la science des poisons.

— Il n'oserait attenter à la vie de Charles ! s'é-
cria Suzanne en pâlissant.

— Un amoureux dédaigné ose tout, mademoiselle, repartit avec calme le médecin.

— Vous m'aviez promis un bon conseil, maître
Marforio, dit-elle en joignant les mains comme
une suppliante.

— Eh bien ! il faut renoncer à réclamer la protection du connétable contre les folles prétentions
de monsieur de Pescaire.

— J'y consens ; ma seule crainte, désormais,
c'est qu'il soit instruit de l'outrecuidance du marquis ; comme je ne quitterai plus le logis de monsieur de Bourbon, je serai à l'abri des tentatives de
cet amant dangereux.

— Hélas ! vous vous trompez, mademoiselle.

— Que voulez-vous dire ?

— Il faut, entendez-vous bien, que vous vous
sépariez de celui que vous aimez ; il faut qu'il
parte seul pour Madrid et que vous restiez en
Lombardie.

Suzanne regarda Veneno comme si elle eût mal
saisi ses paroles.

— Je ne vous comprends plus, dit-elle enfin.

— Oh ! je sais que je vais vous déchirer le cœur,
et pourtant il faut que j'aille jusqu'au bout. J'ai à
vous demander un sacrifice encore plus douloureux.

— Mais vous exigez plus que ma vie, ne le
savez-vous pas ? murmura-t-elle d'une voix
éteinte.

— Écoutez, mon enfant, dit Marforio, je sais
tout ce que vous avez souffert pour monsieur le
connétable, et c'est là ce qui me rend assez hardi
pour vous conseiller une résolution héroïque. Si
je retourne le couteau dans la plaie, c'est que j'estime votre courage supérieur à celui des autres
femmes ; la plupart n'aiment qu'elles-mêmes dans
l'idole qu'elles se sont créée, mais vous ne leur
ressemblez pas et vous aimez Bourbon comme les
saints aiment Dieu. Vous ne voudrez pas compromettre la fortune de ce grand capitaine.

— Mais le duc est vainqueur et tout puissant !

— Pauvre fille ! vous ne connaissez pas l'esprit
des rois et des courtisans ; selon vous, la destinée
du connétable est irrévocablement fixée ; la reconnaissance de Charles-Quint lui est acquise, et nul
ne peut marcher de pair avec lui à la cour de
Madrid.

— Tout le monde le croit comme moi, maître
Marforio.

— Et tout le monde se trompe, reprit le rusé
médecin. Ah ! j'ai étudié mieux que le vulgaire le
caractère de notre glorieux souverain. Le duc de
Bourbon, dont le nom retentit maintenant dans
toute l'Europe, est à deux doigts d'une chute dont
il ne se relèvera jamais et dont l'humiliation le
tuera peut-être.

— C'est impossible ! interrompit la jeune fille ;
il est de l'intérêt de l'empereur de ne pas se brouil-

ler avec le grand général à qui il doit la captivité de François Iᵉʳ.

— Dans la première joie du triomphe, Charles-Quint raisonnera comme vous, mon enfant; mais il est entouré de conseillers prudents et jaloux. Ces honnêtes ministres et les deux rivaux du connétable, le vice-roi de Naples et le marquis de Pescaire, sauront bien lui démontrer que la défaite du roi de France l'a rendu le maître du monde. Dès lors, les services de Bourbon lui deviennent inutiles ou dangereux ; il ferait une faute de grandir ce prince, dont la renommée gênera la sienne ; son véritable intérêt sera de se débarrasser du traître, désormais impuissant à le servir comme à se ranger parmi ses ennemis. Le duc ne pourra plus même revenir à ses anciens dieux et greffer trahison sur trahison.

Suzanne regarda ce profond politique avec un mélange de stupeur et d'épouvante.

— La destinée que vous venez de prédire à Charles de Bourbon est horrible. Vous lui ôtez toute espérance, et j'ai peur que vous n'ayez deviné juste. Selon vous, ce noble prince serait perdu ?

— Sauvé peut-être, si vous voulez, interrompit Marforio.

— Si je le veux ! s'écria-t-elle avec amertume. Dites ! que faut-il faire ? me traîner aux genoux du marquis, le supplier de donner loyalement la main à Bourbon et de devenir son ami ?

— Enfant ! vous ne pensez qu'avec votre cœur et vous jugez les autres d'après vous-même. Soyez calme, je vous en prie, et écoutez le conseil que je vous ai promis.

— Parlez, maître Marforio, parlez !

— Vous n'ignorez pas, Suzanne, que pour décider le connétable à se révolter contre son roi, l'empereur lui avait fait promettre la main de sa sœur, Éléonore, reine de Portugal.

— Alliance d'ambition où les cœurs n'ont rien à voir, répliqua la jeune fille d'une voix frémissante. C'est un marché de princes. Le duc ne s'est pas même informé si la fiancée est belle ou laide. Elle est la sœur de son allié Charles-Quint, et cela suffit.

Le médecin garda un instant le silence, comme s'il eût voulu savourer le désespoir qui dévorait l'âme de l'infortunée ; puis il reprit avec son impitoyable sang-froid :

— Vous comprenez que le vainqueur de Pavie a le droit d'exiger la réalisation des vagues promesses faites au prince rebelle. Il se rendra à Madrid pour épouser la sœur de l'empereur. Mais peut-il emmener avec lui une femme que madame Éléonore regardera comme une indigne rivale ? Croyez-vous qu'elle supportera plus complaisamment que la duchesse d'Angoulême l'amour que monsieur de Bourbon vous a publiquement voué ? Oserez-vous affronter le scandale qui éclatera aussitôt votre arrivée dans cette cour de Madrid, si dévote et si sévère ? Osera-t-il, lui, fort de sa gloire, défier à la fois des prêtres, qui vous jetteront l'anathème au nom de Dieu ; les courtisans, qui vous repousseront au nom de l'honneur des

familles et de la majesté royale ; le peuple, qui vous bafouera au nom de la vertu ?

— Ah ! je suis une misérable pécheresse, s'écria Suzanne en se frappant la poitrine, et je porte malheur à ceux que j'aime.

— Vous voyez bien qu'il faut renoncer à l'amour du connétable, vous séparer de lui, vous cacher à ses yeux. Je vous offre un asile dans ce logis, et je vous jure qu'il ne pourra vous y retrouver.

— Mon Dieu ! mon Dieu ! murmura la pauvre fille en proie à une inexprimable angoisse, ordonnerez-vous ce sacrifice ? N'aurez-vous pas pitié de votre servante ?

Pour la première fois de sa vie, Marforio Veneno éprouva un sentiment de compassion en voyant Suzanne se débattre entre son amour et l'expiation commandée, ainsi que l'oiseau qui essaye de repousser la mort d'un coup d'aile.

Il se raidit contre cette impression inconnue et reprit avec plus de force :

— Ce n'est pas tout, Suzanne, ce n'est pas tout.

— Que demandez-vous encore ? dit-elle avec un sourire farouche. Vous avez séparé l'âme du corps, vous avez fait de moi une chose morte. Frappez encore ! je ne sentirai plus les coups.

— Eh bien ! il vous reste à vous faire oublier de Charles de Bourbon.

— Me faire oublier ! répéta-t-elle avec un rayon de joie dans les yeux. Oh ! cela, c'est impossible ! Et comment cet oubli dépendrait-il de ma volonté ?

— Il faut que le duc vous oublie, afin qu'il n'hésite pas à accepter cette alliance, qui est son ancre de salut. Beau-frère de l'empereur, il n'aura pas à redouter de terribles retours de fortune et bravera la jalousie des courtisans espagnols et flamands.

— C'est impossible ! répéta Suzanne d'une voix sourde.

— Bourbon vous oubliera, ma fille, s'il vous méprise.

S'il me méprise ! répéta-t-elle en attachant sur le médecin un regard fixe ; mais pourquoi mépriserait-il celle qui a vécu que pour lui ?

— Parce qu'à ses yeux comme aux yeux de tous, répliqua Marforio d'une voix mordante, vous passerez pour la maîtresse du marquis de Pescaire.

La jeune fille poussa un cri terrible et pressa son front de ses mains comme si la pensée défaillait dans son cerveau.

— Réfléchissez avant de vous décider, poursuivit le vieillard. Aimez-vous assez le connétable pour acheter son salut au prix de cette honte momentanée, dont vous pourrez quelque jour vous glorifier ?

Après une lutte intérieure qui dura quelques instants, Suzanne répondit en courbant la tête :

— J'y consens !

Mais elle ajouta presque aussitôt :

— Qui donc me protégera contre l'amour de monsieur de Pescaire ? car si j'accepte le déshonneur public, je ne rougirai jamais vis-à-vis de moi-même et je pourrai ouvrir mon cœur à Dieu.

— Rassurez-vous, chère enfant, dit Marforio en souriant, un ange gardien veillera sur vous ; seulement, il n'aura ni les yeux bleus, ni les cheveux dorés, ni les blanches ailes de ses pareils : vous le voyez devant vous.

— Oseriez-vous donc lutter contre le marquis de Pescaire ? demanda la jeune fille atterrée.

— Accordez-moi toute votre confiance, Suzanne, promettez-moi de suivre aveuglément mes conseils, si étranges, si dangereux qu'ils puissent vous paraître, et à ces conditions je vous jure de vous rendre, fidèle et pure de toute honte, à Charles de Bourbon.

La jeune fille jeta un regard rapide sur le vieux médecin, et l'horreur instinctive qu'elle avait déjà ressentie à son aspect la fit hésiter.

— Eh ! eh ! dit cet étrange personnage, dont les yeux perçants semblaient pénétrer jusqu'au fond des cœurs, ma chétive mine vous inspire plus de répulsion que de confiance. Vous cherchez vainement la beauté de mon âme à travers la laideur de mon corps. Vous avez raison de ne pas croire à la noblesse de mes sentiments, ni surtout au désintéressement de mon zèle. Dans ma balance à moi, le plus grand des hommes ne pèsera jamais une once d'or ; je trouve donc fort naturel qu'ils ressentent tous pour moi, à première vue, la haine et le mépris qu'ils m'inspirent eux-mêmes. J'ai un intérêt sérieux à vous sauver, car c'est un intérêt d'argent. Donc, comptez sur moi.

— Je suis votre esclave, dit Suzanne avec une espèce d'impatience douloureuse. Ordonnez, j'obéirai.

— Bien, mademoiselle, repartit Marforio. Soyez fidèle à votre rôle. Vous verrez bientôt le marquis de Pescaire. Il vous importunera de son amour, vous vous étonnerez de tant de hardiesse ; vous menacerez de vous plaindre à monsieur le connétable, mais vous ne le découragerez pas trop. Vous jouerez avec cette passion ; vous laisserez un rayon de soleil percer les nuages, une espérance luire sous les reproches. Toute femme est coquette, après tout. Ce n'est pas à un vieux bonhomme comme moi à vous apprendre votre rôle.

La jeune fille, accablée de douleur, ne l'écoutait plus, lorsque deux coups violents furent frappés à la porte du laboratoire.

La jeune fille, que la crainte de voir paraître le marquis de Pescaire avait fait frissonner, jeta un cri de surprise à la vue du connétable, qui entra suivi de Moucheron.

Il paraissait triste et soucieux, et lorsqu'elle s'élança vers lui comme vers son protecteur naturel, il la repoussa doucement en disant :

— Vous ici, Suzanne ! ah ! je croyais qu'on m'avait trompé ! Je venais rappeler au docteur Marforio la promesse qu'il m'a faite de quitter le pays, et je ne m'attendais pas à vous trouver en conférence avec lui.

Elle avait un instant oublié tout ce qui venait de se passer ; mais ces paroles sévères lui rappelaient bien vite la cruelle réalité, et elle baissa la tête pour cacher ses larmes, car elle ne savait comment expliquer au duc sa présence dans le laboratoire du médecin.

— Monseigneur, dit-il en s'inclinant, vous mé-

connaissez vos véritables amis. Don Ferdinand d'Avalos a pu avoir des torts envers vous ; mais il s'en repent et a résolu de les expier par une action généreuse. Vous allez bientôt partir pour Madrid, et vous serez forcé de laisser ici sans amis, celle que vous aimez. Monsieur de Pescaire lui offre un asile dans son palais ; il vous donne ainsi une preuve éclatante de son désir de faire la paix avec vous. Je vais le prévenir de votre arrivée, monseigneur, et je reviendrai bientôt savoir votre décision.

Quand le vieillard fut parti, M. de Bourbon prit la main de la jeune fille dans les siennes, et lui dit :

— Suzanne, voulez-vous, en effet, vous fier à la générosité du marquis de Pescaire ?

— Sans la moindre hésitation, mon cher seigneur, répliqua-t-elle non sans frissonner.

— Cette confiance me semble vous être venue bien vite, reprit le duc ; mais peut-être n'aurez-vous pas besoin de recourir à l'hospitalité de don Ferdinand.

— Comment cela ? fit-elle avec un mouvement de joie involontaire.

— Je veux vous faire part d'une décision à laquelle vos conseils n'ont pas été étrangers.

— Oh ! parlez, Charles, parlez !

— Il y a une heure, j'ai envoyé monsieur de Pompérant demander de ma part une audience à François Ier.

— Oh ! c'est une noble pensée ! s'écria Suzanne avec transport ; c'est Dieu qui vous l'a inspirée pour le salut de la France.

— Puisse-t-il également inspirer au roi la réponse qu'il doit faire à mon message ! dit le connétable avec un mélange d'inquiétude et de tristesse.

— Le roi vous aimait, Charles ; votre repentir le touchera, n'en doutez pas ; sa défaite a été une leçon sévère pour son orgueil, et il s'empressera de vous rendre votre patrimoine et vos charges, afin d'enlever à Charles-Quint l'appui de votre épée invincible.

— Ah ! s'il en était ainsi, Suzanne, tous les remords qui m'accablent disparaîtraient comme par enchantement ; j'avouerais hautement mon amour pour vous, et il n'y aurait plus un nuage sur notre bonheur.

— Et vous ne seriez pas forcé d'épouser madame Éléonore, murmura la jeune fille en rougissant.

Au même instant, elle entendit gratter à la porte.

— C'est monsieur de Pompérant sans doute !

Elle courut ouvrir, mais elle recula en voyant la figure froide et grave du marquis de Pescaire.

Il s'arrêta sur le seuil, jeta sur Suzanne Lallier un regard dans lequel perçait une cruelle ironie, puis s'avança vers le connétable.

— Monsieur le duc, lui dit-il, vous me pardonnerez d'avoir interrompu votre entretien, j'en suis sûr, quand vous connaîtrez l'importante dépêche que je suis chargé de vous communiquer.

Il tenait à la main une lettre soigneusement

cachetée et scellée, et la remit à M. de Bourbon.

À l'expression de la physionomie de son hôte et à son ton solennel, Suzanne avait deviné que cette lettre contenait un malheur ; elle posa la main sur sa poitrine pour comprimer les battements de son cœur et attendit.

Le connétable, en proie à une angoisse visible, déchira lentement l'enveloppe de la dépêche, la parcourut avec des signes d'hésitation et de douleur, et resta quelques instants silencieux, absorbé dans une méditation profonde.

Il leva enfin les yeux sur le marquis de Pescaire, dont le regard fixé sur lui n'avait pas changé d'expression.

— Vous connaissez sans doute, don Ferdinand, le contenu de cette lettre ?

— J'en ai du moins quelque soupçon, répondit le général espagnol en souriant.

— Oui, je dois être sincèrement reconnaissant envers l'empereur votre maître, reprit le connétable, car il n'a pas attendu la nouvelle de notre victoire pour me confirmer l'offre brillante qu'il m'avait faite avant mon départ de France ; il ne sait pas que nous avons pris le roi François Ier, et il m'accorde la main de sa sœur Éléonore, reine de Portugal.

Ces paroles, qu'elle aspirait pour ainsi dire à mesure qu'elles sortaient des lèvres du duc, tombèrent comme des charbons ardents sur le cœur de Suzanne qui chancela, tandis que son visage se couvrait d'une pâleur mortelle.

— Si grand que soit cet honneur, répliqua don Ferdinand en s'inclinant avec une politesse glaciale, il n'est que la juste récompense de vos services, monsieur le duc, et de la gloire que vous avez acquise en combattant pour l'empereur, notre maître à tous deux.

M. de Pescaire avait appuyé sur ces derniers mots avec une attention marquée, de façon à rappeler cruellement à son rival quels étaient ces services et quelle était cette gloire qu'il semblait saluer avec respect.

Bourbon refoula dans son cœur un mouvement de colère, et avant de prendre une résolution qui allait décider de toute sa destinée, il parut en proie à une lutte intérieure dont les violentes alternatives contractaient ses traits si nobles et si imposants. Suzanne ne le quittait pas des yeux, car sa vie tout entière dépendait de la réponse du prince.

— En vérité, monseigneur, dit enfin don Ferdinand, s'il ne s'agissait d'une alliance qui ne peut que vous combler de joie et d'orgueil, je croirais que vous faites à Sa Majesté l'affront d'hésiter.

Le connétable comprit qu'il ne pouvait tarder davantage à faire connaître sa résolution ; mais son regard rencontra celui de Suzanne ; l'émotion qui agitait la jeune fille était si terrible, que son visage ressemblait au masque blafard d'une morte : ses grands yeux s'éteignaient dans un cercle de bistre, ses lèvres tremblaient, et la fièvre faisait tressaillir tous ses membres.

Le duc, remué jusqu'au fond de l'âme à l'aspect de ce martyre silencieux, s'élança vers elle par un transport involontaire et répliqua d'une voix vibrante :

— Ma réponse, je vais l'écrire à l'instant, je veux que vous et cette pauvre enfant soyez les premiers à la connaître.

Il sourit tendrement à Suzanne, et il allait continuer, lorsque la porte du laboratoire, qui était restée entr'ouverte, fut poussée brusquement.

M. de Pompérant entra d'un air grave et triste.

Lui aussi tenait une lettre à la main, et le sceau qui la cachetait portait des armes royales, comme s'en aperçut M. de Pescaire, qui épiait soigneusement tout ce qui se passait autour de lui.

Le connétable regarda tout d'abord le visage mécontent de son fidèle compagnon de fuite ; puis il rompit vivement le cachet de la lettre du roi de France et la parcourut d'un coup d'œil ; aussitôt ses traits se crispèrent douloureusement, sa tête tomba pesante sur sa poitrine, sa main froissa d'un geste convulsif le papier fatal, et il resta comme écrasé sous le poids d'un coup imprévu.

François Ier n'avait répondu que trois lignes :

« Monsieur le duc,

» Après la bataille, j'ai écrit à mère : « J'ai tout perdu, fors l'honneur ! » Vous avez tout gagné, vous, sauf l'honneur. Les morts de Pavie m'empêcheront toujours de vous pardonner. Je ne puis que vous plaindre ! »

Don Ferdinand devina le secret de M. de Bourbon et voulut mettre à profit la disposition funeste dans laquelle il devait se trouver.

— Monseigneur, dit-il, permettez-moi de vous rappeler que le messager de l'empereur attend votre réponse ; s'il pouvait supposer la moindre hésitation de votre part, ce serait une grave offense que Sa Majesté ne pourrait oublier.

— Monsieur le marquis, répliqua vivement le duc, que le messager de notre glorieux maître vienne demain chercher ma dépêche au palais du gouverneur de Pavie ! Je ne prends conseil que de moi-même.

Pescaire comprit que c'était un congé ; il s'inclina et sortit du laboratoire de Marforio, mais en jetant à Suzanne un regard de triomphe.

XX

OÙ UNE ÉPÉE EST PARFOIS PLUS FRAGILE
QU'UNE FEMME.

Suzanne Lallier comprenait que le docteur Marforio avait eu raison de se montrer impitoyable ; il fallait briser le dernier lien qui retenait le connétable en Italie, et l'empêcher de se perdre en encourant la haine de Charles-Quint comme celle de François Ier. Autrement l'illustre transfuge devenait un simple capitaine de bandes mercenaires, un condottière vagabond, promenant sa gloire nomade sous tous les drapeaux et vendant son épée au plus offrant.

La destinée de Bourbon tout entière était de

nouveau en jeu. S'il ne pouvait regagner l'amitié de son roi, il devait se dévouer à son nouveau maître et lui prouver une fidélité inaltérable. Cependant le duc l'aimait peut-être assez, elle, la fille du meunier, pour lui sacrifier son ambition, ce qu'elle désirait au fond du cœur et ce qu'elle redoutait à la fois. Son parti fut bientôt pris, non sans une douleur suprême ; elle immola son cœur au salut de son bien-aimé.

Le marquis de Pescaire, de son côté, sous l'empire d'une sorte de vertige passionné, ressentait pour Suzanne un amour mêlé de trouble et d'agitation qu'il ne pouvait définir ; aussi il avait d'autant plus d'envie d'émouvoir ce cœur rebelle qui était gardé par un autre amour et que lui se voyait dédaigné ; il ressentait une volupté cruelle à penser, comme le lui avait dit le vieux médecin, qu'il pouvait rendre infidèle cette jeune fille, dont le dévouement à Charles de Bourbon avait été si absolu. L'impossibilité le tentait et irritait son étrange passion. C'était une bataille à livrer, et il désirait la victoire. Par moments il avait honte d'être obligé de recourir à la ruse et à l'artifice pour combattre son rival ; il croyait aux promesses de Marforio Veneno et en doutait tour à tour, mais sa joie fut grande quand le médecin lui annonça que Suzanne Lallier acceptait publiquement son hospitalité et qu'il pourrait lui offrir une collation dans la grotte des Stalactites.

Au fond des jardins du palais, au milieu d'un labyrinthe de verdure, se cachait, comme un nid charmant, une grotte naturelle dont les parois, taillés en stalactites innombrables, ressemblaient, à la lueur des flambeaux et des torches, aux murs de pierreries des contes de fées. Ces singulières concrétions, formées par l'eau suintant goutte à goutte, s'étaient pétrifiées dans les formes les plus bizarres et les plus fantastiques ; elles imitaient des arbres chargés de fruits, des animaux étranges, des groupes qui avaient l'apparence humaine, des portails d'églises et des donjons de châteaux ; des filets d'eau pleuraient dans les anfractuosités et paraissaient tomber d'yeux énormes brillants comme des escarboucles. Seulement toutes ces merveilles étaient fragiles, et quelques coups de marteau pouvaient les réduire en poussière.

Ce fut là que M. de Pescaire attendit la venue de Suzanne, et quand elle parut sous ses vêtements de femme, accompagnée de Marforio Veneno, alors seulement il crut que ce n'était pas un rêve, et le sang monta à ses joues comme s'il eût été un jeune bachelier de l'université.

— Don Ferdinand, lui dit-elle avec un gracieux et mélancolique sourire, je vous remercie de m'avoir accordé un asile dans votre maison.

Le marquis lui baisa respectueusement la main.

— C'est moi qui me tiens pour fort honoré de votre confiance en moi, mademoiselle, répondit-il. Mes serviteurs ont reçu l'ordre de vous obéir comme à moi-même. Vous ne formeriez pas un désir qu'il ne soit exaucé.

Elle essaya encore de sourire, mais elle était pâle et jetait autour d'elle des regards inquiets.

— Je suis venue un peu vite, don Ferdinand, dit-elle, car je craignais d'être épiée et suivie ; il me semble que j'étouffe ; j'ai la tête en feu et je ressens comme une soif ardente.

Elle n'avait pas achevé que, sur un signe de Marforio, le Maure Abdallah et un autre esclave apportèrent une table couverte de cristaux, d'argenterie, de linge fin et d'alcarazas.

Puis le vieux médecin et les serviteurs se retirèrent discrètement.

— Ne dirait-on pas, murmura Suzanne, qu'une fée obligeante écoutait à la porte et n'attendait que mon désir pour servir cette collation.

Elle ne put empêcher le marquis de saisir un alcarazas et de lui verser dans sa coupe une eau pure et fraîche qu'elle but avec avidité. Puis elle regarda curieusement et presque avec effroi ces murs et ces voûtes où elle croyait voir fourmiller des plantes, des arbres, des grappes de fruits étincelantes ou des êtres difformes dont quelques-uns semblaient rire d'un rire silencieux qui leur fendait la bouche jusqu'aux oreilles. Pour échapper à cette obsession inquiétante, elle baissa les yeux, et reprit nonchalamment sa coupe, car l'agitation fébrile qui la possédait desséchait ses lèvres.

— Prenez garde, chère enfant, dit avec douceur M. de Pescaire, je réponds de vous, et cette eau glaciale peut vous être funeste. Buvons tous deux à la santé du roi et de l'empereur, mais portons à nos lèvres des coupes remplies d'un vin doré qui réchauffe le cœur et chasse les soucis.

— Un vin qui fait oublier, n'est-ce pas ? dit Suzanne d'une voix étrange ; oui, don Ferdinand, oublions ! oublions que la vie est un long martyre et rêvons le paradis !

Le marquis la regarda avec étonnement, tout en lui versant du vin qui étincelait à travers le cristal comme de l'or en fusion. Les couleurs remontèrent aux joues de la jeune fille ; elle s'efforçait de rappeler sa pensée égarée et de chercher un sujet de conversation étranger au duc de Bourbon. Elle dit tout à coup à monsieur de Pescaire :

— On prétend que vous aimez beaucoup votre femme et que sa beauté est extraordinaire ?

Pescaire, embarrassé, répliqua :

— Je l'aimais beaucoup, il est vrai, malgré son caractère un peu impérieux ; mais que voulez-vous, belle Suzanne ? nous subissons tous la loi des contrastes : le mari d'une femme acariâtre s'éprend facilement d'une beauté touchante et douce.

— Oui, murmura-t-elle comme si elle se parlait à elle-même, les hommes sont inconstants, sans amour, et cependant ils exigent des femmes une fidélité sévère. Ils cherchent à se faire aimer et blâment celles qui les aiment... Et sait-on jamais ce qu'une infidélité apparente cache parfois de larmes, de désespoir et de sacrifice !

Elle resta quelques instants absorbée dans une idée fixe. Puis elle reprit :

— C'est une noble femme, don Ferdinand, que la marquise Herminia ; elle est digne de votre amour et doit en être jalouse. Elle est d'une race illustre et peut-être publiquement fière de votre gloire. Elle passe devant vous le front haut, honorée et saluée des bénédictions des pauvres, car elle est pieuse et charitable. C'est une vertu sévère et elle n'est pas forcée de cacher son amour légitime. Ah! l'heureuse femme! et que j'envie son sort! Mais j'y songe, don Ferdinand, ne craignez-vous pas d'encourir sa disgrâce en m'offrant l'hospitalité?

Cet éloge de la belle Herminia dans la bouche de Suzanne Lallier avait singulièrement gêné M. de Pescaire, et il résolut de changer brusquement le cours de la conversation.

— La vie est facile, mademoiselle, dit-il, pour celles qui n'ont jamais subi d'épreuves, que les ronces du chemin ont respectées et qui n'ont eu que la peine d'étendre la main pour cueillir les pommes d'or. Mais ne fait-on pas souvent sa destinée soi-même? Savez-vous bien, chère enfant, la plus insigne folie que puisse commettre une femme?

— Non, vraiment; c'est à vous de m'instruire à ce sujet, don Ferdinand.

Il la regarda fixement, puis il répondit avec feu:

— Eh bien! c'est de donner son cœur à un ambitieux, de dévouer sa vie à une sorte de monstre d'égoïsme qui se fait un marchepied des dévouements pour atteindre la main pour cueillir les cimes de la puissance. L'ambitieux ne s'arrête même pas dans sa course ou son ascension pour relever ceux qu'il écrase. Parvenu à la réalisation de son rêve, il n'accorde pas même un souvenir ou une larme aux victimes qu'il a laissées sur son passage. Et cette folie est la vôtre, Suzanne!

— La jeune fille comprima l'indignation qui lui faisait battre le cœur en entendant ces paroles perfides.

— Folie, si vous voulez, seigneur, répondit-elle froidement; mais où serait le mérite du dévouement s'il était toujours payé de reconnaissance? Ce serait donc un marché! Se dévouer, n'est-ce pas compter sur la souffrance et l'appeler même de tous ses vœux en échange de tous les bonheurs qu'on rêve pour celui à qui on s'immole?

Et le visage de Suzanne devint radieux comme si son âme s'élevait en ce moment au-dessus des misérables intérêts de la terre.

— Ma foi, chère belle, dit le marquis avec une ironie qui contracta ses traits, si telle était votre espérance en aimant monsieur le duc de Bourbon, vous devez lui savoir gré de la façon dont il pratique vos maximes.

— Que voulez-vous dire, don Ferdinand?

— La vérité; ne vous a-t-il pas sacrifiée sans pitié à son ambition en se montrant disposé à épouser madame Éléonore, reine de Portugal?

Suzanne sentit son cœur mordu par le serpent de la jalousie et faillit pousser un cri de douleur; mais elle eut le courage de se contenir et de répondre :

— Et qui donc, monsieur le marquis, lui a donné avec le plus d'insistance le conseil d'accepter la proposition de l'empereur?

— Je l'ignore, belle Suzanne; peut-être sont-ce les amis attachés à sa fortune et qui espèrent profiter de son élévation, Pompérant, Didier de Montchenu et le capitaine Jonas.

— Non, monseigneur, dit la jeune fille avec une exaltation fébrile, c'est moi!

— Vous? fit Pescaire stupéfait.

— Moi, la fille du meunier, moi, que vous appelez la mignonne du connétable, moi, que cette alliance reléguera forcément dans l'ombre, la solitude et la douleur!

— Vous, Suzanne! répéta le marquis. Alors vous ne l'aimez plus?

Elle ne répondit que par un sourire si dédaigneux et si rayonnant à la fois, qu'il révéla mieux que toutes les protestations du monde au capitaine espagnol la force de son amour pour le duc de Bourbon.

Il prit alors un air de franchise et de bonhomie, afin de ne pas l'irriter.

— Ah! reprit-il, je sais bien que votre amour n'est pas de ceux qu'on déracine en un jour du cœur où ils ont germé; mais si vous avez donné ce conseil à monsieur de Bourbon, vous cesserez de l'aimer, j'en suis convaincu.

— Vous ne me connaissez pas, don Ferdinand.

— Votre affection n'est pas de ce monde, Suzanne; la passion est plus jalouse et plus égoïste; elle ne supporte pas de partage, elle s'inquiète de tout, elle se défie de tout. Quand elle s'endort dans une confiance naïve, c'est qu'elle se transforme en amitié.

— Avez-vous donc la prétention de lire mieux que moi-même dans mon cœur?

— Si vous aimiez le duc comme une Italienne ou une Espagnole, vous préféreriez le voir souffrir avec vous, obscur et proscrit, que le voir devenir tout-puissant grâce à madame Éléonore, tandis que vous resteriez dans la foule à regarder son bonheur. Cette résignation est au-dessus des forces humaines. Vous le jetez dans les bras d'une rivale dont il sera glorieux et qui lui imposera l'oubli de ses anciennes affections. Elle écartera tous les souvenirs qui pourraient l'offenser ou qui toucheraient à sa vie de prince français. Il ne dira pas un mot, ne fera pas un geste, ne poussera pas un soupir qui ne soient épiés. Et c'est vous qui l'aurez condamné à cette grandeur stérile. Vous en faites une fantôme de courtisan de l'empereur. Non, vous ne l'aimez pas.

Elle pâlit et vida précipitamment sa coupe sans s'en douter.

— Me serais-je donc trompée? dit-elle. Aurais-je fait le malheur de Charles?

Le marquis de Pescaire poursuivit avec chaleur :

— Je sens, moi, que je vous aime follement. Tant que j'ai cru que votre attachement aveugle pour le connétable ne s'éteindrait dans votre cœur que le jour où ce cœur cesserait de battre, j'ai renoncé à tout espoir et je n'ai aspiré qu'à votre amitié; maintenant je veux essayer de chasser de votre pensée l'image de Bourbon.

Elle allait s'indigner de cet aveu téméraire qui faisait monter le rouge à son front, lorsqu'elle se souvint du conseil de Marforio Veneno.

— Essayez, don Ferdinand, dit-elle, de ranimer

Je sais qu'un lion vaut cent loups... (Page 141.)

une âme morte et flétrie, mais je ne puis rien vous promettre. Pour lui-même, je voudrais me séparer de sa vie et me bannir de sa mémoire, je voudrais qu'il me méprisât et qu'il me crût capable de le tromper... Ah ! je mens, s'écria la malheureuse, lui me mépriser, lui me croire coupable et m'adresser de dures paroles ! Lui !... mais pourquoi donc vivre au prix de tant d'humiliations et de souffrances ?

Le marquis de Pescaire parut s'indigner.

— Croyez-vous donc, ma mie, que vous serez calomniée ou déshonorée parce que don Ferdinand d'Avalos vous aura accordé sa sauvegarde ? Je suis un loyal capitaine, et ce me sera un grand bonheur de vous voir seulement, de vous parler chaque jour, d'épier vos désirs et de vous consoler de vos chagrins ; mais si vous aviez refusé mon hospitalité pour ne pas quitter le duc, je pouvais le perdre dans l'esprit de l'empereur et empêcher son départ pour Madrid.

— Perdre Bourbon !

Et elle se leva frémissante, des éclairs dans les yeux :

— Perdre Bourbon ! l'accuser !... et de quel crime ?

— C'est mon secret, dit froidement le marquis. Secret d'État, belle Suzanne, et que je ne puis vous confier.

Elle comprit le piège, et eut la force de jouer la comédie, au lieu de s'épuiser en vaines menaces.

— Vous m'assuriez tout à l'heure, don Ferdinand, dit-elle avec un tendre enjouement, que vous m'aimiez...

— Et je le jure encore.

— Si vous vouliez m'épargner un chagrin, que vous devineriez le moindre de mes désirs...

— Mettez-moi à l'épreuve !

— Et le premier que j'exprime, vous refusez de le satisfaire. Tous les hommes sont prodigues de promesses.

— Si je pouvais croire à votre sincère amitié, ma chère, je n'aurais rien de secret pour vous.

— Franchement, seigneur marquis, vous êtes

bien exigeant, répondit-elle avec un doux sourire; n'ai-je pas accepté de vous le pain et le sel? Ne me suis-je pas compromise devant votre médecin Marforio et vos esclaves maures? Croyez-vous que si monsieur le duc de Bourbon nous surprenait à cette table, dans votre grotte de diamants...

Pescaire l'interrompit en souriant à son tour.

— Eh bien! j'apaiserais sa colère en lui disant que je fête votre bienvenue en hôte courtois et galant; mais vous ne m'avez pas même donné votre main à baiser: vous me traitez en ennemi.

Elle lui tendit gracieusement sa main, malgré la répulsion qui faisait bondir son cœur, et murmura d'une voix caressante:

— Me cacherez-vous encore ce grand secret?

— Non, ma mie, dit le marquis radieux.

— Eh bien?

— Eh bien! je sais que le connétable a demandé une entrevue à notre royal prisonnier et qu'il voulait sans doute nous trahir comme il a trahi François.

Elle frissonna involontairement.

— Oh! vous vous trompez, don Ferdinand.

— Non, Suzanne, non, et cette fausse démarche suffit pour le précipiter du haut de son empirée de gloire, comme un valet repoussé à la fois par le roi et par l'empereur, si un de ses ennemis se chargeait de la révéler.

— Quand cela serait, soupira la jeune fille en le regardant avec son irrésistible sourire, vous ne feriez pas, vous, monsieur le marquis, le métier d'espion et de délateur; vous savez que les femmes méprisent toutes les lâchetés; elles s'éprennent de la gloire, de l'audace, de tout ce qui est grand, mais elles ont horreur de tout ce qui rampe. Je suis bien sûre que vous avez écarté cette idée de délation comme honteuse et vile. Vous êtes un grand capitaine et non un de ces courtisans qui mendient ou volent les faveurs du prince au prix d'une bassesse.

Don Ferdinand, flatté dans son orgueil, releva fièrement la tête.

— Vous m'avez bien jugé, Suzanne; l'homme qui vous aime ne saurait descendre jusqu'à cette ignominie. Cependant je hais Charles de Bourbon. Autrefois, c'était entre nous une rivalité de gloire, aujourd'hui je laisse le champ libre à son ambition, mais je suis jaloux de votre amour pour lui. Oubliez-le, j'oublierai ma haine.

— Chassez-la donc de votre cœur et croyez que je m'efforcerai de l'effacer du mien son souvenir. Qu'il soit heureux sans moi et loin de moi!

Mais en même temps elle fondit en larmes; cette contrainte était trop cruelle pour une nature si aimante.

— Je ne puis voir pleurer une femme, dit le marquis d'une voix émue. Allons, chère Suzanne, prenez courage; comptez sur mon affection. Ah! foi de gentilhomme, je ne conçois pas qu'on puisse payer d'ingratitude une si grande tendresse et qu'on préfère l'ambition à un si entier dévouement

Il remplit de nouveau la coupe de la jeune fille, et elle allait la porter à ses lèvres, lorsqu'elle tressaillit, le regard fixé sur une vision étrange.

Dans un bloc de stalactite qui ressemblait à un groupe humain, elle avait cru voir remuer une tête éclairée par de petits yeux qui s'étaient attachés sur elle, incisifs et ardents comme ceux du basilic; puis des bras s'étaient agités et deux mains étendues lui avaient fait quelques signes bizarres.

— Souffrez-vous? lui demanda don Ferdinand surpris et effrayé de son émotion.

Elle allait naïvement lui montrer l'objet de sa terreur lorsqu'elle reconnut, dans le farfadet, Moucheron, son mystérieux protecteur; mais déjà le nain avait disparu dans les anfractuosités du groupe étincelant.

Elle comprit alors le sens caché des signes de l'avorton; c'était un avis de se défier du marquis et de ne pas boire imprudemment le vin qu'il lui versait avec tant de complaisance. Elle se rappela alors avec terreur qu'elle avait déjà cédé plusieurs fois à ses perfides instances, et son regard troublé, en se portant sur la coupe, avertit M. de Pescaire du soupçon qui venait de s'éveiller dans son esprit. Il voulut s'assurer du fait et lui dit d'un air indifférent:

— Ce vin ne vous plaît-il pas? Suzanne.

— Non! non! s'écria-t-elle avec un geste d'effroi, je ne boirai plus.

— Pourquoi donc?

— Parce que j'ai peur de vous, don Ferdinand; parce que je ne crois plus à vos paroles, parce que je me sens saisie d'une torpeur singulière.

— Vous ne me croyez pas capable de vous empoisonner, n'est-ce pas, ma chère? dit-il avec un rire forcé.

— Ce serait un crime aussi lâche que de vouloir vaincre ma volonté, répondit-elle pleine d'angoisse. Jurez-moi donc sur votre honneur de gentilhomme que ce vin n'a subi aucune préparation.

Le marquis baissa les yeux.

— Pourquoi donc le sommeil s'empare-t-il de moi? dit la pauvre jeune fille; pourquoi sens-je mes yeux se fermer et mes membres s'alourdir? Oh! don Ferdinand, jurez-moi que vous n'avez pas abusé de ma confiance en votre loyauté?

En même temps, elle essaya de se lever, mais retomba inerte sur les coussins.

— Eh bien! oui, Suzanne, dit alors M. de Pescaire, ce vin est le Léthé magique qui doit vous faire oublier Bourbon. Pourquoi vous le cacher? Je vous aime avec délire, et je ne serai pas ingrat comme mon rival. Vous trouverez en moi un esclave si soumis, que vous n'aurez pas le courage de me torturer avec le souvenir de votre ancien amour. Vous finirez par avoir pitié de moi.

— Mais vous êtes fou, monseigneur, répliqua Suzanne en se débattant contre cette torpeur qui la paralysait; vous manquez aux devoirs de l'hospitalité, vous outragez votre noble femme, madame Herminia, vous trahissez les promesses que vous me faisiez à cette table.

Elle parvint à se lever par un effort suprême; il se leva et s'avança vers elle:

— Pour vous, Suzanne, je braverai tout!

Les regards éperdus de la pauvre enfant cher-

chèrent Moucheron ; elle vit sortir du groupe
formé par les stalactites un bras humain qui lui
tendait une épée courte et fine ; elle reconnut
l'arme que lui avait donnée le connétable après
la bataille de Pavie.

Elle la saisit d'une main encore vaillante et
attendit le marquis. Ce dernier n'avait rien vu,
car il s'était retourné un instant pour écouter un
bruit qui provenait de l'entrée de la grotte.

Il resta stupéfait quand il s'aperçut que Suzanne
avait trouvé une épée pour se défendre ; mais
reprenant son ton railleur :

— Ma belle amazone, dit-il, quel est donc le
preux qui vient de vous armer chevalier ?

— Assez de cette odieuse comédie, don Ferdinand,
répliqua la jeune fille. Il me semble vraiment que
je fais un mauvais rêve. Ah ! si madame Herminia
entrait à cette heure dans cette grotte, vous
rougiriez de honte. Que répondriez-vous quand
elle vous dirait : « Monsieur le marquis, je vous
ai fidèlement aimé, et vous, par caprice, par haine
contre Bourbon, vous trahissez la foi jurée ! »

— Herminia ! répéta M. de Pescaire d'une voix
troublée. N'invoquez pas ce nom, Suzanne. N'irritez
pas mon amour ; soyez douce ; suppliez-moi, laissez-
moi espérer qu'un jour vous ne me repousserez
plus., et alors je serai miséricordieux... Mais, par
le Dieu vivant, si vous me jetez au visage des
insultes et des menaces, je ne vous laisserai pas
sortir d'ici !

La mignonne du connétable se sentait prise de
vertige ; ses genoux chancelaient ; son front se
mouillait d'une sueur froide ; son cœur était
oppressé d'un poids insupportable.

— Je renie votre hospitalité, murmura-t-elle
je veux rejoindre Charles de Bourbon, rentrer à
son palais !

Mais sa tête alourdie se penchait, ses yeux
voyaient trouble, et elle ne s'était pas raidie par
un effort de volonté inouïe, elle serait tombée aux
pieds de M. de Pescaire.

Il osait sourire en suivant du regard les progrès
de ce sommeil magique. Il reprit :

— Vous êtes seule ici, ma chère, sans un défenseur, et vous ne savez pas combien je vous aime.
Que ce désir vienne de l'enfer ou du ciel, je veux
que vous me promettiez de rester dans mon
palais !

— Lâche ! vous êtes un lâche ! fit-elle d'une voix
mourante.

— Lâche par amour, soit ! dit-il froidement en
se croisant les bras ; mais nul ne vous entend ;
mais les portes de cette grotte sont fermées et
gardées par mes serviteurs, mais rien ne peut
vous sauver de moi que ma volonté !

— C'est ce qui vous trompe, don Ferdinand,
une femme peut se défendre contre un lâche !

Et les yeux égarés de Suzanne lui jetèrent un
regard écrasant de mépris, tandis qu'elle s'avançait sur lui, l'épée à la main.

— Oh ! je ne crains pas cette aiguille, dit le
marquis en ricanant ; elle a été charmée par ce
bon Marforio et elle se brisera comme verre.

— Prenez garde ! dit-elle une voix lugubre.

Et tandis qu'il riait toujours du rire de l'ivresse,
elle le frappa avec autant de force que lui permit
sa main défaillante ; mais l'épée rencontra la cotte
de mailles que le marquis portait sous son pourpoint et se brisa.

Alors, pâle et haletante, Suzanne recula, atterrée,
sous le regard ardent de cet homme, qui exerçait
sur elle la fascination du reptile sur l'oiseau.

— Ah ! vous vous êtes jouée de moi, dit-il avec
rage, mais vous m'appartenez maintenant... Vous
prétendiez douter de la sincérité de mon amour. Je
ne sais plus, en effet, si c'est amour ou haine,
mais je veux me venger de Bourbon et l'atteindre
dans sa croyance en vous... Oui, vous ne pouvez
m'échapper. Eh bien ! je souhaiterais le voir apparaître et vous surprendre brisée et sans force
dans mes bras.

La pauvre jeune fille voyait les stalactites former
comme des rondes de feu, tournoyer et s'entre-
mêler ainsi que des grappes d'êtres fantastiques,
auxquels les filets d'eau murmurant servaient de
voix. Était-ce l'épouvante ? était-ce cette boisson
fatale ?

— Vous avez bu le philtre d'amour du docteur Marforio, Suzanne ! reprit M. de Pescaire.

Elle se sentit aussitôt paralysée ; un nuage épais
s'étendit sur sa vue. Elle répliqua péniblement et
d'une voix indistincte :

— Lâche ! je n'aime que Charles... et je meurs !

Puis elle exhala un faible soupir, et, si le marquis
ne l'eût retenue dans ses bras, elle tombait inanimée sur le sol.

Il la contempla silencieusement et admira cette
merveilleuse beauté, dont une pâleur marmoréenne ne faisait qu'accuser davantage l'exquise
perfection ; puis il dit d'une voix passionnée, en la
déposant sur une pile de coussins.

— Enfin, Satan lui-même ne pourrait me l'enlever maintenant.

Tout à coup il vit se détacher du groupe formé
par des stalactites un être difforme, qui s'élança
d'un bond jusqu'à l'endroit où était endormie
Suzanne Lallier.

Le marquis frissonna malgré tout son courage,
car il crut que Satan répondait à sa provocation.

Mais il reconnut Moucheron.

— Misérable ! s'écria-t-il furieux, tu m'espionnes ! mais tu vas avoir le sort des espions.

Le nain s'inclina humblement devant lui.

— Monseigneur, faites-moi grâce, répondit-il,
je voulais vous rendre ce médaillon que vous
avez laissé tomber au moment où l'épée de mademoiselle Suzanne s'est brisée sur votre poitrine.

M. de Pescaire saisit le médaillon d'une main
tremblante :

— Le portrait d'Herminia ! dit-il avec stupeur.

— Oui, reprit Moucheron, le portrait de cette
illustre dame qui est l'honneur de votre maison,
dont la beauté et la vertu sont renommées partout
et qui certes ne se doute guère qu'en son absence
vous employez la ruse et la violence pour trahir
vos serments.

Les yeux du marquis s'attachaient avidement
sur le médaillon, qui semblait exercer sur lui un

prestige inouï; on eût dit qu'il sortait des ténèbres et revoyait la lumière, que les mauvaises passions s'évanouissaient comme une lourde vapeur à l'aspect de cette éblouissante beauté, et que tous les nobles sentiments reprenaient possession de son âme. Suzanne évanouie lui inspirait déjà de la pitié, et madame Herminia, dont le regard vivait, clair, ardent, impérieux, se détachait pour ainsi dire de son cadre d'or, pour lui dicter son devoir.

— Vous devez être fier, monseigneur, reprit Moucheron, d'être aimé d'une femme si parfaite: elle vous a préféré aux grands d'Espagne les plus illustres, elle a résisté à l'amour d'un roi, elle a supporté avec vous les sièges et les famines, elle a vendu ses diamants pour payer vos soldats mutinés.

— Pauvre Herminia! soupira M. de Pescaire avec émotion, en s'enivrant toujours de la contemplation du portrait, pourquoi m'a-t-elle quitté?

— Pour se rendre à la cour de Madrid, vous le savez, don Ferdinand, afin de réclamer aux ministres de l'empereur les subsides que vous refusait le vice-roi de Naples.

— Ah! s'écria le marquis, c'est bien elle que j'aime réellement, et je serais indigne de pardon si je la trahissais. Il me semble que je sors d'un mauvais rêve. C'est ce damné Marforio qui, avec ses magies criminelles, avait déchaîné cette tempête dans mon cœur.

— C'est lui, reprit le nain, qui a endormi mademoiselle Suzanne, grâce à ses philtres d'amour; c'est lui qui doit la réveiller.

En même temps, il tira la jeune fille par le bras, il la secoua brusquement, mais en vain; elle restait inerte, sans regard et sans voix.

— Marforio joue un double jeu, monseigneur, il a révélé au duc de Bourbon la prétendue perfidie de sa bien-aimée, et peut-être lui sert-il de guide à cette heure pour vous surprendre...

— Il n'oserait, interrompit dédaigneusement Pescaire.

Au même instant, ils entendirent tous deux de grandes clameurs qui retentissaient à l'intérieur de la grotte.

Moucheron avait dit vrai.

Le connétable, averti par le vieux médecin de l'entretien de Suzanne avec le marquis, s'était laissé emporter à un accès de fureur terrible, et son amour s'était réveillé plus ardent et plus jaloux que jamais; il avait juré de tirer une prompte et éclatante vengeance de l'injure inouïe que lui faisait son rival; il avait ordonné à Marforio de l'accompagner et s'était dirigé sans escorte vers le palais du général espagnol. Enfin, il y était entré en maître, avait traversé les jardins et venait de pénétrer jusqu'à l'entrée de la grotte. Le vieillard avait eu grand'peine à le suivre. M. de Bourbon était méconnaissable: ses yeux étincelaient comme des tisons ardents, son visage semblait couvert d'un masque livide, une force surhumaine raidissait tous ses membres, et il disait que tout le sang du marquis de Pescaire ne pourrait laver son outrage.

Il trouva la porte de la grotte, qui était en chêne, bardée de fer, soigneusement fermée et gardée par une troupe de serviteurs armés; c'était don Lopez de Carrajal, Abdallah et une douzaine de Maures basanés, et le gigantesque Lupon, qui causait avec Léonarde, sa fiancée.

Le duc alla droit à don Lopez et, lui montrant la porte d'un geste impérieux, lui dit ce seul mot:

— Ouvrez!

— Monseigneur, répondit avec courtoisie le Castillan, vous vous croyez sans doute dans votre palais et vous me prenez pour un de vos gentils-hommes!

— Ouvrez! répéta durement le duc en frappant la terre du pied.

Cette fois don Lopez le regarda avec un air de bravade.

— Nous avons ordre de ne pas ouvrir.

— Insolent valet, sais-tu à quel châtiment tu t'exposes en refusant de m'obéir?

— C'est à notre maître seul que nous obéissons, dussions-nous périr!

— Je veux parler au marquis de Pescaire, reprit le connétable en cherchant à se contenir. Je sais qu'il est renfermé dans cette grotte. Il n'a pu donner un pareil ordre pour moi. Toutes les portes s'ouvrent à Pavie devant le duc de Bourbon.

— Vous vous trompez, monseigneur. Don Ferdinand n'a pas fait d'exception en votre faveur, et il y va de notre tête si nous manquons à notre devoir.

Le connétable lui mit la main sur l'épaule:

— Don Lopez, ceux qui me résistent doivent être résignés à mourir!

— Que voulez-vous, monseigneur, repartit le Castillan, nous ne sommes pas de ces honnêtes gens qui ont l'habitude de trahir leur maître.

Le duc rougit jusqu'au blanc des yeux.

— Misérable! s'écria-t-il.

Et il leva la main sur l'homme qui l'avait insulté; mais don Lopez ne baissa pas les yeux et ne recula pas.

— De quel droit parlez vous si haut, seigneur, dans le palais d'un général de l'empereur? dit-il froidement. De quel droit y entrez-vous comme dans une maison prise d'assaut?

— Parce que ce général, répliqua Bourbon d'une voix frémissante, m'a volé mon bien et que je veux lui en demander compte.

— L'action du maître ne regarde pas le serviteur, dit le Maure Abdallah.

— Oui; mais je veux voir le marquis à l'instant. Pourquoi se cache-t-il? A-t-il peur de me rencontrer en face?

Don Lopez sourit d'un air narquois.

— Don Ferdinand d'Avalos n'a peur de personne, mais il choisit ses heures même pour se battre, et il ne veut pas être troublé dans son repos.

— Ne raille pas, don Lopez; fais-moi place, ou j'enfoncerai cette porte.

— Après avoir passé sur nos corps, seigneur duc.

Et l'espagnol porta la main à la coquille de son épée.

— Je dis devant tous, s'écria Bourbon, que le marquis de Pescaire cache, dans la grotte que vous gardez si fidèlement, une femme qui est sous ma protection, et que je veux la délivrer. Si vous vous y opposez, malheur à vous ! car je suis dans mon droit.

— Ces paroles exigeront du sang, monseigneur.

— Oui, don Lopez, c'est du sang que je veux ! dit le connétable exaspéré. Ce n'est pas votre capitaine que vous allez défendre contre moi, mais un gentilhomme que je provoque en duel et qui se cache comme un lâche. Êtes-vous donc un esclave ainsi que ces maures, et non un soldat, don Lopez ? Oserez-vous tirer l'épée contre le duc de Bourbon ? Ne voyez-vous pas que votre résistance même déshonore à jamais le marquis de Pescaire !

— Il ne nous appartient pas de juger notre seigneur, répondit le Castillan avec une sorte de confusion.

— Oseriez-vous jurer par votre saint patron, poursuivit le duc, que don Ferdinand n'a pas entraîné Suzanne Lallier dans cette grotte ?

— Si elle y est, repartit don Lopez, elle y est venue librement.

— Ah ! vous l'avouez donc ! s'écria le prince. Place ! faites-moi place !

Et il s'avança furieux à travers la petite troupe.

— Allez chercher vos lansquenets, monseigneur, dit l'Espagnol en ricanant, si vous voulez faire le siège de la grotte.

— Je suffirai à la besogne ! dit Bourbon.

Et il tira son épée.

Don Lopez tira la sienne ; Lupon mit sa pique en arrêt ; les Maures brandirent leurs larges coutelas et leurs haches.

— Vous vous croyez invincible, monsieur le duc, reprit le Castillan, mais vous n'aurez pas facilement raison de nous. Vous oubliez que nous sommes dix contre un.

— Je sais qu'un lion vaut cent loups.

Il vit les Maures former le demi-cercle autour de lui, tandis que don Lopez et Lupon s'adossaient aux côtés de la porte comme deux sentinelles de fer.

— Allons, il y aura bataille, puisque ce lâche Pescaire ne veut pas sortir de son antre, s'écriat-il.

Et il fondit sur eux, tandis que le marquis, ayant entendu tout ce tumulte, n'osait affronter la légitime colère de son rival, et murmurait :

— Malgré sa jactance, il n'entrera pas ici !

Cependant le duc paraissait transfiguré ; le héros retrouvait son prestige, et il n'eut pas plutôt croisé l'épée avec don Lopez que ce fanfaron fut désarmé et s'écria :

— A l'aide ! à l'aide ! mes camarades !

Lupon accourut aussitôt, et lâchant sa pique, il saisit Bourbon à bras-le-corps avec une force prodigieuse ; tout autre eût été enlevé de terre et étouffé dans cette effroyable étreinte ; mais le duc s'arcbouta puissamment sur ses jambes et resta scellé à terre comme un bloc, tout en cherchant à faire lâcher prise à son gigantesque adversaire,

qu'il frappait du pommeau de son épée, pendant ce temps, don Lopez avait tiré sa dague et rampait comme un serpent pour surprendre par derrière le connétable.

Léonarde ne put s'empêcher de pousser un cri aigu en voyant le Castillan sur le point d'atteindre Bourbon ; celui-ci tourna la tête, vit le danger, et comme il était aussi svelte et agile que vigoureux, il dégagea par une secousse violente son bras droit qui tenait l'épée, et dit à Lupon :

— Crois-tu m'emporter comme l'archer Goulard ! Lâche-moi, misérable, ou tu apprendras ce que c'est qu'un vrai chevalier !

Mais Lupon l'étreignit plus fort dans ses bras énormes, et le Castillan se releva pour lui plonger sa dague dans le dos. Alors le duc frappa son ennemi à la tempe du pommeau de son épée, et lui passa un croc-en-jambe qui le fit trébucher et tomber à terre tout de son long comme un chêne foudroyé ; puis, se retournant avec la rapidité de l'éclair, il porta la pointe de sa lame à la gorge de l'Espagnol.

Don Lopez se laissa glisser à terre en criant :

— Grâce ! monseigneur.

— Grâce ! répéta Lupon d'une voix sourde.

Le duc hésitait à se montrer généreux, lorsque Léonarde lui toucha le bras :

— L'espion est indigne de votre colère, dit-elle d'une voix suppliante, et quant à l'autre, c'est mon fiancé, monsieur le duc. Si mademoiselle Suzanne était témoin du combat, elle vous demanderait merci pour eux.

Bourbon n'eut pas même le temps de répondre. Les Maures resserrant peu à peu leur cercle, venaient de l'envelopper dans un réseau de haches et de coutelas ; après avoir rampé comme don Lopez, ils bondissaient tous à la fois en hurlant contre l'héroïque seigneur, mais il fit tournoyer son épée avec une adresse merveilleuse et parvint à les tenir à distance par ce moulinet formidable.

Deux fois, Abdallah faillit se glisser sous l'éclair de l'épée et frapper le duc de son coutelas en pleine poitrine, mais un cri de Léonarde prévint deux fois ce dernier.

— Tu nous trahis, perfide servante, dit le Maure en grinçant des dents.

— Non ; je sauve mon fiancé, répondit-elle. En effet, Bourbon appuyait un de ses pieds sur le corps de Lupon, étendu à terre, et tout en se défendant, il ne cessait de crier avec rage :

— Pescaire, tu es un lâche si tu ne sors pas de ton refuge ! Pescaire, tu mérites d'être dégradé de chevalerie ! Viens, que je t'arrache tes éperons ! que je brise ton épée !

Ces insultes exaspéraient les Maures, qui le pressaient de plus en plus. Tout à coup il les chargea avec une impétuosité folle, enveloppa leurs coutelas dans le tourbillon éblouissant de son épée et, les forçant à rompre, il en blessa plusieurs, dont les corps basanés, se mouchetèrent de sang. Ils crurent alors voir un dieu dans ce guerrier invincible. Les uns s'enfuirent, les autres se prosternèrent devant lui.

Abdallah seul résistait encore, dans l'espoir de

briser avec sa hache la redoutable épée qui décrivait des cercles terribles ; ce Maure au visage farouche était plus redoutable que don Lopez et Lupon, parce qu'animé du fanatisme aveugle des sectateurs de Mahomet, il faisait bon marché de sa vie, pourvu qu'il pût atteindre son adversaire. Il finit par se précipiter sur le connétable, au risque de s'enferrer, et il effleurait son cou de la pointe du coutelas, lorsque Marforio Veneno, impassible témoin de cette scène, lui dit gravement :

— Abdallah, celui qui tuera un chrétien par l'ordre d'un chrétien n'entrera pas dans le paradis de Mahomet !

Le Maure s'arrêta un instant indécis, et cet instant suffit au duc pour lui arracher son arme des mains et le renverser à ses pieds. Aussitôt l'esclave tombé, il saisit sa hache et se mit à assaillir avec fureur la porte de chêne de la grotte ; la porte résista, mais les blocs de roche friable qui la surmontaient et l'encadraient commencèrent à se lézarder, à se séparer, à s'ébouler ; Bourbon redoubla d'efforts désespérés, les coups de hache retentissaient dans le silence, les débris de pierres les couvraient tous d'un épais nuage de poussière.

La grotte tout entière semblait s'ébranler sous cette secousse, et le vieux médecin, qui s'était prudemment écarté, disait avec son mauvais sourire :

— Prenez garde, monseigneur, nous pourrions rester ensevelis sous les ruines de ce gentil retrait.

Mais le duc ne cessait de répéter, comme s'il était en proie au délire :

— Pescaire, ne m'entends-tu pas ? Pescaire, rends-moi Suzanne ou dispute-la moi l'épée à la main.

Marforio lui-même était surpris du silence qui régnait dans la grotte. Enfin la porte céda et tomba brisée par la hache, au milieu d'un effondrement de roches calcaires. Bourbon pénétra dans cette ouverture pleine d'ombre, au fond de laquelle brillait un mince filet de lumière ; le médecin eut seul le courage de le suivre.

Ils arrivèrent jusqu'à un endroit où les roches bouleversées, penchées, suspendues au-dessus de leurs têtes avec des contorsions bizarres, formaient une menaçante barrière entre eux et la salle où le marquis de Pescaire et le nain gardaient Suzanne endormie.

Le duc s'arrêta stupéfait.

La jeune fille, étendue sur une pile de coussins, reposait calme et sereine ; ni le tumulte du combat, ni l'éboulement d'une partie de la grotte n'avaient eu puissance de la réveiller. Les stalactites de cette salle, illuminées par les flambeaux qui étaient restés sur la table, la faisaient resplendir de mille feux.

— Don Ferdinand, s'écria Bourbon après avoir saisi d'un coup d'œil ce tableau surprenant, voilà donc ton hospitalité de gentilhomme ! Tu promets de protéger une femme et tu réponds à sa confiance en lui tendant un piège infâme !

Des grappes de stalactites oscillaient, se balançaient ou tombaient sur le sol en débris ; quelques blocs rocheux se détachaient peu à peu de la voûte et menaçaient de tomber. M. de Pescaire ne répondit pas.

— Je vous attends, monsieur, reprit Bourbon, avec une explosion de colère.

Le nain montra alors du doigt au connétable la voûte qui tremblait avec de sourds craquements.

— Sauvez-vous, mon cher seigneur, si vous ne voulez périr avec nous.

Mais le duc sourit dédaigneusement ; il leva ses bras vers deux blocs énormes qui semblaient près de s'écrouler sur lui, les soutint de ses robustes mains avec la vigueur d'un Samson, et répliqua d'une voix brève :

— Vous aurez le temps d'emporter Suzanne et de me rejoindre, si vous ne manquez pas de courage.

M. de Pescaire n'eut pas plutôt entendu ces paroles qu'il souleva dans ses bras la jeune fille endormie et s'élança, suivi de Moucheron, sous une pluie de poussière et de débris, vers le connétable, qui regardait l'éboulement.

Quand ils eurent traversé le périlleux passage, le vaillant seigneur se retira lentement, tandis que les blocs de stalactites tombaient avec fracas en s'écrasant sur le sol.

Ils sortirent tous trois de la grotte sains et saufs, et M. de Pescaire déposa Suzanne, toujours endormie, sur un banc de verdure.

Bourbon s'avança vers lui.

— Don Ferdinand, lui dit-il avec une courtoisie forcée, je ne veux me venger de votre déloyauté qu'en gentilhomme. Allons ! l'épée à la main. Vos serviteurs chrétiens et maures nous serviront de témoins.

Le marquis le regarda fixement, mais il se croisa les bras et ne répondit pas.

— M'avez-vous entendu ! reprit le connétable étonné. Me forcerez-vous à joindre l'insulte à ma provocation ?

— Eh bien ! non, je ne me battrai pas avec vous, duc de Bourbon ! répondit Pescaire.

— Pourquoi donc ? Ne me trouvez-vous pas d'assez bonne famille ?

— Pourquoi ? dit le marquis d'une voix éclatante. Vous voulez le savoir ? Eh bien ! je me battrais avec un simple chevalier sans fief ni châtellenie, mais non avec un prince qui s'est déshonoré, qui a failli à ses serments et qui a trahi son roi.

Le connétable rougit de colère.

— Beau prétexte pour abriter la couardise, don Ferdinand ; mais il fallait avoir ces scrupules quand je vous empêchais d'être écrasé à Pavie par François Ier.

Le marquis resta calme.

— Monsieur le duc, pour obéir aux ordres de l'empereur, j'ai pu être votre compagnon de guerre, mais l'empereur ne peut me contraindre à vous estimer et à croiser l'épée avec un chevalier félon !

— Quand on porte un cœur si loyal et si noble, reprit Bourbon avec un sourire menaçant, on n'abuse pas de la faiblesse d'une femme, on n'accepte pas le salut que vous offre votre ennemi.

— Je voulais vous rendre Suzanne Lallier, monsieur le duc.

— Mais si je te jetais mon gant à la face, don Ferdinand, dit le connétable en lui saisissant le bras avec violence, si je te frappais du plat de mon épée ?

— Je ne me défendrais pas, monsieur ; vous pourriez m'assassiner comme le premier bravo venu, mais je ne me battrai avec vous que le jour où tous les chevaliers de Saint-Jacques et d'Alcantara décideront que je puis, sans forfaiture, croiser l'épée avec un traître.

Des larmes de rage coulèrent sur les joues de Bourbon, et il pencha sa tête humiliée sur sa poitrine, tandis que le marquis de Pescaire, heureux de lui avoir fait cette offense mortelle, s'éloignait en disant :

— Seigneur duc, nous nous reverrons à la cour de Madrid, et l'empereur sera juge entre nous.

Marforio et Moucheron étaient restés avec le malheureux prince, accablé par ce dernier coup, tandis que Léonarde priait auprès de Suzanne, toujours inanimée.

Alors le vieux médecin toucha le bras de M. de Bourbon, en lui montrant la jeune fille :

— Vous voyez bien, monseigneur, dit-il avec son rire strident, qu'elle était indigne de votre amour.

— Tu mens ! scorpion, tu mens, s'écria le duc ; elle est victime d'un guet-apens. Mais qui donc a servi lâchement la volonté de Pescaire ! qui donc l'a fait semblable à une morte, car ce n'est que l'apparence de la mort, n'est-ce pas ?

Et s'avançant vers la pauvre enfant :

— Réveille-toi, Suzanne, ajouta-t-il, réveille-toi !

Il s'agenouilla à côté d'elle, saisit sa main froide, essaya de la réchauffer dans les siennes, la baisa au front, et la voyant toujours rester inerte, immobile, muette, insensible à son désespoir, il poussa un grand cri de terreur.

Puis, regardant Marforio Veneno avec des yeux hagards :

— Serait-elle morte, vraiment morte ! Suzanne ? murmura-t-il d'une voix indistincte. Oh ! si cela était, marquis de Pescaire, je te brûlerais dans ton palais pour lui faire de splendides funérailles. Mais qui a donc osé t'obéir ?

— C'est moi, dit avec calme le vieux docteur.

— Toi, Marforio ! fit le connétable éperdu.

— Oui, seigneur duc, mais il ne s'agit que d'une mort apparente.

— Soyez loué, mon Dieu ! soupira Bourbon. Oh ! quelle angoisse j'ai souffert. Mais tu reviendras à la vie, Suzanne, je reverrai tes doux yeux s'ouvrir, j'entendrai ta voix si tendre, je sentirai ta main frémir dans la mienne...

— Oui, si je le veux, interrompit Marforio, car seul je puis la ressusciter de ce sommeil magique.

— Hâte-toi donc, docteur, hâte-toi ! Ce sommeil s'est déjà trop longtemps prolongé, et j'ai peur !

— Je ne vous obéirai pas, monseigneur.

— Tu es fou, n'est-ce pas ? s'écria Bourbon stupéfait. Regarde-moi donc bien en face. Tu n'obéiras pas ! Et pourquoi ? Que t'a-t-elle fait, cette innocente ? As-tu à te plaindre d'elle ? As-tu à te venger de moi ? Qui donc t'a payé pour me résister quand je t'ordonne de la sauver ?

— Je n'obéirai pas, dit encore l'opiniâtre médecin.

— Veux-tu donc mourir de ma main ? Veux-tu que je te dénonce comme empoisonneur ?

— Je n'obéirai pas !

— Mais je ferai confisquer tes biens mal acquis ! Mais je te ferai chasser de ton pays plus misérable et plus nu qu'un mendiant !

Le vieillard tressaillit et une sueur froide coula sur son front jauni, car l'avarice et la cupidité étaient ses passions dominantes ; mais il répéta obstinément :

— Non, je n'obéirai pas, Charles de Bourbon, parce que si Suzanne Lallier revient à la vie votre destinée est perdue.

Le connétable haussa les épaules.

— T'ai-je prié d'être mon conseiller, Marforio, et crois-tu parler au marquis de Pescaire ?

— Je veux vous servir malgré vous, monseigneur, et vous démontrer votre aveuglement. Voulez-vous donc combler de joie vos envieux et vos ennemis ? S'il ont appris avec rage l'offre de l'empereur, ils se réjouiront en apprenant que vous avez fait la folie de la rejeter.

— Qui t'a dit, vieux sermonneur, que je comptais la rejeter ?

Marforio Veneno sourit.

— Ah ! vous venez mettre à sac le palais de don Ferdinand pour arracher de ses mains une femme que vous aimez éperdûment, vous allez la ramener publiquement dans votre logis, et vous croyez que madame Éléonore de Portugal acceptera ce scandale ?

Le connétable regardait toujours Suzanne et soupirait.

— Il ne m'est donc pas permis de tirer de danger cette jeune fille sans faire parade de mon amour pour elle ?

— Dieu seul sonde les cœurs, repartit le médecin, mais les reines sont de faibles mortelles, qui jugent sur les apparences, et quoique madame Éléonore ne vous apporte pas son cœur en dot, elle s'offensera d'un pareil éclat à l'heure où son alliance vous est offerte.

— Madrid est loin ! dit le duc.

— Les mauvaises nouvelles vont vite, monseigneur, quand on a des ennemis puissants. Mais ce n'est pas tout : pendant que vous consolerez mademoiselle Suzanne de votre abandon, un de vos rivaux peut se charger d'escorter à Madrid votre royal prisonnier.

— Qui donc oserait ?

— Le vice-roi de Naples ou le marquis de Pescaire. De plus, vous n'avez pas songé qu'un captif de cette importance est fort embarrassant ?

— Que veux-tu dire, médecin du diable ?

— L'empereur est un fin politique ; il sait bien qu'il ne peut garder éternellement en cage François Ier. Or, le roi de France, une fois redevenu libre, trouverait le moyen de déchirer le traité par lequel on aurait essayé de l'engager. Nouvelle guerre, nouvelles batailles. François est homme à prendre une terrible revanche de la bataille de Pavie. Pourquoi donc un malheur heureux ne mettrait-il pas fin d'un seul coup à cette inquiétante perspective ?

— Et ce malheur heureux ?... interrompit Bourbon avec anxiété.

— Ce serait la mort de François Ier, dit froidement le vieil alchimiste.

— La mort du roi ! s'écria le duc épouvanté.

— Qu'un courtisan expérimenté devine la secrète espérance de notre sire Charles-Quint, et qu'il se charge d'accompagner le prisonnier pendant la traversée, tout sera dit.

Mais c'est impossible ! Charles-Quint n'est pas un Marforio, et ce serait une tache ineffaçable pour sa mémoire.

— Non pas, seigneur duc, mais pour la vôtre, car la France et l'Espagne attribueront tout à la fois au connétable de Bourbon la défaite et la mort de son roi.

— Mais ce sont là des calculs de démon ! dit le prince avec un mouvement d'horreur.

— Charles-Quint fera un coup de maître en rejetant sur l'odieux du crime, dit Veneno, car il se débarrassera, par la mort, du grand roi qui gêne son ambition, et par la calomnie du grand capitaine dont la renommée lui porte ombrage.

— Mais qui donc pourra me croire capable de tant de lâcheté ?... s'écria le malheureux seigneur.

— Plus un crime est monstrueux, plus les hommes sont disposés à l'admettre ; ils croiront facilement qu'après avoir trahi François Ier, vous ayez ordonné sa mort.

— Advienne que pourra, dit le connétable. Périssent ma gloire et ma fortune, mais Suzanne Lallier ne sera pas une seconde fois victime de son dévouement. C'est en vain que tu veux me persuader d'être faible et égoïste comme le serait un ambitieux vulgaire. Si les hommes me condamnent, Dieu me pardonnera, car j'exige que tu rappelles ma bien-aimée à la vie, Marforio Veneno.

Le médecin regarda Bourbon avec un profond étonnement, car il était impossible à cette nature ingrate et vile de comprendre l'élan généreux et enthousiaste du prince rebelle.

Il ne répondit pas un seul mot, mais il tira de sa poche une fiole remplie d'une liqueur verdâtre, s'agenouilla près de la jeune fille inanimée, et en insinua quelques gouttes entre ses lèvres.

L'effet du précieux cordial ne se fit pas longtemps attendre.

Le pâle visage de Suzanne se colora peu à peu ; des frissons légers parcoururent ses membres glacés ; elle respira faiblement, et, au bout de quelques minutes, ses grands yeux s'ouvrirent et se fixèrent sur le connétable immobile, qui la contemplait avec une inexprimable tendresse.

Un doux sourire se dessina aux coins de sa bouche.

— Ah ! s'écria Bourbon avec transport, je te pardonne tout, Marforio, puisque tu m'as rendu Suzanne.

La jeune fille fit un effort suprême, et sa langue, paralysée par le narcotique du médecin, se délia.

— Charles, dit-elle d'une voix navrante, dans mon sommeil semblable à la mort, j'ai tout entendu. Oubliez-moi, car je ne suis plus digne de vous. Allez conduire le roi François à Madrid, et donnez le glorieux époux de madame Éléonore, reine de Portugal.

Le connétable jeta un cri de douleur comme si une épée lui eût traversé la poitrine, et le docteur Marforio Veneno dit à voix basse à Moucheron consterné :

— Suzanne Lallier a sauvé ton maître.

En effet, Suzanne, brisant le lien qui unissait sa destinée à celle de Charles de Bourbon, ouvrait devant lui toute une carrière de gloire et d'honneurs, et puis elle complétait dignement son admirable mission en couronnant par le plus douloureux sacrifice toute une vie d'abnégation et de martyre.

Quelques heures après, elle partait à la hâte sans prendre congé du connétable, dont les larmes et les supplications eussent pu ébranler son courage ; et, au bout de huit jours, elle rentrait seule et triste au petit village de....., où sa vie devait s'achever dans les mortifications et dans la pénitence.

Didier de Montchenu, Pompérant et Jonas s'attachèrent à la fortune de Charles de Bourbon, le suivirent en Espagne et ne le quittèrent plus jusqu'à cette fatale expédition de Rome, où une fin si dramatique devait clore une vie si aventureuse.

Là, au contraire, sur ce sol d'Espagne, funeste au connétable, Clotilde trouva la fin de ses épreuves et échappa aux persécutions de sa mortelle ennemie, la comtesse Diane de Montchenu. Celle-ci, forcée de laisser partir en paix les deux amants dont elle avait juré la perte, rentra dans le sombre manoir qui lui rappelait à la fois de si doux et de si amers souvenirs, et l'incurable jalousie qu'elle portait au cœur la tua au bout de quelques années.

Inutile de dire que Moucheron et Chevrette restèrent fidèles jusqu'au bout à la fortune du connétable : le premier trouvant partout dans son esprit inventif des ressources pour se tirer des situations les plus critiques, la seconde abusant sans pitié de ses avantages pour faire naître des passions qui malheureusement ne pouvaient jamais aboutir à ce rêve toujours et vainement poursuivi, le mariage.

Quant à ce grand personnage de François Ier, dont nous avons essayé de rendre la figure chevaleresque, son rôle finit pour nous au moment où il part pour cette cour de Madrid, où l'attendaient bien des déceptions et d'où l'adresse et le dévouement de sa sœur purent seuls l'arracher aux calculs machiavéliques du rusé Charles-Quint.

FIN.

Tours. — Imp. Mazereau.

Reliure serrée

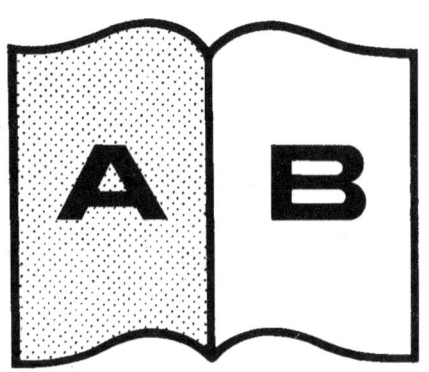

Contraste insuffisant

NF Z 43-120-14

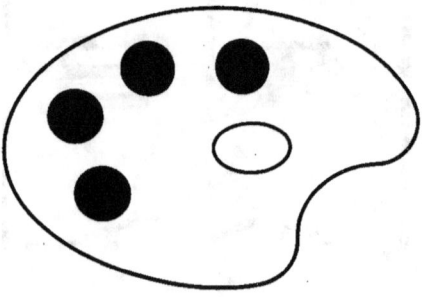

Original en couleur
NF Z 43-120-8

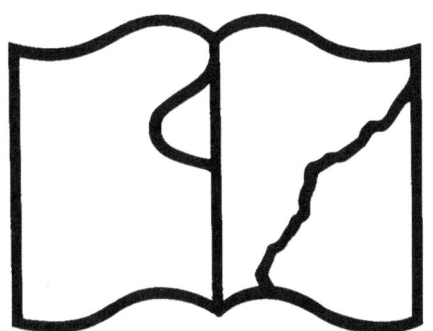

Texte détérioré — reliure défectueuse

NF Z 43-120-11